给青少年的人文素养课丛书

给青少年的大师文学课

郑振铎 ◎ 著

中国友谊出版公司

图书在版编目（CIP）数据

给青少年的大师文学课 / 郑振铎著. -- 北京：中国友谊出版公司, 2022.2
ISBN 978-7-5057-5400-3

Ⅰ.①给… Ⅱ.①郑… Ⅲ.①中国文学 - 文学史 - 青少年读物 Ⅳ.①I209-49

中国版本图书馆CIP数据核字（2022）第014297号

书名	给青少年的大师文学课
作者	郑振铎
出版	中国友谊出版公司
发行	中国友谊出版公司
经销	北京时代华语国际传媒股份有限公司　010-83670231
印刷	涿州市星河印刷有限公司
规格	690×980 毫米　16 开 21.5 印张　266 千字
版次	2022 年 2 月第 1 版
印次	2022 年 2 月第 1 次印刷
书号	ISBN 978-7-5057-5400-3
定价	49.80 元
地址	北京市朝阳区西坝河南里 17 号楼
邮编	100028
电话	（010）64678009

出版说明

1900年2月10日，梁启超在《清议报》第35册发表了《少年中国说》一文，以激情澎湃的语言，呼唤一个气象一新的"少年中国"诞生。梁启超在文中说：少年智则国智，少年富则国富，少年强则国强，少年独立则国独立，少年自由则国自由，少年进步则国进步，少年胜于欧洲则国胜于欧洲，少年雄于地球则国雄于地球。

100多年后，在庆祝中国共产党成立100周年大会上，共青团员和少先队员代表集体献词，许下了青春的誓言：听党话、感党恩、跟党走！同心向党，奔赴远方！献词最后，他们连呼："请党放心，强国有我！"八字誓词铿锵有力，这响亮的青春誓言在天安门广场上空久久回荡，这是今日青少年对党和祖国的庄严承诺！

在2021年全国两会期间，全国政协委员、江苏省锡山高级中学校长唐江澎说：学生没有分数，就过不了今天的高考，但孩子只有分数，恐怕也赢不了未来的大考。一个学校，没有升学率，就没有高考竞争力，但是我们的教育只关注升学率，国家恐怕也就没有核心竞争力。分数是重要的，但是分数不是教育的全部内容，更不是教育的根本目标。好的教育应该是培养终生运动者、责任担当者、问题解决者和优雅生活者，以孩子们健全而优秀的人格赢得未来的幸福，造福国家社会。今天孩子的全面素质，就是我们国家未来的整体实力，也就是我们社会的幸福程度。教育要培根、铸魂、启智、润心，这是习总书记在看望医卫教育界委员，和大家共商国是时所说的，这八个字道出了教育的真谛，深刻地揭示了教育的使命与价值。十四五发展规划纲要，已经把教育作为一个专章提出来了，它的标题应该成为我们社会各界的共识，那就是：提高国民素质，促进人的全面发展。

青少年作为祖国未来的栋梁，是全面建设社会主义现代化、实现中华民族伟大复兴的中坚力量，他们素质的好坏，他们学识的高低，他们能力的强弱，决定着现代化的质量，决定着中华民族的未来。为此，中共中央办公厅、国务院办公厅印发的"双减"意见指出：坚持以习近平新时代中国特色社会主义思想为指导，全面贯彻党的教育方针，落实立德树人根本任务，促进学生全面发展、健康成长。同时要求：科学利用课余时间，开展阅读和文艺活动，为学有余力的学生拓展学习空间，开展丰富多彩的科普、文体、艺术、劳动、阅读、兴趣小组及社团活动。

为落实"双减"意见要求，让青少年科学合理安排课余时间，帮助青少年构建自己的知识体系、提升人文素养，我们策划了这套《给青少年的人文素养课丛书》。该套图书选取了国史、国学、文学、文化、诗词、书画等领域的顶流大师的著作进行归集和整理，其中包括吕思勉、张荫麟、柳诒徵、郑昶、陈师曾、章太炎、陈柱、郑振铎、吴梅、朱自清、闻一多等，让青少年通过阅读，不但对中国的文化有多方面的认识，更可以体会跨界阅读的乐趣，构建自己的知识体系。

这套书适合12—25岁的青少年自主阅读。通过图文结合的形式，在配合相关课本的知识点的基础上，发散思维和各方面知识，巩固课堂所学知识点的同时，让读者了解更为丰富的中国历史知识与文化精髓。轻松简洁的语言，以及丰富经典的原典的引用和解析，满足了青少年读者在课堂上无法得到完全满足的好奇心和求知欲，这不但是对课堂知识的补充，更可以让读者从中体会更多道理。

本书以郑振铎先生的《插图本中国文学史》（作家出版社1957年版）为底本，按体裁产生、发展的时间顺序编排，对中国文学知识作了系统梳理，深入浅出，既能让读者领略到中国文学的博大精深，也能使读者了解中国文学的发展历程及其丰富的内涵。在编辑的过程中，保留了其原旨以及行文风格，只是对其中的内容重新进行了梳理。

郑振铎（1898—1958），字西谛，浙江温州人，著名学者。他较早地提出和着手用新的观点、方法整理和研究中国文学史，在民间文学和小说、戏剧研究方面做了很多开拓性的工作。

本书尽可能地选用最初的版本，以保留大家著作的原貌。鉴于当时的历史条件，原版本中尚存在一些错讹之处，对其中确系误写、错排的个别文字，参照其他版本和部分学者的研究成果，确有把握者，予以改正。其他一仍其旧，均未作变动。

书中对一些历史事件、历史人物的点评，在编辑出版过程中，除比较敏感处略作注释，其他均未作特别说明，望广大读者考虑到作品创作的历史背景，及各位先生独特的学术观点，在阅读过程中加以区分和正确解读。

由于编者水平有限，疏漏及错讹之处在所难免，敬请广大读者不吝指正。

目 录

第一讲 《诗经》与《楚辞》 …………………… 001

第二讲 散　文 …………………………………… 018
　一、先秦的散文 ………………………………… 018
　二、汉代的历史家与哲学家 …………………… 028
　三、古文运动 …………………………………… 031
　四、古文运动第二幕 …………………………… 038

第三讲 辞　赋 …………………………………… 043
　一、辞赋时代 …………………………………… 043
　二、六朝的辞赋 ………………………………… 049

第四讲 新乐府辞 ………………………………… 053

第五讲 唐　诗 …………………………………… 059
　一、初唐的诗坛 ………………………………… 059
　二、开元天宝时代 ……………………………… 066
　三、杜　甫 ……………………………………… 082
　四、韩愈与白居易 ……………………………… 089

第六讲 批评文学 ………………………………… 095
　一、批评文学的发端 …………………………… 095
　二、批评文学的复活 …………………………… 099
　三、批评文学的进展 …………………………… 104

第七讲　传奇文 ·········· 110

第八讲　宋　词 ·········· 122
　　一、北宋词人 ·········· 122
　　二、南宋词人 ·········· 150

第九讲　变　文 ·········· 172

第十讲　鼓子词与诸宫调 ·········· 183

第十一讲　小　说 ·········· 199
　　一、话本的产生 ·········· 199
　　二、罗贯中 ·········· 211
　　三、长篇小说的进展 ·········· 218

第十二讲　戏　曲 ·········· 226
　　一、戏文的起来 ·········· 226
　　二、高　明 ·········· 233
　　三、沈璟与汤显祖 ·········· 238

第十三讲　元杂剧 ·········· 251

第十四讲　散　曲 ·········· 277
　　一、散曲作家们 ·········· 277
　　二、散曲的进展 ·········· 285
　　三、嘉隆后的散曲作家们 ·········· 292

第十五讲　昆　腔 ·········· 306

第十六讲　南杂剧 ·········· 321

第一讲 《诗经》与《楚辞》

最古的诗歌总集:《诗经》——风、雅、颂之分的不当——《诗经》里的情歌——农歌的重要——贵族的诗歌——《楚辞》时代——屈原和他的《离骚》——《九章》《九歌》等

一

《诗经》是最早的一部诗歌总集。周平王东迁前后的古诗,除见于《诗经》者外,寥寥可数,且大都是断片;又有一部分是显然的伪作。论者以为:诗三千,孔子选其三百,为《诗经》。此语不甚可靠。不过古诗不止三百篇之数,则为无可疑的事实。

很可笑的伪歌,如《皇娥歌》及《白帝子歌》:"天清地旷浩茫茫","清歌流畅乐难极"之类,见于王子年《拾遗记》《诗纪》首录之。将这样近代性的七言歌,放在离今四千五百年前的时代,自然是太浅陋的作伪了。"登彼箕山兮瞻天下"的一首《箕山歌》,"日出而作,日入而息"的《击壤歌》,也都是不必辩解的伪作。"断竹,断竹,飞土逐宾"的《弹歌》,《吴越春秋》只言其为古作,《诗苑》却派定其为黄帝作,当然是太武断。"股肱喜哉,元首起哉,百工熙哉"的虞帝与皋陶诸臣的唱和歌,比较的可靠,然却未必为原作。《尚书大传》所载的《卿云歌》《八伯歌》也是不可信的。较可信的是秦汉以前诸书所载的逸诗。这些逸诗,《玉海》曾收集了一部分。后来郝懿行又辑增之,为《诗经拾遗》一书。但存者不及百篇,且多零语,其中尚有一部分,是古代的谚语。所以我们研究古代的诗篇,除了《诗经》这一部仅存的选

集之外，竟没有第二部完整可靠的资料。

二

《诗经》的影响，在孔子孟子的时代便已极大了。希腊的诗人及哲学家，每称举荷马之诗，以作论证；基督教徒则举《旧约》《新约》二大圣经，以为一己立身行事的准则；我们古代的政治家及文人哲士，则其所引为辩论讽谏的根据，或宣传讨论的证助者，往往为《诗经》的片言只语。此可见当时的《诗经》已具有莫大的威权。这可见《诗经》中的诗，在当时流传的如何广！

《诗经》在秦汉以后，因其地位的抬高，反而失了她的原来的巨大威权。这乃是时代的自然淘汰所结果，非人力所能勉强的。但就文学史

《诗经》书影

  《诗经》是我国最早的诗歌总集，收集了从西周初期至春秋中叶大约500年间的诗歌305篇。西汉时它被尊为儒家经典，始称《诗经》，并沿用至今。

第一讲 《诗经》与《楚辞》

上而论,汉以来的作家,实际上受《诗经》的风格的感化的却也不少。韦孟的《讽谏诗》《在邹诗》,东方朔的《诫子诗》,韦玄成的《自劾诗》《戒子孙诗》,唐山夫人的《安世房中歌》,傅毅的《迪志诗》,仲长统的《述志诗》,曹植的《元会》《责躬》,乃至陶潜的《停云》《时运》《荣木》,无不显然的受有这个感化。

然而,在同时,《诗经》却遇到了不可避免的厄运:一方面她的地位被抬高了,一方面她的真价与真相却为汉儒的曲解胡说所蒙蔽了。这正如绝妙的《苏罗门歌》一样,她因为不幸而被抬举为《圣经》,而她的真价与真相,便不为人所知者好几千年!

《诗经》中所最引人迷误的是风、雅、颂的三个大分别。孔颖达说:"风、雅、颂者,诗篇之异体,赋、比、兴者,诗文之异辞。……赋、比、兴是诗之所用,风、雅、颂是诗之成形。"《毛诗正义》关于赋比兴,我们在这里不必多说,这乃是修辞学的范围。至于风、雅、颂三者,则历来以全部《诗经》的诗,属于其范围之内。三百篇之中,属于"风"之一体者,有二南,王、豳、郑、卫等十五国风,计共一百六十篇;属于"雅"者,有《大雅》《小雅》,计共一百零五篇;属于"颂"者有《周颂》《鲁颂》《商颂》,计共四十篇。《诗大叙》说:"上以风化下,下以风刺上。主文而谲谏,言之者无罪,闻之者足以戒,故曰风。……是以一国之事,系一人之本,谓之风。言天下之事,形四方之风,谓之雅。雅者正也,言王政所由废兴也。……颂者,美盛德之形容,以其成功告于神明者也。"朱熹说:"凡《诗》之所谓风者,多出于里巷歌谣之作,所谓男女相与咏歌,各言其情者也。……若夫雅、颂之篇,则皆成周之世,朝廷郊庙乐歌之词,其语和而庄,其义宽而密,其作者往往圣人之徒,固所以为万世法程而不可易者也。"《诗经集注序》《诗大叙》之说,完全是不可通的。汉人说经,往往以若可解若不可解之文句,阐说模糊影响之意思,《诗大叙》这几句话便是一个例。我们勉强的用明白的话替他疏释一下,便是:风是属于个人的,雅是有关王政的,颂是"以其成功告于神明"的。朱熹之意亦不出于此,而较为明白。他只将风、雅、颂分为两类:以风为一类,说他们是"里巷歌谣之作",以雅、颂为一类,说他们是"朝廷郊庙乐歌之词"。其实这些见解都是不对的。当初的分别风、雅、颂三大部的原意，已不为后人所知；而今本的《诗经》的次列又为后人窜乱，更不能与原来之意旨相契合。盖以今本的《诗经》而论，则风、雅、颂三者之分，任用如何的巧说，皆不能将其抵牾不合之处，弥缝起来。假定我们依了朱熹之说，将"风"作为里巷歌谣，将"雅颂"作为"朝廷郊庙乐歌"，则《小雅》中的《白华》："白华菅兮，白茅束兮，之子之远，俾我独兮！"与《卫风》中的《伯兮》："伯兮朅兮，邦之桀兮。伯也执殳，为王前驱。自伯之东，首如飞蓬。岂无膏沐，谁适为容？"同是挚切之至的怀人之作，何以后一首便是"里巷歌谣"，前一首便是"庙堂郊祠乐歌"？又"风""雅"之中，更有许多同类之诗，足以证明"风"与"雅"原非截然相异的二类。至于"颂"，则其性质也不十分明白。《商颂》的五篇，完全是祭祀乐歌；《周颂》的内容便已十分复杂，其中有一大部分，是祭祀乐歌，一小部分却与"雅"中的多数诗篇，未必有多大分别 如《小毖》。《鲁颂》则只有《閟宫》可算是祭祀乐歌，其他《泮水》诸篇皆非是。又《大雅》中也有祭祀乐歌，如《云汉》之类是。更有后人主张：诗都是可歌的；其所谓"风""雅""颂"完全是音乐上的分别。郑樵说："乐以诗为本，诗以声为用，八音六律为之羽翼耳。仲尼编诗，为燕享祀之时用以歌，而非用以说义也。"《通志·乐略》又说："仲尼……列十五国风以明风土之音不同，分大小二雅以明朝廷之音有间，陈《周》《鲁》《商》三颂所以侑祭也。……"梁任公便依此说，主张《诗经》应分为四体，即南、风、雅、颂。"南"即十五国风中之"二南"，与"雅"皆乐府歌辞，"风"是民谣，"颂"是剧本或跳舞乐。这也是颇为牵强附会的。古代的音乐早已亡失，如何能以后人的模糊影响之追解而为之分解得清楚呢？郑樵之说，仍不外风土之音 即民间歌谣、朝廷之音，及侑祭之乐的三个大分别。至于"四诗：南、风、雅、颂"之说，则尤为牵强。"南"之中有许多明明不是乐歌，如《卷耳》《行露》《柏舟》诸作，如何可以说他们是合奏乐呢？我们似不必拘泥于已窜乱了的次第而勉强去加以解释，附会，甚至误解。《诗经》的内容是十分复杂的；风、雅、颂之分，是决不能包括其全体的；何况这些分别又是充满了矛盾呢。我们且放开了旧说，而在现存的三百零五篇古诗的

| 第一讲　《诗经》与《楚辞》 |

自身，找出他们的真实的性质与本相来！

据我个人的意见，《诗经》的内容，可归纳为三类：一、诗人的创作，像《节南山》《正月》《十月之交》《崧高》《烝民》等。二、民间歌谣，又可分为：（一）恋歌，像《静女》《中谷有蓷》《将仲子》等；（二）结婚歌，像《关雎》《桃夭》《鹊巢》等；（三）悼歌及颂贺歌，像《蓼莪》《麟之趾》《螽斯》等；（四）农歌，像《七月》《甫田》《大田》《行苇》《既醉》等。三、贵族乐歌，又可分为：（一）宗庙乐歌，像《下武》《文王》等；（二）颂神乐歌或祷歌，像《思文》《云汉》《访落》等；（三）宴会歌，像《庭燎》《鹿鸣》《伐木》等；（四）田猎歌，像《车攻》《吉日》等；（五）战事歌，像《常武》等。

三

《诗经》中的民间歌谣，以恋歌为最多。我们很喜爱《子夜歌》《读曲歌》等等；我们也很喜爱《诗经》中的恋歌。在全部《诗经》中，恋歌可说是最晶莹的圆珠圭璧；假定有人将这些恋歌从《诗经》中都删去了，——像一部分宋儒、清儒之所主张者——则《诗经》究竟还成否一部最动人的古代诗歌选集，却是一个问题了。这些恋歌杂于许多的民歌、贵族乐歌以及诗人忧时之作中，譬若客室里挂了一盏亮晶晶的明灯，又若蛛网上缀了许多露珠，为朝阳的金光所射照一样。他们的光辉竟照得全部的《诗经》都金碧辉煌，光彩炫目起来。他们不是忧国者的悲歌，他们不是欢宴者的讴吟，他们更不是歌颂功德者的曼唱。他们乃是民间小儿女的"行歌互答"，他们乃是人间的青春期的结晶物。虽然注释家常常夺去了他们的地位，无端给他们以重厚的面幕，而他们的绝世容光却终究非面幕所能遮掩得住的。

恋歌在十五国风中最多，《小雅》中亦间有之。这些恋歌的情绪都是深挚而恳切的。其文句又都是婉曲深入，娇美可喜的。他们活绘出一幅二千五百余年前的少男少女的生活来。他们将本地的风光，本地的人物，衬托出种种的可入画的美妙画幅来。"山有扶苏，隰有荷华。不见子都，乃见狂且！"《郑风》这是如何的一个情景。"十亩之间兮，桑者闲闲兮，行与子还兮。"《魏风》这又是如何的一个情景。"鸡既鸣矣，朝既盈矣。匪鸡则鸣，苍蝇之声。"《齐风》这又是如何的一个情景！但在这里不能将这些情歌，一一的加以征引，姑说几篇最动人的。卫与郑，是诗人们所公认的"靡靡之音"的生产地。至今"郑卫之音"，尚为正人君子所痛心疾首。然《郑风》中情诗诚多，而《卫风》中则颇少，较之陈、齐似尚有不及。郑、卫并称，未免不当。《郑风》里的情歌，都写得很倩巧，很婉秀，别饶一种媚态，一种美趣。《东门之墠》一诗的"其室则迩，其人甚远"，"岂不尔思，子不我即"，与《青青子衿》一诗的"纵我不往，子宁不嗣音"，"一日不见，如三月兮"，写少女的有所念而羞于自即，反怨男子之不去追求的心怀，写得真是再好没有的了。"子不我思，岂无他人，狂童之狂也且！"《褰裳》似是《郑风》中所特殊的一种风调。这种心理，却没有一个诗人敢于将她写出来！其他像《将仲子》《萚兮》《野有蔓草》《出其东门》及《溱洧》都写得很可赞许。

《陈风》里，情诗虽不多，却都是很好的。像《月出》与《东门之杨》，其情调的幽隽可爱，大似在朦胧的黄昏光中，听凡珴令的独奏，又如在月色皎白的夏夜，听长笛的曼奏：

月出皎兮，佼人僚兮，舒窈纠兮，劳心悄兮。
月出皓兮，佼人懰兮，舒忧受兮，劳心慅兮。
月出照兮，佼人燎兮，舒夭绍兮，劳心惨兮。

——《月出》

《齐风》里的情诗，以《子之还兮》一首为较有情致。《卢令令》一首则以音调的流转动人。齐邻于海滨，也许因是商业的中心，而遂缺失了一种清逸的气氛。这是商业国的一个特色。又齐多方士，思想多幻渺虚空，故对于人间的情爱，其讴歌，便较不注意。《秦风》中的《蒹葭》，措词宛曲秀美。"所谓伊人，在水一方。溯洄从之，道阻且长；溯游从之，宛在水中央。"即音调也是十分的宛曲秀美。

第一讲 《诗经》与《楚辞》

民间的祝贺之歌，或结婚、迎亲之曲，在《诗经》里亦颇不少。《关雎》《桃夭》《鹊巢》等都是结婚歌。《螽斯》及《麟之趾》则皆为颂贺多子多孙的祝词。

民间的农歌，在《诗经》里有许多极好的。他们将当时的农村生活，极活泼生动的表现出来，使我们在二千余年之后，还如目睹着二千余年前的农民在祭祀，在宴会，在牵引他们的牛羊，在割稻之后，快快乐乐的歌唱着；还可以看见他们在日下耕种，他们的妻去送饭；还可以看见一大群的牛羊在草地上静静的低头食草；还可以看见他们怎样地在咒恨土地所有者，怒骂他们夺去了农民的辛苦的收获；还可以看见他们互相的谈话，讥嘲，责骂。总之，在那些农歌里，我们竟不意的见到了古代的最生动的一幅耕牧图了。

这些民间的或农人们的祭祀乐歌，皆在《大雅》《小雅》中。于上举之《七月》等外，像《无羊》便是一首最美妙的牧歌。"尔羊来思，其角濈濈。尔牛来思，其耳湿湿。或降于阿，或饮于池，或寝或讹。尔牧来思，何蓑何笠，或负其餱……"其描写的情境是活跃如见的。又像《甫田》那样的祷歌，更不是平庸的骈四俪六的祭神文、青词、黄表之类可比。"今适南亩，或耘或耔，黍稷薿薿……曾孙来止，以其妇子，馌彼南亩，田畯至喜。攘其左右，尝其旨否？"《甫田》其形状农家生活，真是"无以复加矣"。

民间的及贵族的宴会歌曲，尽有不少佳作。有时，竟有极清隽的作品。但这些宴会歌曲，结构与意思颇多相同，当是一种乐府相传的歌曲，因应用的时与地的不同，遂致有所转变。像《郑风》的《风雨》，《小雅》的《菁菁者莪》《隰桑》《蓼莪》《裳裳者华》《頍弁》，以及《召南》的《草虫》等，句法皆甚相同，很可以看出是由一个来源转变而来的。而像《伐木》《小雅》，写一次宴会的情况，真是栩栩如活："既有肥牡，以速诸舅，宁适不来，微我有咎！"乃至"坎坎鼓我，蹲蹲舞我"。都是当前之景，取之不穷，而状之则不易者。贵族或君王的田猎歌，也有几首，像《吉日》《车攻》，且都不坏。帝王及贵族的颂神乐歌，或祷歌，或宗庙乐歌，则除了歌功颂德之外，大都没有什么佳语隽言。《文王有声》《大雅》在祭神歌中是一个别格。这是祭"列祖"的歌。凡八章。先二章是祭文王的，故末皆曰："文王烝哉！"末二章则最后皆曰："武王烝哉！"

《鲁颂》中真正的祭神歌很少。《泮水》是一首很雄伟的战胜颂歌，并不是祷神歌。《閟宫》乃是一首祷神歌，其格调却与《周颂》中的诸篇不同了。

《商颂》五篇，未必便是殷时所作。《诗序》说："微子至于戴公，其间礼乐废坏。有正考甫者，得《商颂》十二篇于周之大师。"但其风格离《诗经》中的诸篇并不很歧远。似当是周时所作，或至少是改作的。其中亦有很好的文句，如："猗与那与，置我鞉鼓，奏鼓简简，衎我烈祖。汤孙奏假，绥我思成。鞉鼓渊渊，嘒嘒管声。既和且平，依我磬声。"我们不仅如睹其形，亦且如闻其"鞉鼓渊渊"之声矣。

四

继于《诗经》时代之后的便是所谓"楚辞"的一个时代。在名为"楚辞"那一个总集之中，最重要的作家是屈原屈原及宋玉等见《史记》卷八十四。他是"楚辞"的开山祖，也是"楚辞"里的最伟大的作家。我们可以说，"楚辞"这个名辞，指的乃是"屈原及其跟从者"。

"楚辞"的名称，或以为始于刘向。然《史记·屈原列传》已言："屈原既死之后，楚有宋玉、唐勒、景差之徒者，皆好辞。而以赋见称。"《汉书·朱买臣传》言："买臣善《楚辞》。"又言："宣帝时，有九江被公善《楚辞》。""楚辞"之称，在汉初当已成了一个名辞。据相传的见解，谓屈原诸《骚》，皆是楚语，作楚声，纪楚地，名楚物，故谓之《楚辞》。其后虽有许多非楚人作《楚辞》，虽未必皆纪楚地，名楚物，然其作楚声则皆同。

后汉王逸著《楚辞章句》，于卷首题着："汉护左都水使者光禄大夫臣刘向集，后汉校书郎臣王逸章句。"《楚辞》到刘向之时，始有像现在那个样子的总集，这是可信的事。惟这个王逸章句的《楚辞》，是否即为刘向的原本，却是很可疑的。据王逸的《章句》本，则名为《楚

第一讲 《诗经》与《楚辞》

辞》的这个总集,乃包括自屈原至王逸他自己的一个时代为止的许多作品。据朱熹的《集注》本,则《楚辞》的范围更广,其时代则包括自周至宋,其作品则包括自荀况以至吕大临。本书所谓《楚辞》,指的不过屈原、宋玉几个最初的《楚辞》作家。

《楚辞》,或屈原、宋玉诸人的作品,其影响是至深且久,至巨且广的。《诗经》的影响,至秦汉已微。她的地位虽被高列于圣经之林,她在文学上的影响却已是不很深广了。但《楚辞》一开头便被当时的作者们所注意。汉代是"辞、赋的时代";而自建安以至六朝,自唐以至清,也几乎没有一代无模拟《楚辞》的作家们。她的影响,不仅在"赋"上,在"骚"上,即在一般诗歌上也是如此。若项羽的"虞兮虞兮奈若何",刘邦的"大风起兮云飞扬",以至刘彻的"草木黄落兮雁南归","罗袂兮无声,玉墀兮尘生"诸诗,固不必说,显然的是"楚风"了;即论到使韵遣辞一方面,《楚辞》对于后来的诗歌,其影响也是极大的。他们变更了健劲而不易流转的四言格式,他们变更了纯朴短促的民间歌谣,他们变更了教训式的格言诗,他们变更了拘谨素质的作风。他们大胆的倾怀的诉说出自己郁抑的情绪;从来没有人曾那末样的婉曲入微,那末样的又真挚,又美丽的倾诉过。

屈原是古代第一个有主名的大诗人。在古代的文学上,没有一个人可以与他争那第一把交椅的。《史记》中有他的一篇简传。在他自己的作品里也略略的提起过自己的生平。据《史记》,屈原名平,"原"是他的字。他自己在《离骚》里则说:"皇鉴揆余于初度兮,肇锡余以嘉名。名余曰正则兮,字余曰灵均。"是正则,灵均又是他的名字。后人或以正则、灵均为"平"字"原"字的释义,或以为正则、灵均是他的小名。他是楚的同姓,约生于公元前343年周显王二十六年,楚宣王二十七年戊寅。初为楚怀王左徒,博闻强志,明于治乱,娴于辞令,入则与王图议国事,以出号令,出则接遇宾客,应对诸侯。原是怀王很信任的人。有一个上官大夫,与屈原同列争宠,心害其能。怀王使屈原造为宪令。屈原属稿未定。上官大夫见而欲夺之。屈平不与。上官大夫因在怀王之前谗间他道:"王使屈平为令,众莫不知。每一令出,平伐其功,以为非我莫能为也。"王怒而疏屈平。"屈平疾王听之不聪也,谗谄

〔明〕陈洪绶《屈子行吟图》

屈原（前340—前278）是中国文学史上第一位伟大的爱国诗人。《离骚》是屈原的代表作，也是中国最早的长篇抒情诗。

之蔽明也，邪曲之害公也，方正之不容也。故忧愁幽思而作《离骚》。"屈原既疏，不复在位，使于齐。适怀王为张仪所诈，与秦战大败。秦欲与楚为欢，乃割汉中地与楚以和。怀王恨张仪入骨，说道："不欲得地，愿得张仪。"张仪竟入楚。厚赂怀王左右，竟得释归。屈平自齐反，谏怀王曰："何不杀张仪？"怀王悔，追张仪不及。后秦昭王与楚婚，欲怀王会。王欲行。屈原曰："秦虎狼之国，不可信，不如无行。"怀王稚子子兰劝王："奈何绝秦欢！"怀王卒行，入武关。秦伏兵绝其后，固留怀王以求割地。怀王怒，不听，竟客死于秦而归葬。长子顷襄王立，以其弟子兰为令尹。子兰怒屈平不已，使上官大夫短之于顷襄王。顷襄王怒而迁之。这是他第二次在政治上的失败。屈原既被疏被放，三年不得复见。竭智尽忠，而蔽障于谗；心烦意乱，不知所从。乃往太卜郑詹尹欲决所疑。他问詹尹道："宁正言不讳以危身乎？将从俗富贵以偷生乎？……宁昂昂若千里之驹乎？将泛泛若水中之凫，与波上下偷以全吾躯乎？……此孰吉，孰凶？何去，何从？"詹尹却很谦抑的释策说道："用君之心，行君之意，龟策诚不能知此事！"屈原至于江滨，被发行吟泽畔，颜色憔悴，形容枯槁。乃作《怀沙》之赋。于是怀石自投汨罗以死。死时约为公元前290年即顷襄王九年的五月五日。在这一日，到处皆竞赛龙舟，投角黍于江，以吊我们的大诗人。

第一讲 《诗经》与《楚辞》

近来颇有人怀疑屈原的存在，以为他也许和希腊的荷马、印度的瓦尔米基一样，乃是一个箭垛式的乌有先生。荷马、瓦尔米基之果为乌有先生与否，现在仍未论定——也许永久不能论定——但我们的大诗人屈原，却与他们截然不同。荷马的《伊里亚特》《亚特赛》，瓦尔米基的《拉马耶那》（Ramayna），乃是民间传说与神话的集合体，或民间传唱已久的小史诗，小歌谣的集合体。所以那些大史诗的本身，应该可以说他们是"零片集合"而成的。荷马、瓦尔米基那样的作家，即使有之，我们也只可以说他们是"零片集合者"。屈原这个人，和屈原的这些作品，则完全与他们不同。他的作品像《离骚》《九章》之类，完全是抒写他自己的幽愤的，完全是诉说他自己的愁苦的，完全是个人的抒情哀语，而不是什么英雄时代的记载。他们是反映着屈原的明了可靠的生平的，他们是带着极浓厚的屈原个性在内的。他们乃是无可怀疑的一个大诗人的创作。

五

《汉书·艺文志》里有《屈原赋》二十五篇。王逸《章句》本的《楚辞》与朱熹《集注》本的《楚辞》，所录屈原著作皆为七篇。七篇中，《九歌》有十一篇，《九章》有九篇，合计之，正为二十五篇，与《汉志》合。但王逸《章句》本，对于《大招》一篇，却又题着"屈原作，或曰景差作"。则屈原赋共有二十六篇。或以为《九歌》实止十篇，因《礼魂》一篇乃是十篇之总结。故加入《大招》，仍合于二十五篇之数。或则去《大招》而加《招魂》，仍为二十五篇。或则以《九歌》，作九篇，仍加《大招》《招魂》二篇，合为二十五篇。但无论如何，这二十五篇，决不会全是屈原所作的。其中有一部分是很可怀疑的。《远游》中有"羡韩众之得一"语。韩众是秦始皇时的方士，此已足证明《远游》之决非屈原所作的了。《卜居》《渔父》二篇，更非屈原的作品。两篇的开始，俱说："屈原既放"，显然是第三人的记载。王逸也说："楚人思念屈原，因叙其辞以相传焉。"此外《九歌》《天问》等篇，也都各有可疑之处。我们所公认为屈原的作品,与他的生活有密切的关系者,仅《离骚》一篇及《九章》九篇而已。

《离骚》为古代最重要的诗篇之一,也是屈原所创作的最伟大的作品。"离骚"二字的解释,司马迁以为"犹离忧也"。班固以为"离,犹遭也;骚,忧也"。《离骚》全文,共三百七十二句,二千四百六十一字。作者的技能在那里已是发展到极点。她是秀美婉约的,她是若明若昧的。她是一幅绝美的锦幛,交织着无数绝美的丝缕;自历史上,神话上的人物,自然界的现象,以至草木禽兽,无不被捉入诗中,合组成一篇大创作。

屈原想像力是极为丰富的。《离骚》虽未必有整饬的条理,虽未必有明晰的层次,却是一句一辞,都如大珠小珠落玉盘,各自圆莹可喜,又如春园中的群花,似若散漫而实各在向春光斗妍。自"帝高阳之苗裔兮,朕皇考曰伯庸"起,始而叙述他的身世性格,继而说他自己在"惟党人之偷乐兮,路幽昧以险隘"之时,不得不出来匡正。"岂余身之惮殃兮,恐皇舆之败绩",不料当事者并不察他的中情,"反信谗而齌怒"。他"固知謇謇之为患兮,忍而不能舍也"。在这时,"众皆竞进以贪婪兮,凭不厌乎求索"。独有他的心却另有一番情怀。他所怕的是"老冉冉其将至兮,恐修名之不立"。他的心境是那末样的纯洁:"朝饮木兰之坠露兮,夕餐秋菊之落英。"然"众女嫉余之蛾眉兮,谣诼谓余以善淫"。因而慨然的说道:"鸷鸟之不群兮,自前世而固然。何方圜之能周兮,夫孰异道而相安。屈心而抑志兮,忍尤而攘诟。伏清白以死直兮,固前圣之所厚。"在这时,他已有死志。他颇想退修初服,"制芰荷以为衣兮,集芙蓉以为裳"。然而他又不能决心退隐。女嬃又申申的骂他,劝他不必独异于众。"众不可户说兮,孰云察余之中情。"他却告诉她说,"阽余身而危死兮,览余初其犹未悔。不量凿而正枘兮,固前修以菹醢"。时既不容他直道以行,便欲骋其想像"上下而求索"。"饮余马于咸池兮,总余辔乎扶桑。折若木以拂日兮,聊逍遥以相羊。前望舒使先驱兮,后飞廉使奔属。鸾皇为余先戒兮,雷师告余以未具。吾令凤鸟飞腾兮,继之以日夜……欲远集而无所止兮,聊浮游以逍遥。"但"闺中既以邃远兮,哲王又不寤。怀朕情而不发兮,余焉能忍与此终古"。

他闷闷之极,便命灵氛为他占之。灵氛答曰:"何所独无芳草兮,尔何怀乎故宇?"他欲从灵氛之所占,心里又犹豫而狐疑。"巫咸将夕降兮,怀椒糈而要之。"巫咸又告诉他说道:"勉升降以上下兮,求矩矱之所同。……及年岁之未晏兮,时亦犹其未央。"他仍不以此说为然。他说道:"兰芷变而不芳兮,荃蕙化而为茅。何昔日之芳草兮,今直为此萧艾也!岂其有他故兮,莫好修之害也!"实在的,"既干进而务入兮,又何芳之能祗。固时俗之流从兮,又孰能无变化!"他终于犹豫着,狐疑着,不能决定走哪一条路好。最后他便决绝的说道:"灵氛既告余以吉占兮,历吉日乎吾将行。"及其"陟升皇之赫戏兮,忽临睨夫旧乡",便又留恋瞻顾而不能自已。"仆夫悲余马怀兮,蜷局顾而不行。"他始终在徘徊瞻顾,下不了决心。他始终的犹豫着,狐疑着,不知何所适而后可。到了最后之最后,他只好浩然长远的叹道:"已矣哉!国无人莫我知兮,又何怀乎故都!既莫足与为美政兮,吾将从彭咸之所居。"他始终是一位诗人,不是一位政治家。他是不知权变的,他是狷狷自守的。他也想和光同尘,以求达政治上的目的,然而他又没有那末灵敏的手腕。他的洁白的心性,也不容他有违反本愿的行动。于是他便站立在十字街头:犹豫狐疑,徘徊不安。他的最后而最好的一条路便只有:"从彭咸之所居。"

在《九章》里的九篇里,大意也不外于此。《九章》本为不相连续的九篇东西,不知为什么连合为一篇而总名之曰《九章》。这九篇东西,并非作于一时,作风也颇不相同。王逸说:"屈原既放,思君念国,随事感触,辄形于声。后人辑之,得其九章,合为一卷。非必出于一时之言也。"他以《惜往日》《悲回风》二篇为其"临绝之音"。其他各篇则不复加以诠次。后人对于他们的著作时日的前后,议论纷纭。《涉江》首句说,"余初好此奇服兮,年既老而不衰",似也为晚年之作。《惜诵》《抽思》二篇,其情调与《离骚》全同,当系同时代的作品。《橘颂》则音节舒徐,气韵和平,当是他的最早的未遇困厄时之作。然在其中,已深蕴着诗人的矫昂不群的气态了:"嗟尔幼志,有以异兮,独立不迁,岂不可喜兮!深固难徙……"《思美人》仍是写他自己的低徊犹豫。《哀郢》是他在被流放的别地,思念故乡而作的。他等候着复召,却永不曾有这个好音。他最后只好慨叹的说道:"曼余目以流观兮,冀一反之何时!鸟飞反故乡兮,狐死必首丘。信非吾罪而弃逐兮,何日夜而忘之!"《涉江》也是他在被放于南方时所作。

他既久不得归,于是又作《怀沙》《悲回风》二赋,以抒其愁愤,且决志要以自杀了结他的贞固的一生。在这时,他已经完全失望,已经完全看不出有什么光明前途了。国事日非,党人盘据,"变白以为黑兮,倒上以为下,凤皇在笯兮,鸡鹜翔舞;同糅玉石兮,一概而相量"。当然不会有人知他。《怀沙》之作,在于"滔滔孟夏兮,草木莽莽"之时。他在那里,已决死志,反而淡淡的安详说道:"民生禀命,各有所错兮,定心广志,余何畏惧兮。……知死不可让,愿勿爱兮。"在《悲回风》里,他极叙自己的悲愁:"涕泣交而凄凄兮,思不眠而极曙。终长夜之曼曼兮,掩此哀而不去。"他倒愿意"溘死而流亡兮,不忍此心之常愁"。至于《惜往日》,或以为"此作词旨鄙浅,不似屈子之词,疑后人伪托也"。我们见她一开头便说:"惜往日之曾信兮,受命诏以昭时,奉先功以照下兮,明法度之嫌疑",似为直抄《史记》的《屈原列传》而以韵文改写之的,屈原的作品,决不至如此的浅显。伪作之说,当可信。

《九歌》《天问》也颇有人说其皆非屈原所出。朱熹说:

> 昔楚南郢之邑,沅、湘之间,其俗信鬼而好祀。其祀必使巫觋作乐歌舞以娱神。蛮荆陋俗,词既鄙俚,而其阴阳人鬼之间,又或不能无亵慢淫荒之杂。原既被逐,见而感之。故颇为更定其词,去其泰甚。

是则朱熹也说《九歌》本为旧文,屈原不过"更定其词,去其泰甚"而已。这个解释是很对的。我们与其将《九歌》的著作权完全让给了屈原或楚地的民众,不如将这个巨作的"改写"权交给了屈原。我们看《九歌》中那末许多娟好的辞语:"桂棹兮兰枻,斲冰兮积雪,采薜荔兮水中,搴芙蓉兮木末。心不同兮媒劳,恩不甚兮轻绝"《湘君》;"帝子降兮北渚,目眇眇兮愁予。袅袅兮秋风,洞庭波兮木叶下"《湘夫人》;"秋

第一讲 《诗经》与《楚辞》

兰兮青青,绿叶兮紫茎。满堂兮美人,忽独与余兮目成"《少司命》;"若有人兮山之阿,被薜荔兮带女罗,既含睇兮又宜笑"《山鬼》。我们很不能相信民间的祭神歌竟会产生这样的好句。有许多民间的歌曲在没有与文士阶级接触之前,都是十分的粗豪鄙陋的。偶有一部分精莹的至情语,也被拙笨的辞笔所碍而不能畅达。这乃是文人学士的拟作或改作,给他们以一种新的生命,新的色彩。《九歌》之成为文艺上的巨作,其历程当不外于此。

《九歌》有十一篇。或以《礼魂》为"送神之曲",为前十篇所适用。或则更以最后的三篇:《山鬼》《国殇》《礼魂》,合为一篇以合于"九"之数,然《山鬼》《国殇》诸篇,决没有合为一篇的可能。但《九歌》实只有九篇。除《礼魂》外,《东皇太一》实为"迎神之曲",也不该计入篇数之内。

《九歌》的九篇除了两篇迎神、送神曲之外,相传以为都是礼神之曲。但像"思公子兮未敢言"《湘夫人》,"悲莫悲兮生别离,乐莫乐兮新相知"《少司命》,"子交手兮东行,送美人兮南浦"《河伯》,"既含睇兮又宜笑,子慕予兮善窈窕"《山鬼》诸情语,又岂像是对神道说的。或以为《圣经》中的《苏罗门歌》不是对神唱的歌曲,而同时又是绝好恋歌么?不知《苏罗门歌》正是当时的恋歌;后人之取来作为圣歌,乃正是

〔北宋〕李公麟《九歌图》(之一)

《九歌》是以娱神为目的的祭歌,它所塑造的艺术形象,表面上是超人间的神,实质上是现实中人的神化。

他们的附会。朱熹也知《九歌》中多情语，颇不易解得通，所以便说："其言虽若不能无嫌于燕昵，而君子反有取焉。"我的意见是，《九歌》的内容是极为复杂的，至少可成为两部分：一部分是楚地的民间恋歌，如《湘君》《湘夫人》《大司命》《少司命》《河伯》《山鬼》六篇；一部分是民间祭神祭鬼的歌，如《云中君》《国殇》《东君》《东皇太一》及《礼魂》。

《天问》是一篇无条理的问语。在作风上，在遣辞用语上，全不像是屈原作的。朱熹说："屈原放逐，彷徨山泽，见楚有先王之庙及公卿祠堂，图画天地山川神灵，琦玮僪佹，及古贤圣怪物行事，因书其壁，向而问之，以渫愤懑。楚人哀而惜之，因共论述。故其文义不次序云尔。"既是楚人所"论述"，可见未必出于屈原的手笔。且细读《天问》全文，平衍率直，与屈原的《离骚》《九章》诸作的风格完全不同。我们不能相信的是，以写《离骚》《九章》的作者，乃更会写出"简狄在台，喾何宜？玄鸟致贻，女何喜？"那末一个样子的句法来。有人以为《天问》是古代用以考问学生的试题。这话颇有人加以非笑，以为在古代时，究竟要考问什么学生而用到这些试题。我们以为以《天问》为试题，或未免过于武断；但《天问》之非一篇有意写成的文艺作品，则是无可怀疑的。她在古时，或者是一种作者所用的历史、神话、传说的备忘录也难说。或者竟是如希腊海西亚特（Hesiod）所作的《神谱》，或亚甫洛杜洛斯（Apollodorus）的《图书纪》。体裁乃是问答体的，本附有答案在后。后人因为答题过于详细，且他书皆已有详述，故删去之，仅存其问，以便读者的记诵。这个猜测或有几分可能性罢。

参考书目

一、《毛诗正义》四十卷　汉毛亨传，郑玄笺，唐孔颖达疏，有《十三经注疏》本。

二、《诗集传》八卷　宋朱熹撰，坊刻本极多。

三、《诗经通论》十八卷　清姚际恒撰，有道光丁酉刊本。

四、《读诗偶识》四卷　清崔述撰，有《畿辅丛书》本，日本刊《东壁遗书》本。

第一讲 《诗经》与《楚辞》

五、《诗经原始》十八卷　清方玉润撰，有《鸿濛室丛书》本，石印本。

六、《诗三家义集疏》二十八卷　王先谦撰，有乙卯年虚受堂原刊本。

七、《诗经的厄运与幸运》　顾颉刚撰，载于《小说月报》第十四卷第三号至第五号，又有《小说月报丛刊》本。

八、《读毛诗序》　郑振铎撰，载于《小说月报》第十四卷第一号。

九、《关于诗经研究的重要书籍介绍》　郑振铎撰，载于《小说月报》第十四卷第三号。

十、《楚辞》　王逸章句，洪兴祖补注。有汲古阁刊本，金陵书局刊本。

十一、《楚辞集注》　朱熹撰，有《古逸丛书》本，坊刊本。

第二讲　散　文

一、先秦的散文

> 先秦散文坛的盛况——哲学家的天下——儒道墨的分道并驰——老子——孔子和墨子的积极的救世的精神——"儒分为八，墨离为三"——孟子与荀子——庄子——韩非与吕不韦——诸历史家——《战国策》——《春秋左氏传》——《穆天子传》

一

上古文学，在诗歌一方面，不过有《诗经》与《楚辞》的两个总集，伟大的作家也只有几个人。但在散文一方面，作家却风起泉涌，极一时之盛。或为哲学家，或为政治家，或为辩士，或为历史家，或为专门的学者。各有所长，各有所见，各有所执持。他们是抒达自己的意见而无讳避的。他们没有什么传统的信仰与意见的束缚，他们各欲为开山祖，也各有他们的信徒。这个时代，论者每以为是中国哲学的黄金时代。

虽然他们并不以文学为业，但他们的文章，却也是光彩焕发，风致遒美，其结构的严整，文句的精粹，都为汉以后散文作家所少见。他们每能以盛水不漏的严密的哲学思想，装载于美丽多趣的文字里，驱遣着丰富的想像，生动的比喻，活泼而有情致的文辞，为他自己的应用。因此，他们的作品，便不惟成了哲学上的名著，也成了文学上的名著。

| 第二讲　散　文 |

　　他们都是生活在从公元前570年_{周灵王时}到公元前230年_{秦始皇时}之间的一个时代的。这一个时代，即所谓春秋战国的时代。这时，中国的各地，尤其是黄河流域，都继续的陷在局部战争的情形之中。争战不休，兵戈时举。一切的传统的道德与思想都已被打得粉碎。政治上社会上的纷纭也已达于极点。于是新创的哲学思想与政治观念便应运而出。有的人表白出消极的厌世的破坏思想。有的人还要努力的维持古代的传统思想，保存古代的一切良好的制度，积极的与社会相争斗。有的人欲以仁爱及实用之学，来挽救这种的扰乱与民间的疾苦。有的人则更欲以严明的政治及法律来统辖这种纷扰的局面。这些都是由社会的自然的趋势里，酝酿出他们的哲学来的。重要的派别有三，即所谓儒、道、墨者是。道家抱消极的厌世思想，儒家则主张保守与用世，墨家则以救天下博爱为己任。更有持极端的个人主义，虽拔一毛而利天下也不肯为的杨朱，以严刑峻法统治一国的商鞅、韩非，以诡辩伏人而自喜的公孙龙、邹衍等等。但他们的影响究竟没有儒、道、墨三家那末大，他们的跟从者也没有儒、道、墨三家那末多。这三派的哲学家，各有其开山祖，儒家为孔丘，道家为李耳，墨家为墨翟。这一个时代，恰好也是希腊哲学的黄金时代；苏格拉底，柏拉图，亚利斯多德，西诺诸人相继而起。我们没有阿斯克洛士，优里辟特似的大悲剧家，然而我们却有许多的哲学家，足以与希腊哲学界东西相辉映。

二

　　在这些先秦哲学家中，最先出来的是老子。老子_{老子见《史记》卷六十三}姓李，名耳，字聃_{据《史记》}，楚国人。关于他的神话甚多，有的说他活了二百余岁，有的说他出关仙去。于是更有《老子化胡经》《老子七十二变化图》之作。道家也以他为他们的宗教的始祖。于是他便成了与释迦牟尼的三身如来佛相配当的"三清"_{即所谓"老子一炁化三清"}。孔子曾与他相见过。因为他做过周守藏室之吏，所以孔子向他问礼。大约他的生活时代与孔子相差不远，其生当在公元前470年周元王时以前。老子所代表的思想是消极的，厌世的。他的书有《道德经》_{《道德经》刊本极多，以明世德堂《六子》本为较好（有石印本）}上下二篇，共八十一章，

老子像

老子（约前571—前471），姓李，名耳，字伯阳，楚国苦县（今涡阳县）人。春秋时期伟大思想家、哲学家、道家学派的创始人。

文字极简直。他因为当时政治的龌龊，言治者纷然出，而天下愈扰，于是主张无为，主张无治，以为"不尚贤，使民不争，不贵难得之货，使民不为盗，不见可欲，使民心不乱。是以圣人之治，常使民无治无欲"。鸡犬之声相闻，而民至老死不相往来，这就是他的理想国的景象。他不主张法治，以为："民不畏死，奈何以死惧之！"他不喜欢贤能与强力，而以谦下与柔弱为至德。他说："江海所以能为百谷王者，以善下之，故能为百谷王。"又说："天下莫柔弱于水，而攻坚强者，莫之能胜，其无以易之。"他的悲观，极为彻透。他说："天地不仁，以万物为刍狗；圣人不仁，以百姓为刍狗。"这种悲观的消极的思想，在当时极为流行；一部分的人，以生为苦，于是唱着："知我如此，不如无生。"一部分的人则流于玩世不恭，讥笑一切仆仆道路的以救民救世为己任的人，如《论语》中所载长沮、桀溺诸人都是。老子便是他们的代表。

因为这一派厌世的消极的思想的流行，于是孔子便起来反抗他们，宣传尧、舜、文、武之治，努力维持理想中的传统的政治的与社会的道德，以中庸的积极的态度，始终不懈的从事于改良当时的政治，以复于他所理想的古代清明的政治状况。他在当时的影响极大。跟从他学习的有三千多人，主要的弟子有七十余人。他名丘，字仲尼，鲁国人孔子见《史记》卷四十七。生于公元前551年即周灵王二十一年，卒于公元前479年即周敬王四十一年。他的事迹与言论，许多书上都有记载，但以《论语》《论语》刊本极多，有《十三经注疏》本，朱熹注本所记者为最可靠。他曾做过鲁国的司空及司寇。后来去官周游列国。到了六十八岁时，复回鲁地。专心著述,编订《尚书》《诗经》《周易》及《春秋》,还订定了《礼》与《乐》。卒时,年七十三。孔子的思想,是入世的,是积极的。《论语》虽为曾子的门人所记,文字虽极简朴直捷,却能把孔子的积极的思想完全表现出。老子主张无治无为,孔子则主张有为,主张政刑与德礼为治世者所必要。他说:"道之以政,齐之以刑,民免而无耻。道之以德。齐之以礼,有耻且格。"孔子是极力欲维持理想中的道德的。所以齐陈恒杀其君,孔子三日斋而请伐齐。季氏舞八佾于庭,孔子说道:"是可忍也,孰不可忍也!"当时的人常讥嘲孔子之仆仆道路,而无所成。但孔子则不悲观。"楚狂接舆歌而过孔子曰:'凤兮,凤兮!何德之衰!往者不可谏,来者犹可追。已而已而,今之从政者殆而。'孔子下,欲与之言,趋而辟之,不得与之言。长沮、桀溺耦而耕,孔子过之,使子路问津焉。长沮曰:'夫执舆者为谁?'子路曰:'为孔丘。'曰:'是鲁孔丘欤?'曰:'是也。'曰:'是知津矣!'问于桀溺。曰:'子为谁?'曰:'为仲由。'曰:'是鲁孔丘之徒欤?'对曰:'然。'曰:'滔滔者天下皆是也,而谁以易之!且而与其从辟人之士也,岂若从辟世之士哉。'耰而不辍。子路行以告。夫子怃然曰:'鸟兽不可与同群。吾非斯人之徒与而谁与!天下有道,丘不与

孔子像

孔子(前551—前479),名丘,字仲尼,春秋末期鲁国陬邑(今山东曲阜市东南)人。著名的思想家、教育家、儒家学派创始人。他的思想及学说对后世产生了极其深远的影响。

易也！'"《论语·微子》这种精神，真足以感动一切时代的人！

较孔子略后，而与孔子具有同样的积极的救世的精神者为墨子墨子见《史记》卷七十四。墨子主张博爱，非攻。他的势力，在当时也极大。老、孔、墨三派的思想，几乎三分天下。墨子名翟，或以他为宋人，或以他为鲁人。他的生活时代约在公元前500年周敬王时到公元前416年周威烈王时之间。关于墨子的书，有《墨子》《墨子间诂》，孙诒让著，有自刊本五十三篇。但未必为墨子所自著。一部分是墨者记述墨子的学说与行事的，一部分是后人加入的。墨子有孔子的积极救世的精神，其救助被损害之国的热情，且较儒者尤为强烈。孟子的"墨子兼爱，摩顶放踵利天下，为之"数语，即足表现他的精神。楚国使公输般造云梯欲攻宋。墨子走了十日十夜，赶去见公输般，说服了他，使他中止攻宋。但同时，他与儒家有好几点相反对。儒者主张王者之师，并不反对战争。墨子则彻底的主张非攻。儒者主张爱有等次。墨子则主张博爱。儒者不信鬼而信天命，重礼乐，重视丧葬之事。墨子则主张明鬼而非命，提倡节葬而非乐。

儒、道、墨三派，各有其信徒。然他们的学说传世既久，便又起了分化。韩非子在《显学篇》里，将儒、墨二家的分化，说得非常详细。他说："自孔子之死也，有子张之儒，有子思之儒，有颜氏之儒，有孟子之儒，有漆雕氏之儒，有仲良氏之儒，有孙氏之儒，有乐正氏之儒。自墨子之死也，有相里氏之墨，有相夫氏之墨，有邓陵氏之墨。故孔、墨之后，儒分为八，墨离为三。"《汉书·艺文志》著录道家为三十七家，除伊尹、太公及老子经传经说之外，自文子、蜎子、关尹子、庄子、列子、老成子、长卢子、王狄子，以至公孙牟、申子、老莱子、黔娄子等不下十余家。他们既各自著书立说，则当然又各有他们的见地与主张了。这三大派的分化，一方面使儒道墨的学说互相影响，互相采纳，一方面使儒道墨的学说益为分歧迷乱，不能有截然的分野。分化的结果，遂陷入不可避免的衰落的途程中。又他们既"取舍相反不同，而皆自谓真孔墨，孔墨不可复生，将谁使定后世之学乎？"《韩非子·显学篇》自己一派的互相争论的结果，又使后来者目迷五色，耳纷八音，有无所适从之苦。这都是迫促他们以就于灭亡的。

第二讲 散 文

墨家之书，存者仅《墨子》一作。儒家之书，于《论语》外，存于今者，在《礼记》中有《大学》《中庸》二篇，《大学》相传为曾子及其门人所作的。《中庸》相传为孔子之孙子思所作。又有《孝经》，相传系孔子为曾子说的，由后人记载下来。还有其他各书，但都不甚重要。其中最重要的，且最有影响于后来的文学的作品的，为《孟子》和《荀子》。

孟子<small>孟子见《史记》卷七十四</small>名轲，邹人。生于公元前372年即周烈王四年，卒于公元前289年即周赧王二十六年，卒时，年八十四。他曾受业于子思的门人，见过齐宣王、梁惠王，所如不合，"退而与万章之徒，序《诗》《书》，述仲尼之意，作《孟子》<small>《孟子》坊刊本极多</small>七篇"。《史记》有的人颇疑《孟子》，以为系后人所伪作，有的人则以为《孟子》一书未必为轲所自著，而是弟子所记述的。大约以后说为较可靠。当孟子时，天下竞言功利，以攻伐从横为贤。孟子乃称述唐虞三代之德，痛言功利之害，宣传仁义之说，努力维持儒家的道德。是以时人都以他为"迂远而阔于事情"。但他一方面却也染了战国辩士之风，颇好辩难，喜以比喻宣达他的意见。因此，《孟子》一书较之《论语》及《孝经》诸书，其文辞更富于文学的趣味；辞意骏利而深切，比喻赡美而有趣。他和孔子相差不过一世纪多，而作风之不同已如此。

荀子名况<small>荀子见《史记》卷七十四</small>，字卿，赵人。初仕齐，三为祭酒。齐人或谗荀卿。卿乃适楚。春申君用他为兰陵令。春申君死，荀卿失官，因家兰陵，著书数万言<small>《荀子》有杨倞注本</small>而卒。卿的生活时代约在公元前310年至前230年左右。他的书《荀子》，有三十三篇，内有赋五篇，诗二篇。汉魏六朝以至唐，最流行之文体之一，即为赋，而其名实自荀卿始创之。荀卿并不墨守儒家的思想。他批评墨、道及诸子之失时，对于儒家之子思、孟子也不肯放过。他主张人性是恶的，反对孟子性善之说。主张法后王，反对儒家法先王之说。又主人治，反对天治。对于盘据于中国人的心中的"相"的观念，加以严肃的驳诘。其影响是很大的。

道家的支流，最著者为庄子。他的书，为后来文学者所最喜悦。庄子<small>庄子见《史记》卷六十三</small>名周，蒙人。尝为蒙漆园吏。与梁惠王、齐宣王同时。约死于公元前275年左右。他甚博学，最喜老子的学说，著书十余万言《庄子集解》，郭庆藩编，有长沙刊本。其文字雄丽洸洋，自恣以适己。"以天下为沉浊，不可与庄语。以卮言为曼衍，以重言为真，以寓言为广。独与天地精神往来，而不敖倪于万物。不谴是非，以与世俗处。……上与造物者游，而下与外生死无终始者友。"《天下篇》他的书，《庄子》，现在存三十三篇，其中《让王》《说剑》《盗跖》《渔父》诸篇，是后人伪作的。他最喜以美丽而雄辩的文辞自恣其所言。像《秋水》《胠箧》诸篇都是最漂亮的散文。

道家于庄子之外，尚有关尹子、文子、列子亦皆各有遗文传于世。《关尹子》及《列子》皆伪作。《文子》则柳宗元也以它为驳书："其浑而类者少，窃取他书以合之者多。凡孟、管辈数家皆见剽窃。"柳宗元《辩文子》故这里俱不详之。

三

持其说以自骋于世者，于儒、道、墨三家外，还有不少。《孟子》里说及的，有许行及杨朱。许行与"其徒数十人，皆衣褐捆屦，织席以为食"。他主张"贤者与民并耕而食，饔飧而治"。他的徒从以为"从许子之道，则市贾不贰，国中无伪，虽使五尺之童适市，莫之或欺。布帛长短同则贾相若，麻缕丝絮轻重同则贾相若，五谷多寡同则贾相若"。《孟子·滕文公上》杨朱的学说，也见于《孟子》。孟子说："杨朱墨翟之言盈天下。天下之言，不归杨则归墨。杨氏为我，是无君也；墨氏兼爱，是无父也。"最后他又慨然的说道："能言距杨、墨者，圣人之徒也！"《孟子·滕文公下》杨朱之学说能引起孟子那末激烈的反抗，当然在那个时候一定流传得很广。"天下之言，不归杨则归墨"，由这句话可知杨朱的势力已与墨翟并驾齐驱的了。《庄子·天下篇》所叙列的"天下之治方术者"有儒家，有以墨翟、禽滑厘为中心的墨家，有宋钘、尹文，有彭蒙、田骈、慎到，有关尹、老聃，有庄周他自己，有惠施。他所评论者凡七家。每一家都有简略的叙述。荀子的《非十二子篇》，则所非者凡六派，十二人。一派是它嚣、魏牟，一派是陈仲、史䲡，一派是慎到、田骈，一派是墨翟、宋钘，一派是惠施、邓析，一派是子思、

| 第二讲　散　文 |

孟轲。韩非子的《显学篇》则说到儒、墨二家及其所分化的十一支派。司马迁在《史记》的《孟子荀卿列传》中，所叙列的除荀、孟之外，则有：齐之驺忌、驺衍、淳于髡、慎到、环渊、接子、田骈、驺奭；赵之公孙龙、剧子；魏之李悝；楚之尸子、长卢；阿之吁子即芊子。"世多有其书"。宋则有墨翟。他父亲司马谈作《论六家要旨》《史记》卷一百三十，《太史公自序》，所举的六家则为阴阳、儒、墨、名、法、道德，也各给以评判。到了刘向，则总诸子为十家，实则"其可观者九家而已"。十家者，一儒家，二道家，三阴阳家，四法家，五名家，六墨家，七纵横家，八杂家，九农家，十小说家。这可见那时的思想界是如何的热闹。刘向的叙列，可以说是最有系统的。但这些家派的著作，今百不存一。我们要研究他们，实在是异常的困难。但在那些有书遗留下来的"诸子"中，有一部分还是后人搜集重编的如《尸子》，有一小部分又显然可以看出他是伪托的如《商子》。公孙龙、邓析诸人的书也不甚重要。现在都不讲。只讲比较重要的韩非。

　　韩非韩非见《史记》卷六十三是韩国的公子，喜刑名法术之学。与李斯同事荀卿。他口吃，不能说话，而善于著书。他看见韩国日以削弱，数以书谏韩王，不见用。退作《孤愤》《五蠹》《内储说》《外储说》《说林》《说难》十余万言以见志。后韩国使非于秦。非在秦被杀。他死的时候，是公元前233年即秦始皇十四年。他的书《韩非子》《韩非子集解》有长沙刊本，有五十五篇，其中一部分是他自己著的，一小部分是后人加入的。他的文辞致密而深切，后来论文家受他的影响者甚多。

　　《汉书·艺文志》著录纵横家自苏子秦、张子仪、庞煖以下至蒯子通、邹阳、主父偃等凡十二家，其中除汉人以外，先秦作者，如苏张苏秦、张仪见《史记》卷七十四二人，虽已无书传世，然他们的辩辞，却为《战国策》保存得不少。《战国策》为古代最好的散文名作之一。她的精华所在，便是诸辩士的论难的文章与其足以耸动人主听闻的议论。所以张仪、苏秦的绝好的政论，我们却仍能很愉快的享受到。他们的长处，在于能够度察天下的大势而出之以引人入胜的妙喻好句，出之以动人心脾的危辞险语。在政论上说来，实在是一种杰作，后人很少能及得到的。贾谊不过悲愤而已，陆贽不过恳切而已，若苏、张之作，才可当得起隽脆清俊，深入无间之称。我们没有对公共讲述的大演说家狄摩桑尼士、西塞罗等人。然我们却有可同样的不朽的政论者苏、张。尚有《管子》一书，托名管仲著，《晏子》一书，托名晏婴著，《孙子》一书，托名孙武著，《吴子》一书，托名吴起著，以及其他如《鹖子》之属，虽亦议论中听，结构绵密，而其中类多为后人所伪作，所以这里也都不讲。

春秋战国时代的灿烂无比的思想界，到了战国之末，渐渐的衰落下来。于是有秦相吕不韦，集许多宾客，使各著所闻，以为八览，六论，十二纪，名之曰《吕氏春秋》。这一部无所不包的杂书，就是中国古代思想界的总结集。到了秦始皇统一各国，焚天下之书，以愚天下人民之耳目，各种的思想便一时被扑灭无遗。汉兴，儒、道二派的余裔又显于时，但俱苟容取媚于世，已完全没有以前的那种救世的，积极的精神了。

四

我们如将先秦的历史家与先秦的哲学家比较一下，我们便知道历史家在散文上所占的地位实在是非常的渺小的。先秦的历史书籍，有被称为"断烂朝报"的《春秋》；有依据这个编年体裁而叙述得比较详细的《左传》；有依国别编次，并无叙述的系统的《国语》《国策》，此外更有惟一的传记：《穆天子传》。像《春秋》《竹书纪年》等编年体的历史，本来不算是什么有组织的东西。他们不过依了时间的自然顺序以记载历年所发生的史迹而已。他们是编辑方法最原始的史籍。惟《春秋左氏传》《左氏传》有《十三经注疏》本，《相台五经》本较为进步，常有许多着意的描状，足称为一部有文学趣味的历史。《左氏传》为左丘明作。左丘明的生平我们知道得很少。据说，他是一个盲人。孔子的《春秋》起于鲁隐公元年公元前722年，终于鲁哀公十四年公元前481年，左丘明的传，则书孔子卒，直至哀公二十七年始告终止。

《国语》记载自公元前990年周穆王十二年到公元前453年周贞定王十六年的诸国的史迹。相传这部书亦为左丘明所作。左丘明作《春秋传》，意有未尽，"故复采录前世穆王以来，下讫鲁悼、智伯之诛，邦国

第二讲 散　文

成败，嘉言善语……以为《国语》"《国语》有士礼居刊本，坊刊本，这部书的性质与《春秋传》不同。《春秋传》编年，《国语》则分国叙述。凡二十一卷，分叙周、鲁、齐、晋、郑、楚、吴及越等八国的重要的史事。《战国策》继续《国语》的体例，而叙三家分晋至楚汉未起之前的重要史事。《战国策》《战国策》有士礼居刊本，坊刊本在文学上的威权不下于《春秋左传》及《国语》。而"国策"的时代是一个新的时代，旧的一切，已完全推倒，完全摧毁，所有的言论都是独创的，直捷的，包含可爱的机警与雄辩的。所有的行动都是勇敢的，不守旧习惯的，都是审辨直接的，利害极为明了的。因此，《战国策》遂给读者以一个新的特创的内容。她如一部中世纪的欧洲的传奇，如一部记述魏、蜀、吴三国的史事的小说《三国志演义》，使读者永远的喜欢读她。《战国策》初名《国策》，或名《国事》，或名《短长》，或名《长书》，或名《修书》，卷帙亦错乱无序。汉时刘向始把她整理过，定名为《战国策》，分之为三十三篇。所叙的诸国，为东周、西周、秦、齐、楚、赵、魏、韩、燕、宋、卫及中山。

《穆天子传》《穆天子传》有明刊《古今逸史》本，《百子全书》本，《平津馆丛书》本为晋时束晳所见之"汲冢书"之一。其体裁与《春秋》《国语》《国策》三书俱异，乃叙周穆王游行之事。《左传》言："穆王欲肆其心，周行天下，将皆必有车辙马迹焉。"大约穆王的游行天下的事，必为当时所盛传的。所以有人记录他的游踪，作为此传。文字多残阙，其中叙述穆王见西王母，及盛姬之死与葬事，极为浑朴动人，是古代最有趣的文字之一。

尚有《越绝书》《吴越春秋》及晋史《乘》、楚史《梼杌》诸书，大概都是纂辑古书中的记载而为之的。《越绝》记越王勾践前后的事，相传为子贡撰，或子胥所为，俱是依托之言。或断定为汉时袁康，吴平所撰。《吴越春秋》叙吴、越二国之事，自吴太伯起至勾践伐吴为止，亦为汉人所作《古今逸史》题为汉赵晔撰。晋史《乘》及楚史《梼杌》二书，则历来书目俱不载，至元时乃忽出现。显然是好事者所伪作的。二书前有元大德十年吾丘衍序，以为此书乃他所发现。实则即他自己辑集《左传》《国语》《说苑》《新序》及诸子书中关于晋、楚的记事而编成的。

二、汉代的历史家与哲学家

司马迁和他的《史记》——一部弘伟的百科全书体的史书——《史记》在文学上的影响——班固

一

这个时代,两司马并称,然司马迁的重要,实远过于司马相如。司马相如以虚夸无实之辞,写荒诞不真的内容,他以乌有先生、亡是公为其所创作的人物,其作品的内容,也不过是"乌有""亡是"之流而已。司马迁的著作却是另一个方面的,他的成就也是另一个方面的。他不夸耀他的绝代的才华,他低首在那里工作。他排比,他整理古代的一切杂乱无章的史料,而使之就范于他的一个囊括一切前代知识及文化的创作的定型中。而他又能运之以舒卷自如,丰泽精刻的文笔。他的空前的大著《太史公书》即《史记》不仅仅是一部整理古代文化的学术的要籍,历史的巨作,而且成了文学的名著。中国古代的史书都是未成形的

司马迁像

司马迁(前145年—?)所著《史记》是我国第一部纪传体通史,被鲁迅称为"史家之绝唱,无韵之《离骚》"。

| 第二讲 散　文 |

原始的作品，《太史公书》才是第一部正式的史书，且竟是这样惊人的伟作。司马迁于史著上的雄心大略，真是不亚于刘彻之在政治上。迁_{司马迁见《汉书》卷五十六，又《史记》卷一百三十，自序生平甚详}字子长，左冯翊夏阳人，生于公元前145年_{景帝中五年丙申}，其卒年不可考，大约在公元前86年_{即汉昭帝始元元年乙未}以前。父谈为太史令。迁"年十岁则诵古文，二十而南游江、淮，上会稽，探禹穴，窥九嶷，浮于沅、湘，北涉汶、泗，讲业齐、鲁之都，观孔子之遗风，乡射邹、峄，厄困鄱、薛、彭城，过梁、楚以归"。初为郎中，后继谈为太史令。绌史记石室金匮之书。后五年_{太初元年}始着手作其大著作《史记》。后李陵降匈奴，迁为之辩护，受腐刑。后又为中书令，尊宠任职。迁之作《史记》_{《史记》有通行《二十四史》本}，实殚其毕生之精力。自迁以前，史籍之体裁，简朴而散漫，像《国语》《国策》《春秋》《世本》之类，都是未经剪裁的史料。于是迁乃采经撼传，纂述诸家之作，合而为一书。其取材有根据于古书者，有记叙他自己的见闻，他友人的告语，以及旅游中所得者。其叙述始于黄帝_{公元前2697年}，迄于汉武帝。"凡百三十篇，五十二万六千五百字。"《自序》分本纪十二，年表十，书八，世家三十，列传七十。本纪为全书的骨干。年表、书、世家、列传，则分叙各时代的世序，诸国诸人的事迹，以及礼仪学术的沿革。将古代繁杂无序的书料，编组成这样完美的第一部大史书，其工作至艰，其能力也至可惊异。自此书出，所谓中国的"正史"的体裁以立。作史者受其影响者至二千年。此书不仅为政治史，且包含学术史，文学史，以及人物传的性质。其八书——《礼书》《乐书》《律书》《历书》《天官书》《封禅书》《河渠书》《平准书》——自天文学以至地理学，法律，经济学无不包括在内。其列传则不惟包罗政治家，且包罗及于哲学家，文学家，商人，日者，以至于民间的游侠。在文字一方面亦无一处不显其特创的精神。他串集了无数的不同时代，不同著者的史书，陶融冶铸之为一，正如合诸种杂铁于一炉而烧冶成了一段极纯整的钢铁一样，使我们毫不能见其凑集的缝迹。此亦为一大可惊异之事。且迁之采用诸书，并不拘拘于采用原文。有古文不可通于今者，则改之。在后来文学史上，《史记》之影响也极大。古文家往往喜拟仿他的叙写的方法。实际上，《史记》

的叙写，虽简朴而却能活跃动人，能以很少的文句，活跃跃的写出其人物的性格，且笔端常带有情感。像下面《刺客列传》卷八十六的一段，便是好例：

> 荆轲者，卫人也……日与狗屠及高渐离饮于燕市，酒酣以往，高渐离击筑，荆轲和而歌于市中，相乐也。已而相泣，旁若无人者。……乃装为遣荆卿……太子及宾客知其事者，皆白衣冠以送之，至易水之上。既祖取道，高渐离击筑，荆轲和而歌，为变徵之声，士皆垂泪涕泣，又前而歌曰："风萧萧兮易水寒，壮士一去兮不复还。"复为羽声慷慨，士皆瞋目，发尽上指冠。于是荆轲上车而去，终已不顾。遂至秦。……轲既取图奏之。秦王发图。图穷而匕首见。因左手把秦王之袖而右手持匕首揕之。未至身，秦王惊，自引而起，袖绝拔剑，剑长，操其室。时惶急，剑坚故不得立拔。荆轲逐秦王，秦王环柱而走。群臣皆愕。卒起不意，尽失其度。……惶急不知所为。左右乃曰："王负剑。"负剑，遂拔以击荆轲，断其左股。荆轲废，乃引其匕首以掷秦王，不中，中铜柱。秦王复击轲，轲被八创。轲自知事不就，倚柱而笑，箕倨以骂曰："事所以不成者，以欲生劫之，必得约契以报太子也。"

《史记》一百三十篇，曾缺十篇，褚少孙补之。其他文字间，亦常有后人补写之迹。但这并无害于《史记》全体的完整与美丽。

二

后汉的散文，也以历史及论文为主。历史名著之重要者有二，皆为模拟古代名著之作。一为《汉书》，班固著，系模拟司马迁的《史记》的；一为《汉纪》，荀悦著，系模拟左丘明的《左传》的。

《汉书》《汉书》有通行《二十四史》本；又《四史》本的体例几乎完全仿之于《史记》。《汉书》凡一百篇，计帝纪十二，表八，志十，列传七十。这些帝纪、表、志、列传，皆为《史记》所已有的体例。其与

《史记》不同之点：一《汉书》是断代的，其叙述起于汉之兴起，止于王莽之时代，而《史记》则为古今通史；二《史记》有"世家"，而《汉书》则无之；三《史记》的"书"，《汉书》则改名为"志"。《汉书》的文字，武帝以前事，大抵直抄《史记》文字，很少更动。武帝以后，则根据其父彪所续前史之文而加以补述增润。固写此作，很费匠心，自永平中始受诏作史，潜精积思二十余年，至建初中乃成。当世甚重其书，学者莫不讽诵。然当他死时，其中《八表》及《天文志》尚未告成，乃由其妹昭补成之。《汉书》原为断代之史，仅记西汉二百二十九年间之事，然间有体例混淆者，如《古今人表》上及古代人物，《艺文志》也网罗古今著作。刘知几的《史通》曾致不满于班氏之书，郑樵对于《汉书》尤力加诋毁，责备得他体无完肤。但这部历史虽不是什么创作，却也颇有些很活跃的叙述，使我们不得埋没了她。班固还著有《白虎通》，也是很重要的一部学术著作。

三、古文运动

古文运动的意义——其成功的原因——北朝古文运动的昙花一现——萧颖士与李华等——大宣传家韩愈——韩愈成功的秘诀——柳宗元——古文运动的成就并不怎样伟大——韩门的诸子——附陆贽

一

古文运动是对于魏、晋、六朝以来的骈俪文的一种反动。严格的说起来，乃是一种复归自然的运动，是欲以魏、晋、六朝以前的比较自然的散文的格调，来代替了六朝以来的日趋骈俪对偶的作风的。原来自六朝以来，到了唐代，骈俪文的势力，深中于朝野的人心，连民间小说也受到了这种的影响，连朝廷上的应用的公文也都是非用这种格调不可。驯至成了所谓"四六文"的一个专门的名辞。即上一句是"四言"，下一句必须是"六言"的；其相对的第三句第四句，也都应是四言与六言的；总之，必须以"四"与"六"的句法交错成文到底。这样，与律诗的情形恰是一样，成了一种最严格的文章公式，一点也不能变动。《旧唐书》叙李商隐从令狐楚那里，得到了作"今体章奏"的方法，遂成为名家的一段话，是很可以使我们注意的。在正式的"公文程式"上，这种文体，自唐以后还延长寿命很久。但在文学的散文上，骈俪文的运命，却自唐以来，便受了古文作家们最大的攻击，以至于销声匿迹，不再成为一种重要的文体。古文运动为什么会成功呢？最大原因便在于骈俪文的矫揉做作，徒工涂饰，把正当的意思与情绪，反放到第二层去。而且这种骈四俪六的文体，也实在不能尽量的发挥文学的美与散文的好处。这样，骈俪本身的崩坏，便给古文运动者以最大的可攻击的机会。这和清末以来在崩坏途中的古文，一受白话文运动者的声讨，便立即塌倒了的情形，正是一毫也不殊。在大众正苦于骈俪文的陈腐与其无谓的桎梏的时候，韩愈们登高一呼，万山皆响，古文运动便立刻宣告成功了。

二

但古文运动也并不是一时的突现，其伏流与奔泉也由来已久。在六朝的中叶，北方沦陷于少数民族之后，少数民族的人根本上不甚明白汉文，更难于懂得当时流行之骈俪文体，所以当时在北方颇有反骈俪文的倾向。宇文泰在魏帝祭庙的时候，曾命苏绰为《大诰》奏行之。后北周立国，凡绰所作文告，皆依此体。然《大诰》实为模拟《尚书》之作，其古奥难懂的程度，似更在齐、梁骈体以上。故此体在当时不过昙花一现，终不能行。后隋文帝时，李谔又上书论正文体。他大骂了齐、梁文体一顿："江左齐、梁，其弊弥甚，贵贱贤愚，惟务吟咏。遂复遗理存异，寻虚逐微；竞一韵之奇，争一字之巧。连篇累牍，不出月露之形，积案盈箱，惟是风云之状。世俗以此相高，朝廷据兹擢士。"这话是不错的，确曾把齐、梁文体的根本弱点指出来了。他又说明，开皇四年，曾"普诏天下公私文翰，并宜实录"。其年九月，泗州刺史司马幼之为了文表华艳之故，还付所司推罪呢。然"闻外州远县，仍踵弊风"，故他更要文帝："请勒有司普加搜访，有如此者，具状送台。"但

第二讲 散　文

这一场以官力来主持的文学改革运动，终于不久便消灭了。平陈以后，南朝文士们的纷纷北上，大量增加北朝文风的齐、梁化。自此至唐，风尚不改。武后时，陈子昂曾有改革齐、梁风气的豪志。他的《与东方左史虬修竹篇》的序言道："文章道弊五百年矣。汉、魏风骨，晋、宋莫传，然而文献有可征者。仆尝暇时观齐、梁间诗，彩丽竞繁，而兴寄都绝，每以永叹。窃思古人，常恐逶迤颓靡，风雅不作，以耿耿也。"但他的所指，还在诗歌。至于散文方面，他是不大注意的。然其书疏，气息也甚近古。同时有卢藏用卢藏用见《旧唐书》卷九十四，《新唐书》卷一百二十三、富嘉谟、吴少微富嘉谟、吴少微见《旧唐书》卷一百九十《文苑中》，《新唐书》卷二百二《文艺中》者，也皆弃去徐、庾，以经典为宗。时人号嘉谟、少微之文为富、吴体。萧颖士也盛推卢、富。然他们的影响却都不很大。

三

到了开元、天宝之际，萧颖士、李华李华、萧颖士见《旧唐书》卷一百九十下《文苑下》，《新唐书》卷二百二及二百三《文艺中》（萧）及《文艺下》（李）出来，以其绝代的才华，力弃俳绮，复归自然，才第一次使我们看见有所谓非骈俪的"文学的散文"《萧茂挺文集》一卷，有盛氏刊本；《李遐叔文集》四卷，抄本。萧颖士字茂挺，四岁属文。十岁补太学生。开元二十三年公元735年举进士，对策第一。天宝初，补秘书正字。后免官客濮阳。执弟子礼者甚众，号萧夫子。官至扬州功曹参军，客投汝南，卒年五十二。门人共谥曰文元先生。子存，字伯诚，亦能文辞。与梁肃、沈既济等善。李华与颖士齐名，世号萧、李。又并与贾至、颜真卿等同游。华字遐叔，赵州赞皇人。天宝中尝为监察御史。晚去官，客隐山阳，安于穷槁。然天下士大夫家传墓版文及州县碑颂，仍时时赍金帛往请。大历初，卒。华作《吊古战场文》，极思研榷；已成，污为故书，杂置梵书之庋。他日，与颖士读之。称工。华问："今谁可及？"颖士道："君加精思，便能至矣。"华愕然而服。华的宗子翰及从子观，皆有名。

贾至 贾至见《旧唐书》卷一百九十《文苑中》，《新唐书》卷一百十九字幼邻，长乐人，尝从玄宗幸蜀，知制诰。与萧、李善。又有独孤及 独孤及见《新唐书》卷一百六十二者，出李华之门。及字至之，河南人，官至常州刺史。梁肃 梁肃见《新唐书》卷二百二又出于及之门。肃字敬之，一字宽中，陆泽人，官至右补阙。又有元结 元结见《新唐书》卷一百四十三者，字次山，河南人，天宝十二载登进士第，官至道州刺史。他们皆衍萧、李之绪，于乾元、大历间，以古文鸣于时。

四

但萧、李诸人虽努力于古文，且也有不少的跟从者，却还不曾大张旗鼓的宣传着。他们似都不是很好的宣传家；或只是独善其身，自传其家学的没有鼓动时代潮流的勇气的文士们。所以他们的影响并不大。

到了贞元、元和的时候，大影响便来到了。一方面当然是若干年的伏流，奔泻而出地面，遂收水到渠成之功；但他一方面，也是因了当时有一二位天生的伟大宣传家，像韩愈，出来主持这个运动，故益促其速成。所谓古文运动便在这个时代正式宣告成立。古文自此便成了文学的散文，而骈俪文却反只成了应用的公文程式的东西了。这和六朝的情形，恰恰是一个很有趣味的对照。那时，也有文笔之分，"笔"指的是应用文。不料这时的应用文，却反是那时的所谓"文"，而那时的所谓"笔"者，这时却成为"文"了。

韩愈像

韩愈（768—824）与柳宗元同为唐代古文运动的倡导者，主张学习先秦两汉的散文语言，破骈为散，扩大文言文的表达功能。

韩愈是一位天生的煽动家、

第二讲 散 文

宣传家，古文运动之得成功于他的主持之下，并不是偶然的事。他最善于鼓吹自己，宣传自己。他惯能以有热力有刺激的散文，来说动别人。想来他的本身也便是一团的火力，天然的有吸引人的本领。所以当时的怪人们，像李贺、孟郊、贾岛、刘叉等莫不集于他的左右。我们看他劝贾岛放弃了和尚的生涯的一段事，便可知他的影响是如何的大。他在少年未得志的时代，便惯于呼号鼓吹，惯于自己标榜；像他的几篇《上时相书》《送穷文》《进学解》等等，哪一篇不是"言大而夸"，哪一篇不是替自己标榜。为了这，——兼之，他是那样的故意自己大声疾呼的谈穷诉苦！——所以天然的便容易得到一般人的同情，一般人的迷信。他尝说道：

> 性本好文章，因困厄悲愁，无所告语，遂得究穷于经传史传百家之说。沉潜乎训义，反复乎句读，砻磨乎事业，而奋发乎文章。

又说道：

> 学之二十余年矣！始者非三代两汉之书不敢观，非圣人之志不敢存；处若忘，行若遗，俨乎其若思，茫乎其若迷。当其取于心，注于手也，惟陈言之务去！戛戛乎其难哉！

又自信不惑的说道：

> 用力深者，其致名也远。若皆与世沉浮，不自树立，虽不为当时所怪，亦必无后世之传也。

这些，都是用最巧妙的宣传的口气出之的。难怪会吸引了多数的人跟随着他走。他在贞元十八年为四门博士，元和初为国子博士，元和十五年为国子祭酒，元庆间为吏部侍郎，都是处在领导天下士人们的地位，所以他的影响更容易传播出去。他还不仅仅要做一个文学运动的领袖，他还要做一个卫道者，一个在"道统"中的教主之一。他作《原道》以攻佛，又上表力谏宪宗的迎佛骨。他的所谓"道统"，乃是"尧以是传之舜，舜以是传之禹，禹以是传之汤，汤以是传之文、武、周公，文、武、周公传之孔子，孔子传之孟轲，轲之死不得其传焉。荀与扬也，择焉而不精。语焉而不详"。而他自己却俨然有直继孟轲之后，而取得这个"道统"上的"传统者"的地位的豪气！他的《原道》并不是什么了不得的大著作，只是以浅近的常识论来攻击佛教的组织而已。也许和劝贾岛弃僧服的事有关系。然其影响则极大。"文以载道"的一句话，几与古文运动划分不开，其引端便是从他起的。个个古文家都以肩负"道统"自任——到了今日还有妄人们在闭目念着道统表呢——其作俑也便是从他开始的。

但韩愈的古文运动，他自己虽讳言其所从来，实与开、天时代的萧、李未尝没有渊源的关系。愈少时为萧颖士子存所知。又和李华的从子观同举进士，相友善；而华之宗子翰，能为古文，愈每称之。《旧唐书》也称愈尝从独孤及及梁肃之徒游。晁公武《读书志》引《唐实录》，谓韩愈学独孤及之文。这其间的影响是灼然可知的。

同时与愈并举进士者，于李观外，尚有闽人欧阳詹《欧阳行周集》，有明万历间刊本，明闵氏刻本，麟后山房刊本，《四部丛刊》本，字行周的，也会写作古文。但观与詹俱早卒，故名不得与愈同称。其与愈并称为古文运动中的两大柱石者，惟柳宗元一人耳。

柳宗元是比较韩愈为孤介的。他并不怎样宣传他自己，他的境遇又没有韩愈好。自王叔文败后，他便被窜斥于荒疠之地，郁郁不得志以死。然他的古文，实在是整炼隽洁，自有一段不得掩饰的精光在着，故后学的人们也往往归之。他尝自叙其为文的渊源：

> 每为文章，本之《书》《诗》《礼》《春秋》《易》，参之《穀梁》以厉其气，参之《孟》《荀》以畅其支，参之《老》《庄》以肆其端，参之《国语》以博其趣，参之《离骚》以致其幽，参之《太史》以著其洁。

这和退之的"非三代两汉之书不敢观"的话对照起来，足知古文家的复归自然的程度是怎样的。这当然要比苏绰的拟仿《尚书》而写作《大诰》的可笑举动，是高明到万倍的，故遂得以大畅其流。然究竟还是"托古改制"，还未忘有诸经典及《庄》《骚》《史记》的模范在着。故虽是一个文学改革运动，却究竟还不是什么真正的文学革命运动。为的是，他们去了一个圈套——六朝文——却又加上了另一个圈套——秦、汉文。他们是兜圈子走的，并不是特创的，且不曾创造出什么新的东西来。故其成功究竟有限，只是把散文从六朝的骈俪体中解放出来而已。

宗元的文字往往仿《离骚》，这是他境遇使然。他又喜作山水游记，在永、柳诸州所作者，尤为精绝，往往有诗意画趣，是古文中的真正的珠玉，足和郦道元的《水经注》并悬不朽。

五

子厚、退之齐名于世，而退之的影响独大。有李翱、李汉、张籍、皇甫湜、沈亚之等，皆为退之之徒。樊宗师为文奇僻，也和退之相友善。子厚所交厚者，如刘禹锡、吕温等也善为古文。

李翱 李翱见《旧唐书》卷一百六十字习之，韩愈的侄婿，元和初为国子博士。后官至山南东道节度使。韩愈的影响由他的传播而益大张。皇甫湜字持正，睦州新安人，为陆浑尉，仕至工部郎中。沈亚之字下贤，苏州人。元和十年进士，仕不出藩府，长庆中为栎阳尉，太和中谪掾郢州。

后又有孙樵、刘蜕等也学退之为文。樵《与王霖秀才书》道："樵尝得为文真诀于来无择，来无择得之于皇甫持正，皇甫持正得之于韩吏部退之。" 来无择名择。历叙渊源，大类退之的叙述"道统"。这也是古文家的常态。大诗人李商隐也善为古文。大约从韩、柳以后，古文的一体，便正式的成为文学的散文了。凡欲为文士，欲得文名传于后世，便非学作古文不可。而骈俪文在文坛上的运命遂告了一个结束。

六

但在这个古文运动的时代,却有一位奇特的人物陆贽_{陆贽见《旧唐书》卷一百三十九,《新唐书》卷一百五十七}出现。他并不提倡古文。他还是写着当时应用的对偶文字。但他的成就却很可惊。他并不想成就一位文人。他只是一位大政治家。但他的关于政治的文章,却使他在文坛上得了一个不朽的地位,使我们不能不记住。他的文章,虽出之以对偶,却一点也不碍到他的说理陈情。他的滔滔动人的议论,他的指陈形势,策划大计,都以清莹如山泉,澎湃如海涛的文笔写出之。这乃是骈俪文中最高的成功,也是应用文中最好的文章。他的影响很大。宋代的许多才人们,例如苏轼,其章奏大都是以他的所作为范式的。《陆宣公集》,有通行本,《正谊堂丛书》本(选本)。

四、古文运动第二幕

> 古文运动的第二次开幕——骈偶文本身的崩坏——柳开、石介诸人的呼号——古文运动主盟者欧阳修——韩、柳文研究者的蜂起——范仲淹、司马光等——曾巩、王安石等——三苏的称霸——苏门六君子——所谓"道学家"的文字

一

北宋的散文,殆为古文家独霸的时代。韩愈以其热情的呼号,开始古文运动的第一幕。但当时骈俪文的流毒尚深中于人心,一时无法摆脱。除了有志于不朽之业的文人们外,罕有光顾到所谓"古文"之门庭的。一般人仍是以骈俪文作为通行的文字。宋初"西昆派"的诸作家,在散文方面也仍沿袭了这条通行的大路走去的。但到了欧阳修诸人起来后,形势却大变了。骈文经历了千年的生命,已是衰老得不堪了,经不起这一而再、再而三的攻击,遂在古文运动的第二幕里,被古文家们一踣之而不复能再爬起来。这古文运动的第二幕遂奠定了"古文为散文之主体"的基础。从此以后,几有千年,无复有人敢向古文问鼎之轻重。

第二讲　散　文

当时，考试文及奏议，虽在公式上仍有必须作四六文者，但四六文的运命，也被仅限于此而已。她是永不复能再登文坛的主座之上的了。

二

宋初为古文者有柳开_{柳开见《宋史》卷四百四十《文苑传》}。开生于晋末，字仲涂，大名人。开宝六年进士。他少慕韩愈、柳宗元为文，因名肩愈，字始元。然他的影响却很小。真实的掀开了古文运动的第二幕者乃是欧阳修、石介诸人。石介_{石介见《宋史》卷四百三十二《儒林传二》}是一位十足的黑旋风式的人物，具有韩愈似的卫道的热情与宣传的伎俩。他尝写了一篇《怪说》，专门攻击杨亿诸人。这个声势赫赫的呼号，便是古文运动的正式的开幕。同时有祖无择_{祖无择见《宋史》卷三百三十一}、李觏_{李觏见《宋史》卷四百三十二《儒林传二》}、尹洙_{尹洙见《宋史》卷三百九十五}、穆修_{穆修见《宋史》卷四百四十二《文苑传四》}、苏舜卿诸人，也皆为古文，非韩、柳之言不道。觏有《盱江集》，在当时虽未甚有大名，而其文章实在尹、穆诸人之上。但其影响与势力远在他们之上者，则为欧阳修。欧阳修在北宋散文坛上的地位，大类韩愈之在唐。石介虽大声疾呼，但力量究竟太小。欧阳修则居高临下，以衡文者的身份，主持着这个运动，天然的自会把整个文坛的风气变更过来了。修_{《欧阳修文集》刊本极多，《四部丛书》中有《居士集》}有《书韩文后》一文，叙述当时古文运动的经过颇详：

> 予少家汉东，有大姓李氏者，其子尧辅颇好学。予游其家，见其敝箧贮故书在壁间。发而视之，得唐《昌黎先生文集》六卷。脱落颠倒无次序。因乞以归读之。是时天下未有道韩文者。予亦方举进士，以礼部诗赋为事。后官于洛阳。而尹师鲁之徒皆在。遂相与作为古文。因出所藏《昌黎集》而补缀之。其后天下学者亦渐趋于古。韩文遂行于世。

虽是记载着韩文的今昔，而韩文的行于世，便代表了古文运动的成功。在此时之前，有一段关于古文的事，颇可笑。《五朝名臣言行录》说道：

"穆参军《河南穆公集》三卷,又《尹洙集》二十八卷,俱有《四部丛刊》本家有唐本《韩柳集》。乃丐于所亲,得金,用工镂板印数百帙,携入京师相国寺,设肆鬻之。有儒生数辈至肆,辄取阅。公夺取,怒谓曰:'先辈能读一篇,不失一句,当以一部相送。'遂终年不售。"有这样热忱的宣传者,乘了"西昆体"之弊而出现,古文自然是终于要大行于天下了。一种风气的流行,虽未必该完全归功于一二人。然那一二人代表了时代的趋势,而出来打先锋,在蔓草丛中,硬辟出一条道路来,其自信不惑的勇气自是很值得敬重的。

欧阳修肆力为古文,其成就确在尹、穆诸人以上。其集中所有,以敷腴温润之作为多,一洗当时锼刻骈偶之习。相传他主持考政时,凡遇雕琢剿削之作,一概弃之不顾。天下风气为之一变。朱熹尝极称其《丰乐亭记》。他又作《本论》,以攻佛家,其论旨和态度,正和韩愈的《原道》一般无二。凡是古文家便都是卫"道"者。这似已成了一个定例。

与欧阳修并时为古文者,尚有范仲淹《范文正公集》有《四部丛刊》本、宋祁、刘敞刘敞见《宋史》卷三百十九、司马光司马光见《宋史》卷三百三十六诸人。祁与修同修《唐书》。司马光作《资治通鉴》《司马温公集》有《四部丛刊》本,又其他刊本也很多,以数十年之力赴之,积稿盈屋,久乃写定。他叙事详赡有法,又善于剪裁古人的材料,故《通鉴》遂成为重要的史书之一。

三

略后于欧阳修之古文家,有曾巩、王安石及眉山的三苏。巩曾巩见《宋史》卷三百十九出于欧阳修的门下,字子固,建昌南丰人,登嘉祐二年进士。少与王安石相善。及安石得志,乃相违。安石为文遒劲有力。巩则稳妥而已《元丰类稿》五十卷,有《四部丛刊》本。

实际上大畅古文运动的弘流者不得不推苏轼。轼与父洵、弟辙皆有才名。洵苏洵见《宋史》卷四百四十三《文苑传四》字明允,年二十七,发愤为学。岁余,往应试不第。归尽焚旧所作文,闭户读书。遂成通淹。辙苏辙见《宋史》卷三百三十九字子由,性沉静简洁。为文亦澹远有致。然惟轼最为雄杰三苏文集刊本甚多,《四部丛刊》里也俱有之。轼是一位充溢着天才的诗人，为古文也富有诗意。他尝自说道："作文如行云流水，初无定质，但常行于所当行，止于所不可不止。"这话恰可以拿来做他的文章的确评。

轼门下有黄庭坚、秦观、张耒、晁补之、陈师道、李廌的六君子。在其中，补之、耒和廌尤以善古文称。补之有《鸡肋集》，耒有《宛丘集》，廌有《济南集》。秦观虽以词掩其古文，但其所作，却通赡可喜，富于风趣。《淮海集》《淮海集》有明刊本，《四部丛刊》本里固不仅以"词"为独传也。

四

凡古文家无不以卫"道"自命，自韩、柳以来皆然，但宋代的理学家，却究竟自成为一系，不和作古文的文士们同科。《宋史》也于《儒林》《文苑》之外，别立《道学》一传。原来古文家们虽然口口声声说是卫"道"，究竟不脱文士的习气。至所谓道学家的，方真实的以"道"为主，以文为辅。故许多的道学家，其文章往往自成为一个体系，正像邵雍的诗一样。在其间，有周敦颐、张载、程颢、程颐诸人周敦颐等四人均见《宋史》卷四百二十七《道学传》。张载作《正蒙》《西铭》，周敦颐作《太极图说》及《通书》，其文辞尚为雅整。而二程之作，尤为通赡，并不像后来"语录"式的文章之好拖泥带水。

参考书目

一、《二十子》 有浙江书局刊本。

二、《六子》 有明世德堂刊本。

三、《十子全书》 有苏州王氏刊本。

四、《百子全书》 有湖北书局刊本。

五、《玉涵山房辑佚书》 马国翰辑，有原刊本，湖南刊本。

六、《诸子平议》 俞樾著，有《俞氏丛书》本。

七、清、明各丛书里，收入周、秦古书不少。以清人所校者为可靠。像《平津馆丛书》《守山阁丛书》中所收诸子，皆很重要。

八、《全书上古秦汉三国六朝文》七百四十六卷 清严可均编，黄冈王氏刊本，板存广雅书局，又医学书局石印本。

九、《汉魏六朝百三名家集》 明张溥编，有原刊本，长沙刊本。

十、《文选》 梁萧统编，有胡克家刊本，《四部丛刊》本。

十一、《古文苑》 有《平津馆丛书》本，坊刊本。

十二、《汉魏丛书》 有明程荣刻本（三十八种），何允中刻本（七十六种），清王谟刻本（八十六种，后又增到九十四种）。

十三、《旧唐书》卷一百六十韩愈等人传。

十四、《新唐书》卷一百七十六韩愈等人传。

十五、《全唐书》一千卷 有扬州诗局刊本，广雅书局本。

十六、《唐文粹》一百卷 宋姚铉编，有明刊本，顾广圻校刊本，苏州局刊本，《四部丛刊》本。

十七、《唐宋十大家文集》 清储欣编，于八家外加李翱、孙樵，苏州局刊本。

十八、《宋文鉴》一百五十卷 宋吕祖谦编，有明刊本，苏州书局刊本，《四部丛刊》本。

十九、《古文关键》二卷 宋吕祖谦编，有冠山堂刊本，《金华丛书》本。

二十、《三苏文范》十八卷 明杨慎编，有明刊本。

二十一、《唐宋八家文钞》一百六十四卷 明茅坤编，有明刊本，坊刊本。

二十二、《唐宋八大家类选》十四卷 清储欣编，有刊本。

二十三、《古文辞类纂》（姚鼐）及《经史百家杂钞》（曾国藩）也当一读，以见所谓"古文"的统系。这二书俱有通行本。

第三讲　辞　赋

一、辞赋时代

诗人皇帝刘彻——他的伟大的时代——汉赋内容的空虚——诗人的落寞——司马相如——东方朔、枚皋、严助等——王褒、张子乔——扬雄——后汉的辞赋作家们——班固、崔骃等——张衡——蔡邕

一

从汉武帝以后到建安时代之前，我们称之为辞赋时代。汉武帝是一位雄才大略的人，在文学上，他也是一位雄才大略的人。自文、景以来，汉民族经过了几十年的休养生息，经济的能力已足使他们向外发展了，政治又已上了轨道。幸运儿的汉武帝恰恰生在此时，便反守为攻，使唤着许多名将向北方进兵。把千年来的强敌匈奴，攻打得痛深创巨，再不敢正眼儿南窥。这是秦始皇所未竟的功，也是汉高、文、景所不敢想望的事业。同样的政治与经济的安定与发达，使文学也跟着繁盛起来。

这个大时代，就文学而言，有两个大倾向。一个倾向是弘丽的体制，缦诞的叙述，过度的描状，夸张的铺写。这一方面的代表人是司马相如、东方朔、枚皋。别一个倾向是规模伟大的著作，吞括前代一切知识、成绩，而给他们以有系统有组织的叙状。这一方面的代表人是司马迁与刘安。这是必然的一种结果。生活上多了余裕的富力与时间，便自

然的会倾向于精细的雕饰的文采一方面去。同时碰上了这样的一个大时代，也自然而然的会有将前代的种种事物告一个总结束的雄心。

二

汉赋是体制弘伟的，是光彩辉煌的，但内容却是相当空虚的。我们远远的看见了一片霞彩，一道金光，却把握不到什么。他们没有什么深挚的性灵，也没有什么真实的诗的隽美；他们只是一具五彩斑斓的中空的画漆的立柜。他们不是什么伟大的创作；他们的作者们也不是什么伟大的诗人们。从贾谊、枚乘以来，汉代辞赋家便紧跟着屈原、宋玉们走去。但获得的不是屈、宋的真实的诗思，却是他们的糟粕。我们可以说，两汉的时代，乃是一个诗思消歇，诗人寥寞的时代。

汉赋作者们，对于屈、宋是亦步亦趋的；故无病的呻吟便成了骚坛的常态。又沿了《大招》《招魂》和荀卿赋的格局而专以"铺叙"为业。所谓"赋"者，遂成了遍搜奇字，穷稽典实的代名辞。这是很有趣味的。几位重要的辞赋作家，同时便往往也是一位字典学者；像司马相如曾作《凡将篇》，扬雄尝著《方言》。

汉赋虽未必是真实伟大的东西，却曾经消耗了这三百年的天才们的智力。他们至少是给予我们以若干弘丽精奇的著作。刘彻汉武帝他自己是一位很好的诗人。在这个时代而有了像刘彻这样的一位真实的大诗人，实不仅是"慰情聊胜无"的事。他为当时许多无真实诗才的诗人的东道主，而他自己却是一位有真实的诗才者。他一即位，便以蒲车安轮去征聘枚乘，不幸乘道死。他读了司马相如的赋，自恨生不同时，而不意相如却竟是他的同时代的人。《汉书·艺文志》载其有自造赋二篇。今所传之《李夫人歌》："是邪？非邪？立而望之，偏何姗姗其来迟！"及《秋风辞》："秋风起兮白云飞，草木黄落兮雁南归。兰有秀兮菊有芳，怀佳人兮不能忘……"《落叶哀蝉曲》："罗袂兮无声，玉墀兮尘生，虚房冷而寂寞，落叶依于重扃。"以及其他，都是很隽美的。又有《李夫人赋》："去彼昭昭就冥冥兮，既下新宫，不复故庭兮。"见于《汉书·外戚传》。集合于他左右的赋家有司马相如、东方朔、严助、刘安、吾丘寿王、朱买臣诸赋家。大历史家司马迁也善于作赋《汉书·艺文志》

| 第三讲　辞　赋 |

载司马迁赋八篇。

司马相如 司马相如见《史记》卷一百十七,《汉书》卷五十七 字长卿,蜀郡成都人 前179—前117。初事景帝为武骑常侍,非其所好。后客游梁,著《子虚赋》《司马相如集》有《汉魏六朝百三名家集》本。梁孝王死,相如归,贫无以自业。至临邛,富人卓氏女新寡,闻相如鼓琴,悦之,夜亡奔相如。卓氏怒,不分产于文君。于是二人在临邛买一酒舍酤酒。文君当垆,相如则着犊鼻裈涤器于市中。卓氏不得已,遂分与文君僮百人,钱百万。相如因以富。武帝时相如复在朝,著《天子游猎赋》。后为中郎将,略定西夷。不久病卒。所著尚有《大人赋》《哀秦二世赋》《长门赋》等。相如之赋,其靡丽较枚乘为尤甚。《子虚赋》几若有韵之地理志,其山川则什么,其土地则什么,其南则什么,所有物产地势,无不毕叙。像《子虚赋》:"云梦者,方九百里。其中有山焉。其山则盘纡岪郁,隆崇崔崒,岑崟参差,日月蔽亏,交错纠纷,上干青云。罢池陂陀,下属江河。其土则丹青赭垩,雌黄白坿,锡碧金银,众色炫耀,照烂龙鳞。"什么都被拉牵上去了;不问是否合于实际。后来的赋家,像班固、张衡、左思诸人受此种影响为最深。

东方朔 东方朔见《史记》卷一百二十六,《汉书》卷六十五。《东方曼倩集》有《汉魏六朝百三名家集》本,齐人,也善于为赋。他喜为滑稽之行为。作《七谏》《答客难》等。其与相如诸赋家异者,为在相如诸人的赋中,绝不能见出他们自己的性格,而朔的赋则颇包含着浓厚的个性。他的《答客难》一作,尤为著名,引起了后人的无数的拟作。所谓曼倩的滑稽的风趣,颇可于此见之。他本是谩骂,却写成了冷笑的自解。他"自以为智能海内无双";而"积数十年,官不过侍郎,位不过执戟"。自己也不知怎么解释,便只好以"彼一时也,此一时也……今天下平均,合为一家,动发举事,犹运之掌,贤与不肖,何以异哉!"为无可奈何的托辞。大政治家的刘彻对于严安、主父偃等的待遇,和文人的东方朔、枚皋等是不同等级的;其间的作用,颇可测知。

严助 严助,吾丘寿王,朱买臣均见《汉书》卷六十四 为忌的族子。作赋三十五篇,今一篇无存。又刘安作赋八十二篇,吾丘寿王作赋十五篇,朱买臣作赋三篇 皆见《汉书·艺文志》,枚皋作赋百二十篇。传于今者也绝少。刘安为汉宗室，曾封淮南王，所作《招隐士》曾被编入《楚辞》中，但乃是他的客所为，并非他作。

此后的辞赋作家，有王褒、张子乔诸人。张子乔官至光禄大夫，曾作赋三篇，今也无一篇见存。王褒王褒见《汉书》卷六十四字子渊，为谏议大夫，作赋十六篇《王子渊集》有《汉魏六朝百三名家集》本。其《洞箫赋》《圣主得贤臣颂》《四子讲德论》《甘泉宫颂》等皆有名于时。其《九怀》一篇，则被王逸选入《楚辞》中。但那时最重要的赋家却要算是扬雄。雄扬雄见《汉书》卷八十七字子云，蜀郡成都人前53—18。他是典型的一位汉代作家，以模拟为他的专业。既没有独立的思想，更没有浓挚的情绪，他所有的仅只是汉代词人所共具有的遣丽辞用奇句的工夫而已。然韩愈诸人却以他为孔、孟道统中的承前启后的一员，真未免过于重视他了。雄所作，几乎没有一书一文不是以古人为模式的《扬子云集》有《汉魏六朝百三名家集》本。古人启发了他的文趣，也启发了他的思想。他读了《易》，便作《太玄经》；读了《论语》，便作《法言》；读了《楚辞》，便作《反离骚》《广骚》《畔牢愁》；读了东方朔的《答客难》，便作《解嘲》。甚至《论语》十三篇，他的《法言》也是十三篇。而雄的赋如《甘泉》《羽猎》《长杨》等，也是以司马相如诸赋为准则，除堆砌美辞奇字，行文稳妥炫丽之外，便什么也没有了。

三

后汉的辞赋作家，也完全不脱西京的影响；西京有什么，东京的作家一定是有的。司马相如有《子虚赋》，班固便有《两都赋》；东方朔有《答客难》，班固便有《答宾戏》，张衡便有《应间》；枚乘有《七发》，张衡便有《七辩》。两汉人士模拟之风本盛，而以东京为尤甚，而辞赋作家则尤为甚之甚者。许许多多的辞赋，皆可以一言而蔽之曰："无病而呻"；而其结构布局，更有习见无奇的。

东京的第一个重要的辞赋作家是班固。固班固见《后汉书》卷七十字孟坚32—92，扶风安陵人。年九岁，能属文，为兰台令。述作《汉书》，成不朽之业。其所著之赋，以《两都赋》为最著《班孟坚集》有《汉魏六朝百三名家集》本。《两都赋》之结构，绝似《子虚赋》。先言西都宾盛夸

第三讲 辞　赋

西都之文物地产以及宫阙之美于东都主人之前，东都主人则为言东都之事以折之，于是西都宾为其所服。又作《答宾戏》，则为仿东方朔《答客难》者。永元初 公元89年，大将军窦宪出征匈奴，以固为中护军。后宪败，固被捕，死于狱中。

同时有崔骃 崔骃见《后汉书》卷八十二 也善为辞赋，所作《达旨》仿扬雄《解嘲》。其他《反都赋》诸作，今已散佚。冯衍 冯衍见《后汉书》卷五十八 字敬通，京兆杜陵人，亦以能作赋名，王莽时不仕，更始立，衍为立汉将军。光武时为曲阳令。所作有《显志赋》及《书铭》等。张衡 张衡见《后汉书》卷八十九 字平子，南阳西鄂人 78—139。所作有《西京赋》《东京赋》《南都赋》《周天大象赋》《思玄赋》《冢赋》《髑髅赋》等；又有《七辩》《应间》，仿枚乘、东方朔之作 冯、张诸人集，有《汉魏六朝百三名家集》本。此种著作在现在看来，自不甚足贵，其足以使他永久不朽者，乃在他的《四愁诗》：

班固像

班固（32—92）是东汉著名的史学家、文学家，但是长期以来，班固辞赋领域的成就一直被其《汉书》价值掩盖，其辞赋的代表作是散体的《两都赋》。

　　我所思兮在太山，欲往从之梁父艰，
　　侧身东望兮涕沾翰。
　　美人赠我金错刀，何以报之英琼瑶。
　　路远莫致倚逍遥，何为怀忧心烦劳。

此诗之不朽，在于它的格调是独创的，音节是新鲜的，情感是真挚的。

杂于冗长浮夸的无情感的诸赋中，自然是不易得见的杰作。衡并善于天文，为太史令，造浑天仪，候风地动仪，精确异常，乃是中国古代最大的一位天文家。后出为河间相，有政声，征拜尚书，卒。

李尤 李尤见《后汉书》卷一百十 字伯仁，广汉雒人 55？—137？。初以赋进，拜兰台令史。与刘珍等撰《汉记》，后为乐安相，卒。有《函谷关赋》《东观赋》等。其《九曲歌》虽仅余二句："年岁晚暮时已斜，安得力士翻日车"下阙，却已显其弘伟的气魄。

马融 马融见《后汉书》卷九十 字季长，扶风茂陵人 79—166。为汉季之大儒，但亦工于作赋，善鼓琴，好吹笛，达生任性，不拘儒者之节。常坐高堂，施绛纱帐，前授生徒，后列女乐。所作以《笛赋》为最著《马季长集》有《汉魏六朝百三名家集》本。

王逸 王逸见《后汉书》卷一百十 字叔师，南郡宜城人，元初中举上计吏，为校书郎。顺帝时为侍中。其不朽之作为《楚辞章句》一书，他自己之《九思》亦列入其中。此外尚作《机赋》《荔支赋》等。

蔡邕 蔡邕见《后汉书》卷六十九 字伯喈，陈留圉人 133—192。为汉末最负盛名之文学者。召为议郎，校正《六经》文字，自书丹于碑，使工镌刻，立于太学门外。观视及摹写者车乘日千余辆，填塞街陌。后免去。董卓专政，强迫邕诣府，甚敬重之，三日之间，周历三台，拜左中郎将。卓被杀，邕竟被株连死狱中。所作文甚多《蔡中郎集》有明兰雪堂活字本，聊城杨氏刊本，《四部丛刊》本，《汉魏六朝百三名家集》本，赋以《述行》为最著。有诗名《饮马长城窟行》者，辞意极婉美：

> 青青河畔草，绵绵思远道。
> 远道不可思，夙昔梦见之。
> 梦见在我傍，忽觉在他乡。
> 他乡各异县，展转不可见。

编邕集者多把她列入。《文选》则题为无名氏作。

| 第三讲　辞　赋 |

二、六朝的辞赋

辞赋的再生——曹植、祢衡与王粲——向秀、陆机、潘岳——陶渊明的《闲情赋》——鲍照、谢庄等——江淹的《恨赋》《别赋》——萧衍的《净业赋》——沈炯、江总等

一

复兴了辞赋的"诗趣"的，乃是六朝的诸作家。这个复兴运动，也当开始于建安时代。随了诗思的复活，"辞赋"也便重见生机。祢衡的《鹦鹉赋》，引物以譬人，写得那样的可怜。曹植的《洛神赋》，是那末的有风趣，已不是徒以奇字丽句堆砌成文的了。王粲的《登楼赋》，其情调远规灵均，近同平子张衡有《归田赋》，虽未尽宛曲之趣，实是披肝露胆之作。其后向秀作《思旧赋》以吊嵇康、吕安："于时日薄虞渊，寒冰凄然，邻人有吹笛者，发声寥亮。追思曩昔游宴之好，感音而叹。"陆机作《叹逝赋》以哀故友："人何世而弗新，世何人之能故。野每春其必华，草无朝而遗露。"罔不是真情流露，诗意充溢的。其《文赋》也具陈文心，备言甘苦，不是敷衍之作。而潘岳尤长于哀诔怀人之什。追逝思故，若不胜情。像他的《西征》《秋兴》《闲居》《怀旧》《寡妇》诸赋，殆没有一篇不是清隽之气逼人的。《秋兴》固足以上比宋玉，而《怀旧》之写"坟垒垒而接垅，柏森森以欑植；何逝没之相寻，曾旧草之未异"。《寡妇赋》之写"愿假梦以通灵兮，目炯炯而不寝。夜漫漫以悠悠兮，寒凄凄以凛凛。气愤薄而乘胸兮，涕交横而流枕"。尤皆留连于生死故旧之情，凄迷于存亡窈念之际，决不是那些以涂饰夸诞自喜者之比。左思的《三都赋》，追踪班固、张衡，虽不是抒情之作，却也甚见工力。

东晋南渡以后，辞赋作家暂见消歇。郭璞的《江赋》，和木华的《海赋》并为写前人所未涉及的景色的，但究竟不大高明。到了晋末宋初，大诗人陶渊明、鲍照相继而出，立刻把赋也抬高到未之前有的妙地

仙境里去。陶渊明的《闲情赋》，虽萧统不大满意，斥之为"白璧微瑕"《陶集序》，然实是极清新真切的长篇的抒情诗。像：

>愿在衣而为领，承华首之余芳，
>悲罗襟之宵离，怨秋夜之未央。
>愿在裳而为带，束窈窕之纤身，
>嗟温凉之异气，或脱故而服新。
>……
>愿在丝而为履，附素足以周旋，
>悲行止之有节，空委弃于床前。
>愿在昼而为影，常依形而西东，
>悲高树之多荫，慨有时而不同。
>愿在夜而为烛，照玉容于两楹，
>悲扶桑之舒光，奄灭景而藏明。
>……
>考所愿而必违，徒契契以苦心。
>拥劳情而罔诉，步容与于南林。

情诗写到这样宛转敦厚的地步，还有谁可及呢？见此，真觉得像"君依光兮妾所愿"诸作，还未免嫌单调。

鲍照的《芜城赋》，我们只读其歌："边风急兮城上寒，井径灭兮丘陇残。千龄兮万代，共尽兮何言！"便已嗅出其凄凉的气氛来。别人都写辉辉煌煌的《两都》《三京》张衡作《东京》《西京》及《南都赋》，照独凭吊"芜城"；废井颓垣，榛路荒基的写照，或较离宫禁苑的铺张扬厉的描状，尤能打动人的情感罢。《连昌宫词》唐元稹作，《哀江南曲》见孔尚任《桃花扇》并此而三，难能有四！

谢惠连的《雪赋》只是一篇咏物的名作，然其《祭古冢文》却是真实的一篇隽妙的抒情诗。谢庄的《月赋》确能将渺茫朦胧的月夜的气氛写出："美人迈兮音尘阙，隔千里兮共明月。临风叹兮将焉歇，川路长兮不可越。……月既没兮露欲晞，岁方晏兮无与归。佳期可以还，微露沾人衣。"他竟是充溢着惆怅的情怀的。

梁时,江淹作《恨赋》《别赋》,那又是充满着怅惘凄楚的空气的。"试望平原,蔓草萦骨,拱木敛魂","黯然销魂者惟别而已矣",他选的是那样一种的伤感的题目!"春草碧色,春水绿波;送君南浦,伤如之何!"这已够令人凄然了。"春草暮兮秋风惊,秋风罢兮春草生;绮罗毕兮池馆尽,琴瑟灭兮丘垄平。自古皆有死,莫不饮恨而吞声!"更是直弹到人生的最深邃的中心了。汉人每喜夸诞的漫谈,其失也浅薄。六朝人却反了过来,专爱在伤感的情绪上着力,遂多"哀感顽艳","情不自禁"之作。六朝赋与汉赋之别便在于此。

萧衍尝作《净业赋》。以佛人思想渗透到辞赋里去,恐怕要以此篇为惟一之作。其子纲,尝作《悔赋》,显然是模仿文通的《恨》《别》二赋的。萧绎所作《玄览赋》,浩浩莽莽,几复回到司马、扬、班的时代。然其《荡妇秋思赋》:"况乃倡楼荡妇,对此伤情。于时露萎庭蕙,霜封阶砌。坐视带长,转看腰细。重以秋水文波,秋云似罗。日黯黯而将暮,风骚骚而渡河",却是具有很幽渺的抒情的成分的。

沈约有《郊居赋》,极写郊外园林之乐,而用"惟以天地之恩不报,书事之官靡述"云云为结,未免迂腐。同时有陆倕,字佐公,吴郡吴人,为国子博士,守太常卿。他的《感知己赋赠任昉》昉也有一赋答之却是"真性情"流露之作。刘峻的《广绝交论》,虽名为论,实似一赋,也是出于不自已的愤激之心意的。张缵字伯绪,为梁驸马都尉。后授雍州刺史,为萧詧所杀,他的《南征赋》乃是安仁《西征》的同流。沈炯的《归魂赋》,写梁末丧乱,身为北朝所羁留;"每日夕而靡依,常一步而三叹。……言语之所不通,嗜欲之所不同。……岂论生平与意气,止望首丘于南风",痛定思痛,情意至为凄惶。江总也有《修心赋》,其情调与《归魂》颇同;他们都是庚子山的《哀江南赋》的同道。

参考书目

一、《文选》 梁萧统编，有胡克家刊本，《四部丛刊》本。

二、《全上古三代秦汉三国六朝文》 清严可均编，有王氏刊本，医学书局印本。

三、《汉魏六朝百三名家集》 明张溥编，有原刊本，长沙刊本。

四、《汉魏六朝名家集》 丁福保编，医学书局出版。

五、《历代赋汇》 清康熙间敕编，有扬州书局刊本，石印本。

六、《历代赋汇》 清陈元龙编，有殿刊本。

第四讲　新乐府辞

六朝文学的光荣：新乐府辞——少年男女的恋歌——清新而健全的作风——与汉魏乐府的不同——民歌升格运动的程序——"吴声歌曲"与"西曲歌"——《子夜歌》——《华山畿》与《读曲歌》——《三洲歌》等——新乐府辞影响——"梁鼓角横吹曲"

一

六朝文学有两个伟大的成就，一是佛教文学的输入，二是新乐府辞的产生。但在六朝，佛教文学还没有很巨大的影响。翻译作品是如潮水似的推涌进来了。其作用，却除了给予"故事"与俊语新辞之外，并不曾有多少的开展。翻译作品的本身，有若干固是很弘丽很煌亮，有若彗星的经天，足以撼动人的心肝；有若烟火的升空，足以使人目眩神移。但一过去了，便为人所忽视。像把泰山似的大岩，掷到东海里去，起了一阵的大浪花。但沉到底了，其影响也便没有了。我们可以说，在唐以前，佛教文学在中国文学里所引起的发酵性的作用，实是微之又微的。直到连印度文学的体制也大量输入了时，方才是火候纯青，醴酒澄香的时期，而"变文"一类的伟大的体制便也开始产生出来。

所以，实际上为六朝文学的最大的光荣者乃是"新乐府辞"。有人说，六朝文学是"儿女情多，风云气少"。新乐府辞确便是"儿女情多"里的产物。有人说，六朝文学是"连篇累牍，不出月露之形"。新乐府辞确便是"风花雪月"的结晶。这正是六朝文学之所以为"六朝文学"

的最大的特色。这正是六朝文学之最足以傲视建安、正始，踢倒两汉文章，且也有殊于盛唐诸诗人的所在。人类情思的寄托不一端，而少年儿女们口里所发出的恋歌，却永远是最深挚的情绪的表现。若游丝，随风飘黏，莫知其端，也莫知其所终栖。若百灵鸟们的歌啭，晴天无涯，惟闻清唱，像在前，又像在后。若夜溪的奔流，在深林红墙里闻之，仿佛是万马嘶鸣，又仿佛是松风在响，时似喧扰，而一引耳静听，便又清音转远。他们轻唱，轻得像金铃子的幽吟，但不是听不见。他们深叹，深重得像饿狮的夜吼，但并不足怖厉。他们欢笑，笑得像在黎明女神刚穿了桃红色的长袍飞现于东方时，齐张开千百个大口对着她打招号的牵牛花般的嬉乐。他们陶醉，陶醉得像一个少女在天阴雪飞的下午，围着炭盆，喝了几口甜蜜蜜的红葡萄酒，脸色绯红得欲燃，心腔跳跃得如打鼓似的半沉迷，半清醒的状态之中。他们放肆，放肆得像一个"半马人"追逐在一个林中仙女的后边，无所忌惮的求恋着。他们狂歌，狂歌得像阮籍立在绝高的山顶在清啸，山风百鸟似皆和之而同吟。总之，他们的歌声乃是永久的人类的珠玉。人类一天不消灭，他们的歌声便一天不会停止。"捣麝成尘香不灭，拗莲作寸丝难绝。"他们是那样的顽健的永生着！六朝的新乐府便是表现着少年男女们这样的清新顽健的歌声的，便是坦率大胆的表现着少年男女们这样的最内在、最深挚的情思的。在中国文学史上，可以说，没有一个时期有六朝那末自由奔放，且又那末清新健全的表现过这样的少年男女们的情绪的。在《诗经》时代与《楚辞》时代，他们是那样清隽的歌唱出他们的恋歌："月出皎兮，佼人僚兮，舒窈纠兮，劳心悄兮"；"满堂兮美人，忽独与余兮目成。"然而他们究竟是辽远了，太辽远了，使我们听之未免有些模糊影响。《古诗十九首》时代，比较得近，却只是千篇一律的"迢迢牵牛星，皎皎河汉女，纤纤濯素手，札札弄机杼"，并未能使我们有十分广邈与深刻的印象。温、李诸人的歌诗，却又是罩上了一层轻纱的。明、清的许多民间情歌，又往往粗犷坦率得使我们觉得有些听不惯。六朝的新乐府辞却是表现得恰到好处的。他们真率，但不犷陋；他们温柔敦厚，但不隐晦。他们是明白如话的。他们是清新宛曲的。他们的情绪是那样的繁赜，但又是那样的深刻！像他们那样的"欢欲见莲时，移湖安屋里。芙蓉绕床

第四讲　新乐府辞

生，眠卧抱莲子"《杨叛儿》，"不能久长离，中夜忆欢时，抱被空中啼"《华山畿》，以及

> 打杀长鸣鸡，弹去乌臼鸟；
> 愿得连冥不复曙，一年都一晓。
>
> ——《读曲歌》

都是那末大胆、显豁，却又是那样的温柔敦厚的。

二

所谓新乐府辞，和汉、魏的乐府是很不相同的。汉、魏乐府的题材是很广赜的，从思妇之叹，孤儿之泣，挽悼之歌，以至战歌、祭神曲，无所不包括。但新乐府辞便不同了。她只有一个调子，这调子便是少年男女的相爱。她只有一个情绪，那便是青春期的热恋的情绪。然而在这个独弦琴上，却弹出千百种的复杂的琴歌来，在这个简单的歌声里，却翻腾出无数清隽的新腔出来。差不多要像人类自己的歌声，在一个口腔里，反反复复，任什么都可以表现得出。新乐府辞的起来，和《楚辞》及五言诗的起来一样，是由于民间歌谣的升格。郭茂倩《乐府诗集》及冯惟讷《古诗纪》皆别立一类，不和旧乐府辞相杂。他们称之为"清商曲辞"。这有种种的解释。"清商乐一曰清乐"。这话颇可注意。所谓"清乐"，便是"徒歌"之意罢《大子夜歌》："丝竹发歌响，假器扬清音。不知歌谣妙，声势出口心"，可为一证。故不和伴音乐而奏唱的旧乐府辞同列。盖凡民歌，差不多都是"徒歌"的。在"清商曲"里，有江南吴歌及荆楚西声，而以吴歌为最重要至今吴歌与楚歌还是那末婉曼可爱。冯惟讷谓"清商曲古辞杂出各代"，而始于晋。这见解不差。在晋南渡以前，这种新歌是我们所未及知的。到了南渡之后，文人学士们方才注意到这种民歌，正如唐刘禹锡、白居易之注意到《柳枝词》等等民歌一样。其初是好事者的润改与拟作。后乃见之弦歌而成为宫廷的乐调。这途径也

是民歌升格运动的必然的程序。

"吴声歌曲"当是吴地的民歌。其中最重要的为《子夜歌》。《唐书·乐志》："晋有女子名子夜，造此声，声过哀苦。"这话未必可信。"后人更为四时行乐之词，谓之《子夜四时歌》，又有《大子夜歌》《子夜警歌》《子夜变歌》，皆曲之变也。"《乐府解题》今存这些"子夜歌"凡一百二十四首，几乎没有一首不是"绝妙好辞"。像"揽枕北窗卧，郎来就侬嬉。小喜多唐突，相怜能几时？""夜长不得眠，明月何灼灼。想闻散唤声，虚应空中诺。"《子夜歌》"春林花多媚，春鸟意多哀。春风复多情，吹我罗裳开"；"初寒八九月，独缠自络丝。寒衣尚未了，郎唤侬底为？"《子夜四时歌》那末漂亮的短诗，确是我们文库里最圆莹的明珠。"歌谣数百种，《子夜》最可怜"《大子夜歌》，这可想见那歌声的如何宛曼动人。

此外又有《上声歌》《欢闻歌》《欢闻变歌》《前溪歌》《阿子歌》《团扇郎》《七日夜女郎歌》《黄鹄曲》《懊侬歌》《碧玉歌》《华山畿》《读曲歌》等，皆是以五言的四句或三句组织成之的。其间以《懊侬歌》《华山畿》及《读曲歌》为最重要。像"懊恼奈何许！夜闻家中论，不得侬与汝"《懊侬歌》，"歔欷暗中啼，斜日照帐里。无油何所苦，但使天明尔"《读曲歌》，都可算是很清隽的情歌。《华山畿》及《读曲歌》多有以一句的三言及二句的五言组织之者，像"松上萝，愿君如行云，时时见经过"《华山畿》，"百花鲜，谁能怀春日，独入罗帐眠"《读曲歌》，其歌唱的调子也许是不大相同的。

"西曲歌"为"荆楚西声"，其情调与组织大都和"吴声歌曲"相同。其中重要的歌调，有《三洲歌》《采桑度》《青阳度》《孟珠》《石城乐》《莫愁乐》《乌夜啼》《襄阳乐》等。像"望欢四五年，实情将懊恼。愿得无人处，回身与郎抱"《孟珠》，"布帆百余幅，环环在江津。执手双泪落，何时见欢还？"《石城乐》，"莫愁在何处？莫愁石城西。艇子打两桨，催送莫愁来"《莫愁乐》，和《子夜》《读曲》的情调是没有什么殊别的。所不同者，"西曲歌"为长江一带的情歌，故特多水乡、别离的风趣耳。

这些民歌的风调，很早的便侵入于文人学士的歌诗里去。所谓

"宫体"，所谓"春江花月夜"等等的新调，殆无不是受了"新乐府辞"的感应的。最早的时候，相传为王献之与其妾桃叶相酬答的短歌，便是受这个影响的。释宝月的《估客乐》，沈约《六忆》之类，也是从《子夜》《读曲》中出的，萧衍尝拟《子夜》《欢闻》《碧玉》诸歌，像"含桃落花日，黄鸟莺飞时，君住马已疲，妾去蚕欲饥"《子夜四时歌》，宛然是晋、宋的遗音。其他如萧纲、萧绎、张率、王筠诸人的所作，无不具有很浓厚的这种民间情歌的成分在内。陈叔宝所作，尤为淫靡；不独拟作《估客乐》《三洲歌》而已，且还造作"《黄骊留》及《玉树后庭花》《金钗两鬓垂》等曲，与幸臣等制其歌词。绮艳相高，极于轻荡。男女唱和，其音甚哀"《隋书·乐志》。惜今存者独有《玉树后庭花》："映户凝娇乍不进，出帷含态笑相迎。妖姬脸似花含露，玉树流光照后庭。"聊可见其新声的作风的一斑。

三

在梁代 502—557，又有一种新声突然起来：那便是"梁鼓角横吹曲"。《晋书·乐志》："横吹有鼓角，又有胡角，即胡乐也。"其来源可追溯到汉武帝时代。然有歌辞可见者惟在梁代。我的意见，这些胡曲的输入时代，与其说是汉，不如说是五胡乱华的时候为更适宜些。汉乐已渺茫莫考，而这些胡曲则当是随了诸少数民族而入汉的新声。在这些歌曲里，也有恋歌，像"腹中愁不乐，愿作郎马鞭。出入擐郎臂，蹀座郎膝边"，然其风趣却和《子夜》《三洲》大殊了。恋歌以外，更多他调，像"放马大泽中，草好马著膘"《企喻歌》，"陇头流水，流离西下，念吾一身飘旷野"《陇头流水歌》，"兄为俘虏受困辱，骨露力疲食不足"《隔谷歌》等等，都是沉浸着北方的一种凄壮劲直之气魄的。又，《古诗纪》等并附《木兰诗》于此。但那是一篇很好的叙事诗，其时代至为可疑；中有"对镜贴花黄"语，花黄为唐时之女饰，以归之唐，似不会很错。

参考书目

一、《乐府诗集》一百卷　宋郭茂倩编，有汲古阁刊本，湖北书局刊本，《四部丛刊》本。

二、《古诗纪》（明冯惟讷编）及《全汉三国晋南北朝诗》（近人丁福保编）亦应参考。

三、《乐府古题要解》二卷　题唐吴兢著，有《津逮秘书》《学津讨源》及《历代诗话续编》本。

第五讲　唐　诗

一、初唐的诗坛

唐初的诗坛——陈、隋的遗老们：许敬宗等——长孙无忌、李义府与上官仪——魏徵——王绩——初唐四杰：王、杨、卢、骆

一

所谓初唐的诗坛，相当于李渊及其后的三主的时代，即自武德元年到弘道元年的六十余年 618—683 间。开始于陈、隋遗老的遗响，终止于王、杨、卢、骆四杰的鹰扬。这其间颇有些可述的。当武德初，李世民与其兄建成、弟元吉争位相倾。各延揽儒士，以张势力。世民于秦邸开文学馆，召杜如晦、房玄龄、于志宁、苏世长、薛收、褚亮、姚思廉、陆德明、孔颖达、李道玄、李守素、虞世南、蔡允恭、颜相时、许敬宗、薛元敬、盖文达、苏勖等十八人为学士，时号十八学士。及他杀建成、元吉后，太子及齐王二邸中的豪彦，也并集于朝。世民他自己也好作"艳诗"。当时的风尚，全无殊于隋代。诗人之著者，像陈叔达、虞世南、欧阳询、李百药、杜之松、许敬宗、褚亮、蔡允恭、杨师道诸人皆是由隋入唐的。此外还有长孙无忌、李义府、上官仪、魏徵、王绩诸人，一时并作，诗坛的情形是颇为热闹的。王绩尤为特立不群的雄豪。

欧阳询欧阳询见《新唐书》卷一百九十八字信平，潭州临湘人，仕隋为太常博士。入唐，撰《艺文类聚》，甚有名。官至太子率更令。**李百药**李百药见《新唐书》卷一百二字重规，德林子，七岁能属文，时号奇童。隋时为太子通事舍人。入唐，拜中书舍人。曾著《齐史》。百药藻思沉郁，尤长五言，虽樵童牧子亦皆吟讽。像《咏蝉》：

清心自饮露，哀响乍吟风。
未上华冠侧，先惊翳叶中。

已宛然是沈、宋体的绝句了。杜之松，博陵曲阿人，隋起居舍人。贞观中为河中刺史。与王绩交好。**许敬宗**许敬宗、李义府均见《旧唐书》卷八十二，《新唐书》卷二百二十三字延族，杭州新城人，善心子。入唐为著作郎，高宗时为相。有集。褚亮字希明，杭州钱塘人。隋为太常博士。贞观中为散骑常侍，封阳翟县侯。蔡允恭，荆州江陵人，隋为起居舍人。贞观中，除太子洗马。杨师道，隋宗室，字景猷。入唐尚桂阳公主，封安德郡公。贞观中为中书令。为诗如宿构，无所窜定。

李义府，瀛州饶阳人。对策擢第。累迁太子舍人，与来济来济见《新唐书》卷一百五俱以文翰见知，时称"来、李"。高宗时为中书令，后长流嶲州。他的《堂堂词》：

懒整鸳鸯被，羞褰玳瑁床。

长孙无忌像

长孙无忌（约597—659）是唐太宗李世民的内兄，文德顺圣皇后的哥哥，因反对高宗立武则天为皇后，为许敬宗诬构，削爵流黔州（今贵州），自缢而亡。无忌有诗三首留于后世。

第五讲 唐 诗

春风别有意，密处也寻香。

甚有名，是具着充分的梁、陈的气息的。同时，长孙无忌_{长孙无忌见《旧唐书》卷六十五，《新唐书》卷一百五字机辅，河南洛阳人，为唐外戚文德后兄。封齐国公。高宗时，贬死黔州。}其《新曲》："玉佩金钿随步远，云罗雾縠逐风轻。转目机心悬自许，何须更待听琴声"云云，也是所谓"艳诗"的一流，甚传于时。

上官仪_{上官仪见《旧唐书》卷八十，《新唐书》卷一百五}也是义府与无忌的同道。其诗绮错婉媚，人多效之，谓为"上官体"。他的《早春桂林殿应诏》："晓树流莺满，春堤芳草积。风光翻露文，雪华上空碧"云云，无愧于梁、陈之作。他字游韶，陕州陕人。贞观初擢进士第。高宗时为西台侍郎，同东西台三品。后以事下狱死_{616？—664}。

魏徵_{魏徵见《旧唐书》卷七十一，《新唐书》卷九十七}《述怀》却不是梁、陈作风所能拘束的了。像"纵横计不就，慷慨志犹存。……人生感意气，功名谁复论"云云，其气概豪健，盖不是所谓"宫体""艳诗"所能同群者。"人生感意气"云云，活画出一位直心肠的男子来。以阮嗣宗与陈子昂较之，恐怕还要有些差别。独惜徵所作不多耳。徵字玄成，魏州曲城人。少孤，落魄有大志。初从李建成，为太子洗马。世民杀建成，乃拜他为谏议大夫，封郑国公。

王绩_{王绩见《旧唐书》卷一百九十二《隐逸传》，《新唐书》卷一百九十六《隐逸传》}与魏徵又有所不同，他却是以澹远来纠正浓艳的。绩字无功，绛州龙门人。隋大业中为扬州六合丞，以非所好，弃去不顾。结庐河渚，以琴酒自乐。武德初，以前官待诏门下省。或问："待诏何乐？"他道："良酝可恋耳。"照例日给酒三升，陈叔达特给他一斗。时太乐署史焦革家善酿。绩求为丞。革死，又弃官归。尝躬耕于东皋，故时人号东皋子。或经过酒肆，动留数日。往往题壁作诗，多为好事者讽咏。死时，预自为墓志。其行事甚类陶渊明，而其作风也与渊明相近_{590？—644}。像《田家》_{一作王勃诗，但风格大不类}：

阮籍生涯懒，嵇康意气疏。

> 相逢一醉饱，独坐数行书。
> 小池聊养鹤，闲田且牧猪。
> 草生元亮径，花暗子云居。
> 倚床看妇织，登垅课儿锄。
> 回头寻仙事，并是一空虚。

还不类渊明么？更有趣的是，像《田家》的第二首：

> 家住箕山下，门枕颍川滨。
> 不知今有汉，惟言昔避秦。
> 琴伴前庭月，酒劝后园春。
> 自得中林士，何忝上皇人。

以及第三首的"恒闻饮不足，何见有残壶"云云，连其意境也便是直袭之渊明的了。他的最好的诗篇，像《野望》：

> 东皋薄暮望，徙倚欲何依？
> 树树皆秋色，山山惟落晖。
> 牧人驱犊返，猎马带禽归。
> 相顾无相识，长歌怀《采薇》。

像《过酒家》：

> 对酒但知饮，逢人莫强牵。
> 倚垆便得睡，横瓮足堪眠。

也浑是上继嗣宗、渊明，下起王维、李白的。在梁、陈风格紧紧握住了诗坛的咽喉的时候，会产生了这样的一位风趣澹远的诗人出来，是颇为可怪的。或正如颜、谢的时候而会有渊明的同样的情形罢。一面自然是这酒徒的本身性格，一面也是环境的关系。他不曾做过什么"文学侍从

| 第五讲　唐　诗 |

之臣"，故也不必写作什么"侍宴""颂圣"的东西，以损及他的风格，或舍己以从人。

二

"四杰"的起来，在初唐诗坛上是一个极重要的消息。"四杰"也是承袭了梁、陈的风格的。惟意境较为阔大深沉，格律且更为精工严密耳。他们是上承梁、陈而下起沈、宋_{沈佺期、宋之问}的。王世贞说：

> 卢、骆、王、杨，号称四杰。词旨华靡，固沿陈、隋之遗；翩翩意象，老境超然胜之。五言遂为律家正始。内子安稍近乐府，杨、卢尚宗汉、魏。宾王长歌，虽极浮靡，亦有微瑕，而缀锦贯珠，滔滔洪远，故是千秋绝艺_{见王世贞的《全唐诗说》（《学海类编》本）}。

在许多持王、杨、卢、骆优劣论者当中，世贞此话，尚较为持平。

王勃字子安，绛州龙门人。很早的便会写诗。相传他六岁善文辞，九岁得颜师古注《汉书》读之，作《指瑕》以摘其失。麟德初_{公元664年}，刘祥道表于朝，对策高第。年未及冠，授朝散郎。沛王闻其名，召署府修撰。因作《檄英王鸡文》，被出为虢州参军。后又因事除名。上元二年_{公元675年}，往交趾省父，渡海溺水，悸而卒_{见《旧唐书》卷一百九十《文苑上》，《新唐书》卷二百一《文艺上》}，年二十九_{647—675}。有集《子安集》，有通行本，《四部丛刊》本。初，他道出钟陵，九月九日，都督大宴滕王阁，宿命其婿作序以夸客。因此纸笔遍请，客莫敢当。至子安抗然不辞。都督怒起更衣。遣吏伺其文辄报。至"落霞与孤鹜齐飞，秋水共长天一色"语，乃矍然道："天才也！"请遂成文，极欢罢。那便是有名的《滕王阁序》。又相传子安属文初不精思，先磨墨数升，引被覆面而卧。忽起书之，不易一字。时人谓之腹稿。他所作以五言为最多，且均是很成熟的律体。像《郊兴》：

> 空园歌独酌，春日赋闲居。
> 泽兰侵小径，河柳覆长渠。

雨去花光湿，风归叶影疏。
山人不惜醉，惟畏绿尊虚。

还不是律诗时代的格调么？又像：

抱琴开野室，携酒对情人。
林塘花月下，别似一家春。

——《山扉夜坐》

山泉两处晚，花柳一园春。
还持千日醉，共作百年人。

——《春园》

还不宛然是最正格的五绝么？又像《寒夜怀友杂体》：

北山烟雾始茫茫，南津霜月正苍苍，
秋深客思纷无已，复值征鸿中夜起。

虽说是"杂体"，其实还不是"七绝"之流么？沈、宋时代的到来，盖在"四杰"的所作里，已先看到其先行队伍的踪迹了。正如太阳神万千缕的光芒还未走在东方之前，东方是先已布满了黎明女神的玫瑰色的曙光了。

杨炯，华阴人，幼即博学好为文。年十一，举神童，授校书郎。为崇文馆学士，迁詹事司直。恃才简倨，人不容之。武后时，迁婺州盈川令，卒于官见《旧唐书》卷一百九十《文苑上》，《新唐书》卷二百一《文艺上》。650—695？。他闻时人以四杰称，便自言道："吾愧在卢前，耻居王后。"当时的品第是王、杨、卢、骆，他故云然。张说道："杨盈川文思如悬河注水，酌之不竭；既优于卢，亦不减王也。"有《盈川集》《盈川集》有《四部丛刊》本。他的诗像"帝畿平若水，官路直如弦"《骢马》，"三秋方一日，少别比千年"《有所思》，"离亭隐乔树，沟水浸平沙。左尉才何屈，东关望渐赊"《送丰城王少尉》等，也都是足称律诗的前驱的。

"四杰"身世皆不亨达，而卢照邻为尤。他为了不可治的疾病，艰苦备尝，以至于投水自杀。在我们的文学史里同样的人物是很少的。照邻字昇之，幽州范阳人。年十余岁，从曹宪、王义方授《苍雅》及经史。博学善属文。初授邓王府典签。王有书二十车，照邻披览，略能记忆。王甚爱重之。对人道："此即寡人相如也。"后拜新都尉，因染风疾去官。居太白山中。以服饵为事。而疾益笃。客东龙门山，友人时供其衣药。疾甚，足挛，一手又废，乃徙阳翟之具茨山下，买园数十亩，疏颍水周舍。复豫为墓，偃卧其中。作《五悲》及《释疾文》，读者莫不悲之。然疾终不愈。病既久，不堪其苦，乃与亲友执别，自投颍水而死。时年四十见《旧唐书》卷一百九十《文苑上》，又见《新唐书》卷二百一《文艺上》。650？—689？。有集照邻集有《四部丛刊》本。照邻少年所作，不殊子安、盈川。及疾后，境愈苦，诗也愈峻。像《释疾文》：

> 岁将暮兮欢不再，时已晚兮忧来多。
> 东郊绝此麒麟笔，西山秘此凤凰柯。
> 死兮死兮今如此，生兮生兮奈汝何！

盖已具有死志了。像《羁卧山中》的"卧壑迷时代，行歌任死生。红颜意气尽，白璧故交轻。涧户无人迹，山窗听鸟声。春色缘岩上，寒光入溜平。雪尽松帷暗，云开石路明"云云，盖还是虽疾而未至绝望的时候所作，故尚有"紫书常日阅，丹药几年成"云云。

骆宾王善于长篇的歌行，像《从军中行路难》《夏日游德州赠高四》《帝京篇》《畴昔篇》等，都可显出他的纵横任意，不可羁束的才情来。《畴昔篇》自叙身世，长至一千二百余字，从"少年重英侠，弱岁贱衣冠"说起，直说到"邹衍衔悲系燕狱，李斯抱怨拘秦桎。不应白发顿成丝，直为黄河暗如漆"。大约是狱中之作罢。这无疑是这时代中最伟大的一篇巨作，足和庾子山的《哀江南赋》列在同一型类中的。所谓在狱中，当然未必是指称敬业失败后的事，或当指武后时公元684年因坐赃"入狱"？的一段事。故篇中并未叙及兵事，而有"只为须求负郭田，使我再干州县禄"语。这样以五七言杂组成文的东西，诚是空前之作。当时的人，尝以他的《帝京篇》为绝唱，而不知《畴昔篇》之更远为弘伟。宾王，婺州义乌人。与子安等同是早慧者，七岁即能赋诗。但少年时落魄无行，好与博徒为伍。初为道王府属。尝使自言所能。宾王不答。后为武功主簿。裴行俭做洮州总管，表他掌书奏，他不应。高宗末，调长安主簿。武后时，坐赃左迁临海丞，怏怏不得志，弃官而去。时徐敬业在扬州起兵讨武后，署宾王为府属。军中檄都是他所作。武后读檄文到"一抔之土未干，六尺之孤安在！"语，大惊，问为何人所作，或以宾王对。后道："宰相安得失此人！"敬业败死，宾王也不知所终？—684？骆宾王见《旧唐书》卷一百九十《文苑上》，《新唐书》卷二百一《文艺上》。有集《骆宾王集》有《四部丛刊》本。

二、开元天宝时代

唐诗的黄金时代——张九龄与吴中四杰——新诗人的纷起——王维与裴迪——孟浩然——王孟作风的不同——谪仙人李白——老诗人高适——富于异国情调的作家岑参——王昌龄、常建、崔颢等——崔国辅、王翰、贾至等

一

开元、天宝时代，乃是所谓"唐诗"的黄金时代；虽只有短短的四十三年713—755，却展布了种种的诗坛的波涛壮阔的伟观，呈献了种种不同的独特的风格。这不单纯的变幻百出的风格，便代表了开、天的这个诗的黄金的时代。在这里，有着飘逸若仙的诗篇，有着风致澹远的韵文，又有着壮健悲凉的作风。有着醉人的谵语，有着壮士的浩歌，有着隐逸者的闲咏，也有着寒士的苦吟。有着田园的闲逸，有着异国的情调，有着浓艳的闺情，也有着豪放的意绪。总之，这时代是囊括尽了种种的诗的变幻的。也没有一个时代，更曾同时诞生那末许多的伟大的诗人过的！然而，她只是短短的四十三年！希腊的悲剧时代，英国的莎士

比亚时代，还不只是短短的数十年么？

　　五七言的古、律诗体，到了这个时代，格律已是全备。其中，七言的律、绝，方才刚刚萌芽，还不曾有人用全力去灌溉之，正是诗人最好的一试驰骋的好身手的时候。故开、天的诗人们，于此独擅胜场，正如建安时代的五言诗，沈、宋时代的五言的律、绝。把握着新发于硎的牛刀，而以其勃勃的诗思为其试手的对象，那些天才的"庖丁"们，当然个个的都会"得手应心"的了。

二

　　开、天间的诗人们，一时是计之不尽的。殷璠的《河岳英灵集》，录当时诗人至二十四人之多。元结的《箧中集》，所载则有七人。此外不在其中者，更还有不少。杜甫也初次出现于这个时代的诗坛上。但他的重要的诗篇，几皆是开、天以后的所作。这个黄金时代，包纳不了杜甫，而杜甫在这个时代，也未尽挥展出他的惊人的天才。故另于下章详之。

　　开、天时代的老诗人们：有张九龄、贺知章、姚崇、宋璟、包融、张旭、张若虚、张说、苏颋、李乂等。

　　张九龄　张九龄见《旧唐书》卷九十九　字子寿，韶州曲江人。七岁知属文。擢进士，迁左拾遗。后以张说荐，为集贤院学士。俄拜中书侍郎同平章事。为李林甫所排挤，贬荆州长史，卒。有集《张曲江集》二十卷，有明刊本，清顺治刊本，《四部丛刊》本。九龄的诗，回旋于沈、宋的时代，而别有所自得。他的《感遇》十二首，和陈子昂的所作又自不同，其托意的直率，颇有影响于后来的诗坛。像《感遇》中的一首：

　　　　江南有丹橘，经冬犹绿林。
　　　　岂伊地气暖，自有岁寒心。
　　　　可以荐嘉客，奈何阻重深。
　　　　运命惟所遇，循环不可寻。
　　　　徒言树桃李，此木岂无阴！

这全是以"丹橘"自况的,和后来的"妆罢低声问夫婿,画眉深浅入时无?"是在同一个调子里的东西,但似更为露骨些。九龄诗往往如此,故颇伤于直率,少含蓄的余味。

与张九龄同为开元、天宝时代的名相的姚崇、宋璟_{姚崇、宋璟并见《旧唐书》卷九十六,《新唐书》卷一百二十四},也并能诗。崇初名元崇,又名元之,陕州人。贞观中,应下笔成章举,授濮州司仓。后数居台辅,负时重望。荐宋璟自代。其诗像:"舟轻不觉动,缆急始知牵",语甚有致。宋璟,邢州南和人,继崇为相,耿介有大节。他的《送苏尚书赴益州》:"园林若有送,杨柳最依依",意境也很新。

贺知章字季真,会稽永兴人,少以文辞知名。累迁秘书监。他性放旷,晚尤纵诞,自号四明狂客。天宝初,请为道士还乡里。诏赐镜湖剡川一曲。年八十六卒。其七言绝句,像《咏柳》的"不知细叶谁裁出,二月春风似剪刀"和《回乡偶书》的二首:"少小离乡老大回","惟有门前镜湖水,春风不改旧时波",都是盛传人口的。

他和包融、张旭、张若虚并号"吴中四杰"。融,湖州人,为大理司直。旭,苏州吴人。嗜酒善草书,每醉后号呼狂走,才下笔,或以头濡墨而书。既醒,自视以为神。世呼为张颠,或传称为"草圣"。若虚,扬州人,为兖州兵曹。所作《春江花月夜》:"春江潮水连海平,海上明月共潮生。滟滟随波千万里,何处春江无月明"的一首七言的长篇,乃是令人讽吟不能去口的隽什。

张说_{张说见《旧唐书》卷九十七,《新唐书》卷一百二十五}和苏颋也并为开元名相,也皆能诗。说字道济,一字说之,洛阳人。武后时为凤阁舍人,以忤旨,配流钦州。开元初,进中书令,封燕国公。亦数经迁谪,至左丞相卒。他喜延纳后进。朝廷大述作多出其手,与苏颋号"燕、许大手笔"。谪后的诗,益凄惋动人,人谓得江山之助_{《张燕公集》二十五卷,有《聚珍版丛书》本}。像《南中别蒋五岑向青州》:

> 老亲依北海,贱子弃南荒。
> 有泪皆成血,无声不断肠。
> 此中逢故友,彼地送还乡。

第五讲 唐 诗

愿作枫林叶，随君度洛阳。

诚是深以迁谪为念的。但像"丝管清且哀，一曲倾一杯。气将然诺重，心向友朋开"《宴别王熊》，却颇有些豪迈的意气。

苏颋_{苏颋见《旧唐书》卷八十八，《新唐书》卷一百二十五字廷硕，瓌子。幼敏悟。明皇爱其文，进紫薇侍郎，知政事。与李乂对掌书命。帝道："前世李峤、苏味道，文擅当时，号苏、李。今朕得颋及乂，又何愧前人。"}他的小诗，也时有佳趣，像《将赴益州题小园壁》：

岁穷惟益老，春至却辞家。
可惜东园树，无人也作花。

李乂字尚真，赵州房子人，幼工属文。开元初，为紫薇侍郎，除刑部尚书，卒，年六十八。与兄尚一、尚贞并有文名。有《李氏花萼集》。

三

但开元、天宝的时代，虎踞于诗坛上者，并不是这些老作家们。新兴的诗人们是像雨天的层云般，推推拥拥的向无垠的天空上跑去。在那些无数的新诗人们里，无疑的要选出王维、孟浩然、李白、高适、岑参五人，作为最重要的代表。那五位诗人们的作风，都是很不相同的；差不多也可以代表了当时五方面的不同的倾向。先说王维。

王维_{王维见《旧唐书》卷一百九十下《文苑下》,《新唐书》卷二百二《文艺中》}的作风，是直接承继了东晋的陶渊明的。渊明的诗，澹泊而有深远之致，维诗亦然。像那样的田园诗，若浅实深，若凡庸实峻厚，若平淡实丰腴的，千百年间仅得数人而已。维字摩诘，河东人，工书画，与弟缙，俱有俊才。开元九年进士擢第。天宝末为给事中。安禄山陷两都，维被囚于菩提寺。肃宗时，为尚书右丞。维笃于奉佛，晚年长斋禅诵。一日忽索笔作书别亲故，舍笔而卒 699—759。开、天间，维诗名最盛，王侯豪贵之门，无不拂席迎之。尝得宋之问辋川别墅，山水绝胜，

〔明〕陈裸《画王维诗意图》

此画以王维诗句"闭户著书多岁月,种松皆作老龙鳞"为题。王维尤以山水诗成就为最,与孟浩然合称"王孟"。

与裴迪泛舟往来,啸咏终日。殷璠谓:"维诗,词秀调雅,意新理惬,在泉成珠,著壁成绘。"苏轼亦云:"维诗中有画,画中有诗。"《王右丞集》六卷,宋刘辰翁编,《四部丛刊》本;《王右丞集注》二十八卷,赵殿成注,原刊本;《王右丞诗集》六卷,明顾可允注说,嘉靖刊本,日本刊本。《集异记》《全唐诗话》引载维未冠时,文章得名,妙能琵琶。春之一日,岐王引至公主第,使为伶人进主前。维进新曲,号《郁轮袍》,并出所作。主大奇之。此事或未可信。明人王衡尝作《郁轮袍》杂剧,为维辨诬。惟唐人进身之阶,往往要借大力,像维一类的事,盖当时并不以为可怪。安、史乱后,音乐家的李龟年,奔放江潭,尝于湘中采访使筵上,唱:"红豆生南国,春来发几枝",又"秋风明月苦相思,荡子从戎十载余"诸作,皆维诗也。可见当时维诗的流行的盛况。维的诗,最有画意者,像《渭川田家》:

斜阳照墟落,穷巷牛羊归。
野老念牧童,倚杖候荆扉。
雉雊麦苗秀,蚕眠桑叶稀。
田夫荷锄至,相见语依依。
即此羡闲逸,怅然吟式微。

像《山居秋暝》：

空山新雨后，天气晚来秋。
明月松间照，清泉石上流。
竹喧归浣女，莲动下渔舟。
随意春芳歇，王孙自可留。

和"草际成棋局，林端举桔槔"《春园即事》，"牧童望村去，猎犬随人还"《淇上即事田园》，"春风动百草，兰蕙生我篱"《赠裴十迪》，"山下孤烟绕村，天边独树高原"，"花落家僮未扫，莺啼山客犹眠"一作皇甫曾诗，以上《田园乐》，"空山不见人，但闻人语响。返景入深林，复照青苔上"《鹿柴》等等，都是富于田园的风趣的。但他偶写城市，也是同样的可爱。像《早朝》："皎洁明星高，苍茫远天曙。槐雾暗不开，城鸦鸣稍去。始闻高阁声，莫辨更衣处。银烛已成行，金门俨驺驭。"和隋代无名氏的《鸡鸣歌》："东方欲明星烂烂……千门万户递鱼钥"恰是同类的隽作。若《琵琶记》的《辞朝》，从黄门官口中说出那末一大片的官话来，却徒见其辞费耳。维的七言绝句，像《少年行》："相逢意气为君饮"，"纵死犹闻侠骨香"，像《九月九日忆山东兄弟》："遍插茱萸少一人"，像《渭城曲》："渭城朝雨浥轻尘"，像《戏题辋川别业》："藤花欲暗藏猱子"，像《私成口号诵示裴迪》："万户伤心生野烟"，都是很"俊雅"的。而《渭城曲》，论者如胡应麟尤推之，以为盛唐绝句之冠。

集合于王维左右的诗人们，有维的弟缙字夏卿，广德、大历中为门下侍郎，同平章事，及其友裴迪关中人，尝为尚书省郎，蜀州刺史、崔兴宗尝为右补阙、苑咸成都人，中书舍人、丘为苏州嘉兴人，太子右庶子等。裴迪、崔兴宗尝与维同居终南山。苑咸能书梵字，兼达梵音，曲尽其妙。后维与裴迪又同住辋川，交往尤密。故迪的作风，甚同于维，于辋川诸咏尤可见之，像："秋来山雨多，落叶无人扫"《宫槐陌》，"泛泛鸥凫渡，时时欲近人"《栾家濑》等。

四

孟浩然孟浩然见《旧唐书》卷一百九十下《文苑下》，《新唐书》卷二百三《文艺下》襄阳人，少好节义，工五言。隐鹿门山，不仕。四十游京师，与诸诗人交往甚欢。尝集秘省联句，浩然道："微云淡河汉，疏雨滴梧桐。"众皆莫及。其诗的作风，也正可以此十字状之。张九龄、王维都极称道他。维待诏金銮，一旦私邀浩然入。俄报玄宗临幸。浩然错愕伏匿床下。维不敢隐，因奏闻。帝喜曰："朕素闻其人而未见也。"浩然遂出。命吟近作，至"不才明主弃，多病故人疏"之句，帝慨然道："卿不求仕，朕何尝弃卿，奈何诬我！"因命放还南山。开元末，王昌龄游襄阳。时浩然新病起，相见甚欢，浪情宴谑，食鲜疾动而终689—740。有集《孟浩然集》四卷，明刊本，李梦阳刊本（二卷），闵齐伋刊本，《四部丛刊》本。

浩然为诗，伫兴而作，造意极苦。篇什既成，洗削凡近，超然独妙；虽气象清远，而采秀内映，藻思所不及。像《宿业师山房期丁大不至》：

夕阳度西岭，群壑倏已暝。
松月生夜凉，风泉满清听。
樵人归欲尽，烟鸟栖初定。
之子期未来，孤宿候萝径。

又像"相望始登高，心飞逐鸟灭。愁因薄暮起，兴是清秋发"《秋登兰山寄张五》，"春眠不觉晓，处处闻啼鸟。夜来风雨声，花落知多少"《春晓》，"烛至萤火灭，荷枯雨滴闻"《初出关旅亭夜坐怀王大校书》，"莫愁归路暝，招月伴人还"《游凤林寺西岭》，"阴崖常抱雪，枯涧为生泉"《访聪上人禅居》等等，都足以见出他的风格来。

他和王维的作风，看来好像很相近，其实却有根本的不同之点在着。维的最好的田园诗，是恬静得像夕光朦胧中的小湖，镜面似的躺着，连一丝的波纹儿都不动荡；人与自然，合而为一，诗人他自己是融合在他所写的景色中了。但浩然的诗，虽然也写山，也写水，也写大自然的美丽的表现，但他所写的大自然，却是活跃不停的，却是和我们的人似的刻刻在动作着的。像"却听泉声恋翠微"《过融上人兰若》的恋字，便充分的可以代表他的独特的作风。细读他的诗什,差不多都是惯以有情的动作,系属到无情的自然物上去的。又王维的诗,写自然者,往往是纯客观的,差不多看不见诗人他自己的影子,或连诗人他自己也都成了静物之一,而被写入画幅之中去了;他从不把自然界来拉到自己身上,作为自己动作或情绪的烘托的。浩然则不然,他的诗都是很主观的,处处都有个我在,更喜用"岁月青松老,风霜苦竹余"《寻白鹤岩张子容隐居》一类的句子。所以王维是个客观的田园诗人,浩然则是个性很强的抒情诗人。王维的诗境是恬静的,浩然的诗意却常是活泼跳动的。

五

现在该说第三个不同型的诗人李白李白见《旧唐书》卷一百九十下《文苑下》,《新唐书》卷二百二《文艺中》了。白的诗,纵横驰骋,若天马行空,无迹可寻;若燕子追逐于水面之上,倏忽西东,不能羁系。有时极无理,像"白发三千丈",有时又似极幼稚可笑,像"愿餐金光草,寿与天齐倾"《古风》,但那都无害于他的诗的纯美。他的诗如游丝,如落花,轻隽之极,却不是言之无物;如飞鸟,如流星,自由之极,却不是没有轨辙;如侠少的狂歌,农工的高唱,豪放之极,却不是没有腔调。他是蓄储着过多的天才的。随笔挥写下来,便是晶光莹然的珠玉。在音调的铿锵上,他似尤有特长。他的诗篇几乎没有一首不是"掷地作金石声"的。尤其是他的长歌,几乎个个字都如"大珠小珠落玉盘",吟之使人口齿爽畅,若不可中止。

但他并不是远于人间的。他仿佛是一个不省事的诗人,其实却十分关心世事。他也写出塞诗,他也作闺怨辞,但那些似都不是他的长处所在。他早年是一位"长安"的游侠少年,中年是一位行止不检的酒的诗人,晚年是一位落魄不羁的真实的"醉翁"。相传他是死于醉后的落水的。他从中年起便把少年的意气都和酒精一同的蒸发于空中去了。他好神仙,他爱说长生上天等等的疯话。那也大约都是有意识的醉后的狂吟罢。他的少年的意气,便这样的好像不结实于地上,而驰骋于天府之上。

他的诗是在飘逸以上的。有人说他的诗是"仙"的诗。但仙人,似决不会有他那末狂放。我们勉强的可以说,他的诗的风格是豪迈联合了清逸的。他是高适、岑参又加上了王维、孟浩然的。他恰好代表了这一个音乐的诗的奔放的黄金时代。在我们的文学史上,没有第二个像开、天的万流辐辏,不名一轨的时代;也没有第二个像李白似的那末同样的作风的。他是不可模拟的!《李太白集》三十卷,清缪曰芑仿宋刻本;《分类补注李太白集》三十卷,杨齐贤、萧士赟注,元刊本,明刊本,《四部丛刊》本;《李太白诗集注》三十六卷,清王琦注,乾隆刊本。

白字太白,陇西成纪人,或曰山东人,或曰蜀人。他少有逸才,志气宏放。初隐岷山,益州刺史苏颋见而异之,道:"是子天才英特,可比相如。"天宝初,到长安,见贺知章。知章见其文,叹道:"子谪仙人也。"乃解金龟换酒,终日相乐。言于明皇,召见

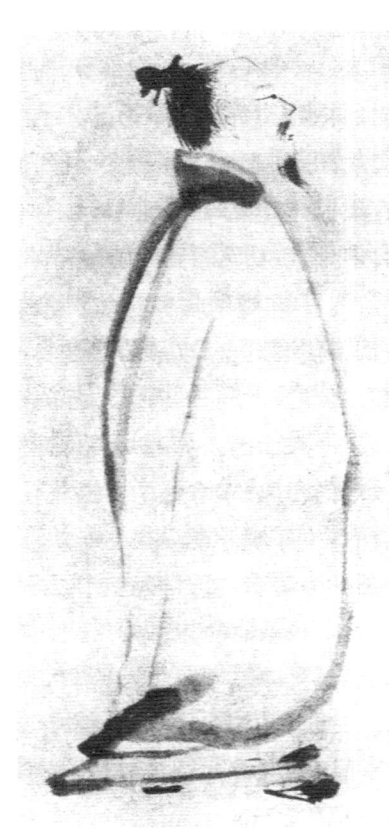

〔南宋〕梁楷《太白行吟图》

李白(701—762),字太白,号青莲居士,又号"谪仙人"。李白是我国唐代伟大的浪漫主义诗人,被后人称为"诗仙",与杜甫并称为"李杜"。

金銮殿,奏颂一篇。帝赐食,亲为调羹。有诏供奉翰林。白犹与酒徒饮于市。帝坐沉香亭子,意有所感,欲得白为乐章。召入,而白已醉。左右以水颒面,稍解。援笔成文,婉丽精切。白尝侍帝,醉,使高力士脱靴。力士耻之,乃谮于杨贵妃。白自知不为亲近所容,恳求还山。帝赐金放还。乃浪迹江湖,终日沉饮。后永王李璘辟白为僚佐。璘以谋乱败,白坐长流夜郎。会赦得还。依族人阳冰于当涂,卒701—762。相传

第五讲　唐　诗

他是于度牛渚矶时,醉后入水中捉月而被溺死的。元人王伯成作《李太白流夜郎》杂剧,乃有白入水中,为龙王所迎去之说。明冯梦龙所辑的《警世通言》里,也有《李谪仙醉草吓蛮书》的平话一篇。白的生平,是久已成为传说的一个中心的。白有《与韩荆州书》,自叙早年的生平甚详。他喜纵横击剑,为任侠,轻财好施。尝客任城,与孔巢父、韩准、裴政、张叔明、陶沔,居徂徕山中,日沉饮,号"竹溪六逸"。在长安时,又与贺知章、李适之、王琎、崔宗之、苏晋、张旭、焦遂为饮酒八仙人。他中年与杜甫交尤善。然二人的作风却是很不相同的。他的作风,最能于长歌中表现出来。像《行路难》:

> 金樽清酒斗十千,玉盘珍羞直万钱。
> 停杯投箸不能食,拔剑四顾心茫然。
> 欲渡黄河冰塞川,将登太行雪满山。
> 闲来垂钓碧溪上,忽复乘舟梦日边。
> 行路难,行路难,多歧路,今安在!
> 长风破浪会有时,直挂云帆济沧海。
>
> 大道如青天,我独不得去。
> 羞逐长安社中儿,赤鸡白狗赌梨栗。
> 弹剑作歌奏苦声,曳裾王门不称情。
> 淮阴市井笑韩信,汉朝公卿忌贾生。
> 君不见,昔时燕家重郭隗,拥篲折节无嫌猜。
> 剧辛乐毅感恩分,输肝剖胆效英才。
> 昭王白骨萦烂草,谁人更扫黄金台!
> 行路难,归去来!

像《北风行》:"惟有北风号怒天上来。燕山雪花大如席,片片吹落轩辕台",《少年行》:"看取富贵眼前者,何用悠悠身后名",《经乱离后天恩流夜郎忆旧游书怀赠江夏韦太守良宰》:"学剑翻自哂,为文竟何成。剑非万人敌,文窃四海声。儿戏不足道,五噫出西京",《庐山谣》:"我本楚狂人，凤歌笑孔丘"，《梦游天姥吟留别》："天台四万八千丈，对此欲倒东南倾。我欲因之梦吴越，一夜飞度镜湖月"，《蜀道难》："连峰去天不盈尺，枯松倒挂倚绝壁。飞湍瀑流争喧豗，砯崖转石万壑雷"，《将进酒》："君不见，黄河之水天上来，奔流到海不复回。君不见，高堂明镜悲白发，朝如青丝暮成雪。人生得意须尽欢，莫使金樽空对月"，等等，都是气吞斗牛，目无齐、梁的。他骋其想像的飞驰，尽其大胆的遣辞，一点也不受什么拘束，一点也不顾忌什么成法，所以能够狂言若奔川赴海，滔滔不已。虽时若"言大而夸"，却并不是什么虚矫的夸大。有他的这样的天才，这样的目无古作，才可以说是："自从建安来，绮丽不足珍。"《古风》他诚是独往独来于古今的歌坛上的。

他的短诗，隽妙的也极多，几乎没有一首不是爽口悦耳的，却又俱具着浑重之致，一点也不流于浮滑。又，在其间，关于酒的歌咏是特多。像《前有樽酒行》：

春风东来忽相过，金樽渌酒生微波。

落花纷纷稍觉多，美人欲醉朱颜酡。

青轩桃李能几何，流光欺人忽蹉跎。

〔清〕苏六朋《太白醉酒图》

"李白斗酒诗百篇"是杜甫广为传诵的名句，号称"酒仙""诗仙"的李太白，其最有特色、最显才华的时刻正是在醉酒、诗兴横溢之际。

第五讲 唐　诗

君起舞，日西夕。

当年意气不肯倾，白发如丝叹何益！

像《月下独酌》："花间一壶酒，独酌无相亲。举杯邀明月，对影成三人"，像《山中与幽人对酌》："我醉欲眠卿且去"，像《自遣》："对酒不觉暝，落花盈我衣。醉起步溪月，鸟还人亦稀"等等都是。其他像《越中览古》："宫女如花满春殿，如今惟有鹧鸪飞"，《早发白帝城》："两岸猿声啼不住，轻舟已过万重山"等等，也都是七言绝句里的最高的成就。又如《乌夜啼》《乌栖曲》等，也都是冷隽之气森森逼人。

六

高适年过五十，始学为诗，即工。以气质自高，多胸臆间语。他虽没有王维、孟浩然的澹远，李白的清丽奔放，却自有一种壮激致密的风度，为王、孟他们所没有的。适 高适见《旧唐书》卷一百十一，《新唐书》卷一百四十三 字达夫，一字仲武，沧州人。少性拓落，不拘小节，耻预常科，隐迹博徒，才名便远。后举有道，授封丘尉。未几，哥舒翰表掌书记。后擢谏议大夫，负气敢言，权近侧目。李辅国忌其才。蜀乱，出为蜀、彭二州刺史。迁西川节度使，还为左散骑常侍。永泰初卒 700？—765。有集《高常侍集》十卷，有明刊本，《四部丛刊》本（八卷）。他尚气节，语王霸，衮衮不厌。遭时多难，以功名自许。尝过汴州，与李白、杜甫会。酒酣登吹台，慷慨悲歌，临风怀古。中间唱和颇多。他的诗也到处都显露出以功名自许的气概。他不谈穷说苦，不使酒骂坐，不故为隐遁自放之言，不说什么上天下地，不落边际的话。他是一位"人世间"的诗人，是一位显达的作家。开、天以来，凡诗人皆穷，显达者惟适一人而已。为的是一位慷慨自喜的人，又是一位屡次独当方面的大员，所以他的作风，于舒畅中又透着壮烈之致，于积极中更露着企勉之意。像"穷达自有时，夫子莫下泪"《效古赠崔二》，"知君不得意，他日会鹏抟"《东平留赠狄司马》，"男儿争富贵，劝尔莫迟回"《宋中遇刘书记有别》等，自非若"不才明主弃"一类的失意人语。他的诗，每一篇已，好事者辄传播吟玩。他的最高的成就，像七言绝句中的：

危冠广袖楚宫妆,独步闲庭逐夜凉。
自把玉钗敲砌竹,清歌一曲月如霜。

——《听张立本女吟》

千里黄云白日曛,北风吹雁雪纷纷。
莫愁前路无知己,天下谁人不识君!

——《别董大》

又像五言的《登百丈峰》:"汉垒青冥间,胡天白雪扫,忆昔霍将军,连年此征讨",《塞上》:"总戎扫大漠,一战擒单于。常怀感激心,愿效纵横谟",《自淇涉黄河途中作》:"北风吹万里,南雁不知数。归意方浩然,云沙更回互"等等,都颇足以窥见他的慷慨壮烈的风格来。

七

岑参《岑嘉州诗》四卷,有明刊本,《四部丛刊》本是开、天时代最富于异国情调的诗人。王维的友人苑咸善于梵语,可惜其诗传者不多,未见其曾引梵诗的风趣到汉诗中来。岑参却是以秀挺的笔调,介绍整个的西陲、热海给我们的。唐诗人咏边塞诗颇多,类皆捕风捉影。他却自句句从体验中来,从阅历里出。以此,他一边具有高适的慷慨壮烈的风格,一边却较之更为深刻隽削,富于奇趣新情。他南阳人,文本之后。天宝三年进士及第。后出为嘉州刺史。杜鸿渐表置安西幕府。以职方郎兼侍御史领幕职。流寓不还,遂终于蜀。他累佐戎幕,往来鞍马烽尘间十余载,极征行离别之情。城障塞堡,无不经行。他的诗便在这样的环境中写出。论者谓参诗"辞意清切,回拔孤秀,多出佳境。每一篇出,人竞传写,比之吴均、何逊"。或又谓他"放情山水,故常怀逸念,奇造幽致,所得往往超拔孤秀,度越常情,与高适风骨颇同,读之令人慷慨怀感"。其实,他的所得,似尤出于吴均、何逊及高适。清拔孤秀的风格虽同,而他的题材,却不是他们所能有的。这特殊的异国的情调,给他的诗以另一般的风趣与光彩。像《天山雪歌》:"北风夜卷赤亭口,一

第五讲 唐 诗

夜天山雪更厚。……将军狐裘卧不暖,都护宝刀冻欲断",《火山云歌》:"火云满西凝未开,飞鸟千里不敢来。……缭绕斜吞铁关树,氛氲半掩交河戍",《银山碛西馆》:"银山碛口风似箭,铁门关西月如练",《赠酒泉韩太守》:"酒泉西望玉关道,千山万碛皆石草",《优钵罗花歌》:"叶六瓣,花九房,夜掩朝开多异香",《宿铁关西馆》:"马汗踏成泥,朝驰几万蹄。雪中行地角,火处宿天倪",《经火山》:"赤焰烧房云,炎氛蒸塞空",《热海行》:"侧闻阴山胡儿语,西头热海水如煮"等等,是风,是沙,是雪,是火云,是热海,这些,都是第一次方被连续的捉入我们的诗里的吧。在"终日风与雪,连天沙复山"《寄宇文判官》,"秋来惟有雁,夏尽不闻蝉。雨拂毡墙湿,风摇毳幕膻"《首秋轮台》的境地里,自然是会有另一种的情趣的。他的七言绝句,像《赵将军歌》:

> 九月天山风似刀,城南猎马缩寒毛。
> 将军纵博场场胜,赌得单于貂鼠袍。

写边塞将士们的生活是极为活跃的。又像《碛中作》:

> 走马西来欲到天,辞家见月两回圆。
> 今夜不知何处宿,平沙万里绝人烟。

大约是他第一次"走马西来"的所作罢。其他像《山房春事》二首:

> 风恬日暖荡春光,戏蝶游蜂乱入房。
> 数枝门柳低衣桁,一片山花落笔床。

> 梁园日暮乱飞鸦,极目萧条三两家。
> 庭树不知人去尽,春来还发旧时花。

情调与他作甚异,但这表白了我们的诗人,也不是不会写作那末清隽可喜之篇什的。

八

这五位诗人之外,还有王昌龄、储光羲、常建、王湾、崔颢、王之涣、祖咏、李颀等若干人。他们都不是依花附草的小诗人们。他们也都是各具特殊的作风,驰骋于当世而不稍为他人屈的。

王昌龄王昌龄见《旧唐书》卷一百九十下《文苑下》,《新唐书》卷二百三《文艺下》字少伯,京兆人,与高适、王之涣齐名,而昌龄独有"诗天子"的称号。他登开元十五年进士第。为江宁丞。后因不护细行,贬龙标尉,卒。他的诗,绪密思精,多哀怨清溢之作。"秦时明月汉时关"《出塞》传诵最盛,实非其至者。像《采莲曲》:"乱入池中看不见,闻歌始觉有人来",《长信秋词》:"玉颜不及寒鸦色,犹带昭阳日影来",《闺怨》:"闺中少妇不知愁,春日凝妆上翠楼",《芙蓉楼送辛渐》:"洛阳亲友如相问,一片冰心在玉壶"等,才足以代表他的作风罢。他作七言绝句甚多,也是最成功者的一个。

王之涣,并州人,与兄之咸、之贲皆有文名。天宝间与王昌龄、崔国辅、郑明联唱迭和,名动一时。《集异记》载:一日天寒微雪,之涣和高适、王昌龄三诗人,共诣旗亭贳酒小饮,听梨园伶官唱诗。三诗人的所作,皆为所唱及。独妓中之最佳者,乃唱之涣的"黄河远上白云间,一片孤城万仞山"《凉州词》一诗。明、清戏曲家演此事之剧本以《旗亭记》为名的,不止一二本而已。

储光羲《储光羲诗》五卷,有雍正刊本,兖州人,登开元中进士第,历监察御史。禄山乱后,坐陷贼贬官。光羲诗传者颇多,殊有玉石杂混之感。像《洛阳道》:

洛水春冰开,洛城春水绿。
朝看大道上,落花乱马足。

等小诗,似是他较好的成就。

常建《常建集》三卷,有汲古阁本,明刊本(二卷)在殷璠的《河岳英灵集》中,为所录二十四诗人们之冠。建,开元中进士第,大历中为盱胎尉。论者谓他的诗"似初发通庄,却寻野径。百里之外,方归大道。其旨远,其兴僻。佳句辄来,惟论意表"。像他的"松际露微月,清光犹为君"《宿王昌龄隐居》,"战余落日黄,军败鼓声死"《吊王将军墓》,"曲径通幽处,禅房花木深。山光悦鸟性,潭影空人心"《题破山寺后禅院》,都是足当"其旨远,其兴僻"之誉的。

崔颢崔颢见《旧唐书》卷一百九十《文苑下》,《新唐书》卷二百二《文艺中》,汴州人,开元十一年登进士第。官司勋员外郎。天宝十三年卒。他少年为诗,多浮艳语,晚乃风骨凛然,奇造往往并驱江、鲍。后游武昌,登黄鹤楼,感慨赋诗道:"黄鹤一去不复返,白云千载空悠悠。"及李白来,道:"眼前有景道不得,崔颢题诗在上头。"无作而去。颢好蒲博,嗜酒。娶妻择美者,稍不惬,即弃之,凡易三四。他苦吟咏,当病起清虚,友人戏之道:"非子病如此,乃苦吟诗瘦耳。"遂为口实。今传颢诗,仍以艳体为多。像《长干曲》:

君家住何处?妾住在横塘。
停船暂相问,或恐是同乡。

神情大类《子夜》《读曲》。他的歌行,像《赠王威古》:"春风吹浅草,猎骑何翩翩",《行路难》:"万万长条拂地垂,二月三月花如霰",《渭城少年行》:"长安道上春可怜,摇风荡日曲江边"等,都是很畅丽的。

王湾,洛阳人,登先天进士第。终洛阳尉。他文名早著,其"海日生残夜,江春入旧年"《江南意》之句,当时称最;张说至手题于政事堂。

李颀,东川人,家于颍阳,擢开元十三年进士第,官新乡尉。王世贞谓:"盛唐七言律,老杜外,王维、李颀、岑参耳。"但他的七绝,像《野老曝背》:

百岁老翁不种田,惟知曝背乐残年。
有时扪虱独搔首,目送归鸿篱下眠。

也有独特的风趣。

祖咏，洛阳人，登开元十二年进士第，与王维友善。有司尝试以《终南望余雪》。咏赋道："终南阴岭秀，积雪浮云端。林表明霁色，城中增暮寒。"仅此四句，就交了卷。或诘之，他道："意尽！"

又有孙逖，河南人，开元中进士，终太子詹事。崔国辅，吴郡人，为礼部员外郎，后坐事贬晋陵郡司马。卢象，字纬卿，汶水人，以受禄山伪署，贬永州司户。王翰，字子羽，晋阳人，登进士第，为仙州别驾。日与才士豪侠饮乐游畋，坐贬道州司马卒。綦母潜，字孝通，荆南人，终著作郎。崔曙，宋州人，少孤贫，不应荐辟，苦志高吟。薛据，荆南人，终水部郎中。沈千运，吴兴人，数应举不第。孟云卿，关西人，仕终校书郎。贾至字幼邻，洛阳人，开元中为起居舍人，大历初为京兆尹，右散骑常侍。刘昚虚，江东人，天宝时官夏县令。皆以能诗名。而王翰的《凉州词》："葡萄美酒夜光杯"，尤盛传人口。

三、杜 甫

杜甫的时代——安史大乱与诗人的觉醒——杜甫的生平——他的诗的三个时代——"李邕愿识面"的时代——安史乱中的所作——诗人的苦难与时代的苦难——真实的伟大的精神——晚年的恬静的生活——具着赤子之心的诗人

一

杜甫既归不到上面开元、天宝的时代，也归不到下面的大历十子的时代里去。杜甫是在天宝的末叶，到大历的初期，最显出他的好身手来的，这时代有十六年 755—770。我们可以名此时代为杜甫时代。这时代的大枢纽，便是天宝十四年公元755十一月的安禄山的变乱。这个大变乱，把杜甫锤炼成了一个伟大的诗人，这个大变乱也把一切开元、天宝的气象都改换了一个样子。

开、天有四十年的升平，所谓"兵气销为日月光"者差可拟之。

然升平既久，人不知兵。霹雳一声，忽然有一个大变乱无端而起。安禄山举兵于渔阳，统蕃、汉兵马四十余万，浩浩荡荡，杀奔长安而来。破潼关，陷东京，如入无人之境。第二年的正月，他便称帝。六月，明皇便仓皇奔蜀。等到勤王的兵集合时，主客之势，差不多是倒换了过来。又一年，安禄山被杀，然兵事还不曾全定。自此天下元气大伤，整个政治的局面，完全改了另一种式样。中央政府渐渐失去了控御的能力，骄兵悍将，人人得以割据一方，自我为政。所谓藩镇之祸，便自此始。杜甫便在这个兵连祸结，天下鼎沸的时代，将自己所身受的，所观察到的，一一捉入他的苦吟的诗篇里去。这使他的诗，被称为伟大的"诗史"。差不多整个痛苦的时代，都表现在他的诗里了。

杜甫像

杜甫（712—770），字子美，别名杜少陵、杜工部。杜甫是我国唐代伟大的现实主义诗人，世称"诗圣"，与李白并称"李杜"。

这两个时代，太不相同了。前者是"晓日荔枝红"，"霓裳羽衣舞"，沉酣于音乐、舞蹈、醇酒、妇人之中，流连于山光水色之际，园苑花林之内，不仅万人之上的皇帝如此，即个个平民们也无不如此。金龟换酒，旗亭画壁，诗人们更是无思无虑的称心称意的在宛转的歌唱着。虽有愁叹，那却是轻喟，那却是没名的感慨，并不是什么深忧剧痛。虽有悲歌，那却是出之于无聊的人生的苦闷里的，却是叹息于个人功名利达的不遂意的。但在后者的一个时代里，却完全不对了！渔阳鼙鼓，惊醒了四十年来的繁华梦。开、天的黄金时代的诗人们个个都饱受了刺激。他们不得不把迷糊的醉眼，回顾到人世间来。他们不得不放弃了个人的富贵利达的观念,而去挂念到另一个痛苦的广大的社会。他们不得不把无聊的歌唱停止了下来,而执笔去写另一种的更远为伟大的诗篇。他们不得不把吟风弄月,游山玩水的清兴遏止住了,而去西奔东跑,以求自己的安全与衣食。于是全般的诗坛的作风,也都变更了过来。由天际的空想,变到人间的写实。由只有个人的观念,变到知道顾及社会的苦难。由写山水的清音,变到人民的流离痛苦的描状。这岂止是一个小小的改革而已。杜甫便是全般代表了这个伟大的改革运动的。他是这个运动的先锋,也是这个运动的主将。

二

杜甫杜甫见《旧唐书》卷一百九十下《文苑下》,《新唐书》卷二百一《文艺上·杜审言传》字子美,京兆人。是唐初狂诗人审言的孙子。家贫,少不自振,客于吴、越、齐、赵间。李邕奇其材,尝先往访问他。举进士不第,困长安,天宝三年,献《三大礼赋》于明皇。帝奇之,使待诏集贤院。命宰相试文章。擢河西尉。不拜。改右卫率府胄曹参军。数上赋颂,高自称道。他这时似极想做"鸣朝廷之盛"的一位宫廷诗人《集千家注杜诗》二十卷,元高楚芳编,明许自昌刊本,清刊本;《杜诗评注》二十五卷,清仇兆鳌注,康熙刊本,通行本;《杜诗镜铨》二十卷,杨伦注,通行本,铅印本;《四部丛刊》影印宋本。但禄山之乱跟着起来了。他的太平诗人的梦被惊醒了。跟了大批朝臣,避难于三川。肃宗立,自鄜州羸服欲奔行在。为贼所得。至德二年,亡走凤翔,上谒,拜左拾遗。尝因救护房琯之故,几至得罪。时天下大乱,所在寇夺。甫家寓鄜,弥年艰窭,孺弱至饿死。因许甫自往省视。从还京师。出为华州司功参军。关辅饥,辄弃官去。客秦州,负薪,拾橡栗自给。流落剑南,营草堂成都西郭浣花溪。召补京兆功曹参军,不至。会严武节度剑南、西川,因往依之。武再帅剑南,表为参谋检校,工部员外郎。武以世旧,待甫甚厚。相传甫对武颇无礼。一日,醉登武床,瞪视道:"严挺之乃有此儿!"武心衔之,欲杀之。赖其母力救得免。但此说不大可靠。严、杜交谊殊厚,甫集中赠武诗至三十余篇之多。皆有知己之感,而武死,甫为诗哭之尤恸,当决不至有此事的。武死后,甫往来梓、夔间。大历中,出瞿塘,溯沅、湘，以登衡山。因客耒阳，游岳祠。大水暴至，涉旬不得食。县令具舟迎之，乃得还。为设牛炙白酒。大醉。一夕卒。年五十九712—770。

他的生平，可以分为三个时代，他的诗也因之而有三个不同的作风。第一期是安禄山乱前公元755年前。这时，他正是壮年，颇有功名之思，很想做一个"致君尧舜上"的重臣，不独要成一个不朽的诗人而已。他又往往熏染了时人的夸诞之习，为诗好高自称道，像："读书破万卷，下笔如有神。赋料扬雄敌，诗看子建亲。李邕求识面，王翰愿卜邻。自谓颇挺出，立登要路津。致君尧舜上，再使风俗淳。"《奉赠韦左丞丈》这不能怪他。凡唐人差不多莫不如此。在这时，他的诗，已是充分的显露出他的天才。但像《乐游园歌》："此身饮罢无归处，独立苍茫自咏诗！"像《官定后戏赠》："耽酒须微禄，狂歌托圣朝"，其情调与当时一般的诗人，若李白、孟浩然等，是无殊的。

到了第二期，即从安、史乱后到他入蜀以前755—759，他的作风却大变了。在这短短的五年间，他身历百苦，流离迁徙，刻不宁息，极人生之不幸，而一般社会所受到的苦难，更较他为尤甚。他的情绪因此整个的转变了。他便收拾起个人利禄的打算，换上了一副悲天悯人的心肠。他离开了李白、孟浩然他们的同伴，而独肩起苦难时代的写实的大责任来。虽只短短的五年，而他是另一个人了，他的诗是另一种诗了。在他之前，那末伟大的悲天悯人之作从不曾出世过。在他之后，才会有白居易他们产生出来。他的影响是极大的！在这五年里，他留下了一百四十几首诗，差不多总有一半是歌咏这次的大变乱的。我们不曾看见过别一个变乱的时代曾在别一位那末伟大的诗人的篇什里留下更深刻、更伟大的痕迹过！

他在这时代所写的歌咏乱离的诗，仍以写自身所感受的为最多。好容易乱中脱贼而赴凤翔，《喜达行在所》："眼穿当落日，死心著寒灰。所亲惊老瘦，辛苦贼中来。"然而家信还渺然呢！他的忆家之作，是写以血泪的。后来，回家了。他回到家中时的情形，是很可痛的。《北征》："经年至茅屋，妻子衣百结。恸哭松声回，悲泉共幽咽。平生所娇儿，颜色白胜雪。见耶背面啼，垢腻脚不袜。床前两小女，补绽才过膝。海图拆波涛，旧绣移曲折。天吴及紫凤，颠倒在裋褐。"后来和家人同在迁徙流离着了，然而又苦饥寒。《百忧集行》："入门依旧四壁空，老妻睹我颜色同。痴儿未知父子礼，叫怒索饭啼门东。"《乾元中寓居同谷县作歌七首》是总写他的穷困的生活和家庭的生死流离的。他自己是："岁拾橡栗随狙公，天寒日暮山谷里。中原无书归不得，手脚冻皴皮肉死。"是手把着的白木柄的长镵，掘黄精以为食。然雪盛，黄精无苗，只得空手与长镵同归，"男呻女吟四壁静"。有弟在远方，"三人各瘦何人强。生别展转不相见，胡尘暗天道路长！"有妹在钟离，婿殁遗诸孤，已是十年不相见了。在这样的境地里，恰好又是"四山多风溪水急，寒雨飒飒枯树湿。黄蒿古城云不开，玄狐跳梁黄狐立"，能不兴"我生何为在穷谷，中夜起坐万感集"之叹么？

但他究竟是一位心胸广大的热情的诗人，不仅对于自己的骨肉，牵肠挂腹的忆念着，且也还推己以及人，对于一般苦难的人民，无告的弱者，表现出充分的同情来。《茅屋为秋风所破歌》最足以见出这个伟大的精神："布衾多年冷似铁，娇儿恶卧踏里裂。床头屋漏无干处，雨脚如麻未断绝。自经丧乱少睡眠。长夜沾湿何由彻？"因了自己的苦难，忽然的发出一个豪念："安得广厦千万间，大庇天下寒士俱欢颜，风雨不动安如山。呜呼，何时眼前突兀见此屋，吾庐独破受冻死亦足！"天下寒士们如果都有所庇了，自己便"吾庐独破受冻死亦足！"这是甚等的精神呢！释迦、仲尼、耶稣还不是从这等伟大的精神出发的么？

他所写当时一般社会的苦难的情形，可于《新安吏》《潼关吏》《石壕吏》《新婚别》《垂老别》《无家别》等作中见之。《新安吏》《石壕吏》《新婚别》《垂老别》所叙的都是征兵征役的扰苦。"客行新安道，喧呼闻点兵。……肥男有母送，瘦男独伶俜。白水暮东流，青山闻哭声。莫自使眼枯，收汝泪纵横。眼枯即见骨，天地终无情！"这是集丁应征的情形。但农民们是往往躲藏了以避征发的，于是如"石壕吏"者便不得不于夜中捉人。"老翁逾墙走"了，力衰的老妪只好"请从吏夜归，急应河阳役"。在这些被征发的丁男里，有的是新婚即别的，于"沉痛迫中肠"里，新妇还不得不安慰她的夫婿道："勿为新婚念，努力事戎行。"连老翁也不得不去。"子孙阵亡尽，焉用身独完！"于是他遂"投

第五讲　唐　诗

杖出门去……长揖别上官",也顾不得"老妻卧路啼"了。他在天宝十年所作的《兵车行》,也是写这种生离死别的情形的。"生女犹得嫁比邻,生男埋没随百草",是沉痛之至的诅咒!但较之《新安吏》等篇,似尤未臻其深刻。人类的互相残杀,是否必不得已的呢?驱和平的农民们、市人们,教他们执刀去杀人,是否发狂的举动? 1914年的欧洲大战,产生了不少的非战文学出来。安、史之乱,也产生了杜甫的这些伟大的诗篇。不过甫只是替被征发的平民们说话,对于战争的本身,他还没有勇气去直捷的加以攻击,加以诅咒。他的《潼关吏》是叙述士卒筑潼关城的情形的;颇寓劝诫意:"请嘱防关将,慎勿学哥舒。"这样的风格,后来便为白居易的"新乐府"所常常袭用。《无家别》是叙述乱后人民归家时的情形的,"寂寞天宝后,园庐但蒿藜。我里百余家,世乱各东西。存者无消息,死者为尘泥!"这场大乱,真的把整个社会的基础都震撼得倒塌了。

第三期是从他于乾元二年的冬天到成都起,直到他的死为止759—770。中间虽也曾由蜀播迁出来,但生活究竟要比第二期安定,舒服。所以他这十一年中的诗,往往都是很恬静的,工致的,苍劲的,与中年时代的血脉偾张,痛苦呼号者不同。虽也有痛定思痛之作,但不甚多。为了生活的比较安定,所以这时代的诗写得最多,几要占全集的十分之七八以上。在这时,他似又恢复了从容游宴之乐。他的浣花里的居宅似颇适意。可望见江流,又种竹植树,以增其趣。他纵酒啸咏,与田夫野老相狎荡,无拘检。《秋兴》八首,为这时期的代表作,兹录其一:

> 闻道长安似弈棋,百年世事不胜悲。
> 王侯第宅皆新主,文武衣冠异昔时。
> 直北关山金鼓振,征西车马羽书驰。
> 鱼龙寂寞秋江冷,故国平居有所思。

他仍未忘怀于国家的大事。

三

　　他是一位真实的伟大的诗人。不惟心胸的阔大，想像的深邃异乎常人，即在诗的艺术一方面，也是最为精工周密、无瑕可击的。"文章千古事，得失寸心知。"他是执持着那末慎重的态度来写作的，而他的写作，又是那末样的专心一意，"语不惊人死不休"，故所作都是经由千锤百炼而出，而且是屡经改削的。他自己有"新诗改罢自长吟"语。他还常和友人们讨论。《春日忆李白》："何时一尊酒，重与细论文。"然而他还未必自满。我们于"晚节渐于诗律细"一语，也可见其细针密缝的态度来罢。他最长于写律诗，他的七言律，王世贞至以为"圣"。他的五言律及七言歌行以至排律，几无不精妙。在短诗一方面，虽论者忽视之，但也有很隽妙的篇什，像《漫成一首》：

　　　　江月去人只数尺，
　　　　风灯照夜欲三更。
　　　　沙头宿鹭联拳静，
　　　　船尾跳鱼泼剌鸣。

置之王、孟集中还不是最好的东西么？所以后人于杜，差不多成了宗仰的中心，当他是一位"集大成"的诗人。离他不五十年的元稹，已极口的恭维着他："至于子美，盖所谓上薄风骚，下该沈、宋，言夺苏、李，气吞曹、刘。掩颜、谢之孤高，杂徐、庾之流丽，尽得古今之体势，而兼人人之所独专矣。使仲尼考锻其旨要，尚不知贵其多乎哉。苟以为能所不能，无可无不可，则诗人以来，未有如子美者！"韩愈也说："李杜文章在，光焰万丈长！"

　　凡大诗人没有一个不是具有赤子之心的，于杜甫尤信。他最笃于兄弟之情，而于友朋之际，尤为纯厚。他和李白是最好的朋友，集中寄白及梦白的诗不止二三见而已。李邕识他于未成名之时，故他感之最深，严武助他于避难之顷，故他哭之尤恸。他有《八哀诗》历叙生平已逝的友人。

　　也为了他是满具着赤子之心的，故时时做着很有风趣的事，说着很有风趣的话。相传有一天，他对郑虔自夸其诗。虔猥道："汝诗可已疾。"会虔妻庖作，语虔道："读吾'子璋髑髅血模糊，手提掷还崔大夫'立瘥矣，如不瘥，读句某；未间，更读句某。如又不瘥，虽和、扁不能为也。"他又有《戏简郑广文》一篇：

> 广文到官舍，系马堂阶下。
> 醉即骑马归，颇遭官长骂。
> 才名四十年，坐客寒无毡。
> 赖有苏司业，时时与酒钱。

也是和郑虔开玩笑的。郑虔 郑虔见《新唐书》卷二百二《文艺中》是当时一位名士，有"郑虔三绝"之称，必定也是一位很有风趣的人物。惜他的诗，仅传一首，未能使我们看出其作风来。

四、韩愈与白居易

韩愈的诗——奇崛的创作——流畅如秋水的泛滥的白居易体——白氏的"新乐府"——伟大的叙事诗与抒情诗

一

韩愈是一位古文运动的大将，他的诗似不大为人所重。当时孟郊的诗名，实较他为重，故有"孟诗韩笔"之称。又宋人往往以为柳子厚的诗，工于退之。那大概是他的文名太大了，故把他的诗名也掩蔽住了。在他的同时，艰深险瘦的作风，把捉到者固不止他一人；像孟郊、贾岛、卢仝之流，莫不皆然。但他的才情实远在他们以上。如同在散文上一样，他在诗坛上也是一位天然的领袖人物。

愈 韩愈、孟郊见《旧唐书》卷一百六十，《新唐书》卷一百七十六；并附卢仝，贾岛，皇甫湜等字退之，南阳人。生三岁而孤，由嫂郑夫人抚育。少好学。贞元二年 公元786年 始到京师。到贞元八年 公元792年 才登进士第。

他颇锐意于功名，数投书于时相，皆不报，因离京到东都。后宁武节度使张建封聘他为府推官。贞元十七年公元801年，调四门博士，迁监察御史。十九年以事贬阳山令。宪宗即位公元806年，为国子博士，改都官员外郎。后裴度宣慰淮西，奏以愈为行军司马。吴元济平，入为刑部侍郎。元和十四年公元819年，宪宗遣使到凤翔迎佛骨入宫。愈上表切谏。帝大怒，贬他为潮州刺史。穆宗立公元821年，召他为国子祭酒。后又为京兆尹，转吏部侍郎。长庆四年卒768—824。年五十七。有集四十卷《韩昌黎集》四十卷，有东雅堂刊本，苏州翻刻本，《四部丛刊》本。又《编年昌黎诗注》，方世举注，雅雨堂本。

他的诗，和他的散文的作风很不相同。他在散文方面的主张，是要由艰深的骈俪回复到平易的"古文"的，他打的旗帜是"复归自然"的一类。但他的诗的作风却不相同了，虽然同样的持着反对浓艳与对偶的态度，却有意的要求险，求深，求不平凡。而他的才情的弘灏，又足以肆应不穷。其结果，便树立了诗坛上的一个奇帜，一个独创出来的奇帜。故他的散文是扬雄、班固、《左传》、《史记》等等的模拟，他的诗却是一个创作，一个崭新的创作。他在诗一方面的成就，是要比他的散文为高明的。《唐书》谓他"为诗豪放，不避粗险，格之变，亦自愈始焉"。《岁寒堂诗话》说："柳柳州诗，字字如珠玉，精则精矣，然不若退之变态百出也。使退之收敛而为子厚则易，使子厚开拓而为退之则难矣。意味可学，而才气则不可及也。"这评语颇为公允。他为了才气的纵横，故于长诗最为擅长，像《南山诗》是最著名的。他在其中连用五十几个"或"字，以形容崖石的奇态，其想像的奔驰，是远较汉赋的仅以堆字为工者不同的：

> 或连若相从，或蹙若相斗，或妥若弭伏，或竦若惊雊，
> 或散若瓦解，或赴若辐凑，或翩若船游，或决若马骤，
> 或背若相恶，或向若相佑，或乱若抽笋，或嵲若注炙，
> 或错若绘画，或缭若篆籀，或罗若星离，或蓊若云逗，
> 或浮若波涛，或碎若锄耨。或如贲育伦，赌胜勇前购，
> 先强势已出，后钝嗔诟譳。

第五讲 唐 诗

或如帝王尊，丛集朝贱幼，虽亲不亵狎，虽远不悖谬。
或如临食案，肴核纷饤饾，又如游九原，坟墓包椁柩。
或累若盆罂，或揭若瓴豆，或覆若曝鳖，或颓若寝兽。
……

差不多把一切有生无生之物，捕捉进来当作形容的工具的了。又像《嗟哉董生行》："寿州属县有安丰，唐贞元时县人董生召南，隐居行义于其中……嗟哉，董生朝出耕，夜归读古人书，尽日不得息，或山而樵，或水而渔"，其句法是那样的特异与不平常！难怪沈括要说，"韩退之诗乃押韵之文耳"了。在短诗方面，比较不容易施展这种非常的手段，但他也喜用奇字，发奇论，像《答孟郊》："名声暂膻腥，肠肚镇煎炒。古心虽自鞭，世路终难拗。弱拒喜张臂，猛拿闲缩爪。见倒谁肯扶？从嗔我须咬。"又像《晚寄张十八助教周郎博士》："日薄风景旷，出归偃前檐。晴云如擘絮，新月似磨镰。"但他所刻意求工者，究竟还在长诗方面。他的许多长诗，差不多个个字都现出斧凿锤打的痕迹来，一句句也都是有刺有角的。令人读之，如临万丈削壁，如走危岩险径，毛发森然，汗津津然出，不敢一刻放松，不敢一步走错，却自有一个特殊的刺激与趣味。这是他的成功！

二

要是说韩愈一派的诗，像景物萧索，水落石出的冬天，那末，白居易一派的诗，便要说他是像秋水的泛滥，畅流东驰，顾盼自雄的了。韩愈派的诗是有刺的；白居易派的诗却是圆滚得如小皮球似的，周转溜走，无不如意。韩愈派的诗是刺目涩口的；白居易派的诗，却是爽心悦耳的，连孩子们念来，也会朗朗上口。

白居易白居易见《旧唐书》卷一百六十六，《新唐书》卷一百十九字乐天，下邽人。幼慧，五六岁时，已懂得作诗。以家贫，更苦学不已。登进士第后，授秘书省校书郎。元和三年公元808年拜左拾遗，元和九年公元814年授太子左赞善大夫。未几，以事贬江州司马，移忠州刺史。元和十五年升主客郎中，知制诰。长庆二年公元822年除杭州刺史。文宗开

白居易像

白居易（772—846）是杜甫之后唐朝又一杰出的现实主义诗人，也是唐代诗人中作品最多的。

成元年_{公元836年}为太子少傅，进封冯翊县开国侯。后以刑部尚书致仕。卒年七十五_{772—846}。有《白氏长庆集》《白氏长庆集》七十一卷，有明兰雪堂活字本，马元调刊本，日本活字本，《四部丛刊》本。又《白香山诗集》四十卷，汪立名编，一隅草堂刊本。

他是最勤于作诗的人；他尝序刘梦得的诗道："彭城刘梦得，诗豪者也。其锋森然，少敢当者。予不量力，往往犯之。……一二年来，日寻笔砚，同和赠答，不觉滋多。太和三年春已前，纸墨所存者凡一百三十八首。其余乘兴仗醉，率然口号者不在此数。"仅仅一二年间，已有了那末多的成绩！在他的长久的诗人的生涯里，所得自然更多。他尝自分其诗为四类：一、讽谕，包括题为"新乐府"者，这是他自己最看得重的一部分；二、闲适，是他"知足保和，吟玩情性者"；三、感伤，是他"事物牵于外，情理动于内，随感遇而形于叹咏者"；四、杂律，是他的"五言七言，长短绝句，自一百韵至两韵者"。但他的诗，最重要者自是他的"新乐府"辞。他《与元九书》说："文章合为时而著，歌诗合为事而作。"他是彻头彻尾抱着人生的艺术之主张的。故他的诗"非求宫律高，不务文字奇；惟歌生民病，愿得天子知"。《寄唐生》而许多题为"新乐府"者，便都是在这样的主张底下写成的。杜甫的许多歌咏民间疾苦的诗，是写实，是从写实里弹出讥诫之意来的；他并没有明白的说他是诫谏。但居易却是老老实实的把他的诗拿来做劝诫的工具了。他的"新乐府"，作于元和四年_{公元809年}，恰好是他做左拾遗的时候。全

第五讲 唐 诗

部"凡九千二百五十二言,断为五十篇"。其自序道:"其辞质而径,欲见之者易喻也;其言直而切,欲闻之者深诫也;其事核而实,使采之者传信也;其体顺而肆,可以播于乐章歌曲也。总而言之,为君,为臣,为民,为物,为事而作,不为文而作也。"已把他的主旨说得很明白。这样彻底的人生的艺术观,是我们唐以前的文学史上所极罕见的。在这五十篇中,有议论,像《海漫漫》《华原磬》等;有叙事,像《新丰折臂翁》《卖炭翁》等;但即叙事者,也往往以劝诫的议论结。《新丰折臂翁》最有名,是写一个折了臂的老人的故事。其所以折臂者,盖全为了逃避兵役之故。"此臂折来六十年,一肢虽废一身全。"这和杜甫的《兵车行》等是同样表曝了唐代征兵制度的罪恶的。除了"新乐府"外,像《秦中吟》十首,也同是此意。惟"新乐府"多婉曲的劝谕,《秦中吟》则是不客气的讽刺与责骂:"日中为乐饮,夜半不能休。岂知阌乡狱,中有冻死囚"《歌舞》;"有一田舍翁,偶来买花处;低头独长叹,此叹无人喻:一丛深色花,十户中人赋"《买花》。大约"新乐府"为了是居谏臣之位时所作,"愿得天子知"的,故措辞不得不和平婉曲些罢。但此类的"新乐府",实在未见得成功;天子知与不知,且不说,就文学而论,则五十篇中,真实的可算做好诗的,还不到十篇。无疑的,《新丰折臂翁》与《卖炭翁》乃是其中的最好的二篇。居易的好诗,实不在此而在彼。他自己所不大看得重的"闲适"和"感伤"的二类的诗,其中尽有许多真实的伟大的作品在着。《长恨歌》是很成功的一篇叙事诗,《琵琶引》也是很伟大的一篇抒情诗。我们读了:"大弦嘈嘈如急雨,小弦切切如私语。嘈嘈切切错杂弹,大珠小珠落玉盘。间关莺语花底滑,幽咽泉流水下滩。水泉冷涩弦凝绝。……银瓶乍破水浆迸,铁骑突出刀枪鸣。曲终收拨当心画,四弦一声如裂帛。东舟西舫悄无言,惟见江心秋月白。"但这似有些受顾况《李供奉弹箜篌歌》的暗示的罢。实在觉得韩愈的《南山》,卢仝的《月蚀》有些吃力不讨好。其他长歌短什,好的也很不少。相传他未冠时谒顾况,况恃才少所推可,见其文自失道:"吾谓斯文遂绝,今复得子矣!"居易作风,有一部分确近顾况,惟顾况较他更为逼近口语耳。居易他自己也很想做到妇孺皆能懂的地位。《墨客挥犀》曾记着:"白乐天每作诗,令一老妪解之,问曰:解否?

曰解；则录之。不解；则又复易之。"他既这样的要求通俗，所以当时他的诗流传得也最盛。《丰年录》："开成中，物价至贱。村路卖鱼肉者，俗人买以胡绢半尺，士大夫买以乐天诗。"《唐音癸签》引《酉阳杂俎》也记着：当时有刺乐天诗意于身，诧白舍人行诗图者的事。又，鸡林行贾，售居易诗于其国相，率篇易一金。流行之盛，可谓自诗人以来所未曾有。

参考书目

一、《旧唐书》 晋刘昫，有《二十四史》本。

二、《新唐书》 宋欧阳修、宋祁撰，有《二十四史》本。

三、《全汉三国晋南北朝诗》 丁福保辑，医学书局铅印本。

四、《全唐诗》 扬州诗局原刊本，上海同文书局石印本。

五、《唐百名家诗》 席氏刻本。

六、《艺苑卮言》 明王世贞撰，有《历代诗话续编》本。

七、《唐四家集》 明仿宋刊本，同文书局石印本。

八、《五十唐人小集》 仁和江氏仿宋刊本。

九、《唐才子传》 辛文房著，日本《佚存丛书》本。

十、《唐诗纪事》 宋计有功著，有清刊本，石印本。

十一、《全唐诗话》 宋尤袤著，有《历代诗话》本。

十二、《唐音癸签》 明胡震亨著，有明刊本。

第六讲　批评文学

一、批评文学的发端

孔子的文学观——汉代诸作家的文学观——曹丕《典论·论文》——文学批评的产生——陆机的《文赋》——挚虞的《文章流别志论》——齐梁的伟大的时代——反切法的输入——四声八病说——其反动——钟嵘《诗品》——刘勰《文心雕龙》——为艺术的艺术论之绝叫——其反对者

一

在建安以前，我们可以说，没有文学批评。孔子对于文学，一方面只是抱着欣赏的态度，像"师挚之始，《关雎》之乱，洋洋乎盈耳哉！"《论语·泰伯》一方面却抱的是功利主义的文学观，故屡屡的说道："不学《诗》，无以言"《论语·季氏》，"《诗》，可以兴，可以观，可以群，可以怨；迩之事父，远之事君，多识于鸟兽草木之名"《论语·阳货》。这可以说是，最彻底的诗的应用论了，却也还够不上说是"人生的艺术观"。他又有"思无邪"之说，但其意义却是不甚明了的。总之，孔子的诗论，只是侧重在应用的一方面的。这也难怪，我们看，那个时代的外交上的辞令，几乎都是称"诗"以为证的，便可知"诗"的应用，在实际上已是很广大的了。

汉代是诗思消歇的时代，文学批评也不发达。专门的辞赋家，像司马相如，只是说，赋是天才的产品，其奥妙是不可知的。扬雄则倡读千赋则能为赋之说。那都不过是随意的漫谈。《汉书·艺文志·诗赋略》的序是比较得很有系统的批评,其见解却也不脱教训主义的色彩。后汉时代最有怀疑精神的王充,在《论衡》里曾有很重要的发见,那便是"艺增"一类的倡论;但与其说是属于批评的,还不如说是属于修辞的。

　　真实的批评的自觉期,当开始于建安时代。当时曹丕、曹植兄弟,恣其直觉的意见,大胆无忌的评骘着当代的诸家。像曹丕《典论》里的《论文》,及《与吴质书》里,都把文章的价值抬得很高。他也许是最早的一个人,感得"文章"具有独立生命与不朽的。他道:"年寿有时而尽,荣乐止乎其身,二者必至之常期,未若文章之无穷。"《典论》他一方面又批评孔融、王粲、徐干等七人的得失;这有些近于作家的批评了。同时还要探讨文体的分类与特质。"夫文,本同而末异;盖奏议宜雅,书论宜理,铭诔尚实,诗赋欲丽。此四科不同,故能之者偏也。"《典论》这里把"文"分为奏议、书论、铭诔、诗赋四类。大约是最早的一种文体论的尝试了。他又说:"文以气为主。"这乃开创了后人论文的一条大路。曹植在《与杨德祖书》里也评论着王粲、陈琳、徐干诸人。惟他却薄辞赋为小道,而欲以"建永世之业,流金石之功"为急。假如不是有激而云然,则其批评见解是远不若他哥哥的高超了。

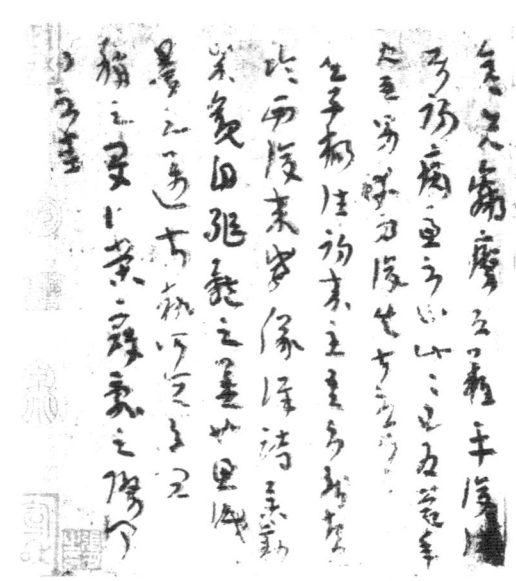

〔两晋〕陆机《平复帖》

　　陆机(261—303),字士衡,吴郡吴县(今江苏苏州)人,西晋文学家、书法家。他的《平复帖》是我国古代存世最早的名人书法真迹。

第六讲　批评文学

陆机在晋初写了一篇《文赋》，那是以赋体来论文的一篇伟大的东西。对于著作的甘苦，他是颇能阐发之的。在文体论一方面，他虽分为诗、赋、碑、诔、铭、箴、颂、论、奏、说等类，比曹丕多出若干，其大体却仍是就曹氏之论而放大了的。关于文章作法的一边，那是他自己的特色。但也偏重于修辞、谋篇的部分。他主张，言辞与理意是应该并重的，而其本却还为理意。"谢朝华于已披，启夕秀于未振"，他是那样的具有开拓一个宗派的雄心。

与陆机同时的有挚虞，他编集了号为第一部总集_{该说除《诗经》《楚辞》外}的《文章流别集》_{本传说，三十卷，《隋志》云，四十一卷}，专选诗赋。又有《文章流别志论》，有遗文见存。其主张也是说：以情义为本，以辞藻为佐，和陆机差不了多少。东晋时，有李充作《翰林论》，宋时，有王微作《鸿宝》，颜延之作《论文》，他们的遗文都已不见只字，故这里不能说。_{颜氏《庭诰》中有论文语，当非即所谓《论文》也。}

范晔的《狱中与诸甥侄书》，也是一篇论文章的得失的大作，其主张仍是："尝谓情志所托，故当以意为主，以文传意。以意为主，则其旨必见，以文传意，则其词不流。"

二

齐、梁在文学批评史上是一个大时代。出现了好几部伟大的批评的著作，产生了许多不同的批评见解。我们的批评史，从没有那样的热闹过。第一是沈约、陆厥们的关于音韵的辩论。这是一场极大的文学论战。一方主张着韵律的定格的必要，一方则主张着自然的韵律论。易言之，也便是受了印度文学洗礼过的文人和本土的守旧的文人间的争斗。原来，随了译经而同来的，便是梵文的拼音字母的输入。这把中国古来的"声音"，"读若某"的不大确切的"谐"音法，根本打倒了。代之而起的，是拟仿着拼音文字而得的反切法_{始于魏之孙炎}。后沈约更取之，而倡为四声八病之论。同时谢朓、王融、周颙等皆相与应和。陆厥虽极力的反对，其声音却若落在旷野中去了。第二是钟嵘《诗品》的创作。也许是受有《汉书·古今人表》的若干影响吧，故他把五言诗人们分别为上中下三品而讨论之。虽有人对于他的三品之分，表示不满意。但像他那样的统括着五言诗诸大家于一书而恣意批评之的气魄，却是空前的。他在序里阐发着，诗以性情为主，及"但令清浊通流，口吻调利，斯为足矣"的主张，是很足注意的。为了反对过度的格律的定式，故他对于"平上去入""蜂腰鹤膝"之说也表示不满。第三是刘勰《文心雕龙》的出现。勰字彦和，东莞莒人，梁时，为步兵校尉兼舍人。后来出家，改名慧地。他的《文心雕龙》也是空前的伟作，共有五十篇其中《隐秀》一篇是伪作，可分为三个部分。《原道》《征圣》《宗经》《正纬》及《序志》是文学通论。《辩骚》《明诗》《乐府》，以至《诸子》《奏启》《书记》等二十一篇是文体论。《神思》《体性》《风骨》，以至《知音》《程器》等二十四篇是修辞的原理和方法论。其主干的见解是"因文而明道"，和陆机所论相同；而其大体，也不出《文赋》的范围以外。然而，从《文赋》到《文心》，是如何的一种进步呢！第四是"为艺术的艺术观"的绝叫。文艺久成了功利主义的俘虏，但这时，则被解脱了。萧统的《文选》，首先排斥经书、史籍及诸子于文学的领土之外。徐陵的《玉台新咏》更严"纯文学"的门阀。萧子显的自序道：

> 风动春朝，月明秋夜，早雁初莺，开花落叶，有来斯应，每不能已也。

萧绎也道：

> 文者，惟须绮縠纷披，宫徵靡曼，唇吻遒会，情灵摇荡。
> ——《金楼子》

这是古所未有的大胆的主张。虽裴子野尝作《雕虫论》以纠之，北朝也屡有反抗的运动；然运会所趋，终莫能挽。能给纯文学以最高的估值与赏识者，在我们文学史上，恐怕也只有这一个时代了。

第六讲 批评文学

二、批评文学的复活

齐、梁以后批评精神的堕落——唐代《诗式》《诗格》一类著作的流行——《文镜秘府论》——《本事诗》及其他——韩愈与白居易的批评论——批评文学的复活——宋代诗话的盛行——从欧阳修《诗话》到蔡正孙《诗林广记》——批评界的两大柱石——朱熹的批评论——严羽的《沧浪诗话》

一

批评文学从梁代钟、刘二家以后，便消沉了下去。类似《诗品》和《文心雕龙》的有系统的著作，不再有第三部出现。直到唐代，还不曾产生什么重要的批评的名著。唐以诗取士，故唐人所作，以通俗的如何写诗的方法的书为最多。《新唐书·艺文志》所载，有元兢、宋约《诗格》一卷，王昌龄《诗格》二卷，僧皎然《诗式》五卷，王起《大中新行诗格》一卷，姚合《诗例》一卷，贾岛《诗格》一卷，炙毂子《诗格》一卷，殆皆为此类。又有范传正《赋诀》、张仲素《赋枢》、浩虚舟《赋门》等则为指导作赋的方法者。元兢、王昌龄之作，尚存残文于日本遍照金刚的《文镜秘府论》里。皎然《诗式》，今也尚有传本。他们所论皆取便士子科场之用。故根本上便不会有什么重要的见解。孟棨的《本事诗》只是缀拾诗人们的故事以为谈资，不能算是批评文学的著作。司空图的《二十四诗品》，也不过是以漂亮的诗句，虚写一般的诗的风格的变幻而已。张为的《主客图》，颇近钟氏《诗品》，惟只有品第，并无评骘，也不能算是一部批评的著作。倒还是韩愈他们的主张，有可以注意的地方，其影响也很大。他们那些古文运动者，对于文学，有两种重要的见解：第一是"文以载道"；第二是"文起八代之衰"。换言之，就是，在内容上，求其充实，言之有物，不单以刻画"风云月露"为务；在文字上要其复古，反对使用晋、宋、齐、梁以来的骈偶的文体。到了白居易，在他的《新乐府辞序》上，更畅发着"文章合为时而著"的为人生的艺术观,算是唐代最重要的文学论。但可惜他们都不曾写下什么专门的大著。

宋人最爱作"诗话"。从欧阳修的《六一诗话》,司马光的《续诗话》以下,作者无虑百数,即今有者也还有数十余家,可谓极一时之盛。又有胡仔的《苕溪渔隐丛话》、魏庆之的《诗人玉屑》、阮阅的《诗话总龟》、蔡正孙的《诗林广记》诸书,分门别类,以总辑诸家的大成。其专关于唐诗者,更有计有功的《唐诗纪事》、尤袤的《全唐诗话》诸书。但这些书,大抵都只是记载些随笔的感想,即兴的评判,以及琐碎的故事,友朋的际遇等等,绝鲜有组织严密,修理整饬的著作。

二

但宋代却是一个批评精神复活的时代。我们不能因为其"无当大雅"的诗话之多,便抹杀了这个时代的重大的成就。从六朝以后,批评的精神便堕落了。唐代是一个诗歌的黄金时代,却不是批评文学的一个重要的时期。唐人批评的精神很差,尤其少有专门的批评著作。他们对于古籍的评释,其态度往往同于汉儒:只有做着章解句释的工夫,并不曾更进一步而求阐其义理。宋人便不同了。很早的时候,他们便已有勇气来推翻旧说,用直觉来评释古书。他们知道求真理,知道不盲从古人,知道从本书里求得真义与本相。于是汉、唐以来许多腐儒的种种附会的像痴人说梦似的解释,便受到了最严正的纠正。这种风气,从欧阳修作《毛诗本义》,郑樵作《诗辨妄》以来,便盛极一时。南宋中叶的朱熹,便是这一

朱熹像

两宋时期,学术上造诣最深、影响最大的便是朱熹(1130—1200)。他总结了以往的思想,尤其是宋代理学思想,建立了庞大的理学体系,集宋代理学之大成。

派批评家的代表。

朱熹字元晦，一字仲晦，婺源人，登绍兴进士第。历事高、孝、光、宁四朝。终宝文阁待制。庆元中致仕，旋卒。宝庆中追封信国公，改徽国公。熹在当时，讲正心诚意之学，颇为时人所妒恨。但从游弟子甚多，其势力也极大。他对于经典古籍，多有解释。在其《语录》及文集里，也有不少关于文学批评的重要的贡献。惟其最重要的见解，则在把《诗经》和《楚辞》两部伟大的古代名著，从汉、唐诸儒的谬解中解放出来，恢复其本来面目，承认其为伟大的文学作品。这个功绩是极大的。他的批评的主张，在《诗集传》及《楚辞集注》的两篇序上，也可以看出一个大体来。他对于诗的起源，有很正确的见解：

> 或有问于余曰：诗何为而作也？余应之曰：人生而静，天之性也；感于物而动，性之欲也。夫既有欲矣，则不能无思；既有思矣，则不能无言；既有言矣，则言之所不能尽而发于咨嗟咏叹之余者，必有自然之音响节族而不能已焉。此诗之所以作也。

他的更大的工作，便是打倒了《毛诗序》，发见："凡诗之所谓风者，多出于里巷歌谣之作，所谓男女相与咏歌，其情者也。"更发见郑、卫诸风中的情诗的真价，而反对毛氏的美刺之说_{他于《集传》后，更附《诗序辨说》，专辨《诗序》的得失}。这是很痛快的一个真实的大批评家的见解！他不仅发见古代几十篇的美隽的情歌而已，他直是发见了文学的最正确的真价！他的《楚辞集注》也把《楚辞》的真面目从王逸诸人的曲解里解脱出来。他说道："《楚辞》不甚怨君。今被诸家解得都是怨君，不成模样。"又道："《楚辞》平易，后人学做者反艰深了，都不可晓。"这些话都是很重要的。他虽是一位"道学家"，却最能欣赏文学，最知道伟大名著的好处所在。故他的批评论便能够发前人所未发之见解，纠正前人所久误的迷信。

三

朱熹的跟从者极多。但他的工作，破坏方面做的多；建设的主张便罕见了。但许多的"诗话"作家，却往往都有些自己的主张。

> 学诗当识活法。所谓活法者，规矩备具，而能出于规矩之外，变化不测，而亦不背于规矩也。……谢玄晖有言：好诗流转圜美如弹丸。此真活法也。
> ——吕居仁《夏均父集序》

> 建安，陶、阮以前诗，专以言志；潘、陆以后诗，专以咏物；兼而有之者李、杜也。言志乃诗人之本意，咏物特诗人之余事。……大抵句中若无意味，譬之山无烟云，春无草树，岂复可观。
> ——张戒《岁寒堂诗话》

> 语贵含蓄。东坡云：言有尽而意无穷者，天下之至言也。……若句中无余字，篇中无长语，非善之善者也。句中有余味，篇中有余意，善之善者也。
> ——姜夔《白石道人诗说》

他们的话往往过于琐碎，不成片段。一节一语，或是珠玉。但若要把他们连缀起来，寻得其一贯的主张，便是劳而无功的了。正像碎玻璃片在太阳光底下发亮，远远看去，仿佛有些耀煌，迫而视之，便立觉其不成一件东西了。

在许多宋人诗话里，真实的有积极的见解，一贯的主张者，恐怕只有严羽的《沧浪诗话》《沧浪诗话》有《历代诗话》本一部而已。严羽对于诗学确有大胆可喜的意见。故他的影响很大。他和朱熹，可以说是：宋代文学批评家里两大柱石。朱熹把文学的本来面目从陈旧的曲解中解放出来，严羽则更进一步，建设了他自己的文学论。他好以禅语来做譬喻；这正是南宋人的风气。明胡应麟盛称其说，比之达摩西来，独辟禅宗。而清冯班又丑诋之,至作《严氏纠谬》一书,斥为"呓语"。但当班的时候,神韵之说正横流于世,他或有所激而为此书罢。

羽字仪卿,一字丹丘,自号沧浪逋客,邵武人。有《沧浪诗集》。他的《沧浪诗话》是很有组织的著作。首《诗辨》,次《诗体》,次《诗法》,次《诗评》,次《诗证》,凡五门,末并附《与吴景仙论诗书》。《诗体》一门,叙述自建安到当代的各种不同的诗体,"以时而论,则有:建安体,黄初体……元祐体,江西宗派体。以人而论,则有:苏、李体,曹、刘体……陈简斋体,杨诚斋体;又有所谓选体……宫体",并及用韵对句等等。《诗法》一门,叙述作诗之法:"须是本色,须是当行","下字贵响,造语贵圆"……这两门大似皎然、王昌龄诸人的《诗式》《诗格》的体式。《诗评》杂论六朝、唐、宋诸诗人的得失;《诗证》杂录关于诗篇的考订之语;这两门也是诸宋人诗话里常见的东西。其全书的精华所在,乃在《诗辨》一门,及所附的《答吴景仙书》。羽的批评主张,皆集中于此二部分。

> 夫诗有别材,非关书也;诗有别趣,非关理也。然非多读书多穷理则不能极其至。所谓不涉理路,不落言筌者上也。诗者吟咏情性也。盛唐诸人惟在兴趣。羚羊挂角,无迹可求。故其妙处透彻玲珑,不可凑泊,如空中之音,相中之色,水中之月,镜中之象,言有尽而意无穷。近代诸公,乃作奇特解会,遂以文字为诗,以才学为诗,以议论为诗。夫岂不工,终非古人之诗也。盖于一唱三叹之音,有所歉焉。

当江西诗派,永嘉四灵蟠踞着文坛上的时代,竟有这样的狮子吼似的呼声,诚是大胆的挑战。难怪他是那样的自信着,自负着:"虽获罪于世之君子不辞也。"《诗辨》"仆之《诗辨》,乃断千百年公案,诚惊世绝俗之谈,至当归一之论。其间说江西诗病,真取心肝刽子手。以禅喻诗,莫此清切。是自家实证实悟者,是自家闭门凿破此片田地,即非傍人篱壁,拾人涕唾得来者。……我论诗若哪吒太子,析骨还父,析肉还母。"《答吴景仙书》大批评家自非有这种精神不可。

三、批评文学的进展

元代批评文学的进展——有组织的批评著作的再现——古文家势力在元及明初的影响——陈绎曾、王构、杨载及范梈——元代通俗入门书盛行的原因——瞿佑的《归田诗话》——李东阳及其《怀麓堂诗话》——何、李的复古运动——徐祯卿的《谈艺录》——何孟春、都穆等

一

元代批评家们承宋、金之后，规模日大，门径渐严。有计划、有组织的著作较多，这不能不说是一个进步。关于散文一方面，古文的势力，仍然笼罩一切。人人竞奉韩、柳、欧、苏为规模的目标，而苏轼的影响尤大。陈秀民字庶子，四明人，后为张士诚参军，历浙江行中书省参知政事翰林学士至专编《东坡文谈录》《东坡诗话》陈秀民《东坡文谈录》及《东坡诗话》有《学海类编》本以扬其学。元末杨维桢为文稍逸古文家的范围，王彝便作《文妖》一篇以诋之，至骂之为狐为妖："会稽杨维桢之文，狐也，文妖也！噫，狐之妖至于杀人之身；而文之妖往往后生小子群趋而竞习焉，其足为斯文祸，非浅小也！"明初的刘基、宋濂以及稍后的方孝孺等等皆为纯正之古文家，胥守唐、宋古文家法而不敢有所变易。被称为"台阁体"的杨东里，则更模拟欧阳修，一步一趋，莫不效之。直到了弘治间，李梦阳出来，与何景明、徐祯卿诸人，倡言复古，非秦、汉之书不读；于是天下的风气丕然一变。唐、宋诸大家的影响，至此方才渐渐的消歇下去。诗坛的趋向，也回复到"盛唐"诸家求模范。

在古文势力的绝对控制之下，元及明初的文学批评，是没有什么特殊的见解的。但有系统的著作，却产生了不少。像陈绎曾的《文说》及《文筌》，王构的《修辞鉴衡》，杨载的《诗法家数》，范梈的《木天禁语》《诗学禁脔》等作，虽不是什么了不得的伟作，虽不曾有什么创见的批评的主张，却已不复是宋人的随笔掇拾成书的"诗话"了。也许

他们都是为"浅学"者说法的，都是为了书贾的利润而编成的——元代的书籍，书贾所刊者以通俗的、求广销的书为最多。但究竟是有组织的著作，是复兴了唐人的《诗格》《诗式》《诗例》一类的作风的。

陈绎曾_{陈绎曾见《元史》卷一百九十字伯敷，处州人。}至顺间，官国子监助教。尝从学于戴表元，故亦为正统派的文士之一。他的《文说》_{《文说》有《四库全书》本，活字版本，《文学津梁》本，}本为程试之式而作。书中分列八条，论行文之法，而所论大抵皆宗于朱熹。又有《文筌》八卷，分《古文小谱》《四六附说》《楚赋小谱》《汉赋小谱》《唐赋附说》五类，盖也是为"举子"而作的。末附《诗小谱》二卷，则为绎曾友石桓、彦威之作。

王构_{王构见《元史》卷一百六十四字肯堂，}东平人，官至翰林学士承旨，谥文肃_{1245—1310}。他的《修辞鉴衡》_{《修辞鉴衡》有《四库全书》本，《文学津梁》本，《指海》本}分二卷，上卷论诗，下卷论文，皆采撷宋人的诗话以及笔记与文集里的杂文而加以排比的。

杨载的《诗法家数》_{杨载的《诗法家数》有《历代诗话》本，}叙述作诗的方法甚详且备。最后的一篇《总论》，虽浅语，却颇近理。像"诗不可凿空强作。待境而生，自工"，"诗贵含蓄，言有尽而意无穷者，天下之至言也"，"作诗要正大雄壮，纯为国事。夸富耀贵，伤亡悼屈一身者诗人下品"诸语，都是很有确定的批评主张的，似不能以其类"诗法入门"之作而忽之。

范梈字德机，所作《木天禁语》及《诗学禁脔》_{范梈的《木天禁语》及《诗学禁脔》均有《历代诗话》本。《木天禁语》又有《学海类编》本，}皆《诗格》一类的"入门书"。《木天禁语》仅有"内篇"而无"外篇"，殆"外篇"已佚失。《诗学禁脔》似与之相衔接，或即其"外篇"欤？梈叙《禁语》谓："诗之说尚矣。古今论著，类多言病而不处方。是以沉痼少有瘳日，雅道无复彰时。兹集开元、大历以来诸公平昔在翰苑所论秘旨，述为一编。"是所依据者，仍为唐人诸作。每一作法，必举一二唐人诗为例，也是王昌龄、贾岛诸人《诗格》的规矩。《诗学禁脔》则分为"颂中有讽"，"美中有刺"，"抚景寓叹"，"专叙己情"等十五格，每格也以唐诗一篇为例，而后附说明。

此外，潘昂霄有《金石例》，倪士毅有《作义要诀》，徐骏有《诗文轨范》，殆皆为便利俭腹的文士学子而设者。《四库全书提要》虽极讥他们的浅陋，但他们的有组织的篇述，却是不能以"浅陋"二字抹杀之的。为什么在元代会复活了，且更扩大了唐代的"诗格""诗式"一类的科场用书呢？这是一个很值得研究的问题。一可以见当时通俗入门书的畅销；二则当时文士们在少数民族压迫之下，求师不易，而这一类通俗入门书便正是他们"无师自通"的宝库。但通俗书之所以会畅销，根本原因，还当在元代一般经济状况的进步。我们读杜善甫的《庄家不识勾栏》，见一个农民入城而能慨然的以二百文为剧场的入门费，便可知那时的一般经济状况是并不如我们所想像的那末同当时政治一样的黑暗的。这问题太大，且留待专门家的讨论。

二

到了明初，这一类通俗的入门书，忽又绝迹了。而随笔或杂感体的"诗话"又代之而兴。元人亦有"随笔"式的诗话，像韦居安的《梅磵诗话》，吴师道的《吴礼部诗话》，无名氏的《南溪诗话》；但不多。明人才又纷纷的写作这一类"诗话"。在其间，瞿佑1341—1427的《归田诗话》《归田诗话》有明刊本，《历代诗话续编》本，《知不足斋丛书》本，《龙威秘书》本，可以说是最早的一部。佑所作，以《剪灯新话》为最著。《归田诗话》于品藻唐、宋诗外，亦叙述元、明的近事，其中颇多很珍异的史料。像《梧竹轩》条："丁鹤年，回回人。至正末，方氏据浙东，深忌色目人。鹤年畏祸，迁避无常居，有句云：'行踪不异枭东徙，心事惟随雁北飞。'识者怜之。"元末明初，少数民族人在华所遭逢的厄运，由此已可略得其消息。

其后，诗话作者，以李东阳的《怀麓堂诗话》为最著。东阳李东阳见《明史》卷一百八十一字宾之，茶陵州人。天顺进士。官至礼部尚书，文渊阁大学士。卒谥文正1447—1516。有《怀麓堂集》。他继三杨之后，而主持着当代的文坛。"不为倔奇可骇之辞，而法度森严，思味隽永。"杨一清《石淙类稿》他的《怀麓堂诗话》《怀麓堂诗话》有《知不足斋丛书》本，《历代诗话续编》本，杂论作诗之法，并评唐、宋、元各代以及当代诗

第六讲　批评文学

人之作，颇有可注意的地方：

> 诗贵意。意贵远不贵近，贵淡不贵浓。浓而近者易识，淡而远者难知。

> 诗有别材，非关书也；诗有别趣，非关理也。然非读书之多，明理之至者则不能作。

> 作诗必使老妪听解，固不可。然必使士大夫读而不能解，亦何故耶？

也只是中庸平正之论，没有什么惊人的主张，所以也不能成为一派一宗。惟中有论诗与时代及土壤的关系的一段：

> 汉、魏、六朝、唐、宋、元诗，各自为体。譬之方言，秦、晋、吴、越、闽、楚之类，分疆画地，音殊调别，彼此不相入。此可见天地间气机所动，发为音声，随时随地，无俟区别，而不相侵夺。然则，人囿于气化之中，而欲超乎时代土壤之外，不亦难乎！

最有创见；可惜他自己只是"随感"的笔录，而其后也更无批评家为之发挥光大之，此论遂成"昙花一现"。

东阳之后，有李梦阳_{李梦阳见《明史》卷二百八十六的}出来，继他而主持文柄。梦阳的魄力比东阳大，主张比东阳激烈。他不满于东阳的萎弱中庸的态度，他大声疾呼的倡言：文必秦、汉，诗必盛唐。何景明辈和之。天下学者当之，如疾风偃弱草似的莫不披靡而拜下风。遂正式产生了一个伪拟古的运动。虽然不是什么很伟大的一个文学运动，但明兴以来的萎弱的文坛，却受了这个激刺，不禁为之一震动。以后，"后七子"的运动，公安、竟陵二派的兴起，差不多也都是受其拨动的。梦阳字献吉，庆阳人。弘治进士。官户部郎中。曾因事下狱二次。刘瑾被杀，他才起故官，出为江西提学副使。又以为宸濠作阳春书院记，削籍。有《空同集》六十六卷。

徐祯卿徐祯卿见《明史》卷二百八十六为维持空同主张的一人。他的《谈艺录》《谈艺录》有《学海类编》本，《历代诗话》本。又附明刊本《迪功集》后几是何、李派伪拟古运动的批评的代表作。他的批评，只论汉、魏，六朝且不屑及，何论唐、宋！他道："魏诗门户也，汉诗，堂奥也。入户升堂，固其机也。……故绳汉之武，其流也犹至于魏，宗晋之体，其弊也不可以悉矣。"他们是那末样的迷恋于古！总之，愈古是愈好的。而这样拟古的结果，遂写出了许多貌若古拙的诗文来。有时简直是有意的做作。好像仿古的器物似的，远看似真，近瞩却知是冒牌的东西。这影响几笼罩了百年！祯卿字昌谷，吴人。弘治进士，官国子博士。有《迪功集》六卷。

同时有何孟春，字子元，郴州人，官至吏部侍郎。作《余冬诗话》《余冬诗话》有《学海类编》本，宗李东阳之说。都穆字元敬，吴人，官至礼部郎中。作《南濠诗话》《南濠诗话》有《知不足斋丛书》本，《历代诗话续编》本，宗宋严羽之论。安磐字公石，嘉定州人，官都给事中，有《颐山诗话》《颐山诗话》有《四库全书》本，其论诗也以严羽为主。又有游潜字用之，丰城人，官宾州知府。有《梦蕉诗话》《梦蕉诗话》有《学海类编》本，颇宗温、李晚唐之作。他们都是不和空同、大复何景明同道的；然何、李的影响遍天下。他们的呼号却是很少人听得见的，所以和之者也终没有和何、李者之多。他们是不足以和何、李争批评家的论坛的主座的。又同时，韩邦奇作其弟邦靖行状，有"恨不得才如司马子长、关汉卿者以传之"语，大为世人所非笑。但敢以汉卿和子长并举，他实是第一人！可惜他的批评主张，我们已不能仔细的知道。

参考书目

一、《全上古三代秦汉三国六朝文》 清严可均辑，有黄冈王氏刊本，医学书局石印本。

二、《文心雕龙》《诗品》《文选》《玉台新咏》诸书，传本皆甚易得。

三、《中国古代文艺论史》 日本铃木虎雄著，孙俍工译，北新书局出版。

四、《文镜秘府论》 日本遍照金刚撰，有日本《东方文化学会丛书》珂罗版印本，北平富晋书社石印本。

五、《历代诗话》 清何文焕编，有原刊本，医学书局石印本。

六、《历代诗话续编》 丁福保编，医学书局出版。

七、明、清诸大丛书，像《津逮秘书》《学海类编》等等，其中搜罗唐、宋人诗话不少。

八、《朱子大全集》 有明、清坊刊本。

九、《学海类编》 清曹溶编，有活字印本，商务印书馆石印本。

十、《四库全书总目提要》 有原刊本，广东刊本，石印本。

十一、《元史》 明宋濂等编，有明刊本，清刊《二十四史》本。

十二、《明史》 清张照等编，有原刊本，石印本。

十三、《文学津梁》 有有正书局石印本。

第七讲　传奇文

传奇文为古文运动的附庸——附庸的蔚为大国——最美丽的故事的渊薮——最早的传奇文：《古镜记》《白猿传》——张文成的《游仙窟》——《游仙窟》的影响——大历、元和间的黄金时代——沈既济、沈亚之、李公佐等——小小的人间的恋爱的故事——《莺莺传》《霍小玉传》《李娃传》等——剑侠故事的起源——《酉阳杂俎》与传奇诸书里的剑侠故事——传奇文所受古作的和外来的影响——《杜子春》

一

自萧、李、韩、柳所提倡的古文运动告了成功之后，古文的一个体制，便成为文学的散文，这在上文已经阐明过了。古文运动的主旨，原是论道与记事，其主要的著作为碑、传、论、札之类。但那些作品，真有伟大的价值者却很少。其真实的珠玉反为柳宗元的小品文，像他的山水游记之类。若古文运动的成就，仅止于此，当然未免过于寒俭。但附庸于这个运动之后者，却还有一个远较小品文更为伟大的成就在着；——这是从事于古文运动者所不及料的一个成功，也是他们所从不曾注意到的一件工作，——那便是所谓"传奇文"的成就。唐代"传奇文"是古文运动的一支附庸，却由附庸而蔚成大国。其在我们文学史上的地位，反远较萧、李、韩、柳的散文为更重要。他们是我们的许多最美丽的故事的渊薮，他们是后来的许多小说戏曲所从汲取原料的宝库。其重要有若希腊神话之对于欧洲文学的作用。而他们的自身又是那样精

第七讲 传奇文

莹可爱，如碧玉似的隽洁，如水晶似的透明，如海珠似的圆润。有一部分简直已是具备了近代的最完美的短篇小说的条件。若将六朝的许多故事集置之于他们之前，诚然要如爝火之见朝日似的黯然无颜色。他们是中国文学史上有意识的写作小说的开始。他们是中国短篇小说上的最高的成就之一部分。他们把散文的作用挥施于另一个最有希望的一方面去。总之，他们乃是古文运动中最有成就的东西——虽然后来的古文运动者们未必便引他们为同道。

二

"传奇文"的开始，当推原于隋、唐之际，但其生命的长成则允当在大历、元和之时无疑。在隋、唐之际的"传奇文"，只是萌芽而已；大历、元和之间，才是开花结果的时代。而促成其生长者，则古文运动"与有大力焉"。盖古文运动开始打倒不便于叙事状物的骈俪文，同时，更使朴质无华的"古文"，增加了一种文学的姿态，俾得尽量的向"美"的标的走去。"传奇文"便这样的产生于古文运动的鼎盛的时代。其间的消息当然很明白的可知的。"传奇文"的著名作者沈既济乃是受萧颖士的影响的。又沈亚之也是韩愈的门徒，韩愈他自己也写着游戏文章《毛颖传》之类。其他元稹、陈鸿、白行简、李公佐诸人，皆是与古文运动有直接间接的关系。故"传奇文"的运动，我们自当视为古文运动的一个别支。当时的文士们也往往有将传奇文作为投谒时的行卷之用者。可见时人也并不卑视此体。但清人所辑的《全唐文》则屏斥传奇文不收。宋洪迈尝说道："唐人小说不可不熟。小小情事，凄惋欲绝，洵有神遇而不自知者。与诗律可称一代之奇。"这话不错。从零星断片的宗教故事，神异故事及《世说新语》，到唐人的传奇文，其间的进步是不可以道里计的。唐人传奇文不仅是第一次有意的来写小说的尝试，且也是第一次用古文来细腻有致的抒写人间的物态人情以至琐屑情事的。这种新鲜的尝试，立刻便得到了成功。

三

在没有说到大历、元和及其后的传奇文以前，先须略略提起隋、唐之际的几篇东西。那几篇东西恰是介乎六朝故事集与唐人传奇文之间的著作，也正是由故事集到传奇文的必然要走的一个阶段。他们乃是故事集的结束，而传奇文的先驱者。

有一篇很有趣味的东西，在隋、唐之际出现，那便是：见于《太平广记》卷二百三十的一篇《王度》，实即王度所自作的《古镜记》。王度，太原祁人，文中子王通之弟，诗人王绩之兄。大业中为御史，后出为芮城令，武德中卒。他在这篇《古镜记》里，先自述他的神镜的由来，后详叙神镜的降魅驱妖之功。最后，叙其弟绩原作勣远游，借古镜以自卫，也历在各地杀除怪物不少。归后，还镜于度。一夕，闻镜在匣中悲唱，良久乃定。"开匣视之，即失镜矣。"其中所叙古镜的功绩为：（一）使程雄家婢鹦鹉现出老狸原形而死。（二）这镜"合于阴阳光景之妙"，与薛侠的宝剑较之，镜上吐光，明照一室，剑则无复光彩。（三）度为芮城令时，令悬镜于厅前妖树上。夜中有风雨电光缠绕此树。至明，有一大蛇死于树下。（四）治张龙驹家人的疫疾。（五）王绩远游时，遇山公、毛生，以镜照之，一化为龟，一化为猿，皆死。（六）除灵湫中妖鱼。（七）杀大雄鸡妖，治愈张珂家女子的病。（八）遇风涛大作，出镜悬之，波不进，屹如云立，然后面则涛波洪涌，高数十丈。（九）治愈李敬慎家三女的魅病，杀死一鼠狼，一老鼠，一守宫。这些故事原都是六朝故事集里所常见的东西，今则以一古镜的线索，把他们连贯起来成为一篇了。这是《古镜记》的尝试的成功之一点。

又有《补江总白猿传》，不知什么人写的见《太平广记》卷四百四十四，题曰《欧阳纥》，也作于这个时代。叙梁将欧阳纥的妻，为白猿所夺。及救归，已孕，生一子貌类猿。即后来有盛名的欧阳询。因纥死时，询为江总所收养，故以"补江总"《白猿传》为名。这篇东西，与《古镜记》不同，乃是单一的故事，颇具描写的姿态，与后来的传奇

| 第七讲　传奇文 |

文很相同。惟此作有大可注意之处：纥妻被夺事，大类印度最流行的《拉马耶那》的传说，而若飞的神猿又是这个传说中之所有的。或者，中土的讲谈者，把魔王的拉瓦那（Ravana）和救人的神猿竟缠合而为一了罢。这故事在后来的影响极大。宋、元间的《陈巡检梅岭失妻》的话本、戏文等，皆系由此而衍出者。

四

但在唐武后时，又有绝代的奇作《游仙窟》出现。这是张鷟所作的。鷟字文成，调露初公元679年登进士第，调长安尉。开元初，贬岭南，后终司门员外郎660？—690？张鷟见《旧唐书》卷一百四十九《张荐传》，《新唐书》卷一百六十一《张荐传》。他所作有《朝野佥载》《龙筋凤髓判》，今皆传于世。独《游仙窟》本土久佚，惟日本有之。此作在日本所引起的影响很大。《唐书》谓："新罗日本使至，必出金宝购其文。"当是那时流传出去的。相传他作此文，隐约的说着他自己和武后的恋爱故事。一说已成，一说是幻想的描写《游仙窟》，有《古逸小说丛刊》本，日本有注本，北新书局铅印本。总之这是我们文学史上的第一部有趣的恋爱小说无疑。他自叙奉使河源，道中夜投一宅，遇十娘、五嫂二妇人，恣为笑谑宴乐，止宿而去。文近骈俪，又多杂诗歌，更夹入不少通俗的双关语，拆字诗等等；当是那时代通俗流行的一种文体详见北新版《游仙窟》跋。这种文体，其运命很长。敦煌发见的小说，体裁也甚近此作。明人瞿佑、李昌祺、雷燮诸人所作，又明版的《国色天香》《绣谷春容》《燕居笔记》诸书中所录的诸通俗的传奇文，若《娇红记》等，殆无不是《游仙窟》的亲裔。而唐代的诸传奇文，若《周秦行纪》《秦梦记》等，其情境和《游仙窟》几全同。又其中每杂歌诗，也大似有张鷟的影响在着。故《游仙窟》的躯体，在中国虽已埋没了一千余年，而其精灵却是永在的。《游仙窟》中的诗，曾被辑录入《全唐诗逸》中有《知不足斋丛书》本，已先本文而被重传到中土来。

五

开元、天宝的全盛时代,只是一个歌诗的全盛时代而已。传奇文反而感到寂寞。直到大历 766—779 的时候,方才有沈既济起来,第一个努力于传奇文的写作。既济为苏州吴人,曾和萧颖士子存相友善。以杨炎荐,召拜左拾遗,史馆修撰。贞元时,炎得罪,既济也贬为苏州司户参军。后官至礼部员外郎卒 沈既济见《新唐书》卷百三十二。750?—800?。既济所作有《枕中记》《太平广记》卷八十二题作《吕翁》及《任氏传》,皆大传于世。《枕中记》叙卢生于一顿黄粱还未熟的梦境中,遍历了人间的富贵荣华,亦尝遇厄境;以此,醒后,便怃然若失,功名之念顿灰。元马致远的《黄粱梦》剧,明汤显祖的《邯郸记传奇》,皆衍此事。但既济已有所本。干宝《搜神记》中有杨林入梦事,与此悉同。卢生便是杨林的化身罢。《任氏传》《广记》卷四百五十二叙妖狐化为美女,嫁郑生。不为强暴所屈。后出行,遇猎犬,现原形而被杀死。郑生购其尸葬之。宋、金间诸宫调有"郑子遇妖狐",即衍其事。

大历间又有陈玄祐者,作《离魂记》。叙张镒女倩娘与王宙相恋。但镒别以女许嫁他人。宙郁郁别去。倩娘追之同行,后生二子,归省镒;大骇。盖室中别有一倩娘在着,病卧已久;闻她至,自起相迎,两身合为一。离去者原来是倩娘的魂。玄祐生平未知,而此记则流行甚广。元郑德辉有《倩女离魂》剧。

略后,元和间有沈亚之者,

神话故事《列仙传》插图

为韩愈之门徒,字下贤,吴兴人,元和十年进士第。后为南康尉,终郢州掾。集今存《沈下贤集》,有明刊本,长沙叶氏刊本,《四部丛刊》本。集中有《湘中怨》,记郑生遇龙女事;《异梦录》,记邢凤梦见美人及王炎梦侍吴王,作西施挽歌二事;《秦梦记》则自叙梦入秦为官,尚秦穆公公主弄玉,后弄玉死,秦穆公乃遣之归事。亚之文名甚盛,李贺有《送沈亚之歌》,中有"吴兴才人怨春风"云云,李商隐也有《拟沈下贤》诗。但他这几篇传奇文,都无甚情致;《秦梦》固远在《南柯》下,而《湘中怨》也大不及《柳毅传》。

《南柯记》为李公佐作。公佐亦元和间人,字颛蒙,陇西人。尝举进士,元和中为江淮从事。大中时犹在。《南柯》叙淳于棼梦入古槐穴中,为大槐国王驸马,拜南柯太守,生五男二女。后与檀萝国战败,公主又死,王遂送之归。既醒,则"斜日未隐于西垣,余樽尚湛于东牖,梦中倏忽,若度一世矣"。和《枕中记》是此类传奇文中的两大杰作。而《枕中记》于情意的恼悦动人处似犹欠他一着。明人汤显祖作《南柯记传奇》,即衍其事。公佐还作《谢小娥传》,叙小娥变男子服,刺杀其仇人事;《卢江冯媪》,叙媪见女鬼事;《李汤》,叙水神无支祁事。皆无甚趣味,其情致都逊《南柯》。

《柳毅传》为李朝威作。朝威,陇西人,生平不知。当也是这时代的人物。《柳毅传》叙柳毅下第,为龙女传书,后乃结为姻眷事。元人戏曲叙此事者不少。尚仲贤有《柳毅传书》剧,李好古有《张生煮海》,也叙龙女事,并与此有关。所谓"龙女",在中国古代并无此物。可能是由印度所给予我们的许多故事里传达进来的。

相传为牛僧孺 牛僧孺见《旧唐书》卷一百七十二,《新唐书》卷一百七十四 所作的《周秦行纪》,也当写于此时。李德裕尝作《周秦行纪论》,欲因此文致僧孺罪。盖此文本为德裕客韦瓘作,正要用以倾陷僧孺者。但这个文字狱竟没有罗织成功,徒成为牛、李交恶案中的一个谈资而已。《周秦行纪》托僧孺自叙,谓他于某夜旅中,梦见古帝王的后妃与之宴乐,并以昭君荐寝。其情境无殊于《游仙窟》《秦梦记》诸作,似更为浅露无聊。僧孺自有《玄怪录》,今佚;《太平广记》尚载若干则。其琐屑无当,大类六朝故事集,置之唐传奇文里,其貌颇为不扬。

六

　　以上的那些传奇文,都是欲于梦幻中实现其恣意所欲的享用与恋爱的;表面上似是淡漠的觉悟,其实是蕴着更深刻的悲哀。观于作者们大多为落拓失意之士,便知其所以欲于梦境中求快意之故。大约他们多少都有些受《游仙窟》的影响罢。惟《倩女离魂》事别是一型;《任氏传》也显然是讽刺着世俗的妖姬荡妇的。其作者或于爱情上受有某种刺激罢。

　　但最好的传奇文,却存在别一个型式之中。梦里的姻缘,空中的恋爱,毕竟是与人世间隔一尘宇的。真实的人世间的小小的恋爱悲剧的记载,却更足以动人心肺,往往会给人以"凄惋欲绝"之无端的游丝似的感慨。本来人世间的琐琐细故,已是尽够作家们的取用的。

　　在这一型的传奇文中,首屈一指者自当为元稹的《莺莺传》一作《会真记》。此传流传最广,影响最大,有衍之为诗歌者《莺莺歌》,李公垂作,今存《董西厢》中;为鼓子词者赵令畤《商调蝶恋花》;为诸宫调者《董西厢》;为杂剧者王实甫《西厢记》;为传奇者李日华、陆采诸人的《南西厢记》;更有《翻西厢》《续西厢》《竟西厢》诸作,出现于明、清之交的,也不下十余种。可谓为我们最熟悉的一个故事。惟《莺莺传》里,叙张生无端与莺莺绝,却是很可怪的事,尤不近人情。董解元把后半结果改作团圆,虽落熟套,却未为无识。

　　但写得最隽美者还要算蒋防的《霍小玉传》。防字子征,义兴人。为李绅所知。历官翰林学士,中书舍人。长庆中贬汀州刺史。此传写诗人李益事,当不会是凭空造出的。霍小玉为都中名妓,与李益交厚。但益竟负心绝之,从母命别婚卢氏。小玉因卧疾不能起。一日,益出游,竟为黄衫豪士强邀至小玉家。小玉数说了他一顿,乃大恸而绝。其情绪的凄楚,令读者莫不酸心。明人的平话《杜十娘怒沉百宝箱》,其所创出的情境,与此传也略相同,而大不如此传的婉微可喜。汤显祖曾为此传衍作传奇两部——《紫箫记》与《紫钗记》。

　　白行简的《李娃传》,恰可与《霍小玉传》成一对照。《小玉传》

为一不可挽回的悲剧，《李娃传》却是一个情节很复杂的喜剧。行简字知退，诗人居易弟，与李公佐为友。元和十五年授左拾遗，累迁司门员外郎主客郎中。宝历二年卒白行简附见《旧唐书》卷一六六及《新唐书》卷一一九《白居易传》中。此传作于贞元十一年，是其早年之笔。叙李娃的多情，郑子的能悔过，颇能谐合俗情；故剧场上至今犹演唱此故事不绝。元石君宝有《曲江池》剧，明薛近兖有《绣襦记》传奇，也衍此事。行简此作，文甚高洁，描叙也甚宛曲动人，与《小玉传》同是唐人传奇文里最高的成就。他又有《三梦记》，叙次也很有趣，且是近代心理学上的很好的资料。

陈鸿的《长恨歌传》，系为白居易的《长恨歌》而作。鸿字大亮，贞元主客郎中，与白居易为友。《长恨歌传》叙述明皇、杨妃事。从她入宫起，到马嵬之变及道人之索魂天上止，全包罗后来一切"天宝遗事"的纲目。以此传为出发点而衍为诸宫调、杂剧、传奇者不少。最著者为元王伯成《天宝遗事诸宫调》，白仁甫《唐明皇秋夜梧桐雨》剧及清洪昇《长生殿传奇》。明人之《彩毫》《惊鸿》诸记，亦并及太真事。唐人传奇文之最为人知者，元氏《莺莺传》外，便要算是此作了。

在此时前后，尚有许尧佐作《柳氏传》，叙韩翃及柳氏事；薛调作《无双传》，叙王仙客及无双事；皇甫枚作《飞烟传》，叙赵象及飞烟事；房千里作《杨娟传》，叙杨娟及某帅事；皆是以人间的真实的恋爱的故事为题材者。在其中，尤以韩翃、柳氏及王仙客、无双二事最为人所知。明陆采有《明珠记》，即衍仙客、无双事。

七

但到了唐的末叶，时势日非，军人也益横暴，各各割据了一个地方，不听中央政府的命令。他们自己更各自争战，并吞，连横，合纵，天下骚然，民间受苦益甚。于是，在无可奈何之中，有一班富于幻想的文人们，便造作出种种剑侠的故事，聊以自慰。剑侠是自己站在千妥万稳的立场上，而以其横绝无敌的精技，来除暴安良，或为人报仇雪恨的。为了直接抵抗的不可能，民间便自然的要造作出这些超人的剑侠们的故事，欲借重他们，以扫荡自己之所恶的。这正和义和团及红枪会之产生于清末及我们的时代中的情形颇为相同。更有一点，也足以促进剑侠思想的传播，那便是这时的佛教故事的大量的宣扬。在佛教故事里，超自然的故事是太多了，腾空而去，霎时而返，乃是他们的常谈；"上穷碧落下黄泉"，更是他们的习用的故事结构。又，道士们也在此时大显神通，恣话着不可能的情境。这些都更足以助长剑侠故事的气焰。明人刊有段成式的《剑侠传》一书，便是集合这些剑侠故事的大成的。但这《剑侠传》，实是伪书，托段氏之名以传者。在成式的《酉阳杂俎》里，自有《盗侠》卷九一类；所叙自魏明帝时登缘凌云台的异人起，凡九则。在其间，有叙述韦行规、黎干、韦生及唐山人事的四则，最为奇诡可观。这四则，都已被录入《剑侠传》中。韦行规的一则，写韦行规自负勇武，乃遇京西店中老人，以剑术折其锐气。段氏写来，颇虎虎有生气，自是《酉阳杂俎》里最好的文字之一。成式字柯古，临淄人，为宰相文昌子，以荫为校书郎，终太常少卿段成式见《旧唐书》卷一百六十《段文昌传》，《新唐书》卷八十九《段志玄传》。他的《酉阳杂俎》《酉阳杂俎》三十卷，有明脉望馆刊本，《津逮秘书》本，《学津讨源》本，《四部丛刊》本，又有单行刊本包罗的事物甚广，似仍未尽脱张华《博物志》的窠臼。

在裴铏的《传奇》里，叙述这一类剑侠的故事也颇不少。最有名的是《昆仑奴》《聂隐娘》二则。铏为高骈从事。骈好神仙，所为多妄诞。故铏之所叙，较其他同类之作，更多些诡奇之趣。像《聂隐娘》里的黑白卫，用之则为活卫，收之则为纸剪的驴。又所谓妙手空空儿等等的故事和人物，皆已超出于剑侠故事的范围以外，而入于神仙故事的范围之中了。《昆仑奴》一作，也甚可注意。所谓"昆仑奴"，据我们的推测，或当是非洲的尼格罗人，以其来自极西，故以"昆仑奴"名之。唐代叙"昆仑奴"之事的，于裴氏外，他文里尚有之，皆可证其实为非洲黑种人。这可见唐帝国内，所含纳的人种是极为复杂的，又其与世界各地的交通，也是甚为通畅广大的。在文学上说来，铏的这两则故事，对于后来作家们，皆甚有影响。明梅鼎祚有《昆仑奴杂剧》，清尤侗有《黑白卫杂剧》，所叙的事皆以此二故事为蓝本。

第七讲 传奇文

袁郊的《甘泽谣》里，有《红线》一则，也极为流行。郊为唐末人，官刑部郎中。《甘泽谣》作于咸通戊子_{公元868年}，正是剑侠故事流传极盛之时。故郊所写的红线，乃是典型的女侠之一。但也甚有些仙气；"再拜而行，倏忽不见"，而"忽闻晓角吟风，一叶坠露"，红线回矣。这种飞来飞去的行踪，乃正是聂隐娘的同道。明梁辰鱼尝以此事写为杂剧。约同时，又有有名的《虬髯客传》。此作相传为张说所写。但《太平广记》卷一百九十三所载，仅注明"出《虬髯传》"，而不著其作者。明顾元庆《顾氏文房小说》乃著其为杜光庭作。其以为张说作者，盖明末人的妄题。光庭字宾至，处州缙云人，为唐末道士。入蜀，依王建。所作有《广成集》《四部丛刊》本及《录异记》。《虬髯传》所言，颇多方士的气息。他所写的海外为王的事，后来陈忱的《后水浒传》所叙的李俊称王事，似即本于此。此传流传殊盛。梁辰鱼有《红拂剧》_{今佚}，张凤翼有《红拂记》，凌濛初有《虬髯翁》，又有《双红记》等，其故事皆本此传。

无名氏《原化记》当也作于此时。其中像《嘉兴绳技》《车中女子》等故事，也并见收于《剑侠传》。在词人孙光宪的《北梦琐言》_{《北梦琐言》，有雅雨堂刊本，广州刻本}里，也有好几则同类的记载，像《荆十三娘》等。这一类的故事，不仅由唐末而蔓延到五代，即到了宋初，也还有吴淑的一部《江淮异人传》_{《江淮异人传》，有《知不足斋丛书》本}的出现。《江淮异人传》全叙剑侠事，已把这一类幻想的复仇的故事当作一种专门的写作的目标了。

八

这一类唐人的传奇文，也和六朝的故事集相同，往往有陈陈相因的，同一个传说，往往被好几个作家们捉来写下。像《太平广记》卷四百九十所载的无名氏《东阳夜怪录》，叙述成自虚于夜间遇见诸精怪吟诗事，和牛僧孺《玄怪录》的《元无有》_{《太平广记》卷三百六十九}，其情趣与结构几全相同。而所谓成自虚、元无有也便是同为"乌有先生"

的一流，固不仅是巧合而已。而更有甚者，作者们竟写此种大半空想的故事的结果，往往想像枯窘，不得不于古作或外来的传说里乞求些新的资料。《南柯》诸记之远同《游仙窟》固不必说。最有趣的是下面一事：段成式《酉阳杂俎续集》卷四《贬误》一门里，尝引相传的中岳道士顾玄绩命一人看守丹灶，嘱其慎勿与人言。不料历诸幻境之后，其人乃突然失声。因此，豁然梦觉，鼎破丹飞。这一则故事，成式以为此事系出于释玄奘《西域记》。"盖传此之误，遂为中岳道士。"这已是够可笑的了。而不料李复言《玄怪续录》所载的《杜子春》《太平广记》卷十六引，却又是明目张胆的抄袭这个印度的故事，而改穿上中国的衣装。在《古今说海》里又有《韦自东传》亦见《太平广记》卷

《太平广记》书影

《太平广记》是宋代人编的一部大书。因为它编成于太平兴国三年（978年），所以定名为《太平广记》。全书500卷，目录10卷，专收野史传记和以小说家为主的杂著。

三百五十六，原出裴铏《传奇》，其所记载的故事，又和此完全相同。这竟是不厌一而再，再而三的辗转传述的了。想不到这个流传于印度一个地方的传说，偶然被保存于《大唐西域记》里的，乃竟会在中国引起了那末大的一场波澜。这很同于我们读了著名的《魔鬼的二十五故事》（*Vikram and the Vampire*），看着那位徒劳无功的国王，屡次的因了失声发言，而把前功尽弃的情形，而觉得发笑，颇同有些异国的情趣之感。像这样的外来的资料，如果肯仔细的抓寻起来，在唐人传奇文里恐怕还有不少。

第七讲 传奇文

参考书目

一、《太平广记》五百卷　宋太平兴国三年（公元978年）李昉等编，保存古代逸书极多，唐代传奇文的寻求，可以此书为渊薮。明人们所纷纷刊刻者，都不过拾其唾余而已。像其中第四百八十四卷到第四百九十二卷的九卷《杂传记》，即保存了最著名的传奇文不少。又像其中第一百九十三卷到第一百九十六卷的四卷《豪侠》类里，也便保存了本文所叙述的剑侠的故事最多。有明活字印本，谈氏刊本，许自昌刊本，清乾隆间黄氏刊袖珍本，《笔记小说大观》本，扫叶山房石印本。

二、《唐宋传奇集》　鲁迅编，北新书局铅印本。

三、《中国短篇小说集》第一册　郑振铎编，商务印书馆铅印本。

四、通行本的《龙威秘书》，《唐代丛书》（《唐人说荟》）里也有唐传奇文不少，但均不可靠。

五、《中国小说史略》　鲁迅著，可看其中第八篇到第十篇。

六、《古今说海》　明刊本，清嘉庆间刊本，铅印本。

第八讲 宋 词

一、北宋词人

词的黄金时代——北宋词的三期——三期的特色——第一期的作家们：晏殊、欧阳修、范仲淹、张先等——欧阳修词的伪作者刘煇——晏几道、宋祁、王安石——第二期的作家们：柳永、苏轼、秦观、黄庭坚等——黄庭坚的白话词——贺铸、程垓等——赵令畤、王诜——女作家魏夫人——第三期的作家们：周邦彦、吕渭老、向镐、朱敦儒等——皇帝词人赵佶与女作家李清照

一

敦煌俗文学的影响，在北宋的文坛上还未十分显著。我们猜想，这些俗文学、叙事诗、民间歌曲与变文等等，必已在民间十分的流行着，然而文人学士却完全不加以注意。大多数的文人学士却还在那里长歌曼吟着流传于他们的一个阶级及与他们的一个阶级接触最繁的歌妓舞女阶级之间的词，提倡着载道的古文与古来相传的五七言古律诗。词在唐末与五代，已成了文人学士的所有物，民间虽仍在流行着，然已染上了不少的"文"气，加上了不少的雅词丽句，离俗文学的本色日远，换一句话，即离民间的爱好亦日远。他们几乎为文人学士的阶级所独占。他们的不能诉之于诗古文的情绪，他们的不能抛却了的幽怀愁绪，他们的不欲流露而又压抑不住的恋感情丝，总之，即他们的一切心情，凡不

第八讲 宋 词

能写在诗古文辞之上者无不一泄之于词。所以，词在当时是文人学士所最喜爱的一种文体。他们在闲居时唱着，在登临山水时吟着，他们在絮语密话时微讴着，在偎香倚玉时细诵着，他们在欢宴迎宾时歌着，在临歧告别时也唱着。他们可以用词来发"思古之幽情"，他们可以用词来抒写难于在别的文体中写出的恋情，他们可以用词来庆寿迎宾，他们可以用词来自娱娱人。总之，词在这时已达到了她的黄金时代了。作家一作好了词，他便可以授之歌妓，当筵歌唱。"十七八女孩儿按执红牙拍，歌'杨柳岸晓风残月'。"这个情境岂不是每个文人学士都所羡喜的。所以，凡能作词的，无论文士武夫，小官大臣，都无不喜作词。像秦七，像柳三变，像周清真诸人，且以词为其专业。柳三变更沉醉于妓寮歌院之中，以作词给她们歌唱为喜乐。所以我们可以说一句，在词的黄金时代中，词乃是文人学士的最喜用之文体。词乃是与文人学士相依傍的歌妓舞女的最喜唱的歌曲。换言之，词在这个黄金时代中，乃是盛传于文人学士的一个阶级及与文人学士的一个阶级最接近的歌女阶级中的一个文体。到了最后，词之体益尊且贵，且已有了定型，词的生命便日益邻于"没落"了。我们猜想，当时民间或仍流行着唱词的风气，非文人学士的阶级，或仍保存了或模拟着文人学士的唱词的习惯。然而文的词语已日渐的高雅了，词的格调已日渐的艰隐了，词的情绪已日渐的晦暗隐约了。听者固未必深明其义，即唱者也只能依腔照唱而已。所以这一个时代的民间的听词者，或已到了"耳熟其音而心昧其义"之时了。当时的人，往往讥嘲柳三变的词太俗，然而哪一位词人的词，有柳氏的词那样的流行呢？柳氏的词所以能够"有井水饮处，即能歌"之者，正以其词之浅近，能够通俗。其实柳氏已太高雅，其音调虽甚谐俗，其辞语恐已未必为当时民间所能懂得。

综言之，词的黄金时代恰可当于"北宋"的这一个时期。到了北宋以后，词的风韵与气魄便渐渐的近于"日落黄昏"之境了。

二

北宋的词坛，约可分为三个时期。第一个时期是柳永以前。这是晏殊、范仲淹、欧阳修的时代。在这个时代里，《花间》派与二主、冯延巳的影响，尚未能尽脱。真挚清隽是其特色，奔放的豪情却是他们所缺少的。他们只会作《花间》式的短词，却不会作缠绵宛曲的慢调。他们会写："寸寸柔肠，盈盈粉泪，楼高莫近危栏倚，平芜尽处是春山，行人更在春山外"欧阳修《踏莎行》；他们会写："绿酒初尝人易醉，一枕小窗浓睡"晏殊《清平乐》；他们会写："山映斜阳天接水，芳草无情，更在斜阳外"范仲淹《苏幕遮》。他们却不会写："都门帐饮无绪，方留恋处，兰舟催发，执手相看泪眼，竟无语凝咽，念去去千里烟波，暮霭沉沉楚天阔"柳永《雨霖铃》。他们更不会写："便乘兴携将佳丽，深入芳菲里，拨胡琴语，轻拢慢撚总伶俐，看紧约罗裙，急趣檀板，霓裳入破惊鸿起。正颦月临眉，醉霞横脸，歌声悠飏云际。任满头红雨落花飞，渐鹁鸠楼西玉蟾低，尚徘徊未尽欢意"苏轼《哨遍》。

第二个时期是创造的时候。这一个时期是柳永的，是苏轼的，是秦观、黄庭坚的。但柳永的影响在当时竟笼罩了一切，连苏门的"秦七、黄九"也都脱不了他的圈套。东坡的词却为词中的一个别支，在当时没有什么人去仿效，其影响要过了一百余年后才在辛弃疾他们的作品里表现出来。所以这一个时期，我们也可以说她是"柳永的时代"。《吹剑续录》说："东坡在玉堂日，有幕士善歌，因问：'我词比柳耆卿何如？'对曰：'柳郎中词只好十七八女孩儿按执红牙拍，歌杨柳岸晓风残月；学士词须关西大汉执铁绰板，唱大江东去。'公为之绝倒。"按此语大约指东坡《念奴娇》诸词而言。其实东坡词亦多绮丽隽妙者，不尽如"大江东去"之朴质有若史论。柳永词每谐于音律，东坡词则为"曲子内缚不住者"。然这两位大作家，亦有一个同点，即二人皆注意于慢词，皆趋于豪放宛曲的一途。这是他们与第一个时期中诸作家的不同之点。又，第一期多用旧调，而这一期则多自行创作新调，以便唱歌。前期的诸大家往往非音律家，而这一期中的大家柳永便是一位深通于音律的人。所以他能够写许多慢词，他能够创许多新调。

第三个时期是深造的时期，也可以说是周美成的时代。在这一个时期里，音律更为注重，"曲子内缚不住"的作品已经是绝无仅有的了。新的歌调仍在创造，而第二期的豪迈不羁的精神则渐渐的不见了。综言之，第三期的精神，可以称她为循规蹈矩的时代。第一期的清隽健朴的

第八讲 宋 词

特质，他们是没有的，第二期奔放雄奇的特色，他们又是没有。他们的特质是严守音律，是日益趋于修斫字句，即在严格的词律之中，以清丽婉美之辞章，写出他们的心怀。他们实开辟了南宋词人的先路。但在这一期的最后，却有两个大词人出现，其精神与作风却与周美成他们不同，这两个大词人是：皇帝词人赵佶，与女流作家李清照。宋徽宗词近似李后主。清照的词则回复到第二期的豪放，而不流入粗鄙，有第一期的清隽，而又具豪情逸思，实是这一期里最大的一个词人。

三

第一期的大作家，当以晏殊、欧阳修、范仲淹、张先为首。但他们的崛起，离五代词人的最后几个，已经是近一百年了。北宋的初年，东征西讨，人不离骑，马不离鞍，注意于词者绝少。及曹彬、潘仁美他们削平了诸国，构成了大一统的局面以后，降王降臣奔凑于皇都，文化的事业大为发达。又有《太平御览》《太平广记》《文苑英华》的编纂，似乎词坛应该很热闹的了。然而当时的词的作者，除了降王李煜，降臣欧阳炯等之外，却没有什么新兴的作家。我们与其以李煜、欧阳炯等为盛代的先驱，还不如以他为"残蝉的尾声"为更妥切些。真实的一个大时代的先驱，乃是晏殊他们，而非李煜他们。

在晏殊之前，有几个词人，应一为叙及。徐昌图，莆阳人，宋太祖时守国子博士，后迁至殿中丞。他的词不多，然如《临江仙》之"残灯孤枕梦，轻浪五更风"诸语，也很美隽。潘阆字逍遥，有《逍遥词》《逍遥词》有《四印斋汇刻宋元三十一家词》本，仅存《酒泉子》十首，皆咏杭州西湖的景色者。有几首写得很好。如"别来几向画阑一作图看，终是欠峰峦"，"三三两两钓鱼舟，岛屿正清秋"，"寒鸦日暮鸣还聚"之类，皆可称得起是"好句"。寇准的词，未脱《花间》的衣钵，但较为浅露。王禹偁在北宋初，乃是一位很重要的五七言诗作者。他偶作小词，也颇有意绪。像《点绛唇》，可为一例：

雨恨云愁，江南依旧称佳丽。
水村渔市，一缕孤烟细。

天际征鸿，遥认行如缀。

平生事，此时凝睇，谁会凭栏意。

钱惟演虽为降王之子，居大位，然而他的小词却甚为动人，不失为一位很好的诗人。他的《玉楼春》："城上风光莺语乱，城下烟波春拍岸。……情怀渐变成衰晚，鸾镜朱颜惊暗换。昔年多病厌芳樽，今日芳樽惟恐浅。"黄叔旸谓："此暮年作，词极凄惋。"但第一个大词人有意于为词，且为之而工者当推晏殊。

晏殊见《东都事略》卷五十六，《宋史》卷三百十一字同叔，江西抚州临川人。他是一个大天才，七岁便能文。"景德初以神童荐。召与进士千余人并试庭中。殊神气不慑，援笔立就，赐进士出身"《宋史》本传。帝且使他尽读秘阁书。每有咨访，率用方寸小纸，细书问之。后事仁宗，尤加信爱。仕至观文殿大学士卒991—1055。他的生平可算是"花团锦簇"的一位诗人生活。他卒后，赠谥元献。当时知名之士如范仲淹、孔道辅、欧阳修皆出其门。性刚峻，遇人以诚。一生自奉如寒士。"为文赡丽，尤工诗，闲雅有情意"《宋史》本传。有集二百四十余卷今存《晏元献遗文》一卷，有《四库全书》本，《宜秋馆汇刻宋人集乙编》本（宜秋馆本附《补编》三卷）。然他的最大的成功，他的诗人的真面目，却完全寄托在他的词中。他的诗不足以代表他，他的散文更不足以表现他。他的《珠玉词》有汲古阁刊《宋六十家词》本虽仅一百数十首，却完全把这位"花团锦簇"，钟鸣鼎食的"诗人大臣"的本来面目表现出来了。人生什么都能够看得透，只有恋情是参不破的，什么都能够很容易的志得意满，惟有恋情却终似明月般的易缺难圆。晏殊在这一方面似乎也是深尝着她的滋味的。他的儿子几道曾说道："先君平日小词虽多，未尝作妇人语也。"但这话是不对的。"月好谩成孤枕梦，酒阑空得两眉愁，此时情绪悔风流"《浣溪沙》；"为我转回红脸面"同上；"且留双泪说相思"同上；"落花风雨更伤春，不如怜取眼前人"同上；"鬓亸欲迎眉际月，酒红初上脸边霞，一场春梦日西斜"同上；"东城南陌花下，逢著意中人"《诉衷情》；"何况旧欢新宠阻心期，满眼是相思"《凤衔杯》；"未知心在阿谁边？满眼泪珠言不尽"《玉楼春》；"当时轻别意中人，山长水远知何处"《凤衔杯》；"消息未

第八讲 宋　词

知归早晚，斜阳只送平波远"《蝶恋花》；"浓睡觉来莺乱语，惊残好梦无寻处"同上；"昨夜西风凋碧树，独上高楼，望尽天涯路"同上；"那堪更别离情绪，罗巾掩泪，任粉痕沾污，争奈向千留万留不住"《碟人娇》，这些都不是"情语"么？同叔之未脱这些妇人语，正足见其未脱尽《花间》派的衣钵。《贡父诗话》说："元献尤喜冯延巳歌词，其所自作亦不减延巳乐府。"他的成就的高处，确足以闯入延巳之室。

同时的词人范仲淹见《东都事略》卷五十九，《宋史》卷三百十四，其词存者不过寥寥几首，却无一首不是清隽绝伦。仲淹字希文，吴县人，大中祥符八年进士。仕至枢密副使，参知政事。卒谥文正989—1052。有集《文正集》二十卷，别集四卷，补编五卷，有岁寒堂刊本，《四库全书》本。又《范文正集》九卷，有《正谊堂丛书》本。又《范文正公诗余》一卷，有《彊村丛书》本。像下面的二词，都是使我们读之惟恐其尽的：

> 碧云天，黄叶地，
> 秋色连波，波上寒烟翠。
> 山映斜阳天接水，芳草无情，更在斜阳外。
>
> 黯乡魂，追旅思，
> 夜夜除非，好梦留人睡。
> 明月楼高休独倚，酒入愁肠，化作相思泪。
>
> ——《苏幕遮·怀旧》

> 塞下秋来风景异，衡阳雁去无留意，
> 四面边声连角起。
> 千嶂里，长烟落日孤城闭。
>
> 浊酒一杯家万里，燕然未勒归无计，
> 羌管悠悠霜满地。
> 人不寐，将军白发征夫泪。
>
> ——《渔家傲·秋思》

欧阳修有《六一居士词》《六一词》有汲古阁刊《宋六十家词》本。又《欧阳文忠公近体乐府》三卷，及《醉翁琴趣外编》六卷，有《双照楼景宋元明词》本。我们在他的散文中，只见到他是一位道貌俨然的无感情的学者；在他的五七言诗中，我们也很难看出他是怎样富于感情的一位诗人。但在他的词中，却不意将他的道学假面具全都卸下来了。他活泼泼的、赤裸裸的将他的诗人生活，表现在我们之前。"莲子与人长厮类，无好意，年年苦在中心里"；"天与多情丝一把，谁厮惹，千条万缕萦心下"；"脉脉横波珠泪满，归心乱，离肠便逐星桥断"以上皆《渔家傲》。我们可想见他的恋情，也必是有一段苦趣的。宋人小说里，因有永叔盗甥之说。王铚《默记》载永叔的《望江南》，他说："奸党因此诬公盗甥。公上表自白云：丧厥夫而无托，携孤女以来归。张氏此时，年方十岁。钱穆父素恨公，笑曰：此正学簸钱时也。欧知贡举，下第举人，复作《醉蓬莱》讥之。"此说在当时流传一定很盛，所以许多人竭力为他辨明。陈质斋说："欧阳公词，多有与《花间》《阳春》相混。亦有鄙亵之语厕其中。当是仇人无名字所为也。"罗长源说："公尝致意于《诗》，为之本义，温柔宽厚，所得深矣。今词之浅近者，前辈多谓是刘煇伪作。"我们看，在《醉翁琴趣外编》里，有许多为《六一词》所不收的词，很可怪，像："更问假如事还成后，乱了云鬟，被娘猜破"《醉蓬莱》；"空泪滴，真珠暗落。又被谁，连宵留著？不晓高天甚意：既付与风流，却恁薄情！细把身心自解，只与猛拚却。又及至，见来了，怎生教人恶"《看花回》；"相思字一时滴损，便直饶伊家总无情，也拚了一生，为伊成病"《洞仙歌令》；"才会面，便相思，相思无尽期。这回相见好相知，相知已是迟"《阮郎归》。这似和《六一词》的作风，太不相同了，显然不是出于同一词人的手笔。当便是所谓刘煇的伪作罢。但这一类的词，实在不坏，在《花间》《阳春》罢，我们找不到那末真情而朴质的东西。假如果是刘煇所作，则他也当是一位大词人了。或他仅是集了当时的民歌也难说。像《六一词》里的：

柳外轻雷池上雨，雨声滴碎荷声，小楼西角断虹明。
阑干倚处，待得月华生。

第八讲 宋 词

燕子飞来窥画栋，玉钩垂下帘旌，凉波不动簟纹平。
水精双枕，旁有堕钗横。

——《临江仙》

和刘煇之作？较之，当然立刻便可见到其不同来的。

张先见谈钥《吴兴志》字子野，吴兴人，为都官郎中 990—1078。有《安陆词》一卷《安陆集》一卷附录一卷，有葛氏刊本，又有扬州诗局刊本。《张子野词》一卷，有《名家词》本（《粟香室丛书》）。又二卷补遗二卷，有《知不足斋丛书》本及《彊村丛书》本。先与柳永齐名。《古今诗话》载有一段故事："有客谓子野曰：人皆谓公张三中，即心中事，眼中泪，意中人也。公曰：何不目之为张三影？客不晓。公曰：云破月来花弄影；娇柔懒起，帘压卷花影；柳径无人，堕飞絮无影。此余平生所得意也。"而"三影"中尤以"云破月来花弄影"为最著于人口，其全文如下：

水调数声持酒听，午醉醒来愁未醒。送春春去几时回？
临晚镜，伤流景，往事后期空记省。

沙上并禽池上暝，云破月来花弄影。重重帘幕密遮灯。
风不定，人初静，明日落红应满径。

——《天仙子》

在先的小词里，有许多句子真是娇媚欲泛出纸面，像"闻人话著仙卿字，瞋情恨意还须喜。何况草长时，酒前频见伊"《菩萨蛮》；"牡丹含露真珠颗，美人折向帘前过。含笑问檀郎：花强妾貌强？檀郎故相恼，刚道花枝好。花若胜如奴，花还解语无"《菩萨蛮》；"密意欲传，娇羞未敢。斜偎象板还偷瞰。轻轻试问借人么？佯佯不觑云鬟点"《踏莎行》诸语，哪一个字不是若十七八女郎之倩笑的。他亦间作慢词，却都未见得好。他有技巧而没有豪迈奔放的气势，有纤丽而没有健全创造的勇力，仍是第一期的词人。

更有几个人也可附在第一期中。晏几道字叔原，殊幼子，监颍昌许田镇。有《小山词》《小山词》有汲古阁刊《宋六十家词》本，又有晏端书刊本。黄庭坚称其词能"寓以诗人之句法，清壮顿挫，能动摇人心"。后来论者亦称其词聪俊，出入于温、韦之间，而尤胜于大晏，程叔彻说："伊川闻诵晏叔原'梦魂惯得无拘检，又踏杨花过谢桥'，笑曰：'鬼语也。'意亦赏之。"他是一个十足的诗人，所以"常欲轩轾人，而不受世之轻重"。虽因此不得在上位，而词亦因此日工。像：

彩袖殷勤捧玉钟，当年拚却醉颜红。
舞低杨柳楼心月，歌尽桃花扇底风。

从别后，忆相逢，几回魂梦与君同。
今宵剩把银釭照，犹恐相逢是梦中。

——《鹧鸪天》

可作为他的代表作。

宋祁 宋祁见《宋史》卷二八四 字子京，安州安陆人。天圣中进士。累官翰林学士承旨。卒赠尚书，谥景文 998—1061。有《出麾小集》《西洲猥稿》。子京词名甚著，然其词传者不多，像《玉楼春》：

东城渐觉风光好，
縠绉波纹迎客棹。
绿杨烟外晓寒轻，
红杏枝头春意闹。

浮生长恨欢娱少，
肯爱千金轻一笑，
为君持酒劝斜阳，
且向花间留晚照。

最为脍炙人口，竟使他得了"红杏枝头春意闹尚书"之号。

| 第八讲　宋　词 |

王安石有词一卷《临川先生歌曲》一卷,《补遗》一卷,有《彊村丛书》本。以他这样的一位用世的名臣,宜乎气格与别的词人们不同。他的词脱尽了《花间》的习气,推翻尽了温、韦的格调,另自有一种桀傲不群的气韵,足为苏、辛作先驱。像《桂枝香》,是其一例:

> 登临送目,
> 正故国晚秋,天气初肃。
> 千里澄江似练,
> 翠峰如簇。
> 征帆去棹残阳里,
> 背西风酒旗斜矗。
> 彩舟云淡,
> 星河鹭起,
> 画图难足。
>
> 念往昔繁华竞逐,
> 叹门外楼头,
> 悲恨相续。
> 千古凭高,
> 对此谩嗟荣辱。
> 六朝旧事随流水,
> 但寒烟芳草凝绿。
> 至今商女,
> 时时犹唱《后庭》遗曲。

其实安石的词,也尽有十分清隽的,像:"晚来何物最关情,黄鹂三两声"《菩萨蛮》;"尘不到,时时自有春风扫"《渔家傲》;"山桃溪杏两三栽,为谁零落为谁开"《浣溪沙》诸语。也尽有许多深情缱绻的,如"而今误我秦楼约,梦阑时,酒醒后,思量着"《千秋岁引》;"红笺寄与烦恼,细写相思多少。醉后几行书字小,泪痕都揾了"《谒金门》。

四

第二期的词，是慢词最盛的时代。柳永虽未必为慢词的创造者，却是慢词的代表人。与他抗立的大词人是苏轼。轼的门下，如秦七_观、黄九_{庭坚}等，都是很受永的影响的。所以我们可以说，这一期是柳永及其跟从者的时期。

苏轼可以说是"非职业"的词人，柳永则为"职业的"词人。苏轼的一生，爱博而无所不能，以其绝代的天才，雄长于当时的"词坛"、诗坛、文坛。然柳永的一生，却专精于"词"。他除词外没有著作，他除词外没有爱好，他除词外没有学问。相传宋仁宗留意儒雅，深斥浮艳虚华之文。永则好为淫冶之曲，传播四方。尝有《鹤冲天》词云："忍把浮名，换了浅斟低唱。"及临轩放榜时，特落之，说道："且去浅斟低唱吧，何要什么浮名。"其后，他另改了一个名字，方才得中。永的初名是三变，字耆卿，乐安人。景祐元年进士。官至屯田员外郎，故世号"柳屯田"。有《乐章集》《乐章集》一卷，有汲古阁刊《宋六十家词》本。又三卷，《续添曲子》一卷，有《疆村丛书》本。他的一生生活，真可以说是在"浅斟低唱"中度过的。他的词大都在"浅斟低唱"之时写成了的。他的灵感大都是发之于"倚红偎翠"的妓院中的，他的题材大都是恋情别绪，他的作词大都是对妓女少妇而发的，或代少妇妓女而写的。他的文辞因此便异常浅近谐俗，深投合于妓女阶级的口味，为这些妓女阶级所能传唱，所能口唱而心知其意，所能欣赏而深知其好处，所能受感动而怅惘不已。所以他的词才能流传极广，"凡有井水饮处，即能歌柳词"。但颇为学人所鄙。李端叔说："耆卿词，铺斜展衍，备足无余。较之《花间》所集，韵终不胜。"孙敦立说："耆卿词虽极工，然多杂以鄙语。"黄叔旸说："耆卿长于纤艳之词，然多近俚俗。"对于他的能谐俗之一点，大约是当时的许多词人所同意诉病于他的。例如"平生自负风流才调，口儿里道知张、陈、赵……阎罗大伯曾教来道，人生但不须烦恼，遇良辰，当美景，追欢买笑"《传花枝》，"几多狎客看无厌，一辈舞童功不到……而今长大懒婆娑，只要千金酬一笑"《木兰花》之类，诚不免于鄙俗无诗趣。然他的词格却不止于这个境地。这些原是他的最下乘的东西。他的名作，其蕴藉动人处，真要"十七八女孩儿按执红牙拍"

第八讲 宋 词

以唱之，才能尽达得出来的。苏轼曾拈出"霜风凄紧，关河冷落，残照当楼"，以为"唐人佳处，不过如此"。他的情调，几乎是千篇一律的"羁旅悲怨之辞，闺帷淫媟之语"。然千篇的情调虽为一律，千篇的辞语却未有相同的。他的词，百变而不离其宗的是旅思闺情。然却能以千样不同的方法，千样不同的辞意传达之，使我们并不觉得他们的重复可厌。我们如果读《花间》《尊前》过多，往往有雷同冗复之感。在柳永的《乐章集》中，这个缺点，他却常能很巧妙的避去了。这是他的慢词最擅长之一点，也是他的最足以使我们注意的一点。我们试读下面的几首词：

> 洞房记得初相遇，便只合长相聚。
> 何期小会幽欢、变作离情别绪。
> 况值阑珊春色暮，对满目乱花狂絮。
> 直恐好风光，尽随伊归去。
>
> 一场寂寞凭谁诉？算前言总轻负。
> 早知恁地难拚，悔不当时留住。
> 其奈风流端正外，更别有系人心处。
> 一日不思量，也攒眉千度。
>
> ——《昼夜乐》

> 寒蝉凄切，对长亭晚，骤雨初歇。
> 都门帐饮无绪，方留恋处，兰舟催发。
> 执手相看泪眼，竟无语凝噎。
> 念去去千里烟波，暮霭沉沉楚天阔。
>
> 多情自古伤离别，更那堪冷落清秋节。
> 今宵酒醒何处？杨柳岸晓风残月。
> 此去经年，应是良辰好景虚设。
> 便纵有千种风情，更与何人说。
>
> ——《雨霖铃》

耆卿词的好处，在于能细细的分析出离情别绪的最内在的感觉，又能细细的用最足以传情达意的句子传达出来。也正在于"铺叙展衍，备足无余"。《花间》的好处，在于不尽，在于有余韵。耆卿的好处却在于尽，在于"铺叙展衍，备足无余"。《花间》诸代表作，如绝代少女，立于绝细绝薄的纱帘之后，微露丰姿，若隐若现，可望而不可即。耆卿的作品，则如初成熟的少妇，"偎香倚暖"，恣情欢笑，无所不谈，谈亦无所不尽。所以五代及北宋初期的词，其特点全在含蓄二字，其词不得不短隽。北宋第二期的词，其特点全在奔放铺叙四字，其词不得不繁辞展衍，成为长篇大作。这个端乃开自耆卿。

耆卿的影响极大。秦少游本以短隽擅场，却也逃不了耆卿的范围。《高斋词话》说："少游自会稽入都，见东坡。东坡曰：'不意别后，公却学柳七作词。'少游曰：'某虽无学，亦不至如是。'东坡曰：'销魂当此际，非柳七语乎？'"少游至此，也只好愧服了。少游如此，其他更可知了。东坡词虽取境取意与柳七绝异，然在奔放铺叙一方面，当也是暗受耆卿势力的笼罩的。

苏轼的影响，在当时虽没有柳七大，然实开了南宋的辛、刘一派，成为词中的一个别支。故论者每以为东坡的小词似诗；又以为东坡"以诗为词，如雷大使之舞，虽极天下之工，要非本色"^{陈师道语}。东坡他自己也尝说："生平有三不如人。"谓著棋、吃酒、唱曲也。他的词"虽工而多不入腔，盖以不能唱曲故耳"。晁补之也说："东坡居士词，人谓多不谐音律。然横放杰出，自是曲子中缚不住者。"但东坡词实有两个不同的境界。这两个境界，固不同于《花间》，也有异于柳七。一个境界是"横放杰出"，不仅在作"诗"，直是在作史论，在写游记。例如《念奴娇》：

  大江东去，浪淘尽千古风流人物。
  故垒西边，人道是三国周郎赤壁。
  乱石穿空，惊涛拍岸，卷起千堆雪。
  江山如画，一时多少豪杰。

第八讲 宋　词

> 遥想公瑾当年，小乔初嫁了，雄姿英发。
> 羽扇纶巾谈笑间，强虏灰飞烟灭。
> 故国神游，多情应笑我早生华发。
> 人生如梦，一尊还酹江月。

以及如"老夫聊发少年狂，左牵黄，右擎苍"《江城子》，"荷蒉过山前，曰，有心也哉此贤"《醉翁操》诸词皆是。这一个境界，所谓"横放杰出"者，诚不是曲中所能缚得住的。不过像《减字木兰花》："贤哉令尹，三仕已之无喜愠。我独何人，犹把虚名玷摺绅。不如归去，二顷良田无觅处。归去来兮，待有良田是几时？"却有点过于枯瘠，无丝毫诗意含蓄着，乃是他的词最坏的一个倾向。

然东坡的词境，还有另一个境地，另一种作风。这便是所谓"清空灵隽"作品。这使东坡成了一个绝为高尚的词人。黄庭坚谓东坡的《卜算子》一词："语意高妙，似非吃烟火食人语。"胡寅谓："词在东坡，一洗绮罗香泽之态，使人登高望远，举首浩歌，超乎尘埃之外。于是《花间》为皂隶，柳氏为舆台矣。"张炎说："东坡词，清丽舒徐处，高出人表，周、秦诸人所不能到。"这些好评，非在这一个境界里的词，不足以当之。像：

苏轼像

苏轼（1037—1101），字子瞻，又字和仲，号"东坡居士"，豪放派词人代表。苏轼开辟了豪放词风，同辛弃疾并称为"苏辛"。

> 缺月挂疏桐，漏断人初静。
> 时见幽人独往来，缥缈孤鸿影。
>
> 惊起却回头，有恨无人省。
> 拣尽寒枝不肯栖，寂寞沙洲冷。
> ——《卜算子》

冰肌玉骨，自清凉无汗。
水殿风来暗香满。
绣帘开，一点明月窥人，
人未寝，欹枕钗横鬓乱。

起来携素手，庭户无声，
时见疏星渡河汉。
试问夜如何？夜已三更。
金波淡，玉绳低转。
但屈指西风几时来，又不道流年暗中偷换。

——《洞仙歌》

读了这一类的词，我们还忍说他须"关西大汉"执铜琵琶，铁绰板来唱么？还忍责备他不谐音律么？将这些清隽无伦的诸词，杂置于矫作"绮罗香泽之态"的诸词中，真如逃出金鼓喧天的热闹场，而散步于"一天凉月清于水"，树影倒地，花香微闻的僻巷，其隽永诚可久久吟味的。他的词集，有《东坡居士词》《东坡词》一卷，有汲古阁刊《宋六十家词》本。《东坡乐府》二卷，有《四印斋所刻词》本，《彊村丛书》本（三卷），又有林大椿校本（商务）。又《苏辛词》，叶绍钧选注，有《学生国学丛书》本（商务）。

五

黄庭坚、秦观、晁补之、张耒四人，被称为苏门四学士。然在词一方面，他们四个人，差不多都可以说不曾受过东坡什么影响。庭坚自有其独到之处。观则杂受《花间》、柳七之流风而融冶之于一炉。晁、张二人则间有可喜的隽语而已，并不是什么大家。

黄庭坚见《东都事略》卷一百十六《文艺传》，《宋史》卷四百四十四《文苑六》。1045—1105 有《山谷词》《山谷词》一卷，有汲古阁刊《宋六十家词》本。又《山谷琴趣外篇》三卷，有《涉园景宋金元明词续刊》本。他的词，可分为两个完全不同的方面。第一方面是传统的作品，第二方面却是他自己所大胆特创的作风。他的传统的词，颇有人批评之，如晁补之所谓："黄

第八讲 宋 词

鲁直小词固高妙，然不是当行家语，是著腔子诗。"至于第二方面的作品，论者则直以"时出俚浅，可称伧父"_{陈师道语}二语抹杀之而已。但像"银灯生花如红豆，占好事如今有。人醉曲屏深，借宝瑟轻招手。一阵白藏风，故灭烛教相就"《忆帝京》云云，即在一般传统的作品中也不能不算是佳作。若他的第二方面的特创之作，则恐怕除了当时的俗客歌伎之外，所谓雅士文人是再也不会赏识她们的了。在这方面的作品里，他尽量的引用了当时的方言俗语入词，更尽量的模拟着当时流行的民歌的作风。他的大胆的解放，可说是"词史"上所未曾有的。柳永曾被论者同声称为"鄙俗"，然《乐章集》中引用俗语方言之处，如庭坚之"奴奴睡也奴奴睡"《千秋岁》，"有分看伊，无分共伊宿，一贯一文跷十贯，千不足，万不足"《江城子》诸句，却从来不曾见过。永的词，毕竟还是文人学士的词。若庭坚的词，则真为一般市井人所完全明白，所完全知道其好处者。

> 对景还销瘦，被个人把人调戏，我也心里有。
> 忆我又唤我，见我唤我。天甚教人怎生受！
>
> 看承幸厮勾，又是樽前眉峰皱。
> 是人惊怪，冤我忒撊就，拚了又舍了，一定是这回休了。
> 及至相逢又依旧。
>
> ——《归田乐引》

更有许多首，杂着好些北宋时代的方言俗语，非今日所能解，只好不引之了。他有时也染着最坏的民歌的习气，以文字为游戏。例如："你共人女边著子，争知我门里挑心"《两同心》；"似合欢桃核，真堪人恨，心儿里有两个人人"《少年心》。"女边著子"是"好"字，"门里挑心"是"闷"字，"人"字盖即"仁"字的谐音。庭坚自言，法秀道人曾诫他说："笔墨劝淫，应堕犁舌地狱。"他答曰："不过空中语耳。"他又说，晏几道词较他尤为纤淫，应堕何等地狱！其实几道的情语恋辞，哪里有他那末样的深刻。

秦观1049—1100有《淮海词》《淮海词》一卷，有汲古阁刊《宋六十家词》

本。又《淮海居士长短句》三卷，有《彊村丛书》本。晁补之说："近来作者皆不及少游。如'斜阳外，寒鸦数点，流水绕孤村'，虽不识字人亦知是天生好言语。"蔡伯世说："子瞻辞胜乎情，耆卿情胜乎辞，辞情相称者惟少游而已。"然他的气魄却没有耆卿大，他的韵格却没有子瞻高，在大胆创造一方面，他的能力，竟也没有鲁直那末雄厚。他是一个谨慎小心的作者，是一个深刻尖峻的诗人，最善于置景借辞，遣情使语的。他的小令，受《花间》及第一期作家的影响很深，确有许多不可磨灭的名言隽语，足以令人讽吟不已，像：

> 遥夜沉沉如水，风紧驿亭深闭。
> 梦破鼠窥灯，霜送晓寒侵被。
> 无寐，无寐，门外马嘶人起。
>
> ——《忆仙姿》

他的慢词，则颇受影响于柳永；子瞻曾经指出，他自己也曾默认。但他的慢词毕竟不是柳永的；他自有一种婉约轻圆的作风，为永所不能及。今试举一例如下：

> 山抹微云，天粘衰草，画角声断谯门。
> 暂停征棹，聊共引离尊。
> 多少蓬莱旧事，空回首烟霭纷纷。
> 斜阳外，寒鸦数点，流水绕孤村。

秦观像

秦观（1049—1100），字少游，一字太虚，别号邗沟居士、淮海居士。秦观是北宋婉约词派的代表，他的词柔婉幽微、哀感凄清，极具抒情性。

第八讲　宋　词

> 销魂当此际，香囊暗解，罗带轻分，
> 谩赢得青楼薄幸名存。
> 此去何时见也，襟袖上空染啼痕。
> 伤情处，高城望断，灯火已黄昏。
>
> ——《满庭芳》

相传少游性不耐聚稿，间有淫章醉句，辄散落青帘红袖间。故今传者并不甚多。

晁补之1053—1101有《鸡肋词》《逃禅词》《晁无咎词》六卷，有汲古阁《琴趣外篇》本，又有《双照楼景宋元明词》本。陈质斋以为补之词，佳者不逊于秦七、黄九。然补之的诗才本不甚高，即其最佳的作品，视之秦七、黄九也实在不及。他没有秦七那末婉约多姿，也没有黄九那末苍劲有力。

张耒1052—1112在元祐诸词人中，作词最少。诸人皆有词集，耒则无之。计其所作，仅《风流子》及《少年游》《秋蕊香》三词传于世而已。然此三词皆甚有风致。像《秋蕊香》：

> 帘幕疏疏风透，一线香飘金兽。
> 朱阑倚遍黄昏后，廊下月华如昼。
>
> 别离滋味浓如酒，令人瘦。
> 此情不及墙东柳，春色年年依旧。

六

这时代的词人如夏云春雨似的绵绵不绝。苏、柳、黄、秦外，更有贺铸、李之仪、陈师道、毛滂、程垓、谢逸、周紫芝、晁冲之、陈克、李廌、王观、张舜民诸家。

贺铸见《东都事略》卷一百十六《文艺传》，《宋史》卷四百四十三《文苑五》字方回，卫州人。元祐中，通判泗州，又倅太平州。退居吴下，自号庆湖遗老1063—1120。有《东山寓声乐府》《东山词》一卷，有《名家词》本（《粟香室丛书》）及《四印斋所刻词》本（多补钞一卷），又有《涉园景宋金元明词续刊》本（残本，仅存上卷）。又同上一卷，《贺方回词》二卷，《东山词补》一卷，有《彊村丛书》本。张耒谓："贺铸《东山乐府》妙绝一世。盛丽如游金、张之堂，妖冶如揽嫱、施之袪，幽索如屈、宋，悲壮如苏、李。"陆游云："方回状貌奇丑，俗谓之贺鬼头。其诗文皆高，不独工长短句也。"铸有小筑，在姑苏盘门之外十余里，地名横塘。方回往来其间，作《青玉案》云：

凌波不过横塘路，
但目送芳尘去。
锦瑟年华谁与度？
月台花榭，绮窗朱户，
惟有春知处。

碧云冉冉蘅皋暮，
彩笔新题断肠句。
试问闲愁都几许？
一川烟草，满城风絮，
梅子黄时雨。

此词盛传于世。后黄庭坚赠以诗云："解道江南肠断句，只今惟有贺方回。"周紫芝云："方回少为武弁。小词有'梅子黄时雨'之句，人呼为贺梅子。"

李之仪见《东都事略》卷一百十六《文艺传》字端叔，无棣人。历枢密院编修官，通判原州。徽宗初，提举河东常平。坐事编管太平。遂居姑熟。有《姑溪词》《姑溪词》有汲古阁刊《宋六十家词》本。他的小词，殊"清婉峭蒨"。毛晋说，之仪的小令"更长于淡语，景语，情语"。之仪的"淡语"或未为当时斗红竞绿的词人们所赏。然像《卜算子》："我住长江头，君住长江尾。日日思君不见君，共饮长江水。此水几时休？此恨何时已？只愿君心似我心，定不负相思意。"直是《子夜辞》《读曲歌》中的最好之作。

第八讲 宋 词

陈师道见《东都事略》卷一百十六《文艺传》,《宋史》卷四百四十四《文苑六》有《后山长短句》《后山词》一卷,有汲古阁刊《宋六十家词》本。他自己于词颇自矜许。但实未足以与秦、黄并驱。毛滂字泽民,江山人。尝知武康县,又知秀州。有《东堂词》《东堂词》一卷,有汲古阁刊《宋六十家词》本,《彊村丛书》本。其中,小令特多,但慢词亦有甚工者。程垓字正伯,眉山人,为东坡中表之戚。有《书舟词》《书舟词》有汲古阁刊《宋六十家词》本。其"沉木熨香年似日,薄云垂帐夏如秋"《望江南》诸语,为《古今词话》所赏;杨慎也甚称其《酷相思》诸作。谢逸字无逸,临川人,第进士。有《溪堂词》《溪堂词》有汲古阁刊《宋六十家词》本。他的《花心动》:"风里杨花轻薄性,银烛高烧心热。香饵悬钩,鱼不轻吞,辜负钓儿虚设。桑蚕到老丝长绊,针刺眼泪流成血。思量起粘枝花朵,果儿难结。"沈天羽谓:"此词句句比方,用《小雅·鹤鸣》篇体也。"周紫芝字少隐,宣城人。举进士。为枢密编修,守兴国。有《竹坡词》《竹坡词》三卷,有汲古阁刊《宋六十家词》本。孙竞序他的词,以为"竹坡乐章,清丽婉曲,非苦心刻意为之"。既非苦心刻意为之,故颇饶自然之趣。像《醉落魄》:

> 江天云薄,江头雪似杨花落。
> 寒灯不管人离索,照得人来,真个睡不着。
>
> 归期已负梅花约,又还春动空飘泊。
> 晓寒谁看伊梳掠?雪满西楼,人坐阑干角。

晁冲之字叔用,一字川道,钜野人,有《具茨集》《具茨集》十五卷,有坊刊本,《海山仙馆丛书》本。他是补之的从兄弟。他的词,也颇有情致。

陈克见《南宋书》卷五十五《文苑传》字子高,临海人,侨寓金陵。元丰间,以吕安老荐入幕府,得官。有《赤城词》《赤城词》一卷,有《赤城遗书汇刊》本,《彊村丛书》本。陈质斋以为"子高词格颇高丽,晏、周之流亚也"。以"高丽"二字评克的词,克诚足以当之无愧。如他的《菩萨蛮》:

绿芜墙绕青苔院，中庭日淡芭蕉卷。
蝴蝶上阶飞，风帘自在垂。

玉钩双语燕，宝甃杨花转。
几处簸钱声，绿窗春梦轻。

其情韵颇清峻。他亦间有感时愤语，像"四海十年兵不解……疏髯浑如雪，衰涕欲生冰……别愁深夜雨，孤影小窗灯"《临江仙》，当是晚年遇乱以后的作品。李鹰见《宋史》四百四十四《文苑六》字方叔，不第，遂绝意进取。定居长社，有《月岩集》。他的词，时有佳句，不同凡响。杜安世字寿域，京兆人，有词一卷《寿域词》一卷，有汲古阁刊《宋六十家词》本。他的《卜算子》："樽前一曲歌，歌里千重意。才欲歌时泪已流；恨更多于泪！试问缘何事，不语浑如醉。我亦情多不忍闻，怕和我成憔悴。"意虽浅近，情却甚深。王观字通叟，官翰林学士。赋应制词，宣仁太后以其近亵谪之。自号逐客。有《冠柳词》。黄昇以为"通叟词名《冠柳》，至《踏青》一词，风流楚楚，又不独冠柳词之上也"。陈质斋则深贬之，以为"逐客词风格不高；以《冠柳》自名，则可见矣"。他当然受了不少柳永的影响，像"晴则个，阴则个，饀饤得天气有许多般。须教撩花拨柳，争要先看，不道吴绫绣袜，香泥斜沁几行斑。东风巧，尽收翠绿，吹上眉山"《庆清朝慢》还不显然的是柳词么？韦骧字子骏，钱塘人。皇祐五年进士。累官尚书主客郎中，夔州路提点刑狱。有词一卷《韦先生词》一卷，有《疆村丛书》本。其作风颇带些激昂豪放之气，显然可见出其为第一二期中间的人物。那时《花间》的影响已微，柳、苏的变调方始，像韦氏那样的疏畅明白的小词，恰正是"及时当令之作"。

生可意，只说功名贪富贵。
遇景开怀，且尽生前有限杯。

韶华几许，鹈鴂声残无觅处。

第八讲 宋 词

莫自因循，一片花飞减却春。

——《减字木兰花》

张舜民见《东都事略》卷九十四，《宋史》卷三百四十七字芸叟，邠州人。元祐初，除监察御史。徽宗朝为吏部侍郎。以龙图阁待制，知同州。坐元祐党，贬商州卒。舜民自号浮休居士，又号矴斋。娶陈师道之姊。有《画墁集》，词附《画墁词》一卷，有《彊村丛书》本。他"为文豪重，有理致。最刻意于诗。晚年为乐府百余篇。自序云：年逾耳顺，方敢言诗。百世之后，必有知音者"《郡斋读书志》。

宗室贵戚能词者，在这个时代亦甚多。如安定郡王赵令畤及驸马都尉王诜等，皆是当代很著名的作家。令畤字德麟，燕懿王玄孙。元祐中，签书颍州公事，历右朝请大夫。后为宁远军承宣使，同知行在大宗正事。有《聊复集》。德麟词轻圆娇憨，很有些传诵人口之作。尝夜过东坡家，饮梅花下，曾有题《会真记凤栖梧》云："锦额重帘深几许，只是低头，怕受他人顾。强出娇嗔无一语，绛绡频掩酥胸素。"

王诜附见《宋史》卷二百五十五《王全斌传》中字晋卿，太原人，徙开封，尚英宗女魏国大长公主。历官定州观察使，开国公，驸马都尉。谥荣安。黄庭坚以为："晋卿乐府清丽幽远，工在江南诸贤季孟之间。"他有歌姬名啭春莺。他得罪外谪，姬为密县人所得。晋卿南还至汝阴道中，闻歌声，曰："此啭春莺也。"访之，果然。因赋诗云："佳人已属沙咤利，义士曾无古押衙。"寻复归晋卿。晋卿尝作《忆故人》："烛影摇红向夜阑，乍酒醒心情懒。尊前谁为唱阳关，离恨天涯远"云云。徽宗喜其词意，遂令大晟府别撰腔。周邦彦增益其词，即名为《烛影摇红》。

又有妇人作家魏夫人，所作词殊为蕴藉秀媚，朱熹道："本朝妇人能文者惟魏夫人及李易安二人而已。"夫人，襄阳人，道辅之姊，曾布丞相之妻，封鲁国夫人。《雅编》云："魏夫人有《江城子》《卷珠帘》诸曲，脍炙人口。其尤雅正者则《菩萨蛮》……深得《国风·卷耳》之遗。"《词林纪事》引

七

第三期是北宋词的成熟期。慢词到此，已成了最流行的一体，在意境上，在情调上，皆已无所增长。于是只好在遣辞用句上着意，只好在音律上留心，只好在模写物态上用力。这一期，周邦彦的影响笼罩了一切。

周邦彦见《东都事略》卷一百十六《文艺传》,《宋史》卷四百四十四《文苑六》字美成，钱塘人。历官秘书监。进徽猷阁待制，提举大晟府，出知顺昌府，徙处州卒。有《清真集》《片玉词》二卷，补遗一卷，有汲古阁刊《宋六十家词》本，又《西泠词萃》本。又《清真词》二卷附集外词一卷，有《四印斋所刻词》本。又《详注片玉集十卷》，有《涉园景宋金元明词续刊》本。又《周姜词》，叶绍钧选注，有《学生国学丛书》本（商务）。强焕序其词道："美成词摹写物态，曲尽其妙。自题所居曰顾曲堂。"邦彦以进《汴都赋》得官。提举大晟府时，每制一词，名流辄为赓和。方千里及杨泽民全和之，或合为《三英集》行世。美成与汴妓李师师恋着，师师欲委身而未能。一夕，徽宗幸师师家，美成仓卒不能出，匿复壁间，遂制《少年游》以纪其事。徽宗知而谴发之。师师饯送他，美成复作《兰陵王》词，有"长亭路，年去岁来，应折柔条过千尺"之句。师师于徽宗前歌之。徽宗即复招他回来。自此便很宠待他。美成词大抵皆"圆美流转如弹丸"。长调尤善铺叙，富艳精工，纡徐反复，能道尽所蓄之意，而下字用韵又皆有法度。故沈伯时说："作词当以《清真集》为主。"后人以美成词为圭臬的真是不少。然他每用唐人诗语，檃括入律。刘潜夫说："美成颇偷古句。"张叔夏说："美成词浑厚和雅，善于融化诗句。"这一点颇足以见出他想像的枯窘。然他虽偷古句，而每使人仍觉其新鲜可喜。像《六丑》：

正单衣试酒，恨客里光阴虚掷。

愿春暂留；春归如过翼，一去无迹。

为问家何在？夜来风雨，葬楚宫倾国。

钗钿堕处遗香泽，乱点桃蹊，轻翻柳陌，多情为谁追惜？

但蜂媒蝶使时叩窗槅。

第八讲 宋　词

> 东园岑寂，渐蒙笼暗碧，静绕珍丛底，成叹息。
> 长条故惹行客，似牵衣待话，别情无极。
> 残英小，强簪巾帻，终不似一朵钗头颤袅，向人欹侧。
> 漂流处，莫趁潮汐；恐断鸿尚有相思字，何由见得。

可算是他的典型之作。

同时的作家，有晁端礼、万俟雅言、吕渭老、向子諲、曹组、蔡伸、赵长卿、叶梦得、向镐、王灼、陈与义、吴则礼诸人。

晁端礼字次膺，熙宁六年进士。晚以承事郎为大晟府协律，有《闲适集》。万俟雅言自号词隐，崇宁中充大晟府制撰，与晁端礼按月律进词，有《大声集》。吕渭老一作滨老字圣求，秀州人，宣和末朝士。有《圣求词》《圣求词》一卷，有汲古阁刊《宋六十家词》本。赵师秀说："圣求词婉媚深窈，视美成、耆卿伯仲。"杨慎谓："吕圣求在宋不甚著名，而词极工……诸调佳处不让少游。"

向子諲见《宋史》卷三百七十七，《南宋书》卷十八字伯恭，临江人。建炎初，直龙图阁，江淮发运副使。为黄潜善所斥。后迁户部侍郎 1086—1153。他自号芗林居士，有《酒边集》《酒边集》一卷，有《双照楼景宋元明词》本。又二卷本，汲古阁刊（《宋六十家词》）。胡致堂说："芗林居士步趋苏堂，而哜其胾者也。"以今观之，他的词实在是追随东坡不上；但有一个好处，便是不刻琢。像《鹧鸪天》：

> 说者分飞百种猜，泥人细数几时回。
> 风流可惯长孤冷，怀抱如何得好开。
>
> 垂玉箸，下香阶，并肩小语更兜鞋。
> 再三莫遣归期误，第一频教入梦来。

曹组字元宠，颍昌人，宣和三年进士。有宠于徽宗，曾赏其《如梦令》："风弄一枝花影"，及《点绛唇》："暮山无数，归雁愁边度"句。蔡伸字仲道，莆田人，宣和中，官彭城倅。历左中大夫。有《友古词》

《友古词》一卷，有汲古阁刊《宋六十家词》本。伸喜引古句入词，往往是生硬不化。赵长卿自号仙源居士，南丰宗室，有《惜香乐府》《惜香乐府》二卷，有汲古阁刊《宋六十家词》本。颇多淡而有致的情语，如："人道长眉如远山，山不似长眉好"《卜算子》；"客路如天杳杳，归心特地宁宁"《朝中措》。叶梦得见《宋史》卷四百四十五《文苑七》，《南宋书》卷十九字少蕴，吴县人。绍圣四年进士，除户部尚书，以崇信军节度使致仕1077—1144。有《石林词》《石林词》一卷，有汲古阁刊《宋六十家词》本，叶廷琯刊本。关子东说："叶公妙龄，词甚婉丽。晚岁落其华而实之，能于简淡，时出雄杰，合处不减东坡。"但像他的"叠鼓闹清晓，飞骑引雕弓"《水调歌头》之类，实并不"雄杰"。还是"江南梦断横江渚，浪黏天，葡萄涨绿，半空烟雨"《贺新郎》之类，比较得当行些。向镐字丰之，河内人，有《喜乐词》《喜乐词》有《四印斋汇刻宋元三十一家词》本。他和黄庭坚一样，也颇喜用当时的白话写词，因此，很有些今已不能懂得的句子。像《如梦令》："谁伴明窗独坐？我和影儿两个。灯烬欲眠时，影也把人抛躲。无那，无那，好个恓惶的我。"其作风和时人是格格不相入的。朱敦儒见《宋史》卷四百四十五《文苑七》字希真，洛阳人。少年时以布衣负重名。靖康间，召至京师，不肯就官。南渡后，为秘书省正字。秦桧当国，以他为鸿胪少卿。桧死，他遂废黜。有《樵歌》《樵歌》三卷，有《彊村丛书》本。《樵歌拾遗》，有《四印斋汇刻宋元三十一家词》本。《宋史》本传称他："素工诗及乐府。婉丽清畅。"黄昇称他："天资旷逸，有神仙风姿。"汪叔耕说他的词："多尘外之想；虽杂以微尘，而其清气自不可没。"像《好事近》：

摇首出红尘，醒醉更无时节。
活计绿蓑青笠，惯披霜冲雪。

晚来风定钓丝闲，上下是新月。
千里水天一色，看孤鸿明灭。

乃是他的代表作。王灼字晦叔，遂宁人，有《颐堂词》《颐堂词》一卷，有

| 第八讲 宋 词 |

《彊村丛书》本。他作《碧鸡漫志》《碧鸡漫志》，有《知不足斋丛书》本，对于词的制作，颇有些可存的意见。但他自己所作，却不过"平稳"而已。

陈与义见《宋史》卷四百四十五《文苑七》，《南宋书》卷五十五《文苑传》字去非，本蜀人，后徙居河南叶县。绍兴中，拜翰林学士，知制诰，参知政事1090—1138。有《无住词》《无住词》一卷，有汲古阁刊《宋六十家词》本，《彊村丛书》本。黄昇云："去非词虽不多，语意超绝。识者谓可摩坡仙之垒。"但他的词，实不能"摩坡仙之垒"。像《临江仙》："忆昔午桥桥上饮，坐中都是豪英。长沟流月去无声。杏花疏影里，吹笛到天明"云云，已是最好的例子了。吴则礼字子副，富川人，官至直秘阁，知虢州。晚居豫章，自号北湖居士。有《北湖集》五卷，附词《北湖词》一卷，有《彊村丛书》本。则礼词多慷慨激昂之作，像《江楼令》："凭栏试觅红楼句，听考考城头暮鼓。数骑翩翩度孤戍，尽雕弓白羽。"当已开了辛弃疾的先路。

八

但在这个时代里，如双白玉柱似高出一般词人之上者却有赵佶和李清照二人。

赵佶见《东都事略》卷十至卷十一，《宋史》卷十九至卷二十二。宋徽宗的天才，不下于李煜，其生平际遇，也很有似于李煜。他初期的生活，在极绮丽清闲中度过。他知道如何的享乐。他是一个最好的文人学士，但可惜他却是一位必要担负天下事的皇帝。因此，他一放松了自己，而天下事便弄得不可收拾。金人乘机而入，他遂与他的儿子钦宗一同被虏北去。他后半期的生活，便在北地度过极人世不堪忍受的种种痛苦。他的词集不传，今所有者，皆从时人笔记选本中零星见到。后期的作品尤为寥寥可数。所以我们研究他的作品，最痛苦的便是觉得材料太少。但即就那些少数的作品中，他的天才也已深为我们所认识了《宋徽宗词》一卷，有《彊村丛书》本。他的生活，既有截然不同的两个时期，他的作风与情调，便也有了两个截然不同的方面。在他的第一期倚红偎翠的皇家生活里，他的词是舒缓的，是绮丽的，是乐生的，是"绛烛朱笼相随"，是"龙楼一点玉灯明，箫韶远，高宴在蓬瀛"，是"共乘欢，争忍归来。

疏钟断，听行歌犹在禁街"，是"凤帐龙帘萦嫩风，御座深翠金间绕"。到了他的第二期"终日以眼泪洗面"的俘虏时代，他的情绪便紧张了，便凄凉了，便迫切了；他不再做快乐的梦了，他也学李煜一样的在远离祖国的北地作着悲愤的词：

> 玉京曾忆旧繁华，万里帝王家。
> 琼楼玉殿，朝喧弦管，暮列笙琶。
>
> 花城人去今萧索，春梦绕胡沙。
> 家山何处？忍听羌管，吹彻梅花！
>
> ——《眼儿媚》

这还不与李煜的"无限江山，别时容易见时难"如出一模么？至如佶的《燕山亭》：

> 裁翦冰绡，轻叠数重，冷淡燕脂匀注。
> 新样靓妆，艳溢香融，羞杀蕊珠宫女。
> 易得凋零，更多少无情风雨。
> 愁苦，闲院落，凄凉几番春暮。
>
> 凭寄离恨重重，这双燕何曾会人言语。
> 天遥地远，万水千山，知他故宫何处！
> 怎不思量，除梦里有时曾去。
> 无据，和梦也新来不做！

则似乎比李煜的"还似旧时游上苑，车如流水马如龙"更为深入一重了。

李清照见王鹏运的《易安居士事辑》（附《四印斋所刻词》中的《漱玉词》后）是宋代最伟大的一位女诗人，也是中国文学史上最伟大的一位女诗人。她的词集凡六卷，她的文集也有七卷。今所传的诗词，不过寥寥的数十首而已。这个损失，大有类于希腊之损失了她的最大的女诗人莎

第八讲 宋 词

孚（Sapho）的大部分的作品一样。然即在那些残余的"劫灰"里，仍可充分的见出她的晶光照人的诗才来。她的五七言诗并不甚好；她的歌词却是她的绝调。像她那样的词，在意境一方面，在风格一方面，都可以说是"前无古人，后无来者"。她是独创一格的，她是独立于一群词人之中的。她不受别的词人的什么影响，别的词人也似乎受不到她的什么影响。她是太高绝一时了，庸才的作家是绝不能追得上的。无数的词人诗人，写着无数的离情闺怨的诗词。他们一大半是代女主人翁立言的。这一切的诗词，在清照之前，直如粪土似的无可评价。她自号易安居士，济南人。父名格非，也是一位很有名的文士。母王氏，也能写文章。她于二十一岁时嫁给太学生赵明诚，明诚又是一位文士。他们的家庭生活，据易安的自述，是十分的快乐的。在这个时候，她的词似乎是已达到了最高的境界。所有好词，在这时作的最多。他们结缡未久，明诚便出游。易安寄他之小词很多。有一次她以《重阳醉花阴》词函致明诚。明诚思胜之，一切谢客，废寝忘食者三日夜，得五十余阕，杂易安作以示友人陆德夫。德夫玩诵再三，说道："有三句乃绝佳。"明诚诘之，他道："莫道不消魂，帘卷西风，人比黄花瘦。"正是易安之作！在

〔清〕崔错《李清照像》

　　李清照（1084—1155），号易安居士，南宋女词人。清照文词绝妙，鬼斧神工，被尊为婉约宗主。

金兵南侵之时，他们流徙四方以避之，家业丧失十之七八。明诚又病死。此时以后，她的生活便很艰苦。在这时候，她的词，也写得不少《漱玉词》一卷，有汲古阁刊《诗词杂俎》本，《四印斋所刻词》本。我们在她的词里，还约略看得出她这一个时期的生活情形。她的词，要引起例来，真该引得不少。这里姑举几首：

> 寻寻觅觅，冷冷清清，凄凄惨惨戚戚。
> 乍暖还寒时候，最难将息。
> 三杯两盏淡酒，怎敌他晚来风急！
> 雁过也，正伤心，却是旧时相识。
>
> 满地黄花堆积，憔悴损，而今有谁堪摘？
> 守着窗儿，独自怎生得黑！
> 梧桐更兼细雨，到黄昏点点滴滴。
> 这次第，怎一个愁字了得。
>
> ——《声声慢》

> 风住尘香花已尽，日晚倦梳头。
> 物是人非事事休！欲语泪先流。
>
> 闻说双溪春尚好，也拟泛轻舟。
> 只恐双溪舴艋舟，载不动许多愁。
>
> ——《武陵春》

二、南宋词人

南宋词的三个时期——雅正的趋势——赵鼎、岳飞等——康与之与张孝祥——辛弃疾——陆游、范成大、刘过等——姜夔——史达祖等——吴文英——黄昇、王炎等——

│ 第八讲　宋　词 │

蒋捷、周密、张炎、王沂孙——陈允平、文天祥、汪元量等

一

　　南宋词与北宋的一样，亦可分为三个时期。第一个时期是词的奔放的时期。这时期恰当于南渡之后，偏安的局面已成，许多慷慨悲歌之士，目睹半个中国陷于"胡"人，古代的文化中心，千年以来的东西两都，俱沦为"异域"，无恢复的可能，颇有些愤激难平，"髀肉复生"之感。在这样的一个局势之下，诗人们当然也很要感受到同样的刺激的。这个时候的诗人，作着"鼓舞升平"或"渔歌唱晚"的词，以涂饰为工，以造美辞隽句为能的当然也很有几个。然而几位可以代表时代的大诗人，如辛弃疾，如陆游，如张孝祥他们，却是高唱着"马作的卢飞快，弓如霹雳弦惊"辛弃疾《破阵子》的，高唱着"底事昆仑倾砥柱，九地黄流乱注，聚万落千村狐兔"张元幹《贺新郎》的，高唱着"念腰间箭，匣中剑，空埃蠹，竟何成！时易失，心徒壮，岁将零"张孝祥《六州歌头》的，高唱着"胡未灭，鬓先秋，泪空流。此生谁料，心在天山，身老沧州"陆游《诉衷情》的。总之，他们是奔放的，是雄豪的，是不屑屑于写靡靡之音的。柳永直被他们视为舆台。周美成的影响，也不很显著。苏轼的第一类的词，即"大江东去"一类的政论似的词，在这时却大为流行。一时有许多人在模仿着。最初是几位慷慨激昂的政治家在写着，以后是有天才的辛与陆，再后是刘过诸人。这一类的词的流行，完全是时代所造成。一方面为了金人的侵陵，一方面也为了苏氏的作品，受了久压之后，自然的会引起了许多人的奔凑似的去欣赞他、模仿他了。

　　第二个时期是词的改进的时期。在这个时期里，外患已不大成为紧迫的问题了。因为金人有了他们的内乱与强敌，更无暇南下牧马。南宋的人士，为了升平已久，也便对于小朝廷安之若素。于是便来了一个宴安享乐的时代。像陆放翁、辛稼轩的豪迈的词气，已自然的归于淘汰。当时的文人，不是如姜白石之着意于写隽语，便是如吴文英之用全力于遣辞造句。这时代的作家自姜、吴以至高观国、史达祖都是如此。他们唱的是"苔枝缀玉，有翠禽小小，枝上同宿"姜夔《疏影》；唱的是"柳边深院，燕语明如剪"卢祖皋《清平乐》；唱的是"燕子重来，往事

东流去。征衫贮旧寒一缕，泪湿风帘絮"吴文英《点绛唇》；唱的是"倦客如今老矣，旧游可奈春何！几曾湖上不经过。看花南陌醉，驻马翠楼歌"史达祖《临江仙》。这时候，苏东坡氏的影响已经过去了，"大江东去""甚矣吾衰矣"一类的作品已被视为粗暴太过而遭唾弃。周邦彦的作风却是恰合于时人胃口的东西。于是如姜氏，如吴氏，如高氏，如史氏，便都以雕饰为工，而不以粗豪为式了，便都以合律为能，而不以写"曲子内缚不住"的作品自喜了。他们精琢细磨，他们知律审音，他们絮语低吟，他们更会体物状情，务求其工致，务求其胜人。他们都是专工的词人。他们除了词之外，一无所用心。他们为了作词而作词，一点也没有别的什么目的。他们有时写得很好，很深刻真切，有时却不过是美词艳句的堆砌而已，一点内容也没有。张炎评吴文英的词，以为"如七宝楼台，眩人眼目，拆碎下来，不成片段"。这话最足以传达出这时代一部分的词的里面的真相。

　　第三个时期是词的雅正的时期。这一个时期，看见了元人的渡江与南宋的灭亡，应该是多痛哭流涕，感叹悲愁之作；应该是多愤语，多哀歌的，应该满是"藕花相向野塘中，暗伤亡国，清露泣香红"的句子的。然而出于我们意料之外，目睹蒙古人的侵入与占据，且亲受着他们的统治之痛楚的几个大词人，如张炎、周密、王沂孙诸人的词，却在表面上看不大出来他们的痛苦与哀悼。如张炎的词颇多隐含着亡国之痛，却都寓意于咏物。为什么他们发出的号呼，却是那样的隐秘呢？这个原因，第一点，自然是为了蒙古人的铁蹄所至，言论不能自由；第二点，却也因为词的一体，到了张炎、周密之时，已经是凝固了，已经是登峰造极，再也不能前进了。他们只能在咏物寓意上用功夫。只能以"意内言外"的作风为极则。张炎说："词欲雅而正。志之所至，词亦至焉。一为物所役，则失其雅正之音。"雅正二字，便是他们的风格。他们为了要求雅正，要求一种词的正体，所以排除了一切不能装载于"词"之中的题材。他们于音律谐合之外，又要文辞的和平工整，典雅合法。此外，所谓"词人"多不过翻翻旧案，我学苏、辛，你学周、张，他学梦窗、白石而已；很少有真性情的作家。

　　词到了这个时期，差不多已不是民间所能了解的东西了。词人的

第八讲 宋 词

措辞,一天天的趋向文雅之途,一天天的讳避了鄙下的通俗的习语不用。像柳永、黄庭坚那样的"有井水饮处无不知歌之"的样子已是不可再见的盛况了。即像毛滂、周邦彦那样的一歌脱手,妓女即能上口的情形也是很少见的了。她独自在"雅正",在"修辞"上做功夫。而南曲在这时已产生于南方的民间,预备代之而兴。金、元人所占领的北方,也恰恰萌芽着北曲的嫩苗。

二

南渡之初,前代的词人,都由已沦为异域的京城,奔凑于南方的新都里来。朱敦儒仍在写着,李清照也仍在写着。更有几个别的作家,像康与之,像赵鼎,像张元幹,像洪皓,像张抡诸人也都在写着。赵鼎见《宋史》卷三百六十,《南宋书》卷九是中兴的一位很有力的名臣,但也善词。他字元镇,闻喜人。崇宁初进士。累官尚书左仆射,同中书门下平章事,兼枢密使。谥忠简1085—1147。有《得全居士集》,词一卷《得全居士词》一卷,有《别下斋丛书》本,《四印斋所刻词》本。黄昇以为他的"词章婉媚,不减《花间》"。我们在其词里,一点也看不出当时的大变乱的感触。同时的名将岳飞,所作的词却活现出一位忠勇为国的武将的愤激心理来。飞见《宋史》卷三百六十五,《南宋书》卷五十字鹏举,汤阴人。累官少保,枢密副使。秦桧主和,首先杀死了他,天下痛之1103—1141。后追谥武穆,封鄂王,成了一个悲痛的传说里的中心人物。他的《满江红》:"靖康耻,犹未雪,臣子恨,何时灭?驾长车,踏破贺兰山缺!壮志饥餐胡虏肉,笑谈渴饮匈奴血。待从头收拾旧山河,朝天阙。"为我们所熟知。张元幹字仲宗,长乐人。绍兴中,以送胡铨及寄李纲词除名,亦以此得大名。有《归来集》及《芦川词》《芦川词》一卷,有汲古阁刊《宋六十家词》本。又二卷本,有《双照楼景刊宋元明本词》本一卷,他的《送胡邦衡待制赴新州》一词:"梦绕神州路,怅秋风连营画角,故宫离黍。底事昆仑倾砥柱,九地黄流乱注,聚万落千村狐兔。天意从来高难问!况人情易老悲难诉,更南浦送君去。"《贺新郎》其情绪是很悲壮的。曾觌也颇写这一类的词。他的《金人捧露盘》《庚寅春奉使过京师感怀作》凄然有黍离之感:

记神京繁华地,旧游踪,
正御沟春水溶溶,平康巷陌,绣鞍金勒跃青骢,
解衣沽酒醉弦管,柳绿花红。

到如今,余霜鬓。嗟前事,梦魂中。
但寒烟满目飞蓬,雕栏玉砌,空余三十六离宫。
塞笳惊起暮天雁,寂寞东风。

——《金人捧露盘》

觊见《宋史》卷四百七十字纯甫,汴人,绍兴中,为建王内知客。孝宗受禅,以觊权知阁门事。后为开府仪同三司,加少保。有《海野词》《海野词》一卷,有汲古阁刊《宋六十家词》本一卷。

康与之见《南宋书》卷六十三字伯可。为渡江初的朝廷词人,高宗很赏识他,官郎中,有《顺庵乐府》五卷。他也很感受时势丧乱的影响,然他的许多词却是异常的婉靡的。黄昇说:"伯可以文词待诏金马门。凡中兴粉饰治具,及慈宁归养,两宫欢集,必假伯可之歌咏,故应制之词为多。"王性之以为:"伯可乐章,令晏叔原不得独擅。"沈伯时则以他与柳永并称,以为二人"音律甚协,但未免时有俗语"。陈质斋也斥之为"鄙亵之甚",然他的慢调之合律,却与秦、柳、周并肩,非余子所可比拟。在宋词的几个大作家中,他是无暇多让的。

张孝祥见《宋史》卷三百八十九字安国,乌江人。绍兴二十四年廷试第一。后迁中书舍人,领建康留守。有《于湖集》,词一卷《于湖词》二卷,有汲古阁刊《宋六十家词》本。又《于湖居士乐府》四卷,有《双照楼景宋元明词》本。又《于湖先生长短句》五卷,《拾遗》一卷,有《涉园景宋金元明词续刊》本。汤衡为他的《紫微雅词》作序,称其"平昔未尝著稿。笔酣兴健,顷刻即成,却无一字无来处"。惟其出于自然,所以他的词颇饶自然之趣,没有一点雕镂的做作的丑态。这是南宋词中所不多见的。他的题为《听雨》的《满江红》:"无似有,游丝细,聚复散,真珠碎。天应分付与别离滋味。破我一床蝴蝶梦,输他双枕鸳鸯睡。当此际别有好思量,人千里。"是很可爱的。他的《六州歌头》尤为激昂慷慨。当他在建康留守席上,

第八讲 宋 词

赋歌此阕时，张魏公竟为罢席而入见《朝野遗记》。

> 长淮望断，关塞莽然平。征尘暗，霜风劲，悄边声，黯消凝。
> 追想当年事，殆天数，非人力，洙泗上，弦歌地，亦膻腥。
> 隔水毡乡，落日牛羊下，区脱纵横。
> 看名王宵猎，骑火一川明，笳鼓悲鸣，遣人惊。
>
> 念腰间箭，匣中剑，空埃蠹，竟何成。时易失，心徒壮，岁将零。
> 渺神京千羽，方怀远，静烽燧，且休兵；冠盖使，纷驰骛，若为情。
> 闻道中原遗老，常南望翠葆霓旌。
> 使行人到此，忠愤气填膺，有泪如倾。
>
> ——《六州歌头》

三

辛弃疾见《宋史》卷四百一，《南宋书》卷三十九是这一期中的最大作家。词到了周邦彦，已可急转直下而到了吴文英、史达祖、周密、张炎他们的一条路上去了；弃疾却以只手障狂澜，将这个趋势的速率，减低了若干度。他与苏轼同样的被人称为豪放的词的代表。但苏轼的词最重要的，却是他的清隽的名作。辛弃疾也是如此。他的代表作，决不是"我见青山多妩媚，料青山见我应如是"，"不恨古人吾不见，恨古人不见吾狂耳"《贺新郎》，与夫"千古江山，英雄无觅孙仲谋处。……凭谁问，廉颇老矣，尚能饭否"《永遇乐》之属，而是那些很缠绵，很多情的许多作品，不过这些缠绵多情的调子却被放在奔放不羁，舒卷如意的浩莽的篇页之上罢了。我们且读底下的一首词：

> 东风夜放花千树，更吹落星如雨。
> 宝马雕车香满路，凤箫声动，玉壶光转，

一夜鱼龙舞。

蛾儿雪柳黄金缕，笑语盈盈暗香去。
众里寻他千百度，蓦然回首，
那人却在灯火阑珊处。

——《青玉案》

我们还忍责备他的粗豪么？我们还忍以"掉书袋"讥他么？即他的悲愤愤慨之作，像：

辛弃疾雕像

辛弃疾（1140—1207），字幼安，号稼轩，南宋词人。他继承了苏轼豪放的词风及南宋初期爱国词人的战斗传统，进一步扩大词的题材，几乎达到了无事无意不可以入词的地步。

醉里挑灯看剑，梦回吹角连营。
八百里分麾下炙，五十弦翻塞外声。
沙场秋点兵。

马作的卢飞快，弓如霹雳弦惊。
了却君王天下事，赢得生前身后名。
可怜白发生。

——《破阵子》

又何尝有什么粗豪的踪影在着。弃疾字幼安，历城人。初为耿京掌书记。后奉表南归。高宗授为承务郎，累迁枢密都承旨。有《稼轩长短句》十二卷。《稼轩词》四卷，有汲古阁刊《宋六十家词》本，又有《四印斋所刊词》本（凡十二

第八讲 宋 词

卷）。又《稼轩词》甲乙丙三集，凡三卷，《稼轩长短句》十二卷，并有《涉园景宋金元明词续刊》本。《苏辛词》一册，叶绍钧选，商务印书馆出版。

陆游见《宋史》卷三百九十五，《南宋书》卷三十七与弃疾齐名，时人并称为辛、陆。游字务观，山阴人。隆兴初，赐进士出身。范成大帅蜀，为参议官。人或讥其颓放，因自号放翁，后为宝章阁待制。有《剑南集》1125—1210，词一卷《放翁词》一卷，有汲古阁刊《宋六十家词》本。又《渭南词》二卷，有《双照楼景宋元明词》本。他与弃疾同被讥为"掉书袋"。但他的词有许多实是靡艳婉昵的，像《春日游摩诃池》的《水龙吟》："惆怅年华暗换，黯销魂雨收云散。镜奁掩月，钗梁折凤，秦筝斜雁。身在天涯，乱山孤垒，危楼飞观。叹春来只有杨花，和恨向东风满。"

他娶妻唐氏，伉俪相得。但他的母亲却与唐氏不和。他不得已而出之。不久，她便改嫁了同郡赵士程。春日出游，相遇于禹迹寺南之沈园。唐语其夫，为致酒肴。陆怅然赋《钗头凤》云：

> 红酥手，黄縢酒，满城春色宫墙柳。
> 东风恶，欢情薄，一怀愁绪，几年离索，
> 错，错，错！
>
> 春如旧，人空瘦，泪痕红浥鲛绡透。
> 桃花落，闲池阁。山盟虽在，锦书难托，
> 莫，莫，莫！

唐也和之。未几，即怏怏卒。放翁复过沈园时，更赋一诗道："落日城头画角哀，沈园非复旧池台。伤心桥下春波绿，曾见惊鸿照影来。"见《耆旧续闻》这真是一件太可悲惨的故事了！

此外尚有好几位词人要在此一提及的。朱翌字新仲，龙舒人。政和中进士，历官中书待制，有《灊山集》《灊山集》三卷，有《知不足斋丛书》本。1096—1167。张抡字才甫，亦南渡之故老。有《莲社词》《莲社词》一卷，有《彊村丛书》本一卷。曾慥、曾惇为故相布的后裔，皆能词。慥字端伯，编《乐府雅词》颇有功于词坛。惇字欱父，有词一卷。

范成大见《宋史》卷三百八十五，《南宋书》卷三十三字致能，吴郡人，

绍兴中进士。后参知政事，又帅金陵。谥文穆1125—1204。有《石湖集》，词一卷《石湖词》一卷，有《知不足斋丛书》本中多可喜之作。像《萍乡道中》：

> 酣酣日脚紫烟浮，妍暖破轻裘。
> 困人天气，醉人花气，午梦扶头。
> 春慵恰似春塘水，一片縠纹愁。
> 溶溶曳曳，东风无力，欲皱还休。
>
> ——《眼儿媚》

其恬淡而多姿的风调和他的五七言诗很相类。葛立方字常之，丹阳人，绍兴八年进士。官至吏部侍郎。有《归愚集》，词一卷《归愚词》一卷，有汲古阁刊《宋六十家词》本。姚宽字令威，剡川人。为六部监门，有《西溪居士乐府》一卷。陈同甫见《南宋书》卷三十九，名亮，永康人。有《龙川集》，词一卷《龙川词》一卷，《补遗》一卷，有汲古阁刊《宋六十家词》本，应氏刊本，四印斋刊本（四印斋本仅刊《补遗》一卷）。刘过字改之，襄阳人。有《龙洲词》一卷《龙洲词》一卷，有汲古阁刊《宋六十家词》本。他的词，学稼轩，真是一个"肖徒"。黄昇说："改之，稼轩之客，词多壮语，盖学稼轩者也。"学稼轩而至于高唱着"被香山居士，约林和靖与东坡老，驾勒吾回。坡谓西湖正如西子，淡抹浓妆临照台"。真是稼轩的末日到了。岳珂诋之为"白日见鬼"，真是的评。但他亦有好句，像《沁园春》："有时自度歌句悄，不觉微尖点拍频"，"凤鞋泥污，偎人强剔，龙涎香断，拨火轻翻"，这都是很纤丽可爱的。赵彦端者，字德庄，为宋宗室。乾道、淳熙间以直宝文阁，知建宁府。有《介庵词》四卷《介庵词》一卷，有汲古阁刊《宋六十家词》本。相传孝宗赵眘读他的《谒金门》，到"波底夕阳红湿，送尽去云成独立，酒醒愁又入"，大喜，问谁词。答云：彦端所作。孝宗云："我家里人也会作此等语！"

曹勋曹勋见《宋史》卷三百七十九字功显，阳翟人。仕宣和，官至太尉，提举皇城司，开府仪同三司。终于淳熙初。有《松隐乐府》三卷《松隐乐府》三卷，又《补遗》一卷，有《彊村丛书》本。多应制应时及咏物之

第八讲 宋 词

作。洪适,中博学宏词科。累官尚书右仆射,同中书门下平章事,兼枢密使。谥文惠。有《盘洲集》,词二卷。杨无咎字补之,清江人。高宗朝累征不起。自号清夸长者。有《逃禅集》,词一卷《逃禅词》一卷,有汲古阁刊《宋六十家词》本。无咎喜作情语,其丽腻风流,回肠荡气之处,不下于三变。杨炎号止济翁,庐陵人,有《西樵语业》一卷《西樵语业》一卷,有汲古阁刊《宋六十家词》本。他与辛稼轩为友。其词间涉粗豪,也许是受稼轩的影响吧。王千秋字锡老,东平人。有《审斋词》一卷《审斋词》一卷,有汲古阁刊《宋六十家词》本。他尝自称道:"少日羁孤,百口星分于异县。长年忧患,一身蓬转于四方。"其铸辞间有甚为新巧者,已是卢祖皋、吴文英他们的同道了。黄公度字师宪,号知稼翁,世居莆田。绍兴八年,大魁天下。除尚书考功员外郎。不久病卒,年四十八。有《知稼翁集》十一卷,又词一卷《知稼翁词》一卷,有汲古阁刊《宋六十家词》本。洪迈评其词,以为:"宛转清丽,读者咀嚼于齿颊间而不得已。"

四

开南宋第二期词派的,远者为康与之,近者为姜夔。与之艳丽,白石清隽。然白石究竟气魄不大。他的词往往是矜持太过。他选字,他练句,他要合律。如他的盛传于世的《暗香》《疏影》二词,不过是咏物诗的两篇名作而已,也未见得有多大的意义。赵子固说:"白石,词家之申、韩也。"此言却甚得当。周济也说:"吾十年来服膺白石,而以稼轩为外道。由今思之,可谓扪籥也。稼轩郁勃故情深,白石放旷故情浅;稼轩纵横故才大,白石局促故才小。"夔字尧章,白石其号,鄱阳人,流寓吴兴。有《白石词》五卷《白石词》一卷,有汲古阁刊《宋六十家词》本。《白石道人歌曲》四卷,别集一卷,有清乾隆间陆氏刊本,又有许氏刊本,又有《彊村丛书》本(七卷)。他的最好的作品,像:

> 过春风十里,尽荠麦青青。
> 自胡马窥江去后,废池乔木,犹厌言兵。
> 渐黄昏,清角吹寒,都在空城……
> ——《扬州慢》

渐吹尽枝头香絮，是处人家，绿深门户。

远浦萦回，暮帆零乱向何许？

阅人多矣，谁得似长亭树。

树若有情时，不会得青青如此，

……

只算有并刀，难剪离愁千缕。

——《长亭怨慢》

卢祖皋和高观国、史达祖三人都是这期内的大作家。卢祖皋字中之，永嘉人，一云邛州人。庆元中登第。嘉定中为军器少监。有《蒲江词》一卷《蒲江词》有汲古阁刊《宋六十家词》本。黄昇说："《蒲江词》乐章甚工，字字可入律吕。"

高观国字宾王，山阴人，有《竹屋痴语》一卷《竹屋痴语》有汲古阁刊《宋六十家词》本。陈唐卿评他与史达祖的词，以为"要是不经人道语。其妙处，少游、美成亦未及也"。张炎则以他与白石、邦卿、梦窗并举，以为"格调不凡，句法挺异，俱能特立清新之意，删削靡曼之词，自成一家"。但观国词的佳者，像："春芜雨湿，燕子低飞急。云压前山群翠失，烟水满湖轻碧"《清平乐》，也未能通首相称。

史达祖在三人中是最好的一个。达祖字邦卿，汴人，有《梅溪词》《梅溪词》一卷，有汲古阁刊《宋六十家词》本，《四印斋所刻词》本。张镃以为他的词："织绡泉底，去尘眼中，妥帖轻圆，辞情俱到。有瑰奇警迈，清新闲婉之长，而无诡荡污淫之失。端可分镳清真，平睨方回。"姜夔也很恭维他，以为"邦卿之词，奇秀清逸，有李长吉之韵。盖能融情景于一家，会句意于两得者。其'做冷欺花，将烟困柳'一阕，将春雨神色拈去，'飘然快拂花梢，翠影分开红影'，又将春燕形神画出矣"。

做冷欺花，将烟困柳，千里偷催春暮，尽日冥迷，愁里欲飞还住。

惊粉重蝶宿西园，喜泥润燕归南浦。最妨他佳约风流，

第八讲 宋 词

钿车不到杜陵路。

　　沉沉江上望极,还被春潮晚急。难寻官渡,隐约遥峰,和泪谢娘眉妩。

　　临断岸新绿生时,是落红带愁流处。记当日门掩梨花,剪灯深夜语。

——《绮罗香》

　　吴文英在这期词人里,声望特著。有许多人推崇他为集大成的作家。他字君特,四明人。有梦窗甲乙丙丁稿四卷《梦窗稿》四卷,《补遗》一卷,有汲古阁刊《宋六十家词》本,曼陀罗华阁刊本。尹惟晓云:"求词于吾宋,前有清真,后有梦窗。此非予之言,四海之公言也。"然论诗才,梦窗实未及清真。清真的词流转而下,毫不费力,而佳句如雨丝风片,扑面不绝。梦窗的词则多出之于苦吟,有心的去雕饰,着意的去经营,结果是,偶获佳句,大损自然之趣。张炎说得最好:"吴梦窗如七宝楼台,眩人眼目,拆碎下来,不成片段。"真实的诗篇是永远不会被拆碎的。沈伯时说:"梦窗深得清真之妙。但用事下语太晦处,人不易知。"他所以喜用晦语,便是欲以深词来蔽掩浅意的。而深词既不甚为人所知,浅意也便因之而反博得一部分评者的赞颂了。他的《唐多令》颇为张炎所喜,以为"最为疏快不质实"。但头二句,"何处合成愁,离人心上秋",便不是十分高明的句法。民歌中最坏的习气,就是以文字为游戏,或拆之或合之。梦窗不幸也和鲁直他们一样,竟染上了这个风气。但像"黄蜂频扑秋千索"《风入松》之类的话,却的确是很隽好的。

　　何处合成愁?离人心上秋。纵芭蕉不雨也飕飕。
　　都道晚凉天气好,有明月,怕登楼。

　　年事梦中休,花空烟水流。燕辞归客尚淹留。
　　垂柳不萦裙带住,漫长是系行舟。

——《唐多令》

听风听雨过清明，愁草瘗花铭。
楼前绿暗分携路，一丝柳，一寸柔情。
料峭春寒中酒，交加晓梦啼莺。

西园日日扫林亭，依旧赏新晴。
黄蜂频扑秋千索，有当时纤手香凝。
惆怅双鸳不到，幽阶一夜苔生。

——《风入松》

我们如果不责望梦窗过深，我们读了他的词便不致失望过甚。我们如以他为一个集大成的同时又是开山祖的一个大词人，我们便将永不会得到了他的什么，只除了许多深晦而不易为人所知的造语。我们如视他为一个第二期中的一位与姜、高、史、卢同流的工于铸词，能下苦工的作家，则我们将看出他确是一位不凡的人物。他的词平均都是过得去的，且也都颇多好句。白石清莹，他则工整，梅溪圆婉，他则妥帖。他是一个精熟的词手，却不是一位绝代的诗人。他是精细的，谨慎的，用功的，然而他却不是有很多的诗才的。后来的作词者多趋于他的门下，其主因大约便在于此。

这时代的词人更有几个应该一提的。陈经国的词，也颇多感慨语，超脱语，言淡而意近，与当时的作风很不相类。经国，嘉熙、淳祐间人，有《龟峰词》一卷《龟峰词》有四印斋刊本。他的《丁酉岁感事》的《沁园春》："谁思神州，百年陆沉，青毡未还。怅晨星残月，北州豪杰，西风斜日，东帝江山。说和说战都难算，未必江沱堪晏安。"也未必逊于张孝祥的悲愤，辛稼轩的激昂。方岳字巨山，祁门人。理宗朝为文学掌教。后出守袁州1199—1262。有《秋崖先生小稿》《秋崖词》四卷，有四印斋刊本，又有《涉园景宋金元明词续刊》本。吴潜字毅夫，宁国人。嘉定间，进士第一。淳祐中参知政事，拜右丞相，兼枢密使，封许国公。后安置循州卒。有《履斋诗余》三卷《履斋词》一卷，有旧抄本。他的词多半是感伤的调子。如"岁月无多人易老，乾坤虽大愁难著"《满江红》，"岁月惊心，风埃昧目，相对头俱白"《醉江月》

第八讲 宋 词

之类,都是很平凡的。然《鹊桥仙》一首,却是杰出于平凡之中,颇使我们的倦眼为之一新:

> 扁舟乍泊,危亭孤啸,目断闲云千里。
> 前山急雨过溪来,尽洗却人间暑气。
>
> 暮鸦木末,落凫天际,都是一番愁意。
> 痴儿骏女贺新凉,也不道西风又起。
>
> ——《鹊桥仙》

黄昇字叔旸,号玉林。曾编《花庵词选》,他自己也有《散花庵词》一卷《散花庵词》一卷,有汲古阁刊《宋六十家词》本。识者称其人为"泉石清士"。游受斋则亟称其诗,为晴空冰柱。他的词,虽未见得有多大的才情,却是不雕饰的。韩淲字仲止,颍川人,元吉之子。有高节。从仕不久即归。嘉定中卒1159—1224。有《涧泉诗余》一卷《涧泉诗余》一卷,有《彊村丛书》本。淲词缠绵悱恻,时有好句,且在丽语之中,尚能见出他的个性来,这是时流所少有的。

张辑字宗瑞,鄱阳人。有《东泽绮语债》二卷今存《东泽绮语》一卷,有《彊村丛书》本。朱湛卢云:"东泽得诗法于姜尧章,世谓谪仙复作。不知其又能词也。"辑词多凄凉慷慨之音。然与辛、陆之作,其气韵已自不同。像《月上瓜洲》:

> 江头又见新秋,几多愁!
> 塞草连天,何处是神州?
>
> 英雄恨,古今泪,水东流。
> 惟有渔竿,明月上瓜洲。

王炎字晦叔,婺源人,有《双溪诗余》《双溪诗余》一卷,有四印斋刊《宋元三十一家词》本。1138—1208。炎自序其词曰:"今之为长短句者,字字言闺阃事，故语懦而意卑。或者欲为豪壮语以矫之。夫古律诗且不以豪壮语为贵。长短句命名曰曲，取其曲尽人情，惟婉转妩媚为善。豪壮语何贵焉！不溺于情欲，不荡而无法，可以言曲矣。此炎所未能也。"这些话颇可以看出作词的态度来。他惯欲在词中处处以青春的愉乐，烘托出老境的颓放来，这却是他的特色。

渡口唤扁舟，雨后青绡皱。
轻暖相重护病躯，料峭还寒透。

老大自伤春，非为花枝瘦。
那得心情似少年，双燕归时候。

——《卜算子》

戴复古字式之，天台人，游于陆放翁门下。有《石屏集》，词一卷《石屏词》一卷，有汲古阁刊《宋六十家词》本。他的词，深深染着稼轩的粗豪的影响。赵以夫字用甫，长乐人，端平中，知漳州 1189—1256。有《虚斋乐府》一卷《虚斋乐府》一卷，有侯刻《名家词》（《粟香室丛书》）本及江标刻《宋元名家词》本。以夫词，小令佳者绝少，慢调则颇多美俊者。像如："欲低还又起，似妆点满园春意"《微招·雪》；"云雁将秋，露萤照夜，凉透窗户。星网珠疏，月奁金小，清绝无点暑"《永遇乐·七夕》。

魏了翁见《宋史》卷四百三十七，《南宋书》卷四十六字华父，号鹤山，蒲山人，庆元五年进士。理宗朝，官资政殿学士，福州安抚使。卒谥文靖 1178—1237。有《鹤山长短句》三卷《鹤山先生长短句》三卷，有《双照楼景宋元明词》本。鹤山虽为理学名儒，然其词则殊清丽，语意高旷。像《八声甘州》："多少曹荷气势，只数舟燥苇，一局枯棋。更元颜何事，花玉困重围。算眼前未知谁恃！恃苍天终古限华夷。还须念，人谋如旧，天意难知"云云，气势却甚凄豪。在栗栗自危之中，已透露出对于强敌无可抵抗的消息来了。郭应祥字承禧，临江人。嘉定间进士。官楚、越间。有《笑笑词》《笑笑词》一卷，有《疆村丛书》本一卷，寿词颂

第八讲 宋 词

语，颇凡庸可厌。南宋词家蜂起，惟女流作家则独少。当其中叶，仅有一朱淑真而已。淑真，海宁人，或以为朱熹之侄女。她自称幽栖居士。以匹偶非伦，弗遂素志，心每郁郁，往往见之诗词，其集名《断肠》，词一卷《断肠词》一卷，有汲古阁刊《诗词杂俎》本，《四印斋所刻词》本。其小词，佳者至多：

山亭水榭秋方半，凤帏寂寞无人伴。
愁闷一番新，双蛾只旧颦。

起来临绣户，时有疏萤度。
多谢月相怜，今宵不忍圆。
——《菩萨蛮》

独行独坐，独倡独酬还独卧。
伫立伤神，无奈轻寒著摸人。

此情谁见？泪洗残妆无一半。
愁病相仍，剔尽寒灯梦不成。
——《减字木兰花》

五

第三期的词人，大都是生于亡国之际，身受亡国之痛的。他们或托物以寓意，或隐约以陈词。在实际的生活上，江南人的生活真是要另起了一番变化。——一番很大的变化。蒙古民族纷纷的南下，临安全为他们所占领。江、浙一带，南歌消歇，北曲喧腾。汉人或他们所谓为"蛮子"的地位，不必说在蒙古人之下，且也在一切色目人之下！科举停了，学校废了，什么政策的施行，都是汉人所不惯受的。在那末困苦的境地之下，词人们的心绪，自不能不受到深切的感动。在第二期中还有几个人在叫着："天下事可知矣！"在叫着："说和说战都难算，未必江沱堪晏安！"在叫着："望长淮犹二千里，纵有英心谁寄！"在这一个时期，作家却都半遁入细腻的咏物寓意的"寄托"的一条路上去，不能有什么明显的愤语的呼号。他们雕饰字句，以纤丽为工，他们致力新语，以奇巧为妙。而在其间，则隐藏着深刻的难言之痛。

这期的词人以蒋捷、周密、张炎、王沂孙为四大家。这四大家的词，都是纯正的典雅词。他们的选辞择语，真都是慎之又慎的。他们如一颗颗的晶莹的明珠，我们在那里找不出一点的疵病。其时时可遇的隽句，如"数枚樱桃叶底红"，又可使我们吟味不尽。然而他们的美妙不仅在外表，在辞章。他们没有雄豪的奔放的辞句儿，他们没有足以动人心肺，撼人魂魄的火辣辣的文章，但他们却是几个"意内言外"的词人，表面上，是以铸美词造隽语为专长，其实却是具有更深、更厚、更沉痛的悲苦的。

蒋捷字胜欲，义兴人，有《竹山词》一卷《竹山词》一卷，有汲古阁刊《宋六十家词》本。在四大家中，他的词是最有自然之趣的。像："搔首窥星多少？月有微黄篱无影，挂牵牛数朵青花小。秋太淡，添红枣"《贺新郎》，"少年听雨歌楼上，红烛昏罗帐。壮年听雨客舟中，江阔云低，断雁叫西风。而今听雨僧庐下，鬓已星星也。悲欢离合总无情，一任阶前点滴到天明"《虞美人》，"红了樱桃，绿了芭蕉，送春归，客尚蓬飘。昨宵毂水，今夜兰皋。奈云溶溶，风淡淡，雨潇潇"《行香子》，都可以见出其清隽疏荡的风趣来。

周密字公谨，济南人，侨居吴兴。自号弁阳啸翁，又号萧斋。有《草窗词》《草窗词》二卷，《补遗》二卷，有《知不足斋丛书》本，又有曼陀罗华阁刊本。又《蘋州渔笛谱》二卷，有《知不足斋丛书》本，又有《彊村丛书》本（多《集外词》一卷。一名《蘋州渔笛谱》二卷。又编《绝妙好词》。他的词，无论小令、慢调都是很纤丽隐约，言中有物的，像："晴丝罥蝶，暖蜜酣蜂，重帘卷，春寂寂。雨萼烟梢压阑干，花雨染衣红湿."《解语花》"往事夕阳红，故人江水东。翠衾寒，几夜霜浓。梦隔屏山飞不去，随夜鹊，绕疏桐。"《南楼令》

张炎字叔夏，为南渡名将张俊的后裔。居临安，自号乐笑翁。有《玉田词》三卷《玉田词》二卷，又《山中白云词》八卷，有曹氏刊本，许氏

第八讲 宋 词

刊本,《四印斋所刻词》本,《彊村丛书》本。仇仁近以为:"叔夏词意度超玄,律吕协洽,当与白石老仙相鼓吹。"以玉田较白石,玉田当然未暇多让。玉田颇有愤语,却深藏之于浓红淡绿之中,如"只有一枝梧叶,不知多少秋声","恨乔木荒凉,都是残照"之类。而"十年旧事翻疑梦"的一阕《台城路》,读者尤为感动。在小令一方面,像"叶密春声聚,花多瘦影重",那样的自然而多趣的调子,也是很近于《花间》的。

> 十年旧事翻疑梦,重逢可怜俱老!
> 水国春空,山城岁晚,无语相看一笑。
> 荷衣换了,任京洛尘沙,冷凝风帽。
> 见说吟情,近来不到谢池草。
>
> 欢游曾步翠窈,乱红迷紫曲,芳意今少。
> 舞扇招香,歌桡唤玉,
> 犹忆钱塘苏小,无端暗恼。又几度流连,燕昏莺晓。
> 回首妆楼,甚时重去好!
>
> ——《台城路》

王沂孙字圣与,号碧山,又号中仙。会稽人。有《碧山乐府》一名《花外集》二卷《花外集》一卷,有《知不足斋丛书》本,《四印斋所刻词》本。沂孙的词,咏物很工,有时意境也极高隽。如"听粉片簌簌飘阶"之类:

> 屋角疏星,庭阴暗水,犹记藏鸦新树。
> 试折梨花,行入小栏深处,
> 听粉片簌簌飘阶,有人在夜窗无语。
> 料如今门掩孤灯,画屏尘满断肠句。
>
> 佳期浑似流水,还见梧桐几叶,轻敲朱户。

一片秋声，应做两边愁绪。
江路远，归雁无凭，写绣笺，倩谁将去。
谩无聊，犹掩芳樽，醉听深夜雨。

——《绮罗香》

于蒋、周、张、王外，尚有：陈允平字君衡，号西麓，明州人，有《日湖渔唱》二卷《日湖渔唱》一卷，《补遗》一卷，《续补遗》一卷，有《词学丛书》本，又有《彊村丛书》本。刘克庄字潜夫，号后村，莆田人。淳祐初，特赐同进士出身。累官龙图阁学士。致仕卒。谥文定1189—1269。有《后村别调》一卷《后村别调》一卷，有汲古阁刊《宋六十家词》本，又有《晨风阁丛书》本。像《玉楼春》《呈林节推》一词，真乃是有稼轩之豪迈而无放翁的颓放者：

年年跃马长安市，客里似家家似寄。
青钱唤酒日无何，红烛呼卢宵不寐。

易挑锦妇机中字，难得玉人心下事。
男儿西北有神州，莫洒水西桥畔泪。

——《玉楼春》

卢炳字叔阳，自号丑斋。有《烘堂词》《烘堂词》有汲古阁刊《宋六十家词》本。许棐字忱父，海盐人，嘉熙中隐居秦溪。于水南种梅数十树，自号梅屋。环室皆书。有《梅屋稿》《献丑集》及《梅屋诗余》《梅屋诗余》一卷，有《四印斋汇刻宋元三十一家词》本，《双照楼景宋元明词》本。汪元量见《南宋书》卷六十二字大有，号水云，钱塘人。以善琴，为宫妃之师。宋亡，随三宫留燕。后为黄冠南归。有《水云集》《水云集》一卷，有《彊村丛书》本、《湖山类稿》。他的词多故国之思，像：

凄凄惨惨，冷冷清清，灯火渡头市。
慨商女不知兴废，隔江犹唱庭花，余音亹亹。

| 第八讲　宋　词 |

>　伤心千古，泪痕如洗。
>
>　乌衣巷口青芜路，认依稀王谢旧邻里。
>　临春、结绮，
>　可怜红粉成灰，萧索白杨风起。
>
> 　　　　　　　　　　　——《莺啼序》

这是时人所罕有的！

柴望字仲山，号秋堂，有《秋堂集》，词一卷《秋堂诗余》一卷，有《彊村丛书》本。他长于慢词，所作情绪宛曲，大有周美成的风调。刘学箕字习之，崇安人，有《方是闲居士词》一卷《方是闲居士词》一卷，有《彊村丛书》本。其词圆稳熟练，足与当时诸大家相抗。刘辰翁见《南宋书》卷六十三字会孟，庐陵人，举进士。值世乱，隐居不仕1234—1297。有《须溪集》，附词《须溪词》一卷，又《补遗》一卷，有《彊村丛书》本。辰翁所作甚多，小令、慢词，皆有隽篇，秉豪迈之资，得自然之趣，新意亦多。他的伤时感事之作，尤凄然有黍离之痛。

>　长欲语，欲语又蹉跎！
>　已是厌听夷甫颂，不堪重省越人歌。
>　孤负水云多。
>
>　羞拂拂，懊恼自摩挲。
>　残烟不教人径去，断云时有泪相和。
>　恨恨欲如何！
>
> 　　　　　　　　　　　——《双调望江南》

陈德武，三山人，有《白雪遗音》一卷《白雪遗音》一卷，有《彊村丛书》本。德武怀古之作如《水龙吟》《望海潮》，皆慷慨激昂，有为而发："乐极西湖，愁多南渡，他都是梦魂空。感古恨无穷。叹表忠无观，古墓谁封！棹舣钱塘，浊醪和泪洒秋风。"《望海潮》

文天祥和他的幕客邓剡都是能以词写其悲愤的。天祥字宋瑞,又字履善。举进士第一。历官右丞相,兼枢密使,封信国公。为元兵所执,留燕三年,不屈而死1236—1282。有《文山集》。他的《驿中言别友人》:"水天空阔,恨东风不惜世间英物。蜀鸟吴花残照里,忍见荒城颓壁。铜雀春情,金人秋泪,此恨凭谁雪!堂堂剑气,斗牛空认奇杰。"《大江东去》悲愤之情如见。邓剡字光荐,庐陵人。宋亡,不仕,有《中斋集》。他有词像《卖花声》的"不见当时王谢宅,烟草青青",《南楼令》的"说兴亡燕入谁家?"也俱有兴亡之感。

文天祥雕像

　　文天祥(1236—1283)晚年的诗词,风格慷慨激昂、苍凉悲壮,具有强烈的感染力,其中《过零丁洋》《正气歌》等作品已成为千古绝唱、中华民族精神的象征。

参考书目

　　一、《名家词集》十卷　　侯文灿编,有原刊本,《粟香室丛书》本,录汲古阁未刊词十家。

　　二、《宋元名家词》不分卷　　江标编,有湖南刊本,录汲古阁未刊词十五家。

　　三、《四印斋所刻词》及《四印斋汇刻宋元三十一家词》　　王鹏运编刻。苏、辛词及《漱玉》《清真》诸集,刻得都精。

　　四、《双照楼景宋元明词》　　吴昌绶编刻,正续凡四十家(续集陶湘刊)。刻得极为精美。于此可略见宋、元人词集的真面目。

　　五、《彊村丛书》　　朱祖谋编刻。收罗最富,凡二百余家。

第八讲 宋 词

六、《乐府雅词》三卷，《拾遗》一卷　宋曾慥编，有《词学丛书》本及《粤雅堂丛书》本。

七、《唐宋诸贤绝妙词选》十卷　宋黄昇编，有汲古阁刊《词苑英华》本。

八、《草堂诗余》四卷　传本极多，有武林逸史编的一本（《词苑英华》本），明何良俊刊本，四印斋刊本，《双照楼景宋元明词》本，又有明沈际飞编刊的四集本。

九、《词综》三十四卷　朱彝尊编，王昶补。有原刊本及坊刻本。关于北宋词，可读其第四卷至第十一卷。又后有"补人""补词"亦应注意。惟所选殊偏。

十、《历代诗余》一百二十卷　沈良垣等编，有内刊本，石印本。

十一、《词林纪事》二十二卷　清张宗橚辑，有原刊本，石印本。其卷三至卷十之前半，录北宋人词。

十二、《直斋书录解题》二十二卷　宋陈振孙著，有清武英殿刊本及江苏书局刊本，其中卷二十一"歌诗类"，为著录唐、宋词最早之目录。

十三、《东都事略》一百三十卷　宋王偁著，有扫叶山房刊本。与《南宋书》等合称《四朝别史》。

十四、《宋史》四百九十六卷　元脱克脱等撰，有《二十四史》本。

十五、《宋六十家词》不分卷　毛晋（汲古阁）编刻，有原刻本，广州刻本，博古斋影印袖珍本。

十六、《中兴以来绝妙好辞选》十卷　宋黄昇编，有汲古阁刊《词苑英华》本。

十七、《阳春白雪》八卷，《外集》一卷　宋赵闻礼编，有《词学丛书》本，清吟阁刊本及《粤雅堂丛书》本。

十八、《绝妙好词笺》七卷　宋周密著，清查为仁、厉鹗笺。有原刊本，会稽章氏重刊本。

十九、《词选》　清周济选编，有刊本。

二十、《南宋书》六十八卷　明钱士升撰，有扫叶山房刊《四朝别史》本。

第九讲 变 文

敦煌写本发现的经过——敦煌写本的时代——民间叙事诗：《太子赞》与《季布歌》等——"变文"的发现——伟大的体制——印度文体的影响——"变文"的产生的时代——"变文"的进展——《维摩诘经变文》——《降魔变文》——《目连救母变文》——《佛本行集经变文》等——非佛教故事的变文：《伍子胥变文》《明妃变文》《舜子至孝变文》

一

在二十几年前1907年5月，有一位为英国政府做工作的匈牙利人斯坦因（A.Steine）到了中国的西陲，从事于发掘和探险。他带了一位中国的通事蒋某，进入甘肃敦煌。他风闻敦煌千佛洞石室里有古代各种文字的写本的发见，便偕蒋某同到千佛洞，千方百计，诱骗守洞的王道士出卖其宝库。当他归去时，便带去了二十四箱的古代写本与五箱的图画绣品及他物。这事与中世纪的艺术、文化及历史关系极大。其中图画和绣品都是无价之宝，而各种文字的写本尤为重要。就汉文的写本而言，已是近代的最大的发见。在古典文学，在历史，在俗文学等等上面，无不发见这种敦煌写本的无比的重要。这消息传到了法国，法国人也派了伯希和（Paul Pelliot）到千佛洞去搜求。同样的，他也满载而归。他带了不多的样本到北京，中国官厅方才注意到此事。行文到甘肃提取这种写本。所得已不多。大多数皆为写本的佛经，其他略略重要些的东西，已尽在英、法二国的博物院、图书馆里了。又经各级官厅的私自扣

第九讲 变 文

留，精华益少今存北京图书馆。但斯坦因第二次到千佛洞时，王道士还将私藏的写本，再扫数卖给了他。这个宝库遂空无所有，敦煌的发现，至此告了一个结束。

千佛洞的藏书室，封闭得很早。今所见的写本，所署年月，无在公元第十世纪北宋初年之后者。可见这库藏是在那时闭上了的。室中所藏卷子及杂物，从地上高堆到十英尺左右。其容积约五百立方英尺。除他种文字的写本外，汉文的写本，在伦敦者有六千卷，在巴黎者有

敦煌莫高窟外景

莫高窟，俗称千佛洞，坐落在河西走廊西端的敦煌，以精美的壁画和塑像闻名于世。现在是世界上现存规模最大、内容最丰富的佛教艺术圣地。

一千五百卷，在北京者有八千五百卷。散在私家者尚有不少，但无从统计。这万卷的写本，尚未全部整理就绪，在伦敦的最重要的一部分，也尚未有目录刊出。其中究竟有多少藏宝，我们尚没有法子知道。但就今所已知者而论，其重要已是无匹。研究中国任何学问的人们，殆无不要向敦煌宝库里作一番窥探的工夫，特别是关于文学一方面。

二

上文已说到敦煌所发现的民间俗曲及词调。此外尚有更重要的民间叙事歌曲及"变文"。民间歌曲今所见者有《孝子董永》《季布歌》

《太子赞》等，都是气魄很弘伟的大作；虽然文辞很有些粗率的地方，但无害其想像的奔驰，描状的活泼。《太子赞》叙述释迦牟尼出家修道事，以五七言相间成文，组织另具一体，像："车匿报耶殊，太子雪山居。路远人稀烟火无，修道甚清虚"云云，当是以五七言体去凑合了梵音而歌唱着的，故不得不别创此新体。《孝子董永》叙董永行孝事。民间熟知的二十四孝，便有董永的一"孝"在着。此故事最早的记载，见于传为刘向作的《孝子传》《太平御览》卷四百十一引，又见《汉学堂丛书》。干宝的《搜神记》也有之。董永父母死，无钱葬埋他们，乃卖身于一富翁家。中途遇天女降下，嫁他为妻。生一子后，又腾空而去。这大约是一个很古远的民间传说，和流行于世界最广的"鹅女郎"型的故事是很相同的。但《孝子董永》后半所说董仲寻母事，却是他处所未有的。后来的民间传说，乃以董仲为汉初的董仲舒，更是可笑。《孝子董永》全篇皆用七言，白字连篇，间有不成语处。但无害其为很伟大的叙事诗。《季布歌》也是如此，全篇也都是七言的。叙的是：季布助项羽以敌刘邦。邦得天下后，到处搜购布。布卒得以智自脱。尚有一种《季布骂阵词》，当是本文的前半段。

三

但敦煌写本里的最伟大的珍宝，还不是这些叙事歌曲以及民间杂曲等等。它的真实的宝藏乃是所谓"变文"者是。"变文"的发现，在我们的文学史上乃是最大的消息之一。我们在宋、元间所产生的诸宫调、戏文、话本、杂剧等等都是以韵文与散文交杂的组成起来的。我们更有一种弘伟的"叙事诗"，自宋、元以来，也已流传于民间，即所谓"宝卷""弹词"之类的体制者是。他们也是以韵、散交组成篇的。究竟我们以韵、散合组成文来叙述、讲唱，或演奏一件故事的风气是如何产生出来的呢？向来只当是一个不可解的谜。但一种新的文体，决不会是天上凭空落下来的；若不是本土才人的创作，便当是外来影响的输入。在唐以前，我们所见的文体，俱是以纯粹的韵文，或纯粹的散文组

第九讲 变 文

织起来的。《韩诗外传》一类书之引《诗》，《列女传》一类书之有"赞"，那是引用"韵文"作为说明或结束的，并非韵散合组的新体的起源。并没有以韵文和散文合组起来的文体。这种新文体究竟是如何产生的呢？在什么时候产生的呢？最可能的解释，是这种新文体是随了佛教文学的翻译而输入的。重要的佛教经典，往往是以韵文散文联合起来组织成功的；像"南典"里的《本生经》（*Jataka*），著名的圣勇（Aryasura）的《本生鬘论》（*Jataka-mala*）都是用韵、散二体合组成功的。其他各经，用此体者也极多。佛教经典的翻译日多，此新体便为我们的文人学士们所耳濡目染，不期然而然的也会拟仿起来了。但佛教文学的翻译，也和近来的欧洲文学的翻译一样，其进行的阶段，是先意译而后直译的。初译佛经时，只是利用中国旧文体，以便于览者。其后，才开始把佛经的文体也一并拟仿了起来。所以佛经的翻译，虽远在后汉、三国，而佛经中的文体的拟仿，则到了唐代方才开始。这种拟仿的创端，自然先由和佛典最接近的文人们或和尚们起头，故最早的以韵、散合组的新文体来叙述的故事，也只限于经典里的故事。而"变文"之为此种新文体的最早的表现，则也是无可疑的事实。从诸宫调、宝卷、平话以下，差不多都是由"变文"蜕化或受其影响而来的。

"变文"是什么东西呢？这是一种新发现的很重要的文体。虽已有了千年以上的寿命，却被掩埋在西陲的斗室里，已久为世人所忘记。——虽然其精灵是蜕化在诸宫调、宝卷、弹词等等里，并不曾一日灭亡过。原来"变文"的意义，和"演义"是差不多的。就是说，把古典的故事，重新再演说一番，变化一番，使人们容易明白。正和流行于同时的"变相"一样；那也是以"相"或"图画"来表现出经典的故事以感动群众的。"变文"和"变相"在唐代都极为流行；没有一个庙宇的巨壁上，不绘饰以"地狱变相"等等壁画者 参看张彦远的《历代名画记》。同样的，大约没有一个庙宇不曾讲唱过"变文"的罢。

其初，变文只是专门讲唱佛经里的故事。但很快的便为文人们所采取，用来讲唱民间传说的故事，像伍子胥、王昭君的故事之类。最早的变文，我们不知其发生于何时；但总在开元、天宝以前吧。我所藏的一卷《佛本生经变文》，据其字体，显然是中唐以前的写本。又《降魔变文》序文上有："伏惟我大唐汉朝圣主，开元、天宝圣文神武应道皇帝陛下，化越千古，声超百王；文该五典之精微，武析九夷之肝胆"云云的颂圣语，其为作于玄宗的时代无疑。王定保的《唐摭言》记张祜对白乐天说道："明公亦有《目连变》。《长恨词》云：'上穷碧落下黄泉，两处茫茫皆不见。'岂非'目连访母'耶？"是《目连变》之类的东西，在贞元、元和时代，在士大夫阶级里也已成为口谈之资。巴黎国家图书馆藏的《维摩诘经变文》第二十卷之末，有"于州中窟明寺开讲，极是温热"云云的题记。当是在窟明寺讲唱此变文，大得听众的欢迎后所写的罢。《卢氏杂记》《太平广记》卷二百四引载"文宗善吹小管。时法师文溆为入内大德。一日，得罪流之。弟子入内收拾院中籍入家具籍，犹作法师讲声。上采其声为曲子，号《文溆子》"。《乐府杂录》也载："长庆中，俗讲僧文叙，善吟经，其声宛畅，感动里人。"文叙竟有"俗讲僧"之称，可见中晚唐时代，僧徒之为俗讲是很流行的事。这些都可见供讲唱的变文，在中晚唐时代的流行是并非模糊影响之事。至于变文到了什么时候才在社会上消失了势力了呢？宋真宗998—1022曾禁止除了道、释二教之外的一切异教，而僧侣们的讲唱变文，也被明令申禁。我们可以说，在公元第十世纪之末，随了敦煌石室的封闭，"变文"也一同遭埋入了。然宋代有说经、说参请的风气，和说小说、讲史书者同列为"说话人"的专业，则"变文"之名虽不存，其流衍且益为广大的了。所谓宋代说话人的四家，殆皆是由"变文"的讲唱里流变出来的罢。

四

"变文"的名称，到了最近，因了几种重要的首尾完备的"变文"写本的发现，方才确定。在前几年，对于"变文"一类的东西，是往往由编目者或叙述者任意给他以一个名目的。或称之为"俗文"，或称之为"唱文"，或称之为"佛曲"，或称之为"演义"，其实都不是原名。又或加《明妃变文》以《明妃传》之名，《伍子胥变文》为《伍

第九讲 变 文

子胥》",或"《列国传》",也皆是出于悬度,无当原义。我在商务版的《中国文学史》中世卷第三篇第三章《敦煌的俗文学》里,也以为这种韵、散合体的叙述文字,可分为"俗文"和"变文"。现在才觉察出其错误来。原来在"变文"外,这种新文体,实在并无其他名称,正如"变相"之没有第二种名称一样。

这种新文体的"变文",其组织和一部分以韵、散二体合组起来的翻译的佛经完全相同;不过在韵文一部分变化较多而已。翻译的佛经,其"偈言"_{即韵文的部分}都是五言的;而变文的歌唱的一部分,则采用了唐代的流行的歌体或和尚们流行的唱文,而有了五言、六言、三三言、七言,或三七言合成的十言等等的不同。在一种变文里,也往往使用好几种不同体的韵文。像:《维摩诘经变文》第二十卷:

> 我见世尊宣敕命,令问维摩居士病。
> 初闻道着我名时,心里不妨怀喜庆。
> 金口言,堪可敬,无漏梵音本清净。
> 依言便合入毗耶,不合推辞阻大圣。
> 愿世尊,慈悲故,听我今朝恳词诉。

这是以七言为主,而夹入"三三言"的。像《大目乾连冥间救母变文》:

> 或有劈腹开心,或有面皮生剥。
> 目连虽是圣人,急得魂惊胆落。
> 目连啼哭念慈亲,神通急速若风云。

这是以七言、六言相夹杂的。但大体总是以七言为主体。这种可唱的韵文,后来便成了"定体"。在宝卷和弹词一方面,其唱文差不多都是如此布置着的。鼓词的唱文,也不过略加变化而已。

说到"变文"的散文一部分,则更有极可注意之点在着。我在上文说到唐代传奇文及古文运动时,皆曾提起过,唐代的通俗文乃是骈俪文,而古文却是他们的"文学的散文"。这话似乎颇骇俗。但事实是如此。以骈俪体的散文来写通俗小说,武后时代的张鹭在《游仙窟》里已尝试过。今日所见的敦煌的变文,其散文的一部分,几没有不是以骈俪文插入应用的。更可证明了这一句话的真实性。自六朝以至唐末好几百年的风尚,已使民间熟习了骈偶的文体。故一使用到散文,便无不以对仗为宗。尽管不通,不对,但还是要一排一排的对下去。这是时代的风气,无可避免的。只有豪杰之士,才开始知道用"古文"。古文之由"文学的散文"解放而成为民间的通用的文字,那是很后来的事呢。像中晚唐时代,所用的散文,殆无不是如下列一样的:

阿修罗,执日月以引前;紧郍罗,握刀枪而从后。于时,风师使风,雨师下雨,湿却罝尘,平治道路。神王把棒,金刚执杵。简择骁雄,排比队伍。然后吹法螺,击法鼓,弄刀枪,振威怒。动似雷奔,行如云布。

——《降魔变文》

五

"变文"之存于今者,就已发现者而言,已有四十余种。现尚陆续在出现。她不仅是敦煌写本里最重要的东西,也将是敦煌写本里除佛经外,最常见的东西了。今将讲唱佛经故事的变文与讲唱非佛经故事的变文,分为两部分,择其重要者略叙于下。

讲唱佛经故事的变文,最重要者是《维摩诘经变文》。《维摩诘经》原是释经里最富于文学的趣味者之一,复被讲唱者将这故事作为"变文",放大了许多倍,更成为一部弘伟无比的杰作;可以说我们文学史里未之前见的一部大"史诗"。今所知者,已有二十卷之多,但其间残缺了不少。经文的一百余字,这位伟大的讲唱者总至少要把她演成三四千字,写得又生动,又工致,又隽妙。可惜我们至今仅获读其数卷,尚不能将所残存者抄录得全耳。《文殊问疾》第一卷,藏上虞罗氏,叙述佛使文殊到维摩诘处问疾事。佛先在会上,问五百圣贤,八千

第九讲 变 文

菩萨，皆曰不任，无人敢去，结果是文殊应命而去。巴黎所藏的，有第二十卷，叙的是，佛使弥勒菩萨、光严童子等去问疾，而彼等皆不欲去，并追述往事，声诉所以不能去之故。卷末有"广政十年八月九日在西川静直禅院写此第廿卷"云云。当是抄写者的所记。

北京图书馆藏有《持世菩萨》第二卷，叙述持世菩萨坚苦修行，魔王波旬欲破坏其道行，便幻为帝释之状，从二千天女，鼓乐弦歌，来诣持世修行之所，但持世不为所惑事。其描状极绚丽隽好之致：

> 波旬自乃前行，魔女一时从后。擎乐器者，喧喧奏曲，响聒青霄；蓺香火者，澹澹烟飞，氤氲碧落。竞作奢衣美貌，各申窈窕仪容。擎鲜花者，共花色无殊；捧珠珍者，共珠珍不异。琵琶弦上，韵合春莺；箫笛管中，声吟鸣凤。杖敲羯鼓，如抛碎玉于盘中，手弄秦筝，似排雁行于弦上。轻轻丝竹，太常之美韵莫偕。浩浩喝歌，胡部之岂能比对。妖容转盛，艳质更丰。一群群若四色花敷，一队队似五云秀丽。盘旋碧落，宛转清霄。远看时意散心惊，近睹者魂飞目断。从天降下，若天花乱雨于乾坤；初出魔宫，似仙娥芬霏于宇宙。天女咸生喜跃，魔王自己欣欢。此时计较得成，持世修行必退。容貌恰如帝释，威仪一似梵王。圣人必定无疑，持世多应不怪。天女各施于六律，人人调弄五音。唱歌者诈作道心，供养者假为虔敬。莫遣圣人省悟，莫交菩萨觉知。发言时直要停藤，税调处直如稳审。各请擎鲜花于掌内，为吾烧沉麝于炉中。呈珠颜而剩逗妖容，展玉貌而更添艳丽。浩浩箫韶前引，喧喧乐韵齐声。一时皆下于云中，尽入修禅之室内。吟魔王队仗利天宫，欲恼圣人来下界。广设香花申供养，更将音乐及弦歌。清冷空界韵嘈嘈，影乱云中声响亮。胡乱莫能相比并，龟慈不易对量他。遥遥乐引出魔宫，隐隐排于霄汉内。香蒸烟飞和瑞气，花擎寮乱动祥云。琵琶弦上弄春莺，箫笛管中鸣锦凤。

又有《降魔变文》，本于《贤愚经》，叙舍利弗和六师斗法事。六师凡五次输败，遂服佛家的威力，不复与佛为梗。前在《敦煌零拾》里，仅见到一小部分，已惊其弘伟奇丽，不可迫视。今得读全文，更为快心！其描述佛家与六师的斗法，以《西游记》的孙行者、二郎神的斗法对读之，《西游记》只有"甘拜下风"耳。姑举一段：

六师闻语，忽然化出宝山，高数由旬。钦岑碧玉，崔嵬白银，顶侵天汉，蘩竹芳薪，东西日月，南北参辰。亦有松树参天，藤萝万段。顶上隐士安居，更有诸仙游观，驾鹤乘龙，仙歌聊乱。四众谁不惊嗟，见者咸皆称叹。舍利弗虽见此山，心里都无畏难。须臾之顷，忽然化出金刚。其金刚乃作何形状？其金刚乃头圆像天，天圆只堪为盖，足方万里，大地才足为钻。眉郁翠如青山之两崇，口呀呀犹江海之广阔。手执宝杵，杵上火焰冲天。一拟邪山，登时粉碎。山花萎悴飘零，竹木莫知所在。百僚齐叹希奇，四众一时唱快。故云，金刚智杵破邪山处。若为：
六师忿怒情难止，化出宝山难可比，
崭岩可有数由旬，紫葛金藤而覆地。
山花郁翠锦文成，金石崔嵬碧云起。
上有王乔丁令威，香水浮流宝山里。
飞仙往往散名华，大王遥见生欢喜！
舍利弗见山来入会，安详不动居三昧。
应时化出大金刚，眉高额阔身躯碎。
手持金杵火冲天，一拟邪山便粉碎。
于时帝王惊愕，四众忻忻。此度既不如他，未知更何神变？

但在许多讲唱佛教故事的变文里，最为流行者还是《目连救母变文》，这变文有种种不同的本子。伦敦有《大目乾连冥间救母变文》一卷，巴黎有《目连缘起》，北京有《目连救母变文》数卷；事实皆大同小异，文句也多相同的。可见这故事在当时流传的普遍，固不仅张祜之戏白居易以"《目连变》"云云也。在这些异本里，以伦敦的一本为最完备。首有序，叙七月十五日"天堂启户，地狱门开"，盂兰会的缘起。末有"贞明七年辛巳岁四月十六日净土寺学郎薛安俊写"云云。这故事成为后来宝卷、戏文的张本，至今在民间尚有很大的势力。这变文叙述佛的弟子目连，出家为僧，以善因得证阿罗汉果。借了佛力，他上了天堂，见到父亲，但母亲却不知何在。佛说："她在地狱中呢。"目连便遍历地狱，历睹惨状，最后到了阿鼻地狱，才见到他母亲青提夫人。她借佛力，出了这地狱，但不能出饿鬼道，见食即化为火。目连悲戚，无法可施。佛乃教他于七月十五日建兰盆大会，可以使她一饱。但她饱后，忽又不见。乃已转生人世，变为黑狗之身。最后，目连又借佛力，使她脱离了狗身，到天上去受快乐。这部变文，虽没有《维摩诘》《降魔》的伟弘奇丽，但关系极大。在中国的一切著作里，这可以说是最早的详尽的叙述周历地狱的情况的；其重要有若《奥特赛》（Odyssey）、《阿尼特》（Aeneid）及《神曲》诸史诗。

此外，尚有《佛本行集经变文》《八相成道经变文》《有相夫人升天变文》《佛本生经变文》《地狱变文》等等，皆较为简短，且俱首尾残阙，不知其原名为何。在其间，《佛本生经变文》，叙述释迦牟尼以身饲饿虎的事，其结构也殊弘丽，且就其字体看来，实是中唐的写本，今所见的变文的写本，时代无在其前者。

六

讲唱非佛教故事的变文，今所知者有：《列国志变文》，叙述伍子胥的故事 巴黎也藏有一卷《伍子胥》；《明妃变文》，叙述王昭君和番事；《舜子至孝变文》，叙述舜的故事。《舜子至孝变文》恐怕是最早的把舜的故事，传说化了的；写那瞽叟历次的受了后妻的鼓弄，要想设计陷害舜。而舜也每次都得脱逃出来。颇富于"神仙故事"的趣味。大约其中是附加上了不少民间故事的成分进去了罢。最奇特的结构，是每次后母要陷害舜时，总是说着：

> 自从夫去辽阳，遣妾勾当家事，前家男女不孝。

瞽叟听完了后妻的陷害之计后，也总是说道：

> 娘子虽是女人，设计大能精细。

这是任何变文里所不曾见过的格调。《列国志变文》，也极有堪以注意处。其间叙伍子胥逃难时，见到他的妻子，但不敢相认。他妻子乃举药名以暗示他："妾是仵茄之妇，细辛早仕于梁。就礼未及当归，使妾闲居独活"云云，这大约也是民间所最喜爱的"文章游戏"的一端罢。《明妃变文》已缺首段，其结束，则叙明妃在胡，抑抑不乐而死。死后，汉使祭她的青冢。这大约便是后来的明妃投黑水而死的传说的前驱。《明妃变文》分上下二卷，在上卷之末，有云：

> 上卷立铺毕，此入下卷。

这是一个很重要的消息，使我们可以明白后来的许多"欲知后事如何，且听下回分解"的云云，在中国的最早的根源是在什么地方。宋人"话本"之由"变文"演变而来，这当也是例证之一罢。

参考书目

一、《沙州文录》二卷　蒋斧编，罗福苌补，有上虞罗氏铅印本。

二、《敦煌零拾》七卷　罗振玉编，有上虞罗氏铅印本。

三、《敦煌遗书第一集》　法国伯希和、日本羽田吉合编，有上海东亚考古会印本。凡大小二册，为一部。

四、《敦煌劫余录》　陈垣编，有新出铅印本。

五、《敦煌掇琐》　刘复编，第一辑已出版，有中央研究院印本。

六、《佛曲叙录》　郑振铎著，见于《小说月报》号外《中国文学研究》。

七、《中国文学史》中世卷第三篇上册　郑振铎著，商务印书馆出版。

第十讲　鼓子词与诸宫调

敦煌"变文"的亲裔——宋代叙事歌曲的发达——宋大曲的进展——由大曲到鼓子词的过渡——《蝶恋花》鼓子词——伟大的创作者孔三传——诸宫调结构的弘伟——联合诸"宫调"为一堂的第一次的尝试——今存的三部伟大的诸宫调——董解元的《西厢记诸宫调》——无名氏的《刘知远诸宫调》——王伯成的《天宝遗事诸宫调》——诸宫调生命的短促——张五牛大夫创作的"赚词"

一

敦煌发现的"变文",虽沉埋于中国西陲千余年,但其生命在我们的文坛上并不曾一天断绝过。——且只有一天天的成长孳生,而孕育出种种不同的文体出来。在宋的时代,由变文所感化而产生的新文体,种类很多,而鼓子词与诸宫调的二种,最为重要。我们的叙事诗,最不发达。但自变文的一体,介绍进来了之后,以韵、散交错组成的新叙事歌曲却大为发达。这增加了我们文坛的极大的活气与重量。原来我们视《孔雀东南飞》《木兰辞》《长恨歌》诸作为绝大的珍异者,但若以自变文出现以来所产生的叙事的种种大杰作与之相较量,则《孔雀东南飞》等等诚不免要慊然的自觉其童稚。在其间,变文与诸宫调,尤为中世纪文学里的最伟大的新生的文体,足以使后来的诸作家,低首于他们之前的。

诸宫调的产生,约在北宋的末年。在其前,则有同性质的"大曲"

和"鼓子词"的出现。在其略后,则更有"赚词"的创作。这些文体,不仅在宋代是新鲜的创作,即在今日,对于一般的读者似也还都是很陌生的。本章当是任何中国文学史里最早的讲到她们的记载罢。

二

先说"大曲"。《宋史·乐志》曾载教坊所奏十八调四十大曲的名目。其中的名称,与唐代燕乐大曲的名目,颇有几个相同的,像《梁州》《伊州》《绿腰》等。这些大曲,最原始的方式是怎样的,今已不可知。但我们在宋人著作里,所见的大曲,像董颖的咏西子事的《道宫薄媚》;曾布的咏冯燕事的《水调歌头》等,都是长篇的叙事歌曲。《道宫薄媚》从《排遍第八》起,到《第七煞衮》止,共有十遍,《水调歌头》则从《排遍第一》起,到《排遍第七·撷花十八》止,共有七遍。姑举《水调歌头》的首二遍于下:

〔排遍第一〕魏豪有冯燕,年少客幽、并。击球斗鸡为戏,游侠久知名。因避仇来东郡,元戎逼属中军。直气凌貔虎,须臾叱咤,风云惨惨座中生。偶乘佳兴,轻裘锦带,东风跃马,往来寻访幽胜,游冶出东城。堤上莺花撩乱,香车宝马纵横。草软平沙稳,高楼两岸,春风笑语隔帘声。

〔排遍第二〕袖笼鞭敲镫,无语独闲行。绿杨下,人初静,烟澹夕阳明。窈窕佳人,独立瑶阶。掷果潘郎,瞥见红颜。横波盼,不胜娇,软倚云屏曳红裳。频推朱户,半开还掩。似欲倚伊哑声里,细诉深情。因遣林间青鸟,为言彼此心期,的的深相许,窃香解佩,绸缪相顾不胜情。

这当是宋词发展的自然的结果。"词"在这时已不甘终老于抒情诗的范围以内,而欲一试身手于叙事诗的场地上了。所谓唐的大曲,或和宋初的大曲,同是有"声"而无"辞",只是几遍的舞曲,和《水调歌头》

诸作，当是大殊的。

别有所谓《调笑转踏》者，也是大曲的一流。曾慥《乐府雅词》曾录无名氏的《调笑集句》，郑彦能的《调笑转踏》，晁无咎的《调笑》，皆是以诗与曲相间而组合成之的。先陈"入队"的致词，然后是一首诗，然后是一首曲，以后皆是以一诗一曲相间，末则结以"放队"词。这种体裁，已较大曲为进步，似是由大曲到鼓子词的一种过渡。

三

"鼓子词"是最明显的受有"变文"影响的一种新文体。在歌唱一方面，似颇受大曲的体式的支配，但其以散文和歌曲交杂而组合成之的方式，则全然是"变文"的格局。在文体的流别上说来，"大曲"是纯粹的叙事歌曲，"鼓子词"却是"变文"的同流了。

宋人的鼓子词，传者绝少。今所知者，有赵德麟《侯鲭录》中所载的咏《会真记》故事的《商调蝶恋花》一篇。德麟采用唐元稹的《会真记》原文，成为其中"散文"的一部分，而别以《商调蝶恋花》十章，歌咏其事。他将《会真记》分为十段，每段系以《蝶恋花》一章。如此构成了所谓"鼓子词"的一体。姑举其中的一段于下：

> 传曰：余所善张君，性温茂，美风仪，寓于蒲之普救寺。适有崔氏孀妇，将归长安，路出于蒲，亦止兹寺。崔氏妇，郑女也。张出于郑。叙其女，乃异派之从母。是岁，丁文雅不善于军，军之徒，因大扰，劫掠蒲人。崔氏之家，财产甚厚，惶骇不知所措。张与将之党有善，请吏护之，遂不及难。郑厚张之德，因饰馔以命张。谓曰：姨之孤嫠未亡，提携弱子幼女，犹君之所生也，岂可比常恩哉！今俾以仁兄之礼奉见。乃命其子曰欢郎，女曰莺莺，出拜尔兄。崔辞以疾。郑怒曰：张兄保尔之命，宁复远嫌乎！又久之，乃至。常服睟容，不加新饰，垂鬟浅黛，双脸桃红而已。颜色艳异，光辉

动人。张惊,为之礼。因坐郑旁。凝眸丽绝,若不胜其体。张问其年几?郑曰:十七岁矣。张生稍以词导之,宛不蒙对。终席而罢。奉劳歌伴,再和前声:"锦额重帘深几许?绣履弯弯,未省离朱户。强出娇羞都不语,绛绡频掩酥胸素。黛浅愁深妆淡注,怨绝情凝,不肯聊回顾。媚脸未匀新泪污,梅英犹带春朝露。"

四

但在这些新文体中,最重要,且最和"变文"有直接的渊源关系者,当为"诸宫调"的一体。在结构的弘伟和局势的壮阔上,也只有"诸宫调"方可和"变文"相颉颃。像鼓子词和大曲等,实在只是简短的歌曲,不足与他们列在同一的水平线上。诸宫调出现于北宋之末。王灼《碧鸡漫志》卷二说道:"熙、丰、元祐间,兖州张山人以诙谐独步京师,时出一两解。泽州孔三传者,首创诸宫调古传,士大夫皆能诵之。"孟元老《东京梦华录》卷五记载,崇、观以来,在京"瓦肆伎艺"中,也有"孔三传,耍秀才诸宫调"的云云。其他耐得翁的《都城纪胜》,吴自牧的《梦粱录》里也都提到孔三传和诸宫调的事。是诸宫调乃是熙、丰、元祐间的一位才人孔三传所创作的了。但像这样一位伟大的作家,我们在今日却不能知道他的生平,并不能得到片言只语的遗文,诚是一件憾事!三传所首创的诸宫调古传,既是"士大夫皆能诵之",则必定是很有可观的,其佚失似不是无足轻重的!

诸宫调是讲唱的。其讲唱的方式,当大类今日社会上的讲唱弹词、宝卷;也当正像唐代和尚们的讲唱"变文"。《西河词话》说:"《西厢》挡弹词,则有白有曲,专以一人挡弹,并念唱之。"当和当日的实际情形,相差不远。张元长《笔谈》说:"董解元《西厢记》曾见之卢兵部许。一人援弦,数十人合座,分诸色目而递歌之,谓之磨唱。"焦循《剧说》引这话很靠不住。当是卢兵部的"自我作古",或"想当然"的可笑的复古的举动。我们如果读了石君宝的《诸宫调风月紫云亭》一剧见

《元刊杂剧三十种》，当可于诸宫调的讲唱的情形略略的明了了。

诸宫调的名称，从何而来呢？诸宫调的结构，和"变文"是全然不殊的。其所不同者，乃在歌唱的一部分。"变文"用的是七言或间以三三言，而"诸宫调"则用的是很复杂的"宫调"。原来大曲和鼓子词，皆用同一宫调里的同一曲牌，反复的来歌咏一件故事。像上文所引的《道宫薄媚》，便是用"道宫"里的《薄媚》一调，反复到十遍，以歌咏西子故事。但诸宫调则不是这样的。她是无限量的使用着各个宫调里的各个曲调以歌咏一个很长篇的故事的。像《刘知远诸宫调》的第二卷的首一部分，其歌唱的部分便是这样的布置着的：

《中吕调·牧羊关》，《仙吕调·醉落托》，《黄钟宫·双声叠韵》，《南吕调·应天长》，《般涉调·麻婆子》，《商角·定风波》，《般涉调·沁园春》，《高平调·贺新郎》，《道宫·解红》……

这比较所谓大曲和鼓子词的单调的布置是进步得多少呢？难怪孔三传一创作了这种新声出来，便要哄动一时了。且这也是第一次把"诸宫调"连络起来叙述一件故事的尝试。这个尝试的成功，对于后来杂剧的产生和其结构是极有影响的。

五

"诸宫调"在宋、金的时候，流传得很广。《梦粱录》和《武林旧事》所记载的以讲唱诸宫调为业的人也不少。《诸宫调风月紫云亭》剧里有："我唱的是《三国志》，先饶十大曲；俺娘便《五代史》，添续《八阳经》"的云云，又董解元《西厢记》的开卷，也有：

〔太平赚〕……比前览乐府不中听，在诸宫调里却着数。一个个旖旎风流济楚，不比其余。

〔柘枝令〕也不是《崔韬逢雌虎》，也不是《郑子遇妖狐》，也不是《井底引银瓶》，也不是《双女夺夫》，也不是《离魂倩女》，也不是《谒浆崔护》，也不是《双渐豫章城》，也不是《柳毅传书》。

诸语，是诸宫调的著作，在那个时代是有很多种的。但今日所见者，除董解元的《西厢记诸宫调》、无名氏的《刘知远诸宫调》、王伯成的《天宝遗事诸宫调》以外，却别无第四本了。

董解元生世不可考，关汉卿所著杂剧有《董解元醉走柳丝亭》一本 今佚，说的便是他的故事罢。陶宗仪说他是金章宗 1190—1208 时人。钟嗣成的《录鬼簿》列他于"前辈已死名公，有乐府行于世者"之首，并于下注明："金章宗时人，以其创始，故列诸首。"涵虚子的《太和正音谱》也说他"仕于金，始制北曲"。毛西河《词话》则谓他为金章宗学士。大约董氏的生年，在金章宗时代的左右，是无可置疑的。但他是否仕金，是否曾为"学士"，则是我们所不能知道的。他大约总是一位像孔三传、衰本道似的人物，以制作并说唱诸宫调为生涯的。《太和正音谱》说他"仕于金"，恐怕是由《录鬼簿》"金章宗时人"数字附会而来的。而毛西河的"为金章宗学士"云云，则更是曲解"解元"二字与附会"仕于金"三字而生出来的解释了。"解元"二字，在金、元之间用得很滥，并不像明人之必以中举首者为"解元"。故《西厢记》剧里，屡称张生为张解元；关汉卿也被人称为"关解元"。彼时之称人为"解元"，盖为对读书人之通称或尊称，犹今之称人为"先生"，或宋时之称说书者为某"书生"、某"进士"、某"贡士"，未必被称者的来历，便真实的是"解元""进士"等等。

《西厢记诸宫调》的文辞，凡见之者没有一个不极口的赞赏。明胡应麟《少室山房笔丛》说：

《西厢记》虽出唐人《莺莺传》，实本金董解元。董曲今尚行世，精工巧丽，备极才情，而字字本色，言言古意，当是古今传奇鼻祖。金人一代文献尽此矣。

第十讲　鼓子词与诸宫调

这话并不是瞎恭维。我们看，董解元把那末短短的一篇传奇文《会真记》放大到如此浩浩莽莽的一部伟大的弘著，其著作力的富健诚是前无古人的。其故事的大略如下：

贞元十七年二月，张珙至蒲州，寻旅舍安止。有一天，游蒲东普救寺，见寄居于寺中的崔相国女莺莺，莽欲追随其后，闯入宅中，为寺僧法聪从后拖住，责其不可造次。

张生因此决也移寓于寺中之西厢。是夜，月明如昼，生行近莺庭，口占二十字小诗一首。不料莺莺在庭间也依韵和生一诗。生闻之惊喜。便大踏步走至跟前。被红娘来唤莺莺归寝而散。

自此以后，张生浑忘一切，日夜把莺莺在念。但千方百计，无由得见意中人。夜间，生与长老法本谈禅。红娘来向长老说，明日相国夫人待做清醮。法本令执事准备。生亦备钱五千，为其亡父尚书作分功德。长老诺之。

第二天，生来看做醮，见一位六旬的老婆娘，领着欢郎及莺莺来上香。莺莺一来，僧俗皆为其绝代的容光所摄，无不情神颠倒。直到第二天的日将出，道场方罢。

——以上第一卷

崔夫人和莺莺归去。众僧正在收拾铺陈来的什物，见一小僧慌速走来，气喘不定，口称祸事。众僧大惊。原来，唐蒲关乃屯军

《董西厢》书影

董解元，金戏曲作家，其生卒年、月、字、号、籍贯均不详。他根据元稹的《莺莺传》创作长篇讲唱文学《西厢记诸宫调》，为元杂剧《西厢记》所本，世称《董西厢》。

之处。是年浑瑊死，丁文雅不善治军。其将孙飞虎半万兵叛，劫掠蒲中。叛兵过寺，欲求一饭。僧众商议。主迎主拒者不一。或以为有崔相国的夫人及女寄住于此，迎贼实为不便。法聪也力主拒之。聪本陕右蕃部之后，少好弓剑，武而有勇，遂鼓动僧众，得三百人，出与飞虎为敌。聪勇猛异常，贼众不能敌。但聪见贼众难胜，便冲出重围而去。三百僧众，被贼兵杀死甚众。飞虎捉住走不脱的和尚，问其何故拒敌。和尚说是为了莺莺之故。飞虎便围了寺，指名要索莺莺。

崔氏一门大震，饮泣无计。莺莺欲自杀以免辱。却有人在众中大笑。笑者谁？盖张生也。生自言有退兵之计。夫人许以继子为亲。生便取出其所作致白马将军一信，读给众听。夫人谓：白马将军去此数十里，如何赶得及来救援？生说：适于法聪出战之时，已持此书给白马将军了。夫人闻言，始觉宽心。

不久，果然看见一彪人马飞驰而来，贼众出不意，皆大惊投降。白马将军遂斩了孙飞虎，赦其余众，入寺与张生叙话而别。

贼兵退后，生托法本到夫人处提亲。夫人说，方备蔬食，当与生面议。第二天，夫人差红娘来请生赴宴。生以为事必可谐。不料夫人命欢郎、莺莺皆以兄礼见生。生已失望。夫人最后乃说起相国在日，已将莺莺许配郑恒事。生遂辞以醉，不终席而退。红娘送之回室。生赠以金钗，红娘不受奔去。

异日，红娘复至，致夫人谢意。生说：今当西归，与夫人诀绝了。便在收拾琴剑书囊。红娘见了琴，忽有触于中，说道：莺莺喜听琴，若果以琴动之，或当有成。生喜而笑，遂不成行。

——以上第二卷

夜间，月色皓空，张生横琴于膝，奏《凤求凰》之操。莺莺偕红娘逐琴声来听。闻之，大有所感，泣于窗外。生推琴而起，火急开门，抱定一人，仔细一看，抱定的却是红娘，莺莺已去。

那一夜，莺莺通宵无寐。红娘以情告生。生托红娘致诗一章于莺。莺见之大怒。随笔写于笺尾，令红娘持去给生。红娘战恐的对生述莺发怒事。但待得他读了笺时，他却大喜。原来写的却是约他夜间逾垣相会的诗。

生巴不得到夜。月上时，生逾墙而过。莺至，端服严容，大诉生一顿。生愤极而回。勉强睡下。方二更时，蓦听得隔窗有人唤门。乃莺自至。正在诉情，珰珰的听一声萧寺疏钟，莺又不见，方知是梦。

生自此行忘止，食忘饱，举止颠倒。久之成疾。夫人令红娘来视疾。生托她致意于莺，要她破工夫略来看觑他。红娘去不久，夫人、莺莺便同去看他。夫人命医来看脉。他们既归，无一人至。生念所望不成，虽生何益，以绦悬栋，便欲自尽。蓦一人走至拽住了他。乃红娘送莺的药至。这药是一诗，说她晚间将自至。生病顿愈。

那一夜，莺果至。成就了他们的私恋。自是朝隐而出，暮隐而入，几有半年。

夫人生了疑，一夜急唤莺。莺仓皇而归。夫人勘问红娘。红诉其情。并力主以莺嫁生。夫人允之。

夫人令红召生，说明许婚的事。但以莺服未阕，未可成礼。生留下聘礼，说：今蒙文调，将赴省闱，姑待来年结婚。莺闻之，愁怨之容动于色。自此不复见。数日后，生行。夫人及莺送于道。经于蒲西十里小亭置酒。

——以上第三卷

生与莺徘徊不忍离别。终于在太阳映着枫林的景色里，勉强别去。生的离愁，是马儿上驮也驮不动。

那一夜，生投宿于村店。残月窥人，睡难成眠。他开门披衣，独步月中，忽听得女人声道，快走罢。生见水桥的那边，有两个女郎映月而来。大惊以为怪。近来视之，乃莺与红娘，说：她与红娘乘夫人酒醉，追来同行。正在进舍归寝，但见群犬吠门，火把照空，人声藉藉。一人大呼道，渡河女子，必在此间。一个大汉，执着刀，踹破门要来搜。生方待挣揣，却撒然觉来。

那边，莺莺在蒲东，也凄凄惶惶的在念着张生。

明年春，张生殿试以第三人及第。即命仆持诗归报莺。莺正念生成疾，见诗大悦，夫人亦喜。

但自是至秋，杳无一耗。莺修书遣仆寄生，随寄衣一袭，瑶琴一张，玉簪一枝，斑管一枝。生那时，以才授翰林学士，因病闲居，至秋未愈。为忆莺莺，愁肠万结。及读莺书，感泣。便欲治装归娶。

生未及行，郑相子恒，至蒲州，诣普救寺，欲申前约。夫人说，莺莺已别许张珙。郑恒说：张生登第后，已别娶卫尚书女。莺闻之，闷极仆地，救之多时方苏。夫人阴许恒择日成亲。不料，这时张生也到。夫人说：喜学士别继良姻。但生力辩其无。夫人说今莺已从前约嫁郑恒。生闻道扑然倒地。过了半晌，收身强起，伤自家来得较迟。又不欲与故相子争一妇人。但欲一见莺。莺出默然。四目相视，内心皆痛。生坐止不安，蘧然而起。

法聪邀生于客舍，极力的劝慰他。但生思念前情，心中不快更甚。

聪说：足下傥得莺，痛可已乎？便献计欲杀夫人与郑恒。正在这时，莺、红同至望生。他们各自准备下万言千语。及至相逢，却没一句。莺念及痛切处，便欲悬梁自缢，生亦欲同死。但为红及聪所阻。

聪说：别有一计，可使莺与生偕老；白马将军今授了蒲州太守，正可投奔他处。二更时，生遂携莺宵奔蒲州。白马将军允为生作主。郑恒如争，必斩其首。恒果来争夺，将军严斥之。恒羞愤，投阶而死。这里张生、莺莺美满团圆，还都上任。

——以上第四卷

这里和《会真记》大不同者，乃在结局的团圆。《会真记》的结果，太不近人情。张生无故的拒绝莺莺，自从寄书之后，便不再理会她。反以君子善于改过自诩。以后男婚女嫁，各不相知。实是最奇怪的结束。这不能算是悲剧，实是"怪剧"。像《董西厢》的崔、张的大团圆，当是世俗的读者们所最欢迎的，且也较合情理。自王实甫以下诸《西厢记》，其结构殆皆为董解元的太阳光似的伟著所笼罩，而不能自外。

六

《刘知远诸宫调》是一个残本，今存四十二叶，约当全书三之一。俄国柯智洛夫探险队于1907—1908年间，考察蒙古、青海，发掘张掖、黑水故城。得古物及西夏文书籍甚多，于其间乃有此《刘知远诸宫调》在着。这是一个极伟大的发见。就种种方面看来，这部诸宫调当是宋、金之际的东西。

这书全文当为十二则，今存者为"知远走慕家庄沙陀村入舍第一"，"知远别三娘太原投事第二"，"知远充军三娘剪发生少主第三"此则仅残存二页，"知远投三娘与洪义厮打第十一"，"君臣弟兄子母夫妇团圆第十二"。中间第三的大半和第四到第十的七则，则俱已佚去了。刘知远事，自宋以来，讲述者便已纷纷。今所见的《五代史平话》，已详写知远事，而诸本《白兔记》传奇，更是专述知远和三娘的悲欢离合的。大约，这位流氓皇帝的故事，乃是最足以耸动市井的听闻的。

《刘知远诸宫调》的作者并不是很平凡的人物。他和董解元一样，具有伟大的诗的天才，和极丰富的想像力。他能以极浑朴、极本色的俗语方言，来讲唱这个动人的故事。其风格的壮遒古雅，大类绿锈重重的三代的彝鼎，令人一见便油然生崇敬心。姑举一小段于下：

〔般涉调·麻婆子〕
洪义自约末天色二更过，皓月如秋水，款款地进两脚，调下个折针也闻声。牛栏儿傍里遂小坐，侧耳听沉久，心中畅欢乐。○记得村酒务，将人恁剉；入舍为女婿，俺爷爷护向着；到此残生看怎脱：熟睡鼻息似雷作，去了俺眼中钉，从今后好快活！

（尾）团苞用，草苫着，欲要烧毁全小可，堵定个门儿放着火。

论匹夫心肠狠，庞涓不是毒；说这汉意乖讹，黄巢真佛行！哀哉未遇官家，姓（性）命亡于火内。

〔商角·定风波〕

熟睡不省悟，鼻气若山前哮吼猛虎。三娘又怎知与儿夫何日相遇。不是假也非干是梦里，索命归泉路。○当此李洪义遂侧耳听沉，两回三度，知远怎逃命。早点火烧着草屋。陌听得一声响，谑匹夫急抬头觑。

（尾）星移斗转近三鼓，怎显得官家福分，没云雾平白下雨。苦辛如光武之劳，脱难似晋王之圣。雨湿火煞，知远惊觉。方知洪义所为，亦不敢伸诉。至次日，知远引牛驴拽拖车三教庙左右做生活。到日午，暂于庙中困歇熟睡。须臾，众村老携筇避暑。其中有三翁。

〔般涉调·沁园春〕

拴了牛驴，不问拖车，上得庙阶，为终朝每日多辛苦，扑番身起权时歇。侍傍里三翁守定知远，两个眉头不展开，堪伤处便是荆山美玉，泥土里沉埋。○老儿正是哀哉，忽听得长空发哄雷声，惊天霹雳，眼前电闪，谑人魂魄幽幽不在。陌地观占，抬头仰视，这雨多应必煞，乖伤苗稼，荒荒是处，饥馑民灾。

（尾）行雨底龙必将鬼使差，布一天黑暗云霭霭，分明是拼着四坐海。

电光闪灼走金蛇，霹雳喧轰槁铁鼓，风势揭天，急雨如注，牛驴惊跳，拽断麻绳，走得不知所在。三翁唤觉知远，急赶牛驴，走得不见。至天晚，不敢归庄。

〔高平调·贺新郎〕

知远听得道，好惊慌，别了三翁，急出祠堂。不故泥污了牛皮鞯，且向泊中寻访。一路里作念千场，那两个花驴养着牛，绳绑我在桑树上，少后敢打五十棒！方今遭五代，值残

第十讲 鼓子词与诸宫调

唐,万姓失途,黎庶忧徨,豪杰显赫英雄旺,发迹男儿气刚。太原府文面做射粮,欲待去,却徊徨。非无决断。莫怪频来往,不是,难割舍李三娘!见得天晚,不敢归庄。意欲私走太原投事,奈三娘情重,不能弃舍。于明月之下,去住无门,时时叹息。

〔道宫·解红〕

鼓掌笋指,那知远目下长吁气。独言独语,怎免这场拳踢。没事尚自生事,把人寻不是,更何况今日将牛畜都尽失。若还到庄说甚底!怕见他洪信与洪义。劝人家少年诸子弟,愿生生世世休做女婿。妻父妻母在生时,我百事做人且较容易。自从他化去,欺负杀俺夫妻两个凡女。鸱着嘴儿厮罗执灭良,削薄得人来怎敢喘气!道是,长贫没富多不易,酸寒嘴脸只合乞,百般言语难能吃,这般材料怎地发迹!

(尾)大男小女满庄里,与我一个外名难揩洗,都受人唤我做刘穷鬼。

天道二更已后,潜身私入庄中,来别三娘。

七

王伯成的《天宝遗事诸宫调》,产生的时代较后。伯成,涿州人。《录鬼簿》放他在"前辈已死名公"之列。当是公元1330年以前的人物。他写有杂剧二本:《李太白贬夜郎》和《张骞泛浮槎》前者今存于世。而使他成大名者则为《天宝遗事》的一部伟著。但这部诸宫调从明以来便不传于世。著者尝从《雍熙乐府》《北调广正谱》《九宫大成谱》诸书里,辑出五十四套曲文,大约相当于全书的四分之一,仅能窥豹一斑而已。"天宝遗事"本是诗人们最好的题材之一。自白居易的《长恨歌》以后,宋人有《太真外传》,元关汉卿有《唐明皇哭香囊》佚,白仁甫有《秋夜梧桐雨》,而明人传奇之述及此事者,若《彩毫》《惊鸿》

诸记尤多。清初洪昇的《长生殿》便是一个总结束。在其间，伯成的《天宝遗事》似最不为人所知。《遗事》的作风，已甚受杂剧作家的影响，非复纯粹的诸宫调本色。但遣辞铸局，却也甚为浑厚而奔放。其大略，可于下面的《遗事引》里见到：

〔哨遍·遗事引〕

天宝年间遗事，向锦囊玉牒新开创。风流酝藉李三郎，殢真妃日夜昭阳恣色荒。惜花怜月宠恩云，霄鼓逐天杖。绣领华清宫殿，尤回翠辇，浴出兰汤。半酣绿酒海棠娇，一笑红尘荔枝香。宜醉宜醒，堪笑堪嗔，称梳称妆。〔么篇〕银烛荧煌，看不尽上马娇模样。私语向七夕间，天边织女牛郎，自还想。潜随叶靖，半夜乘空，游月窟来天上。切记得广寒宫曲，羽衣缥缈，仙佩玎珰。笑携玉箸击梧桐，巧称雕盘按霓裳。不提防祸隐萧墙。〔墙头花〕无端乳鹿入禁苑，平欺诳，惯得个禄山野物，纵横恣来往。避龙情子母似恩情，登凤榻夫妻般过当。〔么篇〕如穿人口，国丑事难遮当。将禄山别迁为蓟州长。便兴心买马，军合下手合朋聚党。〔么篇〕恩多决怨深。慈悲反受殃。想唐朝触祸机。败国事皆因偃月堂。张九龄村野为农，李林甫朝廷拜相。〔耍孩儿〕渔阳灯火三千丈，统大势长驱虎狼。响珊珊铁甲开金戈，明晃晃斧钺刀枪，鞭彫剪剪摇旗影，衡水粼粼射甲光。凭骁健，马雄如獬豸，人劣似金刚。〔四煞〕潼关一鼓过元平荡，哥舒翰应难堵当。生逼得车驾幸西蜀。马嵬坡签抑君王。一声阃外将军令，万马蹄边妃子亡。扶归路愁观罗袜，痛哭香囊。

伯成的《遗事》，殆是诸宫调的尾声。在公元1330年左右编辑的《录鬼簿》里，已以能歌唱《董西厢》为可羡诧的事，可见那时诸宫调的歌唱殆已成了秋天的残蝉之鸣声了。《张协状元》戏文的开始，有一段不伦不类的说唱诸宫调的开场。诸宫调在元代或竟已成了帮衬的东西，而不复能独立的成为一场的罢。

第十讲　鼓子词与诸宫调

这样说来，诸宫调的开始，最早当在于宋神宗熙宁_{公元1068年}间，而其黄金时代的终了，则当在元代的中叶_{约公元1300年以前}。只不过是两个多世纪的生命耳。在中国文学里，这已算是很短寿的一种文体了。但诸宫调虽然生存得不久，流传的更少_{亦有三部}，但其生存实为宋、金文学里最大的一个光彩。像那样弘伟如宫殿，精粹若珠玉的巨著，除了其亲祖"变文"以外，诸宫调殆是空前的。

八

最后，更当一说"赚词"。"赚词"并不是诸宫调的同群，乃是"大曲"的一家。其产生较后于诸宫调。但后来诸宫调中的歌曲的结构，似颇受到她的影响。耐得翁的《都城纪胜》说：

> 唱赚在京师，只有缠令、缠达。有引子、尾声为缠令。引子后只以两腔递且循环间用者为缠达。中兴后，张五牛大夫。因听动鼓板中，又有四太平令或赚鼓板即今拍板大筛扬处是也，遂撰为赚。赚者，误赚之义也。令人正堪美听，不觉已至尾声。是不宜为片序也。今又有覆赚；又有变花前月下之情为铁骑之类。凡赚最难，以其兼慢曲、曲破、大曲、嘌唱、耍令、番曲、叫声诸家腔谱也。

已把"唱赚"的历史说得很详细。吴自牧的《梦粱录》所载，全袭《都城纪胜》，仅加上了杭州能唱赚者窦四官人等二十余人的姓名。"赚词"的重要是在把"大曲"的反复的单以一个曲调来歌唱的格局打破了；而在同一曲调里，找到许多不同的曲牌，联合组织起来歌唱的。王国维氏尝于《事林广记·戌集》里，发见了名为《圆社市语》的一篇赚词；其结构如下：

〔中吕宫〕《紫苏丸》——《缕缕金》——《好女儿》——《大

夫娘》——《好孩儿》——《赚》——《越恁好》——《鹊打兔》——《尾声》

这当是今日所见的惟一存在的赚词了。《西厢记诸宫调》的歌曲里有用"赚"处，元剧的歌词里也有"赚"的使用，其影响是很大的。我颇疑心，张五牛大夫所创作的唱赚，乃是我们文学里第一次把在同一宫调里许多不同名的歌曲联结在一处的尝试。《刘知远》《董西厢》之间有使用这个歌唱的方式，殆皆受其感化的，这话或不会是很错误罢。

〔明〕仇英《〈西厢记〉之"窥简"》

参考书目

一、《唐宋大曲考》 王国维著，有《王忠悫公遗书》本。

二、《宋元戏曲史》 王国维著，有商务印书馆铅印本，有《王忠悫公遗书》本（《遗书》改"史"为"考"）。

三、《宋金元诸宫调考》 郑振铎著，见燕京大学《文学年报》第一期。

四、《刘知远诸宫调考》 日本青木正儿著，贺昌群译，见《北平图书馆馆刊》第六卷中。

五、《都城纪胜》 耐得翁著，有《楝亭十二种》本，《涵芬楼秘笈》本。

六、《梦粱录》 吴自牧著，有《武林掌故丛编》本。

七、《武林旧事》 周密著，有《武林掌故丛编》本。

第十一讲　小　说

一、话本的产生

"变文"影响的巨大——讲唱故事的风气的大行——所谓"说话人"——说话的四家——说话人的歌唱的问题——"银字儿"与"合生"——今存的宋人小说——"词话"与"诗话"——《清平山堂话本》及"三言"中的"词话"——白话文学的黄金时代——从《唐太宗入冥记》到宋人词话——烟粉灵怪传奇——公案传奇——《杨思温》与《拗相公》——《取经诗话》——《五代史平话》——《宣和遗事》——《梁公九谏》——"说话人"在后来小说上的影响的巨大

一

在北宋的末年,"变文"显出了她的极大的影响。"变文"的名称,在那时大约是已经消失了。讲唱"变文"的风气,在那时也似已不见了。但"变文"的体制,却更深刻的进入于我们的民间;更幻变的分歧而成为种种不同的新文体。在其间,最重要的是鼓子词和诸宫调二种。这在上文已经说过了。但变文的讲唱的习惯还不仅结果在鼓子词和诸宫调上。同时,类似变文的新文体是雨后春笋似的耸峙于讲坛的地面。讲坛的所在,也不仅仅是限于庙宇之中了;讲唱的人,也不仅仅是限止于禅师们了。当然禅师们在当时的讲坛上还占了一部分的势力,像"说经""说浑经""说参请"之类。当时,讲唱的风气竟盛极一时;唱的方面也百出不穷；讲唱的人物也"牛鬼蛇神"无所不有；讲唱的题材，更是上天下地，无所不谈。这种风尚，也许远在北宋之末以前已经有了。不过，据我们所知道的材料，却是以北宋之末为最盛。这风尚直到了南宋之末而未衰，直到了元、明而仍未衰。而至今日也还不是完全绝了踪迹。讲唱的势力，在民间并未低落。讲坛也还林立在庙宇与茶棚之中。这可见，变文的躯骸，虽在西陲沉埋了千年以上，而她的子孙却还在世上活跃着呢；且孳生得更多，其所成就的事业也更为伟大。

在北宋之末，变文的子孙们，于诸宫调外尚有所谓"说话"者，在当时民间讲坛上，极占有权威。"说话"成了许多专门的职业；其种类极为分歧。孟元老的《东京梦华录》记载北宋末年东京的"伎艺"，其中已有"孙宽、孙十五、曾无党、高恕、李孝祥等讲史；李慥、杨中立、张十一、徐明、赵世亨、贾九等小说；吴八儿，合生……霍四究说三分；尹常卖《五代史》"的话。其后，在南宋诸家的著述，像周密的《武林旧事》，耐得翁的《都城纪胜》及吴自牧的《梦粱录》，所记载的"说话人"的情形，更为详尽。《都城纪胜》记载"瓦舍众伎"道：

> 说话有四家。一者小说，谓之银字儿，如烟粉灵怪传奇，说公案，皆是搏刀赶棒及发迹变泰之事；说铁骑儿，谓士马金鼓之事。说经，谓演说佛书；说参请，谓宾主参禅悟道等事。讲史书，讲说前代书史文传，兴废争战之事。最畏小说人。盖小说者能以一朝一代故事，顷刻间提破。合生与起令、随令相似，各占一事。

《梦粱录》所记，与《都城纪胜》大略相同。《武林旧事》则历记"演史""说经、诨经"等等职业的说话人的姓名。"演史"自乔万卷以下到陈小娘子，凡二十三人；"说经、诨经"自长啸和尚以下到戴忻庵，凡十七人；"小说"自蔡和以下到史惠英女流凡五十二人；"合生"最不景气，只有一人，双秀才。大约"说话人"的四家，便是这样分着的。其中，"小说"最为发达，分门别类也最多。大约每一门类也必各有专家。故其专家至有五十余人之多。"演史"也是很受欢迎的。《东京梦华录》

| 第十一讲　小　说 |

既载着霍四究、尹常卖等以说"三分""五代史"为专业，而《梦粱录》里也说着当时"演史"者的情况道："又有王六大夫，元系御前供话，为幕客请给，讲诸史俱通。于咸淳年间，敷演《复华篇》及《中兴名将传》，听者纷纷。盖讲得字真不俗，记问渊源甚广耳。"

凡说话人殆无不是以讲唱并重者；不仅仅专力于讲。——宋代京瓦中重要的艺伎盖也无不是如此——这正足以表现出其为由"变文"脱胎而来。今所见的宋人"小说"，其中夹入唱词不少，有的是诗，有的是词，有的是一种特殊结构的文章，惯用四言、六言和七言交错成文的，像：

> 黄罗抹额，锦带缠腰。皂罗袍袖绣团花，金甲束身微窄地。剑横秋水，靴踏狻猊。上通碧落之间，下彻九幽之地。业龙作祟，向海波水底擒来；邪怪为妖，入山洞穴中捉出。六丁坛畔，权为符吏之名；上帝阶前，次有天丁之号。
>
> ——《西山一窟鬼》

我们读到这样的对偶的文章，还不会猛然的想起《维摩诘经变文》《降魔变文》来么？但唐人的对偶的散文的描状，在此时却已被包纳而变成为专门作描状之用的一种特殊的文章了。大约这种唐人用来讲念的，在此时必也已一变而成为"唱文"的一种了。又宋人亦称"小说"为"银字儿"。而"银字"却是一种乐器之名见《新唐书·礼乐志》及《宋史·乐志》。白乐天诗有"高调管色吹银字"，和凝《山花子词》有"银字笙寒调正长"，宋人词中说及"银字"者更不少概见。也许这种东西和"小说"的唱调是很有关系的。在"讲史"里，也往往附入唱词不少。最有趣的是"小说"中，像《快嘴李翠莲记》见《清平山堂话本》，像《蒋淑贞刎颈鸳鸯会》见《清平山堂话本》及《警世通言》，几皆以唱词为主体。《刎颈鸳鸯会》更有"奉劳歌伴：先听格律，后听芜词"及"奉劳歌伴，再和前声"的话。那末，说话人并且是有"歌伴"的了。"合生"的一种，大约也是以唱为主要的东西。《新唐书》卷一百十九《武平一传》叙述"合生"之事甚详。但据《夷坚志》八《合生诗词》条之所述，则所谓"合生"者，乃女伶"能于席上指物题咏，应命辄成者"之谓，其意义大殊。惟宋词中往往以"银字合生"同举，又"合生"原是宋代最流行的唱调之一；诸宫调里用到它，戏文里也用到它_{中吕宫过曲}。这说话四家中的一家"合生"，难保不是专以唱"合生"这个调子为业的。其情形或像张五牛大夫之以唱赚为专业，或其他伎艺人之以"叫声""叫果子"为专业一样吧。至于"说经"之类，其为讲唱并重，更无可疑。想不到唐代的"变文"，到了这个时代，会孳生出这末许多的重要的文体来。

二

"合生"和"说经、说参请"的二家，今已不能得其只字片语，故无可记述。至于"小说"，则今传于世者尚多，其体制颇为我们所熟悉。"讲史"的最早的著作，今虽不可得，但其流甚大，我们也不能不注意及之。底下所述，便专以此二家为主。

"小说"一家，其话本传于今者尚多。钱曾的《也是园书目》_{《也是园书目》有《玉简斋丛书》本}，著录"宋人词话"十二种。王国维先生的《曲录》尝把她们编入其中，以为她们是戏曲的一种。其后缪荃孙的《烟画东堂小品》把残本的《京本通俗小说》刊布了。《也是园书目》所著录的《冯玉梅团圆》《错斩崔宁》数种，竟在其中。于是我们才知道，所谓"词话"者，原来并不是戏曲，乃是小说。为什么唤做"词话"呢？大约是因为其中有"词"有"话"之故罢。其有"诗"有"话"者，则别谓之"诗话"，像《三藏取经诗话》是。

钱曾博极群书，其以《冯玉梅团圆》等十二种"词话"为宋人所作，当必有所据。《通俗小说》本的《冯玉梅团圆》，其文中明有"我宋建炎年间"之语，又《错斩崔宁》文中，也有"我朝元丰年间"的话。这当是无可疑的宋人著作了。其他《也是园书目》所著录的十种：

《灯花婆婆》《风吹轿儿》《种瓜张老》《李焕生五阵雨》
《简帖和尚》《紫罗盖头》《小亭儿》（"小"当是"山"之误）
《女报冤》《西湖三塔》《小金钱》

第十一讲 小 说

想也都会是宋人所作。在这十种里，今存者尚有《种瓜张老》见于《古今小说》，作《张古老种瓜娶文女》，《简帖和尚》见于《清平山堂话本》，又见《古今小说》，作《简帖僧巧骗皇甫妻》，《山亭儿》见于《警世通言》，作《万秀娘仇报山亭儿》，《西湖三塔》见于《清平山堂话本》等四种。又在残本的《京本通俗小说》里，于《错斩崔宁》《冯玉梅》二作外，更有下列的数种：

《碾玉观音》《菩萨蛮》《西山一窟鬼》
《志诚张主管》《拗相公》

缪氏在跋上说："尚有《定州三怪》一回，破碎太甚；《金主亮荒淫》两卷，过于秽亵，未敢传摹。"今《定州三怪》"州"一作"山"见录于《警世通言》作《崔衙内白鹞招妖》；《金主亮荒淫》也存于《醒世恒言》中作《金海陵纵欲亡身》，则残本《京本通俗小说》所有者，今皆见存于世。惟《京本通俗小说》未必如缪氏所言"的是影元写本"。就其编辑分卷的次第看来，大似明代嘉靖后的东西详见《明清二代平话集》，郑振铎著。故其中所有，未必便都是宋人所作，至少《金主亮荒淫》一篇，其著作的时代决不会是在明代正德以前的叶德辉单刻的《金主亮荒淫》系从《醒世恒言》录出，而伪撰"我朝端平皇帝破灭金国，直取三京。军士回杭，带得房中书籍不少"的数语于篇首，故意说他是宋人之作。其中所叙的事迹，全袭之于《金史》卷六十三《海陵诸嬖传》。《金史》为元代的著作，这一篇当然不会是出于宋人的手笔的。或以为，也许是《金史》抄袭这小说。但那是不可能的。元人虽疏陋，决不会全抄小说入正史，此其一。以小说与正史对读之，显然可看出是小说的敷衍正史，决不是正史的节取小说，此其二。我以为《金主亮荒淫》笔墨的酣舞横恣，大似《金瓶梅》；其意境也大相谐合。定哥的行径，便大类潘金莲。也许二书著作的时代相差得当不会很远罢。《金瓶梅》是颇有些取径于这篇小说的嫌疑。也许竟同出于一人之手笔也难说。但其他六篇，则颇有宋人作品的可能。《警世通言》在《崔待诏生死冤家》题下，注云："宋人小说，题作《碾玉观音》"；又在《一窟鬼癞道人除怪》题下，注云："宋人小说，旧名《西山一窟鬼》"；在《崔衙内白鹞招妖》题下，注云："古本作《定山三怪》，又云《新罗白鹞》。"冯梦龙指他们为"宋人小说"，当必有所据。所谓"古本"，虽未必定是"宋本"，却当是很古之作。又《菩萨蛮》中有"大宋高宗绍兴年间"云云，《志诚张主管》文中，直以"如今说东京汴县开封府界"云云引起，《拗相公》文中，有"后人论我宋之气，都为熙宁变法所坏，所以有靖康之祸"云云，皆当是宋人之作。就其作风看来，也显然的可知其为和《冯玉梅团圆》诸作是产生于同一时代中的。

  但宋人词话，存者还不止这若干篇。我们如果在《清平山堂话本》《古今小说》《警世通言》及《醒世恒言》诸书里，仔细的抓寻数过，便更可发现若干篇的宋人词话。在《清平山堂话本》里，至少像《陈巡检梅岭失妻记》文中有"话说大宋徽宗宣和三年上春间，皇榜招贤，大开选场，去这东京汴梁城内虎异营中一秀才"的话，像《刎颈鸳鸯会》一名《三送命》，一名《冤报冤》，文中引有《商调醋葫芦》小令十篇，大似赵德麟《商调蝶恋花》鼓子词的体制，或当是其同时代的著作罢，像《杨温拦路虎传》，像《洛阳三怪记》文中有"今时临安府官巷口花市，唤做寿安坊，便是这个故事"的话，像《合同文字记》文中有"去这东京汴梁离城三十里有个村"的话等篇，都当是宋人的著作，且其著作年代有几篇或有在北宋末年的可能像《合同文字记》。在《古今小说》里，像《杨思温燕山逢故人》文中有"至绍兴十一年，车驾幸钱塘，官民百姓皆从"的话，像《沈小官一鸟害七命》文中有"宣和三年，海宁郡武林门外北新桥"的话，像《汪信之一死救全家》文中有"话说大宋乾道淳熙年间，孝宗皇帝登极"的话，其作风和情调也很可以看得出是宋人的小说。《警世通言》所载宋人词话最多。在见于《京本通俗小说》《清平山堂话本》者外，尚有《三现身包龙图断冤》《计押番金鳗产祸》《皂角林大王假形》《福禄寿三星度世》等篇，也有宋作的可能。在《醒世恒言》里，像《勘皮靴单证二郎神》《闹樊楼多情周胜仙》《郑节使立功神臂弓》等数篇，也很可信其为宋人之作。

三

  就上文所述，总计了一下，宋人词话今所知者已有下列二十七篇

第十一讲 小 说

之多也许更有得发现，这是最谨慎的统计，也许更可加入疑似的若干篇进去。这二十七篇宋人词话的出现，并不是一件小事。以口语或白话来写作诗、词、散文的风气，虽在很早的时候便已有之像王梵志的诗、黄庭坚的词、宋儒们的语录等等，但总不曾有过很伟大的作品出现过。在敦煌所发现的各种俗文学里，口语的成分也并不很重。《唐太宗入冥记》是今所知的敦煌宝库里的惟一之口语的小说，然其使用口语的技能，却极为幼稚。试举其文一段于下：

> "判官名甚？""判官懆恶，不敢道名字。"帝曰："卿近前来。"轻道："姓崔名子玉。""朕当识。"才言讫，使人引皇帝至院门。使人奏曰："伏惟陛下且立在此，容臣入报判官速来。"言讫，使者到厅前拜了："启判官，奉大王处□太宗生魂到，领判官推勘。见在门外，未敢引□。"

但到了宋人的手里，口语文学却得到了一个最高的成就，写出了许多极伟大的不朽的短篇小说。这些"词话"作者们，其运用"白话文"的手腕，可以说是已到了"火候纯青"的当儿，他们把这种古人极罕措手的白话文，用以描写社会的日常生活，用以叙述骇人听闻的奇闻异事，用以发挥作者自己的感伤与议论；他们把这种新鲜的文章，使用在一个最有希望的方面小说去了。他们那样的劲健直捷的描写，圆莹流转的作风，深入浅出的叙状，在在都可以见出其艺术的成就是很为高明的。这是中国文学史上第一次用白话文来描叙社会的日常生活的东西。而当时社会的物态人情，一一跃然的如在纸上，即魔鬼妖神也似皆像活人般的在行动着。我们可以说，像那样的隽美而劲快的作风，在后来的模拟的诸著作里，便永远的消失了。自北宋之末到南宋的灭亡，大约便可称之为话本的黄金时代罢。姑举《简帖和尚》的一段于下：

> 那僧儿接了三件物事，把盘子寄在王二茶坊柜上。僧儿托着三件物事，入枣槊巷来。到皇甫殿直门前，把青竹帘掀起，探一探。当时皇甫殿直正在前面交椅上坐地。只见卖馉

蚀的小厮儿，掀起帘子。猖猖狂狂探一探了便走。皇甫殿直看着那厮，震威一喝，便是当阳桥上张飞勇，一喝曹公百万兵。喝那厮一声，问道："做甚么？"那厮不顾便走。皇甫殿直拽开脚两步赶上，捽那厮回来，问道："甚意思，看我一看便走？"那厮道："一个官人教我把三件物事与小娘子，不教把来与你。"殿直问道："甚么物事？"那厮道："你莫问。不教把与你。"皇甫殿直搭得拳头没缝，去顶门上届那厮一㿜道："好好的把出来，教我看！"那厮吃了一㿜，只得怀里取出一个纸裹儿，口里兀自道："教我把与小娘子，又不教把与你。"皇甫殿直劈手夺了纸包儿、打开看，里面一对落索镮儿，一双短金钗，一个柬帖儿。皇甫殿直接得三件物事，拆开简子看时……皇甫殿直看了简帖儿，劈开眉下眼，咬碎口中牙，问僧儿道："谁交你把来？"僧儿用手指着巷口王二哥茶坊里道："有个粗眉毛，大眼睛，蹶鼻子，略绰口的官人，教我把来与小娘子，不教我把与你。"皇甫殿直一只手捽着僧儿狗毛，出这枣槊巷，径奔王二哥茶坊前来。僧儿指着茶坊道："恰才在桲里面打底床铺上坐地底官人，教我把来与小娘子，又不交把与你，你却打我！"皇甫殿直再捽僧儿回来，不由开茶坊的王二分说。当时到家里。殿直焦躁，把门来关上，摝来摝了。唬得僧儿战做一团。殿直从里面叫出二十四岁花枝也似浑家出来道："你且看这件物事！"那小娘子又不知上件因依，去交椅上坐地。殿直把那简帖儿和两件物事，度与浑家看。那妇人看着简帖儿上言语，也没理会处。殿直道："你见我三个月日押衣袄上边，不知和甚人在家吃酒？"小娘子道："我和你从小夫妻。你去后何曾有人和我吃酒。"殿直道："既没人，这三件物从那里来？"小娘子道："我怎知！"殿直左手指，右手举，一个漏风掌打将去。小娘子则叫得一声，掩着面哭将入去。

这和《唐太宗入冥记》的白话文比较起来，是如何的一种进步呢！前几

第十一讲 小　说

年，有些学者们，见于元代白话文学的幼稚，以为像《水浒传》那样成熟的白话小说，决不是产生于元代的。中国的白话文学的成熟期，当在明代的中叶，而不能更在其前。想不到在明代中叶的二世纪以前，我们早已有了一个白话文学的黄金时代了！

四

这些"词话"，其性质颇不同，作风也有些歧异。当然决不会是出于一二人的手下的。大抵北宋时代的作风，是较为拙质幼稚的，像《合同文字记》之类。而《刎颈鸳鸯会》叙状虽较为奔放，却甚受"鼓子词"式的结构的影响，描写仍不能十分的自由。但到了南宋的时代却不然了。其挥写的自如，大有像秋高气爽，马肥草枯的时候，驰骋纵猎，无不尽意；又像山泉出谷，终日夜奔流不绝，无一物足以阻其东流。其形容世态的深刻，也已到了像"禹鼎铸奸，物无遁形"的地步。在这些"小说"里，大概要以叙述"烟粉灵怪"的故事为最多。"烟粉"是人情小说之别称，"灵怪"则专述神鬼，二者原不相及；然宋人词话，则往往渗合为一，仿佛"烟粉"必带着"灵怪"，"灵怪"必附于"烟粉"。也许《都城纪胜》把"烟粉灵怪"四字连合着写，大有用意于其间罢。我们看，除了《冯玉梅团圆》寥寥二三篇外，哪一篇的烟粉小说不带着"灵怪"的成分在内。《碾玉观音》是这样，《西山一窟鬼》《志诚张主管》是这样，乃至像《定山三怪》《洛阳三怪》《西湖三塔记》《福禄寿三星度世》等等，无一篇不是如此。惟像《碾玉观音》诸篇，其描状甚为生动，结构也很有独到处，可以说是这种小说的上乘之作。若《定山三怪》诸作，便有些落于第二流中了。自《定山三怪》到《福禄寿三星度世》，同样结构和同样情节的小说，乃有四篇之多；未免有些无聊，且也很是可怪。也许这一类以"三怪"为中心人物的"烟粉灵怪"小说，是很受着当时一般听者们所欢迎，故"说话人"也彼此竞仿着写罢。总之，这四篇当是从同一个来源出来的。宋人词话的技巧，当以这几篇为最坏的了。

像"公案传奇"那样的纯以结构的幻曲取胜者，在宋代词话里也为一种最流行的作风。这种情节复杂的"侦探小说"一类的东西，想来

也是甚为一般听众所欢迎的。在这种"公案传奇"里,最好的一篇,是《简帖和尚》。而《勘皮靴单证二郎神》的一作,也穷极变幻,其结构一层深入一层,更又一步步的引人入胜,实可谓之伟大的奇作。像《错斩崔宁》《山亭儿》之类,虽不以结构的奇巧见长,其描写却是很深刻生动的。《合同文字记》当是这一类著作的最早者。《沈小官一鸟害七命》则其结局较为平衍《古今小说》里有《宋四公大闹禁魂张》一篇,其作风颇像宋人;叙的是一个大盗如何的戏弄着捕役的事,和《勘皮靴单证二郎神》一篇恰巧是很有趣的对照。

《杨温拦路虎传》大约便是叙说"搏刀赶棒及发迹变泰的事"的一个例子罢。但,"搏刀赶棒及发迹变泰的事"和"说公案"毫不相干。"说公案"指的是另一种题材的话本《清平山堂话本》于《简帖和尚》题下,明注着"公案传奇"四字。杨温的这位英雄,在这里描写的并不怎样了不得;一人对一人,他是很神勇,但人多了,他便要吃亏。这是真实的人世间的英雄。像出现于元代的《水浒传》上的李逵、武松、鲁达等等,又《列国志传》上的伍子胥,《三国志演义》上的关羽、张飞等,却都有些超人式的或半神式的。大约在宋代,说话人所描写的英雄,还不至十分的脱出人世间的真实的勇士型罢。

《汪信之一死救全家》有点像杨温的同类,但又有点像是"说铁骑儿"的同类。这是一篇很伟大的悲剧。像汪信之那样的自我牺牲的英雄,置之于许多所谓"迫上梁山"的反叛者们之列,是颇能显出在封建社会里被压迫者的如何痛苦无告。

最足以使我们感动的,最富于凄楚的诗意的,便要算是《杨思温燕山逢故人》一篇了。这也是一篇"烟粉灵怪"传奇,除了后半篇的结束颇为不称外,前半篇所造成的空气,乃是极为纯高,极为凄美的。"今日说一个官人,从来只在东京看这元宵。谁知时移事变,流离在燕山看元宵。"这背景是如何的凄楚呢!杨思温当金人南侵之后,流落在燕山,国破家亡,事事足以动感。"心悲异方乐,肠断《陇头歌》",恰正好形容他的度过元宵的情况罢。他后来在酒楼上遇见故鬼,终于死在水中,那倒是极通俗的结局。大约写作这篇的"说话人",或是一位"南渡"的遗老罢,故会那末的富于家国的痛戚之感。

第十一讲 小 说

《拗相公》是宋人词话里惟一的一篇带着政治意味的小说;把这位厉行新法的"拗相公"王安石骂得真够了。徒求快心于政敌的受苦,这位作者大约也是一位受过王安石的"绍述"者们的痛苦的虐政的,故遂集矢于安石的身上罢。

五

"词话"以外,别有"诗话"。但二者的结构却是很相同的,当是同一物。"诗话"存于今者,仅有《大唐三藏取经诗话》三卷,亦名《三藏法师取经记》《取经诗话》有上虞罗氏珂罗版印本;又《取经记》见于罗氏所印的《吉石庵丛书》中。共分十七章,每章有一题目,如《行程遇猴行者处第二》《入王母池之处第十一》之类,正和《刘知远诸宫调》的式样相同。这是"西游"传说中最早的一个本子,其中多附诗句,像:

> 僧行七人次日同行,左右伏事。猴行者因留诗曰:"百万程途向那边,今来佐助大师前。一心祝愿逢真教,同往西天鸡足山。"三藏法师答曰:"此日前生有宿缘,今朝果遇大明仙。前途若到妖魔处,望显神通镇佛前。"

《取经诗话》以猴行者为"白衣秀才",又会作诗,大似印度史诗《拉马耶那》里的神猴哈奴曼(Hanuman)。哈奴曼不仅会飞行空中,而且会作戏曲。相传为他所

《唐三藏取经图》

作的一部戏曲，今尚有残文存于世上。

宋代"讲史"的著作，殆不见传于今世。曹元忠所刊布的《新编五代史平话》《五代史平话》有武进董氏刊本，有商务印书馆铅印本，说是宋板，其实颇有元板的嫌疑。惜不得见原书以断定之。《新编五代史平话》凡十卷，每史二卷，惟《梁史》及《汉史》俱缺下卷。其文辞颇好。大抵所叙述者，大事皆本于正史，而间亦杂入若干传说，恣为点染，故大有历史小说的规模。其中，像写刘知远微时事，郭威微时事，都很生动有趣。其白话文的程度，似更在罗贯中的《三国志演义》之上。

又有《大宋宣和遗事》《大宋宣和遗事》有《士礼居丛书》本，商务印书馆铅印本者，世多以为宋人作，但中杂元人语，则不可解。"抑宋人旧本，而元时又有增益"此语见《中国小说史略》第十三篇耶？书分前后二集，凡十段，大似"讲史"的体裁，惟不纯为白话文，又多抄他书，体例极不一致。所叙者以徽、钦的被俘，高宗的南渡的事实为主，而也追论到王安石的变法，其口吻大似《拗相公》。开头并历叙各代帝王荒淫失政的事，以为引起。其中最可注意者则为第四段，叙述梁山泺聚义始末。其中人物姓名以及英雄事迹，已大体和后来的《水浒传》相同：当是《水浒》故事的最早的一个本子。惟吴用作吴加亮，卢俊义作李进义为异耳。

又有《梁公九谏》《梁公九谏》有《士礼居丛书》本一卷，北宋人作，文意俱甚拙质。叙武后废太子为庐陵王，而欲以武三思为太子。狄仁杰因事乘势，极谏九次。武后乃悟，复召太子回。当是"说话人"方起之时的所作罢。

六

话本的作者们，可惜今皆不知其姓氏。《武林旧事》虽著录说"小说"者五十余人；却不知这些后期的说话人们曾否著作些什么。讲史的作家们，今所知者有霍四究说"三分"、尹常卖"五代史"及王六大夫说《复华篇》及《中兴名将传》等，而他们所作却皆只字不存。

为了"话本"原是"说话人"的著作，故其中充满了"讲谈"的口气，处处都是针对着听众而发言的。如"说话的，因甚说这春归词"

《碾玉观音》;"自家今日也说一个士人,因来行在临安府取选"《西山一窟鬼》;"这员外姓甚名谁?却做出甚么事来"《志诚张主管》。也因此,而结构方面,便和一般的纯粹的叙述的著作不同。最特殊的是,在每一篇话本之前,总有一段所谓"入话"或"笑耍头回",或"得胜头回"的,或用诗词,或说故事,或发议论,与正文或略有关系,或全无关系。这到底有什么作用呢?我们看,今日的弹词,每节之首,都有一个开篇像《倭袍传》,便知道其消息。原来,无论说"小说"或"讲史",为了是实际上的职业之故,不得不十分的迁就着听众。一开讲时,听众未必到得齐全,不得不以闲话敷衍着,延迟着正文的起讲的时间,以待后至的人们。否则,后至者每从中途听起,摸不着那场话本的首尾,便会不耐烦静听下去的了。

到了后来,一般的小说,已不复是讲坛上的东西了,——实际上讲坛上所讲唱的小说也已别有秘本了——然其体制与结构仍是一本着"说话人"遗留的规则,一点也不曾变动。其叙述的口气与态度,也仍是模拟着宋代说话人的。说话人的影响可谓为极伟大的了!

二、罗贯中

罗贯中——《三国志演义》——《水浒传》

一

在元、明小说的演进上,罗贯中是占着极重要的地位的。活动于宋代的"书会先生",在元代虽似乎也甚努力,但其努力的方向,似已由小说方面而转移到戏曲方面去。中国的小说遂突然由第一黄金时代的南宋,而堕落到像产生《元刊平话五种》的幼稚的元代。与元代的鼎盛的戏文与杂剧较之,诚未免要使人高喊着小说界的不幸。或者,那个时代的人们,已厌倦了比较宁静、单调的说书、讲史,而群趋于金鼓喧天、管弦凄清的剧场中了吧。因此,说书的职业,遂为之冷落;小说的著作,遂为之停顿。但到了元代的末叶,却有罗贯中氏出来,竭其全力，以著作小说，以提倡小说，而小说界的蓬勃气象，遂复为之引起。驯至产生了第二黄金时代的明代。罗氏之功，实不可没。而罗氏的雄健的著作力，在中国小说史上，似乎也一时无比。罗氏盖实继于"书会先生"之后的一位伟大作家。他正是一位继往承来、继绝存亡的俊杰；站在雅与俗、文与质之间的。他以文雅来提高民间粗制品的浅薄，同时又并没有离开民间过远。"雅俗共赏，妇孺皆知"的赞语，加之于罗氏作品之上似乎是最为恰当的。

罗氏的生平，我们不甚明了；在他的作品里，更一无可以供我们研究他的生平的。但很有幸的，在贾仲名的《续录鬼簿》里，却有关于罗贯中的一段话："罗贯中，太原人，号湖海散人。与人寡合。乐府隐语，极为清新。与余为忘年交。遭时多故，各天一方。至正甲辰公元1364年复会。别后又六十余年。竟不知其所终。"这虽是寥寥的数语，却是最可珍异的材料。后来的以他为名本，字贯中，东原人，或武林人，庐陵人；其名或有作"牧"，或"木"的诸说，都可以不辨自明了。周亮工《书影》说他是洪武时人，和仲名的记载恰正相符。他是一位不得志的才人。在政治方面必是一点也不曾有过一官半职的。那时元时汉人，特别是南方人，在政治上是不用想有什么建树的。在受着少数民族的重重压迫之下，才人名士们毫不能有所展施，于是只好将其才力，用之于戏曲上，用之于小说上。一方面，也许竟带有几分解决生活问题的性质。罗氏的那些小说的流行，对于他，当有几许利益的。陈氏尺蠖斋评释的《西晋志传通俗演义》上，有序一篇道："一代肇兴，必有一代之史。而有信史，有野史。好事者丛取而演之，以通俗谕人，名曰演义。盖自罗贯中《水浒传》《三国传》始也。罗氏生不逢时，才郁而不得展，始作《水浒传》以抒其不平之鸣。其间描写人情世态，宦况闺思，种种度越人表。迨其子孙三世皆哑，人以为口业之报。"子孙三世皆哑之说，人往往以指施耐庵，此序独加之于罗氏身上，似不可信。

罗氏的著作，传世者不少，但往往皆没其名氏，或为后人所增润删改，大失其本来面目。但这些著作，大都皆为历史小说、讲史及英雄传奇。在其中，《三国志》及《水浒传》最有大名。亦有神怪妖异之作，像《平妖传》的。

第十一讲 小 说

《三国志通俗演义》是罗氏作品里最流行的一部，也是被后人修改得最少的一部。毛宗岗的《第一才子书》虽标明他自己伪造的"古本"，用来删润罗氏的原本，然所改削的地方究竟不多。罗氏原本的面目，依然存在。近来古本《三国志通俗演义》《三国志演义》有嘉靖间刊本；商务印书馆影印本；又明刊本甚多。毛氏评本的《第一才子书》最易得的发现，不止一本，其面目大都无甚异同，可证其即为罗氏原本无疑。依据了这个原本的《三国志通俗演义》，我们可知罗氏对于"讲史"的写作，其态度是改俗为雅，牵野说以就历史的。虽然他仍保存不少旧作的原来的东西，但过于荒诞不经的东西则皆毫不吝惜的铲除无遗。原来，我们要晓得，罗氏的著作，大都不是他自己的创作，而是有所依据的。换言之，他的地位，与其说他是一位"创作家"，毋宁说他是一位"编订者"，或"改写者"，特别是关于"讲史"一部分，因为那些讲史在他之前大都是已有了很古很古的旧本的。不过，他的这位"编订家"，或"改写家"所负的责任与所取的态度，却是非同寻常的编订者一般的。他不是毛宗岗、陈继儒、金圣叹一流的人。他乃是更大胆的冯梦龙、褚人获一流人。他是一位超出于寻常编订家以上的"改作家"，有时简直是"重作"。我们试取他的《三国志通俗演义》来一看，便可知他的工作是如何的繁重与重要。《三国志平话》，上文已经说到过，其骨架乃建立在因果报应之说上。汉之所以分为三国，盖因韩信、彭越、英布的报仇，三国所以复合为晋，盖因上天以一统的江山赐给断狱公平的司马仲相。罗贯中氏改作《三国志演义》，则首先将这一段鬼话完全铲去，直由"后汉桓帝崩，灵帝即位，年十二岁"叙起。许多年来胶附于"三国"平话中的这一段原始的民间因果报应谈，至此始与"三国"故事分离。罗氏的手眼，不可谓不高！《三国志演义》之成为纯粹的历史小说，其第一功臣，故当为罗氏。除了司马仲相的阴司断狱一段以外，罗氏的《演义》与元刊本《三国志平话》不同者尚有几点。（一）削去了《平话》中许多荒诞不经的事实，例如曹操劝汉献帝让位于其子曹丕，刘备到太行山中落草为寇等等。（二）增加了《平话》上所没有的许多历史上的真实材料，例如何进诛宦官，祢衡骂曹操，曹子建七步成章等等。（三）增加了《平话》上所没有的许多诗词、表札。（四）改写了《平话》上

许多不经的记载，例如《平话》叙张飞拒操长坂桥，大喊一声，桥竟为之喊断，此实万无此理者，故罗氏改作飞的喊声，惊破了夏侯杰之胆。（五）保存了《平话》的叙述，而将此叙述润饰着，改作着，往往放大到五六倍；以此枯瘠的记载往往顿成了丰赡华腴的描写。有此五点，我们已可知道罗氏改作的功绩是如何的弘伟了。今且引罗氏《三国志演义》的一段于下，以示其作风的一斑：

> 玄德辞二隐者上马，投卧龙岗来。至庄前，下马扣（叩）门。童子出。玄德曰："先生在庄上否？"童子曰："见在堂上读书。"玄德遂跟童子入，见草堂之上一人拥炉抱膝，歌曰……玄德上草堂，施礼曰："备久慕先生，无缘拜会。昨因徐元直称荐，敬到仙庄，不遇空回。今特冒风雪而来，得见仙颜，实为万幸。"那个少年慌忙答礼而言曰："将军莫非刘豫州，欲见家兄否？"玄德惊讶而问曰："先生又非卧龙耶？"其人曰："卧龙乃二家兄也。道号卧龙。一母所生三人。大家兄诸葛瑾，见在江东孙仲谋处为幕宾。二家兄诸葛亮，与某躬耕于此。某乃孔明之弟诸葛均也。"玄德曰："令兄先生往何处闲游？"均曰："博陵崔州平相邀同游，不在庄上二日矣。"玄德曰："二人何处闲游？"均曰："或驾小舟游于江湖之中，或访僧道于山岭之上，或寻朋友于村僻之中，或乐琴棋于洞府之内，往来莫测，不知去所。"玄德曰："刘备如此缘分浅薄，两番不遇贤。"嗟呀不已。均曰："小坐献茶。"张飞曰："既先生不在，请哥哥上马。"玄德曰："已亲诣此间，如何无一语而回。"玄德请问曰："备闻令兄熟谙韬略，日看兵书，可得闻乎？"均曰："不知。"飞曰："问他则甚！风雪甚紧，不如早归。"玄德叱之曰："汝岂知玄机乎？"均曰："家兄不在，不敢久留车骑，容日却去回礼。"玄德曰："岂敢望先生枉驾来临。数日之后，备当又至矣。愿借纸笔，留一书上达令兄，以表刘备殷勤之意也。"均遂具文房四宝。玄德呵开冻笔，拂展云笺，其书曰……玄德写罢递与诸葛均。

均送出庄门外。玄德再三殷勤致意。均皆领诺，入庄。玄德上马，忽见童子招手篱外叫曰："老先生来也。"玄德视之，见一人暖帽遮头，狐裘被体，骑一驴，后随带一青衣小童，携一葫芦酒，踏雪而来，转过小桥，口诵《梁父吟》一首。玄德闻之曰："此必是卧龙先生也！"滚鞍下马，向前施礼曰："先生冒寒不易，刘备等候久矣。"那人慌忙下驴，进前作揖。诸葛均在后曰："此非卧龙家兄，乃家兄岳父黄承彦也。"玄德问曰："适间所诵之吟，极其高妙，乃系何人所作？"黄承彦曰："老夫在女婿家观《梁父吟》，记得这一篇。却才过桥，偶望篱落间梅花感而诵之。"玄德曰："曾见令婿否？"黄承彦曰："便是老夫径来看拙女小婿矣。"玄德闻言，辞别承彦，上马而行。正值风雪满天，回望卧龙岗，怏怏不已。

又有《唐传演义》，及《残唐五代》皆传为罗氏所作。《残唐五代演义》，凡六卷，六十回，其叙述直接于《唐传演义》之后，而以"却说懿宗传至十七代僖宗即位"引起。其与《唐传演义》为连续的一书，当无可疑。惟《唐传演义》今已证知其为嘉靖时熊钟谷所作，则《残唐五代演义》当也不会是罗氏所作的了。

罗氏的英雄传奇，其成就似远较他的讲史或演义为伟大。因为讲史或演义，只是据史而写，不容易凭了作者的想像而驰骋着；又其时代也受着历史的牵制，往往少者四五十年，多者近三五百年，其事实也多者千百宗，少者也有百十宗；作者实难于收罗，苦于布置，更难于件件细写；而其人物也往往为历史所拘束，不易捏造，更不易尽量的描写着。以讲史而写到《三国志演义》的地步，已是登峰造极的了。这样的左牵右涉，如何会写得好呢？此讲史之所以决难有上乘的创作的原因也。至于英雄传奇则不然，人物可真可幻，事迹若虚若实，年代也完全可不受历史的拘束，如此，作者的情思可以四顾无碍，逞所欲写，材料也可以随心所造，多少不拘。作者很容易见长，读者也更易感到趣味。《水浒传》在艺术上之所以高出《三国演义》远甚，此亦其原因之一。罗氏的英雄传奇，今知者凡四种，其中以《水浒传》与《平妖传》为最著，也最可靠。《说唐传》与《粉妆楼》则似乎没有什么确证，可以指实其为罗氏所作。

二

《水浒传》的故事，流传得很早。《宣和遗事》有记载，李嵩辈"有传写"_{周密：《癸辛杂识》续集上}，龚圣与有三十六人赞。我猜想，此故事在南宋时代或已经演为话本了吧。但今本《水浒传》_{《水浒传》传本甚多：有《英雄谱》本，《水浒志传评林》本，福建余氏刊本（皆简本），嘉靖本（仅见残叶若干页），李卓吾《评一百二十回》本，一百回本（皆繁本）}的写定，则为罗贯中氏。对于此书，罗氏并不自居于创作的地位，只是很谦抑的题着："钱塘施耐庵的本；罗贯中编次。"_{见《百川书志》}大约施耐庵对于《水浒传》的关系，总不止像罗氏《三国志演义》上所题的"晋平阳侯陈寿史传"那末浅薄吧。施氏的《水浒传》也许只是一个未刊的底本，由罗氏整理编次而始流传于世的。总之，不管施氏的旧本如何，罗氏对于《水浒传》之有编订的大功是无可疑的。今日流传于世的简本《水浒传》_{大约是一百十五回的}，其笔调大似罗氏的诸作，则我们与其将这部伟大的英雄传奇的著作权，归之于施氏，不如归之于罗氏更为妥当些。罗氏原本的《水浒传》今尚未发见于世。今传于世的《水浒传》，有繁、简二本。繁本为明嘉靖时人所作_{见下}，简本则似尚保留不少罗氏原本的面目，惟亦迭有所增添修改_{详见《水浒传的演化》一文，郑振铎著。载于《小说月报》第二十卷第九号}。其修改、增添最甚之处，似为：（一）征辽。（二）征田虎、王庆。（三）诗词。罗氏的原本，当是盛水不漏的一部完美严密的创作，始于洪太尉误走妖魔，而终于众英雄魂聚蓼儿洼。其间最大的战役为曾头市、祝家庄，及与高太尉、童贯的相抗。至招安后征讨方腊的一役，则众英雄已至"日薄崦嵫"之境，在战阵丧亡过半的了。其间，征辽大约是嘉靖时加入的，征田虎、王庆的二段的加入则似乎更晚。这三段故事的插入《水浒》中，显然是很勉强的，带着不少的油水不融洽的痕迹。

《水浒传》的文笔，较《三国》《唐传》尤为横恣；但其半文半白、多记载而少描写的缺点_{指"简本"而言}，仍是很显著的，颇可充分的表现

第十一讲 小　说

出罗贯中氏的特有的彩色。惟对于人物的性格，故事的支配，已有特殊的进展。例如，下面的一段，形容鲁智深拳打镇关西的事，已甚宛曲动人：

> 郑屠正在门前卖肉。鲁达走到门前，叫一声郑屠。郑屠慌忙出柜唱喏。便教请坐。鲁达曰："奉着经略相公钧旨，要十斤精肉，切做臊子。"郑屠叫使头快选好的十斤去。鲁达曰："要你自家切。"郑屠曰："小人便自切。"遂选了十斤精肉，细细的切做臊子。那小二正来郑屠家报知金老之事，却见鲁达坐在肉案门边，不敢进前，远远立在屋檐下。郑屠切了肉，用荷叶包了。鲁达曰："再要十斤都是肥肉，也要切做臊子。"郑屠曰："小人便切。"又选十斤肥的，也切做臊子。亦把荷叶包了。鲁达曰："再要十斤寸金软骨，也要细细切作臊子。"郑屠笑曰："却是来消遣我！"鲁达听罢，跳将起来，睁眼看着郑屠曰："洒家特地要消遣你！"把两包肉臊子，劈面打去。郑屠大怒，从肉案上，抢了一把尖刀，跳将出来，就要揪鲁达。被鲁达就势按住了刀，望小腹只是一脚，踢倒了。便踏住胸前，提起拳头看看郑屠曰："洒家始从老种经略相公，做到关西五路廉访使，也不枉了叫做镇关西。你个卖肉的屠户，狗一般的人，也叫做镇关西！你因何强骗了金翠莲？"只一拳，正打中鼻子上，打得鲜血迸流，鼻子歪在一边。郑屠挣不起来，口里只叫："打得好！"鲁达曰："你还敢应口！"望眼睛眉梢上又打一拳，打得眼珠突出。两傍（旁）看的人，惧怕不敢向前。又打一拳，太阳上正着。只见郑屠挺在地上，渐渐没气。鲁达寻思曰："俺只要痛打这厮一顿，不想三拳真个打死了。"脱身便走，假意回头指着郑屠曰："你诈死，洒家慢慢和你理会。"大踏步去了。街坊邻舍，知他利害，谁敢拦他。
>
> ——一百十五回本第三回

像这样的描写，乃是《三国》中所没有的。而蓼儿洼的会葬，林冲的走雪，武松的打虎，以及野猪林救林冲，快活林的醉打蒋门神等等，不管它描写得如何，其情景的布设，已都是很俊峭可喜的了。嘉靖本的《水浒》，除了描写的技巧的更高明之外，其情景并无所改易，差不多可以说完全是本之于罗氏的。《水浒》的不朽与伟大，其功至少是要半归之于罗氏的。

三、长篇小说的进展

> 罗贯中以后长篇小说作者的沉寂——《水浒传》的改编——吴承恩《西游记》的出现——伟大的《金瓶梅》——其时代与作者的推测——《金瓶梅》的影响

一

自罗贯中以后，长篇小说的作者似乎又中断了一时。从洪武到正德，这一百六七十年间，我们找不到一位重要的作者或著名的作品。"也许书阙有间"，我们不能得到正确的史料。但即有几位无名的作家，而其没有产生著名的作品，则为不可掩的事实。直到了嘉靖、万历时，伟大的创作，方才陆续的出来，呈现了空前的光彩。自有长篇小说以来，其盛况恐怕没有超过那个时代的。《水浒传》完成于这时，《封神传》写作于这时，《西游记》也于这时始有了定本。尤其伟大的，则更有了空前所未有的一部"现实主义"的小说——虽然其中一部分的描写，未免过于刻画淫秽，曾招致了多数人的责难——《金瓶梅》。所谓小说界中的四大奇书，已有了三部是完成于这时的。此外，《皇明英烈传》和《三宝太监西洋记》的出现，诸种讲史的编订，也都是值得一说的。

《水浒传》的祖本，虽创作于施耐庵，编纂于罗贯中，然使其成为今样的伟大的作品的，则断要推嘉靖时代的某一位无名作家的功绩。这一位伟大的作家可惜我们现在已不能知道他的真确的姓名。有的人说是郭勋写的，但事实上似乎不会是的。也有人说是汪道昆写的，更不可靠。也许这位大作家曾在过郭勋的幕府中的也难说。我们以简本的《水浒传》与嘉靖时出现于世的繁本《水浒传》一加比较，我们便知道，在这两本

第十一讲 小　说

之中，躯壳虽是，而精神则已是全然不同的了。原本或只是一具枯瘠不华的骨骼；附之以血肉，赋之以灵魂者，则为嘉靖本的《水浒传》的作者。嘉靖本《水浒》之对于原本《水浒》，不仅扩大、增饰、润改之而已，简直是给她以活泼泼的精神，或灵魂，而使之焕然动目，犁然有当于心，由平常的一部英雄传奇而直提置之第一流的文坛的最高座上。《水浒》而没有遇到嘉靖时代的这位改作者，则也终于是罗贯中氏的一部创作而已，终于是罗氏《三国志演义》的伯仲之间的一物而已。但既遇到了这位改作者，则其地位与重要便完全不同了。她已不复是《三国志演义》的侪辈，也不复是《说唐传》，及原本《平妖传》的侪辈。她独自高出于罗氏的诸作而另呈了一副面目，正如罗氏的《三国志演义》之高出于元刊《全相平话》的诸作一样，而其高出的程度则不仅伯仲之间而已。这位改作者，其运用国语文的程度已臻炉火纯青之候，几乎是莹然的美玉，粹然的真金，湛然的清泉，已不见一毫的渣滓，一丝的疵瑕。而其曲折深入，逼真活泼的描写，也已与最高的创作的标准相符合。第一黄金时代的诸话本作家，有时虽也可达到这个境地，然其作品总是短篇。若长至一百回，十余册的作品，他们是不敢试手的。这种长篇的大著之出现于此时，正足以见这个嘉靖时代之较第一黄金时代为尤伟大。也正足以表现文学史上的发展规律，决不是"一代不如一代"，而有时是在向前进步的。

综观嘉靖本的《水浒传》与罗氏原本不同者约有数点。第一是，添加了一部分的"题材"进去。嘉靖本与原本其事实间架当无不同，次序也犁然如一；起于洪太尉的误走妖魔，而终于宋江、吴用、李逵的死与葬。但嘉靖本究竟也添加了一部分材料进去，那便是征辽的故事的一大段。这一大段故事是加在全伙受招安之后，擒捕方腊之前的。因为罗氏原本已将陆续聚集于梁山泊的一百单八位好汉的结果，都已安排定了，嘉靖本的作者无法再将这种前定的结果移动。所以他对于平辽的一役，便平空添出了许多人物来，代替梁山泊诸好汉去冲锋陷阵，死于战地，梁山泊好汉们却是一个也不曾受到损害——虽然战事的激烈，未必下于征方腊。这乃是嘉靖本作者的苦心孤诣处，也是他的补插此段的显出补插的大罅隙处。第二是，扩大了原文的叙述。往往原文十字，嘉靖本的作者可以扩大而成为百字。胡应麟谓："中间抑扬映带，回护咏叹之工，真有超出语言之外。"盖其高出于原本远甚之处，便在于这种"游词余韵，神情寄寓处"。

二

《西游记》小说，流行于今者凡数种。于《唐三藏取经诗话》之外，有杨致和作的四十一回本，万历时，余象斗曾编入他所刊行的《四游记》中。有朱鼎臣作之十卷本《唐三藏西游释厄传》，为隆、万间福建书林刘莲台所刻。有吴承恩作一百回本，即今日所通行者。近更在《永乐大典》一三一三九卷发见《西游记》的一段，"魏徵梦斩泾河龙"。其中情节，大致相同，无甚出入。朱、杨似从吴本删节而来，而《永乐大典》本则当为吴本之所本。吴本之出现，实为《西游》故事里最伟大的一个成就。吴承恩字汝忠，号射阳山人，淮安人。性敏多慧，博极群书，复善谐剧。著《西游记》及《射阳存稿》等。嘉靖甲辰岁贡生。后官长兴县丞。隆庆初，归山阳。万历初卒。承恩在当时，名不出乡里，《西游记》虽风行一时，而知其出于吴氏之手者盖鲜。以《永乐大典》本与吴本较之，二本之间，相差实不可以道里计。《大典》本《西游记》，未脱民间原始传说的面目。吴氏之作则为出于文人学士之手的伟大的创作。其一枯瘠无味，其一则丰腴多趣。其间的不同，正若嘉靖本《水浒传》之与罗氏原本。难怪吴作盛传于世，而《大典》本则掩没不传。吴氏依据《大典》本以成其骨骼，更杂以诙谐，间以刺讽，或有意的用以说说道理，谈谈玄解。于是后之解说便多。或以为作者是以此阐佛的，或以为作者是讲修炼的，或以为作者是用以讨论儒家的明心见性之学的。总之，他们是无一是处的。作者难免故弄滑稽，谈谈久已深入民间及文人的哲学中的五行的相生相克等等之说，然决不是有意的处处如此布置的。原来，这种布置，一半并非吴氏的创作而是传之已久的。吴氏之作的百回，可分为下列的四大段：

第一段　第一——第七回：叙孙悟空出生、求仙及得道、闹三界等事。

第二段　第八——第十二回：叙魏徵斩龙、唐皇入冥、刘全送瓜

第十一讲 小　说

及玄奘奉谕西行求经事。通行本吴氏《西游记》于第八九回间插入玄奘的身世及为父母报仇事，盖系从朱鼎臣本抄补而来的。

第三段　第十三——第九十九回：叙玄奘西行，到处遇见魔难，所遇凡八十一难，但皆由佛力佑护，及孙行者的努力，得以化险为夷，安达西天。这是全书最长的一大段。写得虽是层次井然的一难过去又一难，却难得八十一难之中，事实雷同者却不很多。此可见作者的心胸的细致与乎经营的周密。

第四段　第一百回：写玄奘及其徒孙悟空、猪悟能、沙悟净等护经回东土，皆得成真为佛事。但作者算算，前文只有八十难，于是又增"水厄"一难，以成全八十一难之数；殊足使读者有迷离惝怳之感。按吴昌龄的《西游记杂剧》，玄奘的东归是由佛另行派人护送的，孙行者诸人皆留在西天成佛，并不与玄奘同归。

这四大段至少可成为三部独立的书。孙行者花果山水帘洞的出生，龙宫、地府与天宫的大闹，八卦炉、五行山的厄运，乃是一部独立的英雄传奇。第二段唐太宗入冥事，在唐末便已有了像《唐太宗入冥记》一类的俗文小说了。第三段及第四段，更可以自成一部好书，与荷马的《奥特赛》是有同样的迷人的魔力的。将这不同的四段而以玄奘西行的一条线贯串之，这是很有趣的，而且是很早的一种努力。而吴氏则为这个努力中的最后而且最高明的一位作者。连吴昌龄氏也在内。从《唐太宗入冥记》以后，叙述太宗、玄奘之事者，不知多少，而集其大成者则为吴氏此作。其后虽更有《后西游记》《续西游记》以及《西游补》之属，然方之吴氏的所作，则似乎皆有"续貂"之感。《西游补》虽另有寄托，别饶趣味，然其文学上的成功，则实在赶不上吴氏。

三

《金瓶梅》《金瓶梅》版本甚多，以万历版《金瓶梅词话》为最好。今有北平古佚小说刊行会影印本。惜仅印百部，且为非卖品。卿云书局的《古本金瓶梅》即从民国五年存宝斋的《真本金瓶梅》翻印的，秽亵的地方已都除去，最易得的出现，可谓中国小说的发展的极峰。在文学的成就上说来，《金瓶梅》实较《水浒传》《西游记》《封神传》为尤伟大。《西游》《封神》，只是中世纪的遗物，结构事实，全是中世纪的，不过思想及描写较为新颖些而已。《水浒传》也不是严格的近代的作品。其中的英雄们也多半不是近代式也简直可以说是超人式的。只有《金瓶梅》却彻头彻尾是一部近代期的产品。不论其思想，其事实，以及描写方法，全都是近代的。在始终未尽超脱过古旧的中世传奇式的许多小说中，《金瓶梅》实是一部可诧异的伟大的写实小说。她不是一部传奇，实是一部名不愧实的最合于现代意义的小说。她不写神与魔的争斗，不写英雄的历险，也不写武士的出身，像《西游》《水浒》《封神》诸作。她写的乃是在宋、元话本里曾经略略的昙花一现过的真实的民间社会的日常的故事。宋、元话本像《错斩崔宁》《冯玉梅团圆》等等尚带有不少传奇的成分在内。《金瓶梅》则将这些"传奇"成分完全驱出于书本之外。她是一部纯粹写实主义的小说。《红楼梦》的什么金呀，玉呀，和尚，道士呀，尚未能脱尽一切旧套。惟《金瓶梅》则是赤裸裸的绝对的人情描写；不夸张，也不过度的形容。像她这样的纯然以不动感情的客观描写，来写中等社会的男与女的日常生活也许有点黑暗的，偏于性生活的的，在我们的小说界中，也许仅有这一部而已。俗语有云："画鬼容易画人难。"以人为常见之物，不易得真，却最易为人找到错处；鬼则为虚无缥缈的东西，任你如何写法，皆无人来质证，来找错儿。《西游》，《封神》，画鬼的作品也，故易于见长。《金瓶梅》则画人之作也，入手既难，下手却又写得如此逼真，此其所以不仅独绝于这一个时代的小说界也！可惜作者也颇囿于当时风气，以着力形容淫秽的事实，变态的心理为能事，未免有些"佛头着粪"之感。然即除净了那些性交的描写，却仍不失为一部好书。

《金瓶梅》的作者，不知其为谁。世因沈德符有"闻此为嘉靖间大名士手笔"语，遂定为王世贞所作。张竹坡作《第一奇书》批评，曾冠以《苦孝说》。顾公燮的《消夏闲记摘抄》也详记世贞撰作此书以毒害严世蕃，为父复仇事。然其实这些传说却未必是可信的。《金瓶梅词话》的欣欣子序云："兰陵笑笑生作《金瓶梅传》，寄意于时俗，盖有谓也。"兰陵为今山东峄县，和书中之使用山东土白一点正相合。惜这

| 第十一讲　小　说 |

个伟大作家笑笑生今已不知其为何许人。欣欣子和笑笑生为友辈，序上曾称引到丘濬、周静轩等而称他为"前代骚人"，又就其所引歌曲看来，皆可信其为万历间，而非嘉靖间之所作。《金瓶梅》一出，便为文士们所赞赏。沈氏《野获编》云："袁中郎《觞政》以《金瓶梅》配《水浒传》为外典。予恨未得见。丙午，遇中郎京邸，问曾有全帙否？曰：第睹数卷甚奇快。……又三年，小修上公车，已携有其书。因与借抄挈归。吴友冯犹龙见之惊喜，怂恿书坊以重价购刻。"是此书在万历中方盛行于世。《金瓶梅》全书凡一百回。据沈德符言，其五十三至五十七回原阙，刻时所补。《金瓶梅》的内容，只是取了《水浒传》的关于武松杀嫂故事为骨子而加以烘染与放大。当时，此故事也曾见之于剧场，像沈璟的《义侠记》所演的便是，可见其流传的范围甚广。作者虽取了这个人人熟知的故事，然其描写的伎俩却高人不止一等。其结局也和《水浒传》不同。其中心人物为西门庆。像西门庆这样的人物，在当时必是一个实型。却说西门庆，清河人，本是一个破落户，后渐渐的发达，也挣得一官半职，以财势横行于乡里间。娶有一妻三妾，尚在外招花引柳。遇武大妻潘金莲，悦之。鸩其夫武大，纳她为妾。武大弟武松，为兄报仇，误杀李外傅，刺配孟州。西门庆益横恣。又私李瓶儿，亦纳她为妾，得了她不少家财。瓶儿生一子，夭死。她自己不久亦亡。而庆因淫纵过度，也死。于是家人零落。金莲被逐居在外。恰遇武松赦归，为他所杀。庆妻吴月娘有遗腹子孝哥。金兵南侵，举家逃难。月娘在一佛寺中，梦到关于她家的因果报应，遂大悟。孝哥也出家为和尚。《金瓶梅》的特长，尤在描写市井人情及平常人的心理，费语不多，而活泼如见。其行文措语，可谓雄悍横恣之至。像第三十三回：

> 敬济喝毕，金莲才待叫春梅斟酒与他，忽有吴月娘从后边来。见奶子如意儿抱着官哥儿，在房门首石台基上坐。便说道："孩子才好些，你这狗肉又抱他在风里。还不抱进去！"金莲问："是谁说话？"绣春回道："大娘来了。"敬济慌的拿钥匙往外走不迭。众人都下来迎接月娘。月娘便问："陈姐夫在这里做什么来？"金莲道："李大姐整治些菜，请

俺娘坐坐。陈姐夫寻衣服，叫他进来吃一杯。姐姐，你请坐。好甜酒儿，你吃一杯。"月娘道："我不吃。后边他大妗子和杨姑娘要家去。我又记挂着你孩子，径来看看。李大姐，你也不管，又教奶子抱他在风里坐着。前日刘婆子说他是惊寒，你还不好生看他！"李瓶儿道："俺陪着姥姥吃酒，谁知贼臭肉三不知，抱他出去了。"

其他像第七回的写《杨姑娘气骂张四舅》，以及潘金莲、王婆的泼辣的口吻，应花子的帮闲随和的神情，都是化工之笔，至今尤活泼泼的浮现于我们的眼前的。

《金瓶梅》有好几种不同的版本。最早的一本，可能便是北方所刻的《金瓶梅词话》，沈德符所谓"吴中悬之国门"的一本。当冠有万历丁巳四十五年东吴弄珠客的序和袁石公题作廿公之跋的。《金瓶梅词话》，当最近于原本的面目。起于《景阳冈武松打虎》，并有吴月娘被掳于清风寨，矮脚虎王英强迫成亲，却幸遇宋江，说情得释的一段事。那都是后来诸本所无的。山东土白，也较他本为独多。崇祯版而附有黄子立、刘启先、洪国良诸人所刻插图的一本《金瓶梅》，大约是在武林所刻的，却面目大异于《金瓶梅词话》。第一，每回的回目都对仗得很工整，不像《词话》之不仅不对仗，字数也有参差，像第二回的回目：

西门庆帘下遇金莲
王婆贪贿说风情

一为八字，一为七字。崇祯版则整齐得多了。第二，崇祯版为适合于南人的阅读计，除去了不少的山东土白，以此，减少不少的原作的神态。第三，崇祯版以《西门庆热结十兄弟》开始。武松打虎事，只是淡淡的说过。今所见的各本，像张竹坡评的《第一奇书》和其他坊本皆从崇祯本出。又有《真本金瓶梅》，删去秽亵，大加增改，更失原本的真相。

| 第十一讲　小　说 |

参考书目

一、《清平山堂话本》　明洪楩编刊,有明嘉靖间刊本,古今小品书籍刊行会影印本。

二、《京本通俗小说》　不知编者,有残本,编入《烟画东堂小品》中,又有石印本,铅印本。

三、《古今小说》四十卷　明绿天馆主人编,传本极少,惟日本内阁文库有之。其残本曾被改名为《喻世明言》(？)。

四、《警世通言》四十卷　明冯梦龙编,有明刊本。今流行于世者皆三十六卷本,佚去其后四卷。

五、《醒世恒言》四十卷　明冯梦龙编,有明刊本,翻刻本(翻刻者缺《金海陵纵欲亡身》一回)。

六、《中国小说史略》　鲁迅著,北新书局出版。

七、《明清二代平话集》　郑振铎著,载《小说月报》二十一卷七月号及八月号。

八、《宋朝说话人的家数问题》　孙楷第著,载《学文》第一期。

九、《东京梦华录》　宋孟元老著,有《学津讨源》本。

十、《都城纪胜》　宋耐得翁著,有《楝亭十二种》本。

十一、《梦粱录》　宋吴自牧著,有《武林掌故丛编》本。

十二、《武林旧事》　宋周密著,有《武林掌故丛编》本。

十三、《全相平话五种》　元刊本,藏日本内阁文库。其中《三国志平话》一种,有商务印书馆影印本。

十四、《平民文学的两大文豪》　谢无量著,商务印书馆出版。

十五、《中国文学论集》　郑振铎著,开明书店出版。

十六、《续录鬼簿》　明贾仲名著,有明蓝格抄本,传抄本。

十七、《小说考证》及《续编拾遗》　蒋瑞藻撰,商务印书馆出版。

十八、《小说旧闻钞》　鲁迅编,北新书局出版。

十九、《日本内阁文库汉文书目》　日本印本。

二十、《中国通俗小说书目》　孙楷第编,北京图书馆印行。

二十一、《日本东京所见中国小说书目提要》　孙楷第编,北京图书馆印行。

第十二讲　戏　曲

一、戏文的起来

中国戏曲产生最晚——其原因——两种不同的型式：戏文与杂剧——戏文的起源——戏文的产生当在杂剧之前——印度的影响——经商贾之手由水路输入的理想——海客酬神说——国清寺里的梵本戏曲——戏文和印度剧的五个同点——题材上的巧合或转变——《赵贞女蔡二郎》与《梭康特姆》——《王焕》的来历——《陈巡检梅岭失妻》与印度的叙述拉马故事的戏曲

一

中国戏曲的产生在诸种文体中为独晚。在世界产生古典剧的诸大国中，中国也是产生古典剧最晚的一国。当散文已经发生了许多次的变化，诗歌已有了诸般不同的式样，小说也已表现着发展的趋势时，中国的戏曲方始渐渐的由民间抬头而与学士文人相见，方始渐渐的占据着一部分的文坛上的势力。盖中国最早的戏曲，其产生期，今所知者当在北宋的中叶约第十一世纪，至宣和间第十二世纪初半期方才有具体的戏文，为民众所注意、所欢迎。金人陷汴京后，北曲一时大盛，而北方的戏曲也便突现出异彩来。浸淫至于宋、金末造，戏曲的势力，更一天天的炽盛。元代承宋、金之后，其文坛遂有以戏曲为活动的中心之概。戏曲到了这个时代，方才正式的登上了文坛。大约剧本之开始创编，当在宣和

| 第十二讲　戏　曲 |

的前后。然遗留于今的最早的完全的剧本，则其产生时代不能早于第十三世纪的前半叶_{金亡之前的一二"年代"}。这样看来，中国戏曲在诸古国中诚是一位"其生也晚"的后进。当中国戏曲方才萌芽之时，印度的古典戏曲早已盛极而衰的了_{印度古典剧以公元第六世纪为全盛时代}。希腊的悲剧、喜剧早已被基督教的势力扫荡到不知哪里去的了_{希腊悲剧以公元前第五世纪为全盛时代}。他们的古典剧已经成了过去的僵硬的化石，而我们的古典剧方才"姗姗其来迟"的出现于世。中国戏曲为什么会产生得那末迟晚呢？第一是：历来民间所产生的或文士所创造的诸种文体，如骈文，如古文，如五七言诗，如词，都只能构成了叙事、论议的散文与乎抒情的歌曲_{以诗词来叙事的已甚少}，却没有一种"神示"或灵感，能使他们把那些诗、词、骈、散文组织成为一种特殊的复杂的文体，像戏曲的那种式样的。戏曲遂也不能够由天上落下来似的出现于世。第二是：无论宫廷或民间，都秉承着儒教的传统的见解，极力的排斥着新奇的娱乐。略涉奇异的事物，他们便以为怪诞而放斥之惟恐不速。他们的帝王仅知满足于少女的清歌妙舞与乎弄人的调谑说笑，民间也仅知备足于清唱、杂耍以及迎神赛会的简朴的娱乐之中，从不曾进一步而发生所谓戏剧的。古来传记中所载的优伶的故事，像王国维氏在他的《宋元戏曲史》所搜集的，大概都是"弄人"的故事，并非真正的"伶人"的故事。他们大概至多只能想到要将歌舞连合于"故事"，却不曾想到要将故事搬演出来而成为戏曲的。戏曲原为最复杂的文体，故其产生之难，也独超于诸种文体之上。第三：外来的影响，也不容易灌输进来。中国的音乐早已受外来的影响，宗教也早已为外来教所垄断。论理，印度戏曲，也应该早些输入。然戏曲的艺术比较得复杂，其输入自比较得困难。又佛教徒在古时虽也有所谓佛教戏曲_{这几年在中央亚细亚发见了几部佛教戏曲的残文，已印行一部分}，然后期的佛教徒，对于戏曲却似是持着反对的态度。因此对于印度古典剧固不至于输入，即佛教剧也是不肯负输入之责的。印度的戏曲至少受有希腊戏曲的多少的感应。当亚历山大东征时，希腊文化是很流行于印度北部的。故其演剧的艺术很容易的便输入印度去。中国与印度的关系却比较的辽远浅薄。一面既隔着高山峻岭，一面又隔着汪汪无际的大洋，其交通是很不便的。除了带着殉教精

神的佛教留学生以及重利的商人以外,平常很少有人和印度相交往。为了外来影响输入的不易,也为了戏曲的复杂艺术的更不易于输入,所谓演剧的艺术,便当然要远在宗教、音乐以及神话、传说、变文、小说等等的输入以后才能够输入的了。

二

中国的戏曲可分为两种很不相同的型式:一种名为"传奇",别一种名为"杂剧"。"传奇"在最初是名为"戏文"的。"戏文"流行于中国南方的民间,故所用的曲调,全都是所谓"南曲"的。"杂剧"之名极古,在宋真宗时已有此称。惟其与今杂剧却是完全不同的_{这将在下文论及}。他们是流传于北方的,所以用的曲调都是所谓"北曲"的。但最可注意的是:杂剧的唱者严格的限于主角一人,其主角或为正末,或为正旦,俱须独唱到底。与他或她对待的角色只能对白,不能对唱。传奇的唱者却不限定于主角一人;凡在剧中的人,都可以唱,都可以与主角和唱、互唱。又传奇登场时,先要由一个"末"色或"副末"念说一篇开场词。这些开场词或为颂赞之语,或为作者说明所以作剧之意,并及那时所欲搬演的那本传奇的情节。这篇词,或谓之"副末开场",或谓之"家门始末",总之,乃是全剧的一个提纲,用以引起全剧的。杂剧则于剧首没有此种"开场"。

这两种不同型的戏曲,各有其不同的起源。而戏文的起来,其时代较杂剧为早,其来历也较杂剧的来历为单纯。关于杂剧的话,将在下文再提到。这里先说"戏文"。

三

"戏文"起源的问题,似乎还不曾有人仔细的讨论过。王国维氏在《宋元戏曲史》上,虽曾辛勤的搜罗了许多材料,但其研究的结果,却不甚能令人满意。不过亦很有些独到之见解。他说:"南戏之渊源于宋,殆无可疑。至何时进步至此,则无可考。吾辈所知。但元季既有此种南戏耳。然其渊源所自,或反古于元杂剧。"《宋元戏曲史》页一百五十五这种见解,较之一般人的"传奇源于杂剧"的意见,自然要高明得多。然

第十二讲　戏　曲

究竟并未将中国戏剧的真来源考出。我们如欲从事为戏剧的真来源的探考，则非先暂时抛开了旧有的迷障与空谈，而另从一条路去找不可。我们要有完全撇开了旧说不顾的勇气，确切的知道一切六朝、隋、唐以及别的时代的"弄人"的滑稽嘲谑，决不是真正的戏曲，也决不是真正的戏曲的来源。我们更要能远瞩外邦的作品，知道我们的戏曲，和他们的戏曲，这其间究竟有如何的关系。我对于这个问题，曾有七八年以上的注意与探讨，但自己似乎觉得还不曾把握到十分成熟的结论。今姑将自己所认为还可以先行布露的论点，提出来在此叙述一下。

我对于中国戏曲的起源，始终承认传奇决非由杂剧转变而来，如一般人所相信的。传奇的渊源，当反"古于元杂剧"。当戏文或传奇已流行于世时，真正的杂剧似尚未产生。而传奇的体例与组织，却完全是由印度输入的。在佛教徒或史官的许多记载上，我们看不出一点的这样的戏曲输入的痕迹。但我们要知道，戏曲的输入，或未必是由于热心的佛教徒之手的。而其输入的最初，则仅民间流布着。这些戏曲的输入，或系由于商贾流人之手而非由于佛教徒，或竟系由于不甚著名的佛教徒的输入也说不定。原来中国与印度的交通，并非如我们平常所想像的那末希罕而艰难的。经由天山戈壁的陆路，当然有如法显、玄奘他们所描写的那末艰险难行。然而这里却另有一条路，即由水路而到达了中国的东南方。这一条路虽然也苦于风波之险，然重利的商人却总是经由这条比较容易运输货物的路的。玄奘的《大唐西域记》曾记载着，他去谒见著名的印度戒日王?时，戒日王却命人演奏着"秦王破阵乐"给他听，并问及小秦王的近况。玄奘刚刚经过千辛万苦的由中国来到印度，而这个"秦王破阵乐"却早已安安舒舒的传输到了那边了。究竟是什么样的人将它传达到印度去的呢？且由北方的陆路走是不会的，那条路是那末难走。除了异常热忱的且具有殉教精神的玄奘们以外，别的人是不会走的。那末，这个"秦王破阵乐"的流布于印度当然是由于商贾们的力量了。他们既会由中国传了音乐、歌舞到印度去，便也会由印度输了戏曲、音乐到中国来。这是当然的道理。且在法显诸人的记载上，也曾颇详细的描写着中、印的海上交通的情形。大抵印度南方的人民，不信佛者居多，而戏曲又特别的发达。则印度的戏曲及其演剧的技术之由他们输入中国，是没有什么可以置疑的地方。我猜想，当初戏曲的输入来，或并非为了娱乐活人，当系海客们作为祷神、酬神之用的（至今内地的演剧还完全为的是酬神）。其成为富室王家的娱乐之具，却是最后的事。

更有一件很巧合的事，足以助我证明这个"输入说"的。前几年胡先骕先生曾在天台山的国清寺见到了很古老的梵文的写本，摄照了一段去问通晓梵文的陈寅恪先生。原来这写本乃是印度著名的戏曲《梭康特妲》（*Sukantala*）的一段。这真要算是一个大可惊异的消息。天台山！离传奇或戏文的发源地温州不远的所在，而有了这样的一部写本存在着！这大约不能是一件仅仅被目之为偶然巧合的事件罢。

四

其实，就传奇或戏文的体裁或组织而细观之，其与印度戏曲逼肖之处，实足令我们惊异不置，不由得我们不相信他们是由印度输入的。关于二者组织上相同之点，这里不能详细的说明、引证，但有几点是必须提出的：

第一，印度戏曲是以歌曲、说白及科段三个元素组织成功的。歌曲由演者歌之；说白则为口语的对白，并非出之以歌唱的；科段则为作者表示着演者应该如何举动的。这和我们的戏文或传奇之以科、白、曲三者组织成为一戏者完全无异。

第二，在印度戏曲中，主要的角色为：（一）拿耶伽（Nayaka），即主要的男角，当于中国戏文中的生，这乃是戏曲中的主体人物；（二）与男主角相对待者，更有女主角拿依伽（Nayika），她也是每剧所必有的，正当于中国戏文中的旦；（三）毗都娑伽（Vidusaka），大抵是装成婆罗门的样子，每为国王的帮闲或侍从，贪婪好吃，每喜说笑话或打诨插科，大似中国戏文中的丑或净的一角，为主人翁的清客、帮闲或竟为家僮；（四）男主角更有一个下等的侍从，常常服从他的命令，盖即为戏文中家僮或从人；（五）印度戏曲中更有一种女主角的侍从或女友，为她效力，或为她传递消息的；这种人也正等于戏文中的梅香或宫女。此外尚有种种的人物，也和我们戏文或传奇中的角色差不多。

第三，印度的戏曲在每戏开场之前必有一段"前文"，由班主或主持戏文的人，上台来对听众说明要演的是什么戏，且介绍主角出场来。最初是颂诗祝福，或对神，或对人；其次是说明戏名，与戏房中出来的一个人相问答；再其次是说明剧情的大略或主人翁的性格_{大抵是用诗句}。然后后台中主人翁说话的声音可以听得见。这位班主至此便道："某某人_{主角}正在做什么事着呢"而退去。于是主角便由后台上场。这正和我们的传奇或戏文中的"副末开场"或"家门始末"一模一样。我们的"开场"是：先由"末"或"副末"唱念一首《西江月》等歌词，这歌词大抵总是颂贺，或说明要及时行乐之意。然后他向后房问道："请问后房子弟，今日敷演甚般传奇？"后台的人_{不出场}答曰："今日搬演的是某某戏。"他便接着说道："原来是某某戏。"于是便将此戏的始末大概，用诗词念唱了出来。唱完后，他用手指着后台道："道犹未了，某某人早上。"便向下场门退去，而主角因以上场。为了这是一场过于熟套了，所以通常刻本的传奇常以"问答照常"四字，及必需每剧不同的唱念的《西江月》及"家门"等诗句了之，并不完全将这幕"开场"写出。这便是中、印剧二者之间最逼肖的组织之一。

第四，印度戏曲于每戏之后必有"尾诗"（Epiloge）以结之。这些"尾诗"大都是赞颂劝戒之语，或表示主人翁的愿望的。唱念着这"尾诗"的必是剧中人物，且常常是主角。如《梭康特啦》唱念"尾诗"的乃是主角国王。如 The Little Clay Cart 唱念"尾诗"的乃是主角 Charudatta。他们的辞句，不外是祷求风调雨顺，人民快乐，君主贤明，神道昭灵一类的话。这还不和我们戏文中的"下场诗"很相同的么？所略异的，我们戏文中的下场诗，大都是总括全剧的情节的，如《琵琶记》的"自居墓室已三年，今日丹书下九天。官诰颁来皇泽重，麻衣换作锦袍鲜。椿萱受赠皆瞑目，鸾凤衔恩喜并肩。要识名高并爵显，须知子孝共妻贤"，《张协状元》的"古庙相逢结契姻，才登甲第没前程。梓州重合鸾凤偶，一段姻缘冠古今"，《杀狗记》的"奸邪簸弄祸相随，孙氏全家福禄齐。奉劝世人行孝顺，天公报应不差移"都是。但说着"子孝共妻贤"及"奉劝世人行孝顺"诸语，却仍是以劝戒之语结的，与印度戏曲的"尾诗"性质仍相肖合。

第五，印度戏曲在一剧中所用的语言文字，大别之为两种：一种典雅语，即Sanscrit；一种是土白语，即Prakrits。大都上流人物、主角，则每用典雅语，下流人物，如侍从之类，则大都用土白。这也和我们传奇中的习惯正同。在今所传的传奇戏文中，最古用两种语调的剧本，今尚未见。然在嘉靖年间，陆采的《南西厢记》等，已间用苏白。而万历中沈璟所作的《四异记》，则丑、净已全用苏人乡语见郁蓝生《曲品》。今日剧场上的习惯更是如此。丑与净大都是用土白说话的，即原来戏文并不如此者，他们也要将他改作如此。如今日所演李日华的《南西厢记》，法聪诸人的话便全是苏白，全是伶人自改的。但主人翁，正当的角色，则完全用的是典雅的国语，决不用土白。这个习惯，决不会是创始于陆采或沈璟的，必是剧场上很早的已有了这种习惯。不过写剧者大都为了流行他处之故，往往不欲仍用土语写入剧中。而依了剧场习惯，把土语方言写入剧本中者，则或当始于沈、陆二氏耳。这与印度戏曲之用歧异语以表示剧中人物身份者，其用意正同。

　　在这五点上讲来，已很足证明中国戏曲自印度输来的话是可靠的了。像这样的二者逼肖的组织与性质，若谓其出于偶然的"貌合"或碰巧的相同，那是说不过去的。波耳的《支那事物》(J. Dyer Ball, *Things Chinese*) 说："中国剧的理想完全是希腊的，其面具、歌曲、音乐、科白、出头、动作，都是希腊的。……中国剧的思想是外国的，只有情节和语言是中国的而已。"如将"希腊的"一语，改为"印度的"似更为妥当。

五

　　最后，在题材上，也可以找出更有趣的奇巧可喜的肖合来。我们最早的戏文今所知者为《赵贞女蔡二郎》《王魁负桂英》等等。这些戏文虽或已全佚，或仅存零星的一二残曲，不足使我们完全明了其内容。然据古人的记载看来，其情节是约略可知的。《赵贞女蔡二郎》叙的是蔡二郎得第忘归，其妻历尽艰苦，前往寻他，二郎却拒之不见，不肯认她为妻。《王魁负桂英》的情形也约略相同。王魁与桂英誓于海神庙，愿偕白首，无相捐弃。但王魁中第得官以后，桂英派人去见他。魁却没煞前情，严拒于她，不给理睬。又，今存于《永乐大典》中的戏文，

《张协状元》，写的也是张协得第后，变了心肠，弃了王氏女不顾。王氏女剪发筹资，前往京师寻他，他却命门子打她出去。为什么最初期的戏曲中，会有那末多的"痴心女子负心汉"的故事呢？当然，像这样的情事，在实际的社会上是不会很少的。但这种不约而同的情节，为什么在"戏文"一开始的时候就会用的那末多呢？我们如果一读印度大戏剧家卡里台莎（Kalidasa）的《梭康特妯》，我们大约总要很惊奇的发现，梭康特妯之上京寻夫而被拒于其夫杜希扬太（Dushyanta），原来和《王魁》《赵贞女》乃至《张协》的故事是如此的相肖合的。如果我们更知道《梭康特妯》的剧文曾被传到天台山上的一个庙宇里的事，则对于这种情节所以相同的原因，当必然有以了然于心吧。

又，在最早的戏文《王焕》，及《崔莺莺西厢记》上这些戏文也已佚，我们仅能在别的形式的剧文上约略的知道其情节，其描写王焕与贺怜怜在百花亭上的相逢，与乎莺莺与张生在佛殿上的相见，其情形与杜希扬太初遇梭康特妯于林中的情形也是很相同的；而《王焕》中的王小三和《崔莺莺》中的红娘，则也为印度戏曲中所常见的人物。

又，最早的戏文，《陈巡检梅岭失妻》《永乐大典》作《陈巡检妻遇白猿精》，其情节与印度的大史诗《拉马耶那》很有一部分相类似。而《拉马耶那》的故事，却又是印度戏曲家们所最喜欢采用的题材。这其间也难保没有多少的牵连的因缘在内。

二、高　明

高明——《琵琶记》

盛传于世的《琵琶记》的作者却是一位很知名的文人高明。明字则诚，永嘉平阳人。至正五年张士坚榜中第。授处州录事，辟丞相掾。方谷真起兵反元。省臣以温人知海滨事，择以自从。与幕府论事不合。谷真就抚，欲留置幕下。即日解官，旅寓鄞之栎社。朱元璋闻其名召之，以老病辞。还卒于家。有《柔克斋集》。或以为《琵琶记》系高拭作,非高明;拭亦字则诚。然拭虽自有其人,亦作曲见《太和正音谱》,却并非作《琵琶记》者。明姚福《青溪暇笔》:"元末,永嘉高明避世鄞之栎社,以词曲自娱。见刘后村有'死后是非谁管得,满村听唱《蔡中郎》'之句,因编《琵琶记》,用雪伯喈之耻。"姚说颇是。则诚的《琵琶记》,盖以纠正民间盛行的宣扬不忠不孝蔡伯喈的《赵贞女蔡二郎》之诬的。自则诚著的"蔡伯喈"出,而古本遂隐没不传。为什么这样的一个登第别娶的传说,会附会于汉末蔡邕的身上去,这是一个不可解的谜。民间的英雄与传说中的人物往往都是支离、荒诞不堪的。伯喈的传说,可以说是其中最无因,最不经的。则诚虽将伯喈超脱了雷劫,洗刷了不忠不孝之名,然对于这个传说的全部仍然不能抹杀。《琵琶记》的情节,似乎仍有一大部分是旧有的,特别是描写赵五娘辛苦持家,卖发

《琵琶记》插图

　　《琵琶记》,元末南戏,高明撰。书中写汉代书生蔡伯喈与赵五娘悲欢离合的故事,被誉为传奇之祖,是我国古代戏曲中一部经典名著。

造墓,背琵琶上京哀求夫的许多情节。因为这是不必要改作的。至于有改作的必要的关于蔡伯喈的许多情节,则当为则诚自己的创作。所以我们在《琵琶记》中,至少还可以看见《赵贞女蔡二郎》的一部分的影子。而则诚的此记,便是经像则诚那样的文人学士或诗人修正过了的"伯喈戏文",正是戏文中的黄金时代的作品的好例,一面并不曾弃却民间的浑朴质实的风格,一面并具有诗人们本身所特长的铸辞造语的隽美,与乎想像、描写的深入与真切。因此,《琵琶记》便成了戏文中第一部伟大不朽的著作。

《琵琶记》《琵琶记》坊刊本极多,但随处可见的毛《批本》(即《第七才子书》)却不甚好;最可靠的是,明玩虎轩刊本,凌濛初刊本,近武进董氏珂罗版刊本的故事大略是如此:蔡邕字伯喈,饱学多才,新娶妻房,方才两月。以父母年老,不欲远游。其父为了伯喈的前途计,极力督促他去赴试。伯喈不获已,只好辞别了父母及妻赵氏五娘登程而去。家中本来是很清贫的,自伯喈去后,只靠五娘克勤克俭支持着,又遇着荒年,家食渐渐的不继。官中开了义仓,五娘自去请了粮来,中途又为歹人所夺。她正欲投井自杀,恰好她公公经过,阻住了她。又遇见张广才,分了米粮救济着她。但这样的日子究竟很不容易过下去。她张罗着几口淡饭,为公公婆婆吃,她自己则自把细米皮糠,强自吞咽,也不敢使她公婆知道,怕他们知了着恼。婆婆见她每每背着他们吃饭,心中不忿,还以为她藏着好饭菜自己吃。一日,偷偷的去张望她吃饭,却见她正将米糠强自吞咽下去。不禁大为感动,自悔自怨,一气而倒。公公遂也卧病不起。家中典质已空,又连遭这两个丧事,五娘如何张罗得来!亏得善人张广才又出力帮助着她,得以勉强成殓。她并剪了头发,当街去卖,以筹丧用。又用麻裙包土,自造坟墓。她倦极而卧,却有神人们为她孝心所感,代她将坟造成。二亲既已葬毕,家中已无牵挂,赵五娘便决意要上京寻夫。她改换了衣装,将着琵琶做行头,沿街上弹几支劝行孝的曲儿,教化将去。并画取公婆的真容,一同负着。家中虽经历了那末大的变故,蔡伯喈在京尚自不知。他自上京之后,便中了头名状元。牛丞相有一女,奉了圣旨,要招他为夫。伯喈抵死不肯,辞婚兼且辞官。但皇帝却勉强的要他成全了这段姻事。他不敢再奏,只得委屈的做了牛丞相的女婿，心中总是郁郁不乐。有一个拐儿，曾到过陈留，便冒了他父母家信给他，骗了他回信银钱而去。他始终还以为家中已得到他的消息呢。牛小姐知他不乐之故，便与她父亲关说，要与伯喈同回省亲。她父亲坚执不允。后来，却允派了一个人去接伯喈的父母及妻同来，做一处住。一日，伯喈骑马而过，恰与赵五娘相遇。二人都料不到是他和她，所以毫不留心，都不曾相厮认。五娘为这一行人马所冲上，匆匆的避去，却遗了那幅公婆的真容在地。伯喈拾了这画幅，追还她不及，便收了回家。她问起旁人，方知此人便是蔡伯喈。第二天，她到牛府去，与牛小姐相见，说起寻夫的事。牛小姐极为贤惠，便留她住下，欲乘机打动伯喈与她厮认。她到伯喈书馆，见那天失落了的公婆的真容，已为仆人挂在那里，便在画幅上写了一诗。伯喈见了画，又见了诗，追问起来，遂得与五娘相见。她说起公婆已亡的事，伯喈沉痛晕倒。他便别了丈人，上表辞官，与两个媳妇一同回家扫墓。他们动身后，差去迎接伯喈家眷的人方回。说起赵五娘的贤孝事迹来，牛丞相也深为感叹，便将前事，一一奏知皇帝。伯喈及二妇正在拜墓，牛丞相已赍了皇帝的加官封赠的诏旨而来。蔡邕授为中郎将，妻赵氏封为陈留郡夫人，牛氏封河南郡夫人，父母并皆封赠。伯喈遂以多金赠与张广才以报其德。相传的"不忠不孝蔡伯喈"，遂被则诚将它结束为"全忠全孝蔡伯喈"。这样的改法，则诚颇为费尽了心计。几乎处处的都在点出伯喈的不得已而留朝不归，不得已而就婚牛府，不得已而寄信回家，不得已而差人接眷，总之，要说得伯喈是一无差处的，是一心挂记着家中父母及妻的，不过当前环境的不许他立刻归省而已。这完全是后来作家们的惯于婉曲回护古人的伎俩，正和明人之将"王魁负桂英"改为"王魁不负桂英"的《焚香记》一样。早期的戏文，只知照事接写，就事论事，既有王魁负桂英的传说，便真的写成了负桂英，既有伯喈不忠不孝的传说，便真的写成了不忠不孝；为了消减观者的悲愤，便又写着"鬼报""雷殛"的结局。《张协状元》戏文的不为张协杀妻作回护，也正见民间作家的如此的质直。但这些故事一到了文士诗人的手中，他们便发见题材情节的不妥善；将主人翁写成了那末不忠不孝，无情无义，是违背了"礼教"的训条的。所以他们便极力的回护着剧中的主人翁，千方百计的使他们不

第十二讲 戏　曲

至负"不忠不孝"或"薄幸"之名。《王魁负桂英》及《赵贞女蔡二郎》便是这样的被修正为《焚香记》及《琵琶记》，而《张协状元》则为未被修正的原本，可以使我们约略的看出原始民间戏文的一斑的。

关于《琵琶记》及其作者的传说很多，姑引一二则。《青溪暇笔》："高明既卒，有以其《琵琶》记进者。上览毕，曰：'《五经》《四书》在民间，如五谷不可缺。此记如珍羞百味。富贵家其可无耶？'其见推许如此。"朱彝尊《静志居诗话》："闻则诚填词，夜案烧双烛。填至《吃糠》一出，句云：糠和米本一处飞，双烛光交为一，洵异事也。"为了《琵琶记》已成了一部伟大的古典剧，故诡异的传说便纷纷而出。其实，在全剧中，《吃糠》的一节：

〔孝顺歌〕呕得我肝肠痛，珠泪垂，喉咙尚兀自牢嗄住。糠！遭砻被舂杵，筛你簸扬你，吃尽控持，悄似奴家身狼狈，千辛百苦皆经历。苦人吃着苦味，两苦相逢，可知道欲吞不去。吃吐介糠和米，本是两倚依，谁人簸扬你作两处飞，一贱与一贵，好是奴家共夫婿，终无见期。丈夫，你便是米么？米在他方没寻处。奴便是糠么？怎的把糠救得人饥馁？好似儿夫出去，怎的教奴供给得公婆甘旨？（第二十出）

只是很自然的由当前之景做着这样的直譬，固然是很见自然的率合的伎俩，却是并不足当那末样没口的称颂。我以为还不如下面的一段：

几回梦里，忽闻鸡唱忙惊觉，错呼旧妇，同问寝堂上。待朦胧觉来，依然新人，凤衾和象床。怎不怨香愁玉无心绪！更思想，被他栏当，教我怎不悲伤！俺这里欢娱夜宿芙蓉帐，她那里寂寞偏嫌更漏长。（第二十三出）

比较来得情绪深婉些。或谓则诚《琵琶》的原本，止《书馆相逢》；以谓《赏月》《扫松》二阕为朱教谕所补，但俱不足信。王世贞已目之为"好奇之谈，非实录也"《艺苑卮言》。则诚著《琵琶记》的时代，当在元末，不在明初。据姚福《青溪暇笔》所载，则则诚之作《琵琶记》，在避地于鄞之栎社以后，当是至正十年公元1350年以后的事。但姚说或未可信。朱元璋召则诚时，他辞以老迈，则《琵琶》之作或当在至正初元以前。

三、沈璟与汤显祖

沈璟与汤显祖——他们的影响——汤显祖的生平——其作品：《牡丹亭》《南柯记》《邯郸记》《紫箫记》《紫钗记》——沈璟及其著作——《属玉堂十七种传奇》

一

汤显祖与沈璟同为这个时代中的传奇作家的双璧。论天才，显祖无疑的是高出；论提倡的功绩，显祖却要逊璟一筹。他只是一位"独善其身"的诗人，他只是一位不声不响，自守其所信的孤高的作家。他不提倡什么，他不宣传什么，他也不要领导着什么人走。他只是埋头的尽心尽意的创作着。然而他的晶莹的天才，立刻便为时人所认识，他的影响立刻便扩大起来——那末伟大的影响，大约连他自己也不会相信的。这种影响，一方面当然是时代的趋势，必然的结果；一方面却要归功于他所树立的那末清隽崇高的天才的例子。他虽无意领导着人家走，后来的作家却都滔滔的跟随在他的后面。时代产生了他，而他也创造了一个时代。他乃是传奇的黄金时代的一位最好的代表。他的影响，不仅笼罩了黄金时代的后半期，且也弥漫在后来的诸大作家，如万树，如蒋士铨，以至于如黄韵珊等等。吕天成说道："汤奉常绝代奇才，冠世博学。周旋狂社，坎坷宦途。当阳之谪初还，彭泽之腰乍折。情痴一种，固属天生，才思万端，似挟灵气。搜奇《八索》，字抽鬼泣之文；摘艳六朝，句叠花翻之韵。红泉秘馆，春风檀板敲声。玉茗华堂，夜月湘帘飘馥。丽藻凭巧肠而浚发，幽情逐彩笔以纷飞。蘧然破噩梦于仙禅，矄矣锁尘情于酒色。熟拈元剧，故琢调之妍媚赏心；妙选生题，致赋景之新奇悦目。不事刁斗,飞将军之用兵;乱坠天花,老生公之说法。原非学力所及,洵是天资不凡。"此种赞语,原是很空泛的,但非玉茗实不足以当此种夸饰的歌颂。

显祖 汤显祖见《明史》卷二百三十,《明史稿》卷二百十七,《列朝诗集》丁集中,《明诗综》卷五十四,《明诗纪事》庚签卷二字义仍,号若士,又自号清远道人。临川人。年二十一,举于乡,万历癸未 公元1583年 举进士。时相欲召至门下,显祖勿应。除南太常博士。朝右慕其才,将征为吏部郎。上书辞免。稍迁南祠郎。抗疏论劾政府信私人、塞言语,谪广东徐闻典史。量移知遂昌县。用古循吏治邑,纵囚放牒,不废啸歌。戊戌上计投劾归,不复出。里居二十年,病卒,年六十有八 1550—1617。自为祭文。显祖"志意激昂,风骨遒紧,扼腕希风,视天下事数着可了"。而穷老踌蹬,所居玉茗堂,文史狼藉,宾朋杂坐。鸡埘豕圈,接迹庭户。萧闲咏歌,俯仰自得。同侪贵显者或遗书迓之,显祖谢曰:"老而为客,所不能也。"为郎时,击排执政,祸且不测。诒书友人曰:"乘兴偶发一疏,不知当事何以处我。"晚年翛然有度世之志。死后,其仲子开远,好讲学,取显祖"续成《紫箫》残本及词曲未行者悉焚弃之"。此语见钱谦益《列朝诗集》。钱氏之语,盖据显祖第二子大耆之言。但《紫箫》见在,并未见焚,则大耆云云,似未可信。当时王骥德等皆深慕汤氏之作,如他于《四梦》《紫箫》之外,别有所作,则王氏等自当知之,不应一无所言。但《紫箫》今存,实未被焚。于《紫箫》外,显祖又著有"四梦"。"四梦"者盖《还魂记》《邯郸记》《南柯记》《紫钗记》四部传奇的总称。又有《玉茗堂文集》十卷,诗集十八卷。然其得大名则在"四梦"而不在他的诗文。——虽然他的诗文也有独到之处。姚士粦谓:"汤海若先生妙于音律,酷嗜元人院本。自言箧中收藏,多世不常有。已至千种,有《太和正音谱》所不载。比问其各本佳处,一一能口诵之。"《见只编》王骥德曰:"临川汤若士,婉丽妖冶,语动刺骨。独字句平仄,多逸三尺。然其妙处,往往非词人工力所及。"又曰:"其才情在浅深浓淡雅俗之间,为独得三昧。"又曰:"临川汤奉常之曲,当置法字无论,尽是案头异书。所作五传,《紫箫》《紫钗》第修藻艳,语多琐屑,不成篇章。《还魂》好处种种,奇丽动人。然无奈腐木败草,时时缠绕笔端。至

汤显祖像

汤显祖（1550—1616），字义仍，号若士，又号海若、清远道人，明代杰出的剧作家、文学家。其在中国和世界文学史上有着重要的地位，被誉为"东方的莎士比亚"。

《南柯》《邯郸》二记，则渐削芜颣，俯就矩度。布格既新，遣辞复俊。其掇拾本色，参错丽语，境往神来，巧凑妙合，又视元人别一蹊径。技出天纵，非由人造。使其约束和鸾，稍闲声律，汰其剩字累语，规之全瑜，可令前无作者，后鲜来哲。二百年来，一人而已。"以上并见《曲律》说四沈德符谓："汤义仍《牡丹亭梦》一出，家传户诵，几令《西厢》减价。奈不谙曲谱，用韵多任意处。乃才情自足不朽也。"《顾曲杂言》钱谦益谓："胸中魁垒，陶写未尽，则发而为词曲。《四梦》之书，虽复留连风怀，感激物态，要于洗荡情尘，销归空有。则义仍之所存，略可见矣。"《列朝诗集》朱彝尊谓："义仍填词妙绝一时。语虽斩新，源实出于关、马、郑、白。"王骥德又谓："临川尚趣，直是横行；组织之工，几与天孙争巧，而屈曲聱牙，多令歌者齚舌。吴江曾为临川改易《还魂》字句之不协者按此改本名《同梦记》，吕吏部玉绳以致临川。临川不怿。复书吏部曰：彼恶知曲意哉！余意所至，不妨拗折天下人嗓子。"大抵显祖诸剧的不大合律是时人所公认的，而其纵横如意的天才，又是时人所赞许的。这可以说是定论。但自叶堂作谱之后，协律与否之论已为之熄。我们现在很可以从这个魔障中跳出来去看显祖作品的真相。

显祖五剧中，最藉藉人口者自为《还魂记》或《牡丹亭梦》《还魂记》有《玉茗堂全集》附刻本，万历间石林居士刊本，《六十种曲》本，王思任《评》本，沈际飞《评》本，柳浪馆刻本，冰丝馆刊本，《吴吴山三妇评》本，陈

第十二讲 戏　曲

眉公《评》本（改名《丹青记》）；又有沈璟、冯梦龙（易名《风流梦》）、臧晋叔诸改本。《六十种曲》内又有硕园改本。王骥德虽将《还魂》抑置《邯郸》《南柯》之下，然一般人的见解，则大都反之。梁廷枏谓："玉茗《四梦》，《牡丹亭》最佳，《邯郸》次之，《南柯》又次之，《紫钗》则强弩之末耳。"此种甲乙之次，本极不足据，惟以《牡丹亭》为最佳，则足以代表一般人的意见。《还魂记》凡五十五出，没有一出不是很隽美可喜的。这样的一部剧本，出现于"修绮而非垛则陈，尚质而非腐则俚"的时代，正如危岩万仞，孤松挺然，耸翠盖于其上，又如百顷绿波之涯，杂草乱生，独有芙蕖一株，临水自媚，其可喜处盖不独能使我们眼界为之清朗而已，作者且进而另辟一个新境地给我们。开场的一支《蝶恋花》："忙处抛人闲处住，百计思量，没个为欢处。白日消磨肠断句，世间只有情难诉。玉茗堂前朝复暮，红烛迎人，俊得江山助。但是相思莫相负，牡丹亭上三生路。"及结束全剧的一首下场诗："杜陵寒食草青青，羯鼓声高众乐停。更恨香魂不相遇，春肠遥断牡丹亭。千愁万恨过花时，人去人来酒一卮。唱尽新词欢不见，数声啼鸟上花枝。"已足以看出作者的用意。作者是多情人，又是极聪明人，却故意的在最拙呆最荒唐的布局上，细细的画出最隽妙的一幅相思图。曹霑所谓"满纸荒唐言，一把心酸泪"，正足以说明显祖的此剧。"但是相思莫相负，牡丹亭上三生路"二语，盖较之东坡的"但愿人长久，千里共婵娟"，尤为深入一层，尤为真挚确切者。《还魂记》的概略如下：南安太守杜宝生有一女，名丽娘，才貌端妍，未议婚配。一日，杜太守想起，自来淑女，无不知书，便请了本府老秀才陈最良为西席，专教小姐，并以梅香为伴读。陈最良正是民间的百科全书式的老秀才的代表，他无所不知，连医道也懂得。上学的那一天，陈老先生教丽娘读《诗经》，解说"关关雎鸠，在河之洲"一诗后，不禁使这位年已及笄，初解怀春的少女怅然有感于中。本府有个后花园，极为敞大，丽娘向未去过。为了春情郁郁，受了梅香的劝诱之后，便同去园中一游。春色果然绝佳。好鸟轻啭，繁花缀树，芍药方放，牡丹盛开。丽娘回归绣房，倦极而卧。仿佛身子仍在园中，突遇一位少俊的秀才，折柳一枝赠她，强她题咏，并抱她进牡丹亭中。百种温存，紧相厮偎。正在欢洽之时，树上忽堕下落花一片，惊醒了她。她惆怅的醒来，口中还叫道："秀才，秀才，你去了也！"她母亲刚来看她，盘问她也不语，便诫她以后少到后花园中闲行。自此以后，丽娘益为郁郁，梦中之事，无时放怀，捉空儿又到后花园中去。梦中之景，宛然如见，只是那少俊的人儿却不在身边了。太湖石仍在，牡丹亭依然，只是花事已将冷落，情怀更为凄然。自这回寻梦归去之后，丽娘便生了病，时卧时起，精神恍惚。她父母十分着急。陈最良的药方固无效力，石道姑的符咒，也欠灵验。挨至秋初，病体益重，"十分容貌，怕不上九分瞧"。丽娘自己对镜一照，也吃惊不已。"哎也！俺往日艳冶轻盈，奈何一瘦至此。"便着梅香取绢幅丹青来，为自己生描春容。画得来可爱煞人。对像徘徊，更增忉怛，便在画上题道："近睹分明似俨然，远观自在若飞仙。他年得傍蟾宫客，不在梅边在柳边。"想起他人之像，或为丈夫相爱，替她描模，也有美人自家写照，寄与情人，而丽娘这像却寄给谁呢？"梅边柳边"，只不过是个梦儿而已！但出于丽娘的不及料，也出于读者的不及料，那位"梅边柳边"的秀才，在世间却实有其人。这人姓柳，名梦梅，家住岭南。少年英俊，贫穷未能赴试。却说久病的丽娘到了八月十五，明月清朗之夜，便昏厥而去。临终之时，嘱咐她母亲只将她尸身葬于后花园中老梅树下，并私嘱梅香将她的春容，放在太湖石边。她死后不久，杜宝奉命升为淮扬安抚使。他带了家眷同去。但因为丽娘的尸柩不便运去，便让她埋于园中。却将此园与太守官衙用一道墙隔开了，同时并建了一所梅花庵于旁，供奉小姐，命石道姑看守此庵，并请陈最良收取祭粮，岁时巡视。匆匆的过了三年。柳生因久困乡里，终无了局，便勉力措筹，欲北上图求功名。得了钦差识宝使苗舜宾的资助，方得成行。经过南安，染病难行，厥于途中。陈最良过而怜之，送他到梅花庵中暂住。柳生病体渐好。在后花园中散步时，拾得丽娘自画的那幅春容。那画中端丽绝世的少女，顿使梦梅出惊。他疑心这画中人是观音大士吧，却又是小脚的，是月里嫦娥吧，却又没有祥云拥护，及见了题诗，乃知她确是人世间的一位美女。"梅边柳边"一语，又使他骇然。这不是指着他而言么？不然如何会那末巧合于他的姓名呢？于是他便生了痴心，天天对着画，姐姐美人的叫着。丽娘的魂儿，在地府受了冥判，得了允许还阳的判语。她回到梅花庵，听着梦梅"姐姐，美人"的叫着，颇为感动。知道了他便是从前梦中的人儿，便乘机进了书房，假托邻女与他相晤。梦梅见了那末倩丽的一位少女昏夜而至，当然是既惊且喜的。他们的好事，曾有一次为石道姑们所冲散，但也无甚阻碍。丽娘还阳的日期已尽，便嗫嚅着与梦梅说知，她并不是邻女，乃是画中的人儿。梦梅看看画儿，又看看她，果然是一模无二。她至此方才对他细诉自己的身世，并要求他开坟启棺，出她于土中。梦梅与石道姑商议，设法开了坟，果然小姐复活起来；颜色娇艳如生。掘坟的他们，当场也忘记了她乃是已死三年的少女！他们恐怕住在南安不便，便一同北上到临安。这里，陈最良到了庵中，见石道姑与柳生都不在，杜小姐的坟又已被掘发，便断定乃是他们二人同谋为此，事成逃去。决意奔到淮扬前去告诉杜公。这时，金人正图南下牧马，封海贼李全为溜金王，着其扰乱淮南一带。李全与妻杨氏，领众围了淮安。杜公奉命往救，也被陷于围城之中。陈最良北来，恰好冲在贼人的网里。李全设了一计，假说杜公的夫人及婢女春香已为全兵所杀这时杜公、夫人等已离扬城，逃难在外。最良信之。全便命他进城招降，欲他以此噩耗告杜公，以乱其心。但杜公悲愤之余，反设了一计，命最良去说李全及杨氏降宋。恰好全与金使冲突，惧祸，便依言降宋。在此时之前，柳生偕眷到临安赴试。试时刚过，柳生强欲补试，幸得遇前在广赠金的苗舜宾为试官，竟通融了他入试。金榜正待揭晓，却遇李全之乱，暂不宣布。柳生试毕回家。丽娘闻他父亲被围淮安，便遣他去看望杜老。他到了淮安，恰好李全已降，杜公正奉旨召为中书门下同平章事，僚属在那里宴别他。柳生自称门婿，闯门而进。杜公得了最良之言，正恼着女坟被掘发，这位不知何来的门婿，却凭空而至，便大怒的命人递解柳生到临安府幽禁着，以待后命。杜公入朝，皇帝大喜。最良也以功授为黄门官。李全已平，金榜遂揭晓，状元是柳梦梅。但他们遍觅状元赴琼林宴不得。不知状元却在杜府吊打着呢。杜公到京后，便命取了柳生来，欲治他以发坟罪，任柳生怎样辩解也不听。觅寻状元的人到来，才救了柳生此厄。杜公仍然不愉，坚执着：即使女儿活着，也是花木之妖，并非真实的人。于是这事达到皇帝之前，命他们三人同在陛前辩论。结果，以丽娘的细诉，事情大白。当杜公到了丽娘家中时，却于无意中遇见了前传被杀的夫人及梅香。原来他们逃难到临安时，遇着丽娘，便同住在一处。于是合家大喜着团圆着。然而柳生却还不认那位狠心的丈人。经了丽娘的婉劝，方才重复和好。这一部离奇的喜剧，便于喜气重重中闭幕。

关于《牡丹亭》，为了时论的异口同声的歌颂，当时便发生了许多的传说。《静志居诗话》云："其《牡丹亭》曲本，尤极情挚。人或劝之讲学。笑答曰：'诸公所讲者性，仆所言者情也。'世或相传云：刺昙阳子而作。然太仓相君实先令家乐演之。且云：'吾老年人近颇为此曲惆怅。'假令人言可信，相君虽盛德有容，必不反演之于家也。当日娄江女子俞二娘，酷嗜其词，断肠而死。故义仍作诗哀之云：'画烛摇金阁，真珠泣绣窗。如何伤此曲？偏只在娄江。'又《七夕答友诗》云：'玉茗堂开春翠屏，新词传唱《牡丹亭》。伤心拍遍无人会，自掬檀痕教小伶。'"按昙阳子事，详见于吴江沈瓒《近事丛残》中。《弇州史料》亦云："女昙阳子以贞节得仙，白日升举。"昙阳子事，为当时所盛传。世俗以其有还魂之说，故附会以为显祖《还魂》即指此事。其实二事绝不相同。还魂之事，见于古来传记者甚多。若士自序云："传杜太守事者，仿佛晋武都守李仲文，广州守冯孝将儿女事，予稍为更而演之。杜守收考柳生，亦如睢阳王收考谭生也。"按李仲文、冯孝将事皆见《法苑珠林》；谭生事见《列异传》——《太平广记》引。元人的《碧桃花》《倩女离魂》二剧，与若士此作也极相似。又《睽车志》载：士人寓三衢佛寺，有女子与合。其后发棺，复生遁去。达书于父母。父以涉怪，忌见之。此事与《还魂》所述者尤为相合。"刺昙阳子"云云，盖绝无根据之谈。

《南柯记》《南柯记》有全集附刻本，明万历刊本，柳浪馆刊本，沈际飞刊本，陈眉公《评》本，臧晋叔刻本，闵刻朱墨本，《六十种曲》本事迹大抵根据唐李公佐的《南柯太守传》而略有增饰。陈翰《大槐宫记》与李作亦绝类。《南柯》所说，仍是一个情字。论者每以为显祖此剧的目的，乃在："贵极禄位，权倾国都，达人视此，蚁聚何殊。"李肇赞语其实《南柯》的中心叙述乃在空虚的爱情，并不在蚁都的富贵。这在开场的一首《南柯子》便可见："玉茗新池雨，金泥小阁晴。有情歌酒莫教停，看取无情虫蚁也关情。国土阴中起，风花眼角成。契玄还有讲残经，为问东风吹梦几时醒?"且淳于生入梦也由情字而起,结束也以"情尽"为基,作者之意,益可知。故显祖此剧,事迹虽依据于《南柯太守传》,而其骨子里的意解则完全不同。显祖穷老以终,视富贵如浮云,曾不芥蒂于显爵,更何必卑视乎蚁职。

《邯郸记》《邯郸记》有柳浪馆刊本,全集附刻本,《六十种曲》本,臧晋叔改本,闵刻朱墨本本于沈既济的《枕中记》而作。卢生与吕翁遇于邯郸道上。吕翁以瓷枕与生。生枕之而卧。逆旅主人蒸黄粱米熟,生已于梦中经历富贵荣华、迁谪、围捕的得失。情调和《南柯》虽若相类,实则不同。若士自道:"开元天子重贤才,开元通宝是钱财。若道文章空使得,状元曾值几文来!"则其愤懑不平,已情见乎词。

《紫箫记》《紫箫记》有富春堂刊本,《六十种曲》本和《紫钗记》《紫钗记》有柳浪馆刊本,全集附刻本,竹林堂刊本,臧晋叔改本,《六十种曲》本,同本《霍小玉传》而作。《紫箫》较为直率,《紫钗》则婉曲悱恻,若不胜情。《曲品》云:"向传先生作酒色财气四犯,有所讽刺,作此以掩之,仅存半本而罢。"此实无根之谈。若士《紫钗记序》述其刊行《紫箫》之故最详。《紫箫》未出时,物议沸腾,疑其有所讽刺,他遂刊行之以明无他。"实未成之作也。"所谓未成,并非首尾不全,实未经仔细修炼布局之谓。《紫钗记》则布局较为进步,也更合于《霍小玉传》。惟不及李益就婚卢氏事;强易这悲剧为团圆的结束,未免有损于《小玉传》的缠绵悱恻的情绪。但像《折柳》《阳关》诸折,却是很娇媚可爱的。

若士五剧,《还魂》自当称首。但任何一剧,也都是最晶莹的珠玉,足以使小诗人们妒忌不已的。那是最隽妙的抒情诗,最绮艳,同时又是最潇洒的歌曲。若以沈璟和他较之,诚然要低首于他之前而不敢仰视的。

二

沈璟见《明诗综》卷五十二字伯英,号宁庵,又号词隐,吴江人。万历甲戌公元1574年进士。除兵部主事,改礼部,转员外。复改吏部,降行人司正,升光禄寺丞。璟深通音律,善于南曲,所编《南九宫谱》,为作曲者的南圭。又有《南词韵选》,所选者也以合韵与否为上下。所作传奇凡十七种，总名《属玉堂传奇》。但大都为未刻之稿，故散失者极多。但璟影响极大，凡论词律者皆归之。他论文则每右本色，以朴质不失真为上品，以夸饰雕斫为下。在当时日趋绮丽的曲风中，他确是一位挽救曲运的大师。有了他的提倡，《玉玦》《玉合》的宗风方才渐息。已走上了死路的南剧方才复有了生气。同时才人汤显祖，更以才情领导作者。当时论律者归沈，尚才者党汤，而已成风气的绮丽堆砌之曲，则反无人顾问。吕天成、王骥德二家则力持"守词隐先生之矩矱，而运以清远道人的才情"的主张。此后的传奇作家，遂皆深受此影响而有以自奋勉。孟称舜、范文若、吴炳、阮大铖诸人，并皆三致意于此。但清远并不是有意的提倡，而词隐则为狮子的大吼。学沈苦学可至，学汤则非天才不办。故词隐的跟从者一时遍于天下，而清远则在当时是孤立的。力为词隐张目者为吕天成、王骥德及沈氏诸子侄。然骥德作《曲律》，对词隐已有不满。沈自晋增订《南九宫全谱》，于词隐原作也颇有所纠正。而清远则声望日隆，其"四梦"，后来作者无不悬以为鹄。盖词隐的影响止于《曲律》，其"本色论"则时代已非，从者绝少。清远则在曲坛中开辟了一条展布才情，无往不宜的一条大路，正合于时代的风尚，才人的心理。直到了这个时代以后，传奇方才真正的上了正则的文坛而入于有天才的文人之手。此时，离东嘉、丹丘之时，盖已有二百余年了。在那二百年中，传奇只是在若明若昧之中，无意识的发展着，偶然的入于文人之手，也只是走着错路，未入正规。至是，词隐才示之以严律，清远才示之以隽才，而传奇的风气与格律，遂一成而不可复变，传奇的创作，遂也有了定型而不可更移。在其中，提倡最力，最有功绩者则为词隐。二百年间，作者寥寥，作品也很少，而在最后的不到百年间则作者几超出十倍，作品更为充栋汗牛，不可胜计。有意的提倡与无意识的发展，已入文人学士之手与在民间的自然生长，无途径的自由写作与已有定型成谱的写作，这其间相差是不可以道里计的。东嘉、丹丘以后，传奇便应入了后一条路上的。为了提倡的无人，与乎正则的文人的放弃责任，特别是"科举"的束缚人心，羁绊人才，使诗人们无心傍及杂学，更无论戏文，传奇发展的时针，遂拨慢了二百余年。应该在东嘉、丹丘之后便完成的传奇的黄金时代，遂迟到这个时代方才实现。

第十二讲 戏 曲

《曲品》颂词隐为曲中之圣："沈光禄金、张世裔，王、谢家风。生长三吴歌舞之乡，沉酣胜国管弦之籍。妙解音律，花月总堪主持；雅好词章，僧妓时招佐酒。束发入朝而忠鲠，壮年解组而孤高。卜业郊居，遁名词隐。嗟曲流之泛滥，表音韵以立防。痛词法之蓁芜，订全谱以辟路。红牙馆内，誊套数者百十章，属玉堂中，演传奇者十七种。顾盼而烟云满座，咳唾而珠玉在豪。运斤成风，乐府之匠石；游刃余地，词坛之庖丁。此道赖以中兴，吾党甘为北面。"沈德符说："沈宁庵吏部后起，独恪守词家三尺，如庚清真文，桓欢寒山，先天诸韵，最易互用者，斤斤力持，不少假借，可称度曲申、韩。"《顾曲杂言》"此道赖以中兴"一语，诚是词隐的功状。然其作品却未尽满人意。王骥德云："词隐传奇，要当以《红蕖》称首。其余诸作，出之颇易，未免庸率。然尝与余言，歉以《红蕖》为非本色。殊不其然。生平于声韵宫调，言之甚悉。顾于己作，更韵更调，每折而是，良多自恕，殆不可晓耳。"盖璟自是一位有力的提倡者，却不是一位崇高的剧曲作者。

璟的《属玉堂传奇十七种》为《红蕖》《分钱》《埋剑》《十孝》《双鱼》《合衫》《义侠》《分柑》《鸳衾》《桃符》《珠串》《奇节》《凿井》《四异》《结发》《坠钗》《博笑》。尚有《同梦记》一种，亦名《串本牡丹亭》，盖即改削汤显祖的《还魂记》者，不在这十七种之内。《同梦》今已佚，仅有残文见于沈自晋的《南词新谱》中。其中未刻者有《珠串》《四异》《结发》及《同梦》数种。即已刻者今也已散佚殆尽，不皆可见。《曲录》录璟的传奇凡二十一种，《同梦记》尚不在内，误。璟所作者于《同梦记》外，盖仅有《红蕖》等十七种。其他《耆英会》《翠屏山》《望湖亭》三种，盖为沈自晋作。

璟的《十孝》及《博笑》二记，其体例并非传奇。下章当述及之。《义侠记》《义侠记》有《六十种曲》本；富春堂刻本；文林阁本为今所知璟传奇中最著名的一种。《义侠》叙武松的本末，情节与《水浒传》所叙者无大出入，惟增出武松妻贾氏为不同耳。《曲品》云："《义侠》激烈悲壮，具英雄气色。但武松有妻似赘；叶子盈添出无紧要。西门庆斗杀，先生屡贻书于余云：此非盛世事，秘弗传。乃半野商君得本已梓，吴下竞演之矣。"《曲品》《义侠》中的贾氏的增入，作者大约以为生旦的离合悲欢，已成了一个传奇不可免的定型，故遂于无中生有，硬生生将武行者配上一个幼年订婚的贾氏吧。在曲白中，也不见得十分的本色。作者才情自浅，故虽处处用力，却只得个平正无疵而已。论清才隽语是说不上的。像景阳冈打虎，快活林打蒋门神，飞云浦杀解差，《水浒传》中已是虎虎有生气，这里颇袭用《水浒》，写得却仍未能十分出色。即《萌奸》第十二出，俗名《挑帘》《巧媾》第四出，俗名《裁衣》二出，俗人所深喜者，也未必能高出《水浒》的本文。

　　《红蕖记》，今未见，有残文存于《南词新谱》中。《曲品》云："《红蕖》着意著词，曲白工美。郑德璘事固奇，无端巧合，结构更宜。先生自谓字雕句镂，正供案头耳。此后一变矣。"此剧为璟早年之作，其风格与后来诸作颇有不同。王伯良颇右之，以为胜其后作。《埋剑记》《埋剑记》有明继志斋刻本，北京图书馆石印本有刻本。本唐人《吴保安传》。《曲品》谓："《埋剑》，郭飞卿事奇，描写交情，悲歌慷慨。此事郑虚舟采入《大节记》矣。《大节记》以吴永固为生。"《分钱记》今未见。残文亦存于《南词新谱》中。《曲品》谓："《分钱》全效《琵琶》，神色逼似。第一广文不能有妾，事情近酸。然苦境亦可玩。"《双鱼记》《双鱼记》有明继志斋刻本有刻本。叙刘符郎、邢春娘事。《曲品》谓："书生坎坷之状，令人惨恻。杂取《符节》事，《荐福碑》中，北调尤佳。"《合衫记》今未见。《曲品》谓："苦处境界大约杂摹古传奇。此乃元剧公孙合汗衫事。曲极简质，先生最得意作也。第不新人耳目耳。余特为先生梓行于世。"《鸳衾记》今未见。《曲录》谓："闻有是事，局境颇新。妻之掠于汴也，章台柳也。含讥无所不可。吾友桐柏生有《凤》《钗》二剧，亦取之。"桐柏生即叶宪祖。"凤"大约即指《团花凤》一剧。"钗"的一剧未知所指。《桃符记》《桃符记》有清内府抄本，传抄本有传本，叙刘天义、裴青鸾事，本元《碧桃花》剧。《曲品》谓："即《后庭花》剧而敷衍之者。宛有情致，时所盛传。闻旧亦有南戏，今不存。"《分柑记》，今未见。吕文谓："《分柑》，男色，为佳曲。此本谑态叠出可喜。第情境尚未彻畅。不若谱董贤更喜也。"《四异记》今未见。《今古奇观》中有《乔太守乱点鸳鸯谱》，即此故事。《曲品》谓："旧传吴下有嫂奸事。今演之快然。丑、净用苏人乡语，亦足笑也。"这一点是极可注意的。丑、净用土白，实是近代剧的一个特征。但像作者那样的将连篇土语公然用之于剧本上的，则绝无仅有。《凿井记》今未见。《曲品》谓："事奇，凑拍更好。通本曲腔名，俱用古戏名串合者。此先生长技处也。"《珠串记》今未见。《曲品》谓："崔郊狎一青衣，赋侯门如海诗，事足传。写出有情景。第其妻磨折处不脱套耳。"《奇节记》今未见。《曲品》谓："正史中忠孝事宜传。一帙分两卷。此变体也。"《结发记》今亦未见。《曲品》谓："是余所传致先生而谱之者。情景曲折，便觉一新。"《坠钗记》俗名《一种情》，有传本。《曲品》谓："兴庆事甚奇，又与贾女云华，张倩女异。先生自逊谓不能作情语。乃此情语何婉切也。"盖本于瞿佑《金凤钗记》。这是他有意和汤显祖的《还魂记》相匹敌的。然任怎样也不会追得上《还魂》的。不过璟究竟是一位极努力的作家。在璟之前，作杂剧者有多至六十余本的，如关汉卿；作传奇者则大都少则一本，如《琵琶》《拜月》；多亦不过五种六种耳，如张凤翼的《阳春六集》，徐霖的《三元》《绣襦》等；至若一人而著剧多至十七种者当始于璟。

参考书目

一、《梵剧体例及其在汉剧上的点点滴滴》 许地山著，载于《小说月报》号外《中国文学研究》中。

二、《宋元戏曲史》 王国维著，商务印书馆出版，又被收入《王忠悫公遗书》中。

三、《南词叙录》 徐渭著，有《读曲丛刊》本，《曲苑》本，《重订曲苑》本。

四、《永乐大典目录》六十卷 有连筠簃刊本。

五、《梵剧目录》（*A Bibliography of the Sanskrit Drama*） M. Schuyler著，美国The Columbia University Press出版。

六、关于《梵文文学史》的著作颇多，专论梵剧者有：A. B. Keith的 *The Sanskrit Drama*; K. P. Knlkarmi 的 *Sanskrit Drama and Dramatists* 等。

七、《印度文学史》 许地山著，在《万有文库》中。

八、《梭康特姹》的英译本甚多，Everyman Library中即有之。

九、《南九宫谱》 沈璟编，有明刊本。

十、《九宫正始》 徐于室、钮少雅编，有清康熙间刊本（？），有传抄本。

十一、《永乐大典戏文三种》 有北平新印本。

十二、《宋元戏文辑逸》 郑振铎编,近刊。

十三、《曲品》 明吕天成编,有《重订曲苑》本,暖红室刊本。

十四、《曲律》 明王伯良著,有明刊本,《读曲丛刊》本,《曲苑》本。

十五、《曲录》 王国维编,有《晨风阁丛书》本,《重订曲苑》本,《王氏遗书》本。

十六、《曲海总目提要》 有大东书局铅印本。

十七、《六十种曲》 明阅世道人编,有原刊本,道光翻刻本。

十八、富春堂所刊传奇 明金陵唐氏编刊。

十九、文林阁所刊传奇 明金陵唐氏编刊。

二十、世德堂所刊传奇 明金陵唐氏编刊。

二十一、继志斋所刊传奇 明金陵陈氏编刊。

二十二、《金陵琐事》 明周晖编,有明刊本,同治翻刻本。

第十三讲　元杂剧

杂剧起源论——杂剧来源的复杂——大曲和诸宫调的影响——傀儡戏和戏文的影响——伟大的天才作家关汉卿——他创作了杂剧——元剧发达的原因——元剧的二时期——第一时期的剧作家们——关汉卿——王实甫——白仁甫、马致远——第二时期的剧作家们——郑光祖

一

如果我们相信传统的见解的话，则杂剧的起源时代，是远较传奇为早的。史载宋真宗998—1022已为"杂剧词"，但未尝宣布于外。宋末周密的《武林遗事》，著录"官本杂剧段数"至二百八十本之多。其中且有北宋人之作在内。但这些"杂剧词"，这些"官本杂剧段数"，是否即为后来的"杂剧"，如元人之所作的，却是一个大疑问。且先将那二百八十本的"官本杂剧段数"的名目细看一下。在此二百八十本的"官本杂剧段数"中，有可考知其为"大曲"或"法曲"等组成者。如以大曲组成凡一百零三本：其中名"六么"者二十本，如《争曲六么》《扯拦六么》《崔护六么》《莺莺六么》《女生外向六么》等等皆是；名"瀛府"者六本，如《索拜瀛府》《醉院君瀛府》等皆是；名"梁州"者七本，如《四僧梁州》《诗曲梁州》《法事馒头梁州》等等皆是；名为"伊州"者五本，如《铁指甲伊州》《裴少俊伊州》等等皆是；名为"新水"者四本，如《桶担新水》《新水爨》等皆是；名为"薄媚"者九本，如《简帖薄媚》《郑生遇龙女薄媚》皆是；名为"大明乐"者三

四川广元南宋墓杂剧石刻

本,如《土地大明乐》等是;名为"降黄龙"者五本,如《列女降黄龙》《柳妃上官降黄龙》等皆是;名为"胡渭州"者四本,如《看灯胡渭州》等是;名为"石州"者三本,如《单打石州》等是;名为"大圣乐"者三本,如《柳毅大圣乐》等是;名为"中和乐"者四本,如《霸王中和乐》等是;名为"道人欢"者四本,如《越娘道人欢》等是。此外尚有名"万年欢""熙州""长寿仙""剑器""延寿乐""贺皇恩""采莲""保金枝""嘉庆乐""庆云乐""君臣相遇乐""泛清波""彩云归""千春乐""罢金镫"等,或一本,或二本,或三本不等。共凡大曲之名二十八,而其中的二十六之名,见于《宋史·乐志》所记的《教坊部》四十大曲之中。余如"降黄龙""熙州"二曲,虽不见于"乐志",却也有宋人之说,可证其亦为大曲。以"法曲"组成的凡四本,如《棋盘法曲》等。以普通词曲调组成的凡三十九本,如《崔护逍遥乐》《四季夹竹桃》《卖花黄莺儿》《三教安公子》《三哮上小楼》《赖房书啄木儿》等皆是。以诸宫调组成者凡二本,即《诸宫调霸王》及《诸宫调卦册儿》。如此,可确知其为曲调组成者,凡一百五十余本。这一百五十

第十三讲　元杂剧

余本的法曲、大曲或杂曲调组成的"官本杂剧段数"关于诸宫调见后，果即为后来的"杂剧"么？第一，在名称上是绝对不类的。最早的杂剧，如元代诸作家所作的，其名称从来不是那末样的以曲名作为题目的一节，附于前或附于后的。第二，"官本杂剧段数"既题着《崔护逍遥乐》《霸王中和乐》等等，则其所组成的曲调，当然是限于《逍遥乐》及《中和乐》等的，而元剧所用的曲调则比较复杂得多。且更有可以使我们明了这些"官本杂剧段数"的性质的东西在。《乐府雅词》卷上载有一篇《薄媚》《西子词》大曲，咏唱西子事，其内容性质只是以此歌连合了舞而演唱着的西施故事，绝对不是在剧场上搬演的戏曲。名为"薄媚"的一种大曲，其性质既是如此，则其他"六么""瀛府""伊州""梁州"等等，当然也不会是两样的了。王国维氏在《宋元戏曲史》里，以《薄媚》《西子词》入于"宋之乐曲"，却将其他的"薄媚""伊州"等大曲当作了两宋的真正的戏曲而讨论着，其故盖在误认"官本杂剧段数"为即后代的"杂剧"。又欧阳修曾以十二首的《采桑子》连接起来，咏歌西湖景色，赵德麟曾以十首的《商调蝶恋花》连接起来，歌咏崔莺莺的故事。此种《采桑子》《蝶恋花》，当和周密所著录的《崔护逍遥乐》《四季夹竹桃》性质完全相同，我们更不能谓他们为真正的戏曲。

此外一百二十余本的"官本杂剧段数"，其名目之不类戏曲，也可一望而知。如《门子打三教爨》《双三教》《三教闹著棋》《打三教庵宇》《普天乐打三教》等等，是流行于宋代的杂耍。所谓"三教"的见《东京梦华录》，更非真正的戏曲。《迓鼓孤》等则亦为宋代的"讶鼓"戏，也并非戏曲。"《天下太平爨》及《百花爨》则《乐府杂录》所谓字舞花舞也。"《宋元戏曲史》页七十五而所谓《论淡》《医淡》《医马》等等，也可知其为类乎杂艺的一流。总之，像周密所著录的这许多名目诡异，今不可尽知的"官本杂剧段数"，实非现在所谓的真正的戏曲。其中或间有颇类"戏曲"的东西，然其产生时代恐决不会很早。也许这二百八十本的"官本杂剧段数"中，竟连一本真正的"杂剧"也没有在内。《武林旧事》又载正月五日"天基圣节排当乐次"，即系所谓秩序单一类的东西，其中记载上寿、初坐、再坐时的奏乐的次第极详。上寿时不做杂剧。初坐时,当第四盏之间,做着"君臣贤圣爨"杂剧。当第五盏时,又做着《三京下书》杂剧。再坐时,第五盏做《扬饭》杂剧,第六盏做《四偌少年游》。如果这些杂剧,即系今之杂剧,则在"一盏"之间,是决不会做完了全部杂剧的。由此也可知当时所谓"杂剧",只不过是表演着故事或趣事或其他颂辞的歌舞杂戏而已,并不就是后来的成为真正的戏曲的"杂剧"。至于北宋的"杂剧词"之非真正的剧本,则更为显然的事实。

二

宋的杂剧,怎样才由歌舞戏一变而为真正戏曲的"杂剧",我们已不能知道。大约总要在南戏盛行之后。这些杂剧本来离真正的戏曲已不甚远,有歌唱,有舞踏,也有脚色,只不过不曾成为"代言"体的搬演与乎插入散文或口语的对白而已。因受了南戏的影响,于是由舞蹈而变为搬演,由第三身的叙述,变而为第一身的搬演。其间的转变是极快极易的。在当时,傀儡戏甚为发达,影戏也极是流行,二者皆有话本。杂剧之形成,或与他们也不无关系吧。

因为"杂剧"是由原来的歌舞戏变成了的,所以其结构仍带着极浓厚的本来面目今日所演之关汉卿《单刀会》的"刀会"一折周仓的跳舞,最

〔宋〕刘松年《傀儡婴戏图》

可注意。在唱词的结构方面，受后期的"诸宫调"的影响尤深。我们看，主角独唱到底的规则，和末本、旦本之分，至少总受有"诸宫调"的男女唱者的实际的支配吧。而其套类的构成，更是全由"诸宫调"及"唱赚"的套数构成法进展而来的。

陶九成的《辍耕录》_{卷二十五}又著录"院本"凡七百余种，其名目之复杂不可稽考，更甚于"官本杂剧段数"。据陶九成的分类，则有："和曲院本"凡十四种，"上皇院本"凡十四种，"题目院本"凡二十种，"霸王院本"凡六种，"诸杂大小院本"凡一百八十九种，"院么"凡二十一种，"诸杂院爨"凡一百七种，"冲撞引首"凡一百九本，"拴搐艳段"凡九十二种，"打略拴搐"凡一百八种，"诸杂砌"凡三十种。其中"和曲院本"一部，和周密所著的"官本杂剧段数"中的大曲、法曲组成的杂剧名目很多相同，盖即是同类的东西。又"打略拴搐"之中，录及"星象名、梁子名、草名、军器名"等等，也一望可知其决非戏曲。则其内容的复杂可想而知。在其中，我们相信必有一部分的戏曲真正在内。但决不会如王国维诸人所相信的，认为全部皆是戏曲。九成的《辍耕录》作于至正丙午_{公元1366年}，自称"偶得院本名目载于此，以资博识者之一览"。则此目并非他自己之所录的。录此目者似当为元代中叶前后的人。王国维氏将此种院本皆作为金代的产物，似误。这些院本产生的时代当极为复杂。有的很古远的东西，当作于北宋的前后，如"和曲院本"的一部分。但大多数的时代，则当在金末、元初。周密载两宋时代的"官本杂剧段数"，其中与"和曲院本"同类的东西，多至一百八十余本，而到了此时_{即院本盛行之时}，却只存有"和曲院本"十四种，其凌替之状，可想而知。就此也可知这些院本并不是很古远的东西。

所以，杂剧的起源，最早是不能在宋、金末叶之前的。而杂剧的来源，也是很多端的。下图可以大略指示出其复杂的组系来：

```
宋大曲 ─┐
杂剧词 ─┘─────────────┐
     宋、金诸宫调 ─┐    │
     唱赚       ─┘────┤
                     ├── 金、元杂剧
     宋戏文     ─┐    │
     宋傀儡话本 ─┤────┘
     宋影戏话本 ─┘
```

更简捷地说来，"杂剧"乃是"诸宫调"的唱者，穿上了戏装，在舞台上搬演故事的剧本，故仍带着很浓厚的叙事歌曲的成分在内。

但将这些不同的来源，特别是"诸宫调"，一变而创出一种新体的戏曲来的是谁呢？正如孔三传之创作"诸宫调"，阿斯齐洛士（Aeschylus）之创作希腊悲剧，杂剧或当也是一位天才作家创作出来的罢？杂剧的出现，最早不能过于金末约在公元1234年之前。又初期的杂剧作家，其地域不出大都及其左近各地。那末，我们说，杂剧是金末产生于燕京的，当不会很错。但在金末的燕京人里，谁有创作杂剧的可能呢？王实甫么？关汉卿么？……时代及地域都很相符。惟实甫创作杂剧之说，不见记载。《录鬼簿》将关汉卿列为"有所编传奇行于世者"的第一人，当必有用意，《太和正音谱》也说汉卿是"初为杂剧之始"。又在《录鬼簿》里，称高文秀为"小汉卿"，沈和甫为"蛮子汉卿"。这种种都足以见关氏地位的重要。我们如以关氏为创作杂剧的人物，当不会和事实相去很远的。

三

汉卿与实甫的活动期虽大半在元代，然在金代，他们必已开始作剧。王实甫写《四丞相高会丽春堂杂剧》，事实全为金代的，却以"从

第十三讲　元杂剧

今后四方八荒，万邦齐仰贺当今皇上"为结。我们如依据于此，而主张着：此剧系实甫作于金代的话，实大有可能性。如此说法，则金代的杂剧，至少是有几本流传于今世的了。总之，金代杂剧已盛，至元代而益为发达。我们研究元代的杂剧，而明了了他们的体制与格律，则连金代的杂剧的体制与格律也都可以相当的明了的了。

所谓元代的杂剧，盖指产生于宋端平三年公元1234年至元顺帝至正二十七年公元1367年的一百余年间的杂剧的全部；但包括着稍稍前期的著作在内，像关汉卿与王实甫的作品的一部分。这整整一个世纪的时期，可以说是杂剧的黄金时代或全盛期。据明初丹丘先生的《太和正音谱》所载的元代杂剧，总数凡五百六十六种。据元代钟嗣成的《录鬼簿》所载的，则其总数凡四百五十八种。钟氏的著录，在元末至顺元年即公元1330年。离元亡尚有三十余年。其所见当然不会有《太和正音谱》著者那么多的。又他们二人所载的，似都以自己所见者为限。其未见的，当然不曾被收入。如此看来，则元代杂剧总数，决不止于五百六十余种之数可知。即以此数而论，在短短的一世纪之间而有了五百六十余种剧本的产生，换一句话，即每年有五种以上产生出来，其盛况可知！论者每以为元代白话剧与北曲的发达，实由于少数民族不懂我们的典雅的文句，故作者不得不迁就他们，而北剧因以大盛。其实不然。少数民族的汉语程度，本来即差，竟有许多官吏，是完全不懂得汉语的。即懂得的，也大都是极粗浅之语。像元曲那么正则隽美的话语，他们一定不会明白的。为了迎合他们而产生北剧的话，可说完全是无根之谈。我们看后来杂剧的中心点，不在元都的大都，而在宋代的故都的杭州，便可知杂剧的欣赏者，仍为汉族而非少数民族了。

像臧晋叔、沈德符诸人，又造作元人以剧本取士，故元曲特盛之说。沈氏云："今教坊杂剧，约有千本，然率多俚浅。其可阅者，十之三耳。元人未灭南宋时，以此定士子优劣。每出一题，任人填曲。如宋宣和画学，出唐诗一句，恣其渲染。选能得画外趣者，登高第。以故宋画、元曲，千古无匹。"《顾曲杂言》臧氏云："元以曲取士，设十有二科。而关汉卿辈，争挟长技自见，至躬践排场，傅粉墨，以为我家生活，偶倡优而不辞者，或西晋竹林诸贤托杯酒自放之意，予不敢知。"

又云："或谓元取士有填词科，若今括帖然，取给风檐寸晷之下，故一时名士，虽马致远、乔孟符辈，至第四折，往往强弩之末矣。"均引《元曲选序》这二人的话，看似有理，其实也是绝无根据的。元人取士，诚然很杂，甚且星相医卜，也并有科试。独以剧本为科试之举，则记载上绝无见之者。这个强有力的证据，已足推翻他们的话有余。且马致远的《荐福碑》、郑光祖的《王粲登楼》之类，满纸的悲愤牢骚，关汉卿的《窦娥冤》《鲁斋郎》等等，又都是攻击当代官吏的黑暗的，王实甫的《西厢记》、张寿卿的《红梨记》、石子章的《竹坞听琴》等等，又都是浓艳夭丽之至的。这些剧本，怎么可以去应试呢？且五百余剧之中，同名者绝少。元代到底举行了"杂剧考试"多少科？如何会有那么多的题目呢？这都是不必辞费而可知其绝无是理的。臧、沈二氏，只是模糊影响的说着，恐怕连他们自己也是不必十分确信此说的。故臧云："或谓元取士有填词科。"沈云："元人未灭南宋时，以此定士子优劣。"这两语，不啻将他们自己的全部言论都推翻。既云"或谓"，则他自己也是游移不定的疑心着的了，既云"元代未灭南宋时"有之，则灭南宋后，此填词科必已取消的了。何以元剧在灭南宋之后，并未稍衰呢？

以上二说，都可以说是不足信的"想当然"的元剧发达原因论。我以为元剧发达的原因正和他们所言的相反。第一，元剧之所以发达，当然是因为沿了金代的基础而益加光大之的原故。第二，正因为元代考试已停，科举不开，文人学士们才学无所展施，遂捉住了当代流行的杂剧而一试其身手。他们既不能求得蒙古民族的居上位者的赏识，遂不得不转而至民众之中求知己。故当时的剧本的题材大都是迎合民众心理与习惯的。第三，少数民族的压迫过甚，汉人的地位，视色目人且远下。所谓蛮子，是到处的时时刻刻的会被人欺迫的。即有才智之人，做了官吏的，也是位卑爵低，绝少发展的可能。所以他们便放诞于娱乐之中，为求耳目上的安慰，作者用以消磨其悲愤，听者用以忘记他们的痛苦。更重要的是，因了元代蒙古大帝国的建立，中外交通大为发达，城市的经济因之而大为繁荣，又农民们的负担似有减轻，手工业的销售量大增，农村的经济情况，一时似亦颇为好转。我们观杜善夫的"庄家不识勾栏"一曲，便知一些其中的真正的消息。元剧的发达，盖不外此数因。

四

钟嗣成的《录鬼簿》将元剧的作者,分为下列的三期:第一期,"前辈已死名公才人有所编传奇行于世者";第二期,"方今已亡名公才人余相知者,及已死才人不相知者";第三期,"方今才人相知者,及方今才人闻名而不相知者"。钟氏是书,成于至顺元年公元1330年。则方今已亡的名公才人,系卒于至顺元年以前者。"方今才人相知者",当系至顺元年尚生存的作者。今为方便计,合并为二期。第一期从关、王到公元1300年,第二期从公元1300年到元末。盖钟氏所述之第二三期,原是同一时代,不宜划分为二。

元代杂剧,其初是以大都为中心的,其后则其中心渐移而南,至于杭州。在第一期中,作者差不多都是大都人,或他处的北方人,南人绝少。到了第二期,则北人渐少,而南人渐多。然在第一期中,马致远、尚仲贤、张寿卿诸人,皆系作吏于南方者。第二期的北方人中,也有大多数与南方有关系。如曾瑞晚年定居于杭州,郑光祖及赵良弼,俱为杭州的官吏,乔吉甫和李显卿,也都住在南方。所以在实际上讲来,在第二期中,北剧的中心,已经移到了南方的杭州,而不复是北方的大都了。

五

第一期的剧作家,以关汉卿、王实甫、马致远、白朴、郑廷玉、吴昌龄、武汉臣、李文蔚、康进之、王伯成等为最重要,而关、王、马、白为尤著。次之,则王仲文、杨显之、纪天祥、张国宾、孙仲章、石子章、李好古、戴尚辅、岳伯川、张寿卿、李寿卿、石君宝、狄君厚、李行甫、李直夫、孔文卿、孟汉卿等,也各有一二剧流传。

《录鬼簿》列关汉卿于第一人。涵虚子的《太和正音谱》,对汉卿的剧本,不大满意。既列之马致远、白仁甫、乔梦符、王实甫八九人之下,复评之道:"观其词语,乃可上可下之才。盖所以取者,初为杂剧之始,故卓以前列。"仿佛《正音谱》排列作者次序,原是按其才情为高下,为先后的。假如汉卿不是"初为杂剧之始",则连这个八九人以下的地位,也得不到了。

汉卿号己斋叟,大都人。太医院尹见《录鬼簿》。杨维桢《元宫词》云:"开国遗音乐所传,白翎飞上十三弦。大金优谏关卿在,《伊尹扶汤》进剧编。"关卿大约是指汉卿。据此,则汉卿当曾仕于金。惟其为太医院尹,则不知为在元或在金时事耳。陶九成《辍耕录》,又载他与王和卿相嘲谑的事。汉卿生平事迹之可考者,已尽于此。杨朝英的《朝野新声》及《阳春白雪》曾载汉卿小令套曲若干首。其中大都为

关汉卿像

关汉卿(生卒年不详)是元代剧坛最杰出的代表之一,与马致远、郑光祖、白朴并称为"元曲四大家"。他的如椽大笔,是推动元杂剧脱离宋金杂剧的"母体"走向成熟的杠杆,是标志戏剧创作走上艺术高峰的旗帜。

情歌。游踪事迹,于其中绝不易考。惟汉卿有套曲《一枝花》一首,题作《杭州景》者,曾有"大元朝新附国,亡宋家旧华夷"之语,借此可知其到过杭州,且可知其系作于宋亡1278年之后不久耳。大约汉卿于元灭宋之后,曾由大都往游杭州,或后竟定居于杭州也难说。他的戏剧生活,似可分为二期。前期活动于大都,后期或系活动于杭州。汉卿名位不显。后半期的生活,或并去太医院尹之职而仅为伶人编剧以为生。以其既为职业的编剧者,故所作殊夥。"离了利名场,钻入安乐窝"《四块玉》盖为不得志者的常语。《录鬼簿》称汉卿为已死名公才人,且列之于篇首,则其卒年,至迟当在1300年之前。其生年,至迟当在金亡

第十三讲 元杂剧

之前的二十年即公元1214年。我们假定他的生卒年份为公元1214—1300年，则他来游杭州之年约公元1280年，宋亡以后的一二年，正是他年老去职之时。故得以漫游于江南的故都，而无所牵挂。

汉卿作品，于小令套曲十余首外，其全力完全注重于杂剧，所作有六十五本之多。即除去疑似者外，至少亦当有六十本以上。今古才人，似他著作力的如此健富者，殊不多见惟李玄玉作传奇三十三本，朱素臣作传奇三十本，差可比拟耳。《太和正音谱》评汉卿之词，以为："如琼筵醉客。"又以为："观其词语，乃可上可下之才。"汉卿所作，以流行的恋爱剧为多，如《谢天香》《金线池》《望江亭》《玉镜台》之类，有天马行空，仪态万方之概。此外，像《救风尘》之结构完整，《窦娥冤》之充满悲剧气氛，《单刀会》之慷慨激昂，《拜月亭》之风光绮腻，则皆为时人所不及。其笔力之无施不可，比之马、白、王实甫，实有余裕。即其套曲小令，亦温绮多姿。可喜之作殊多。例如：

> 碧纱窗外静无人，跪在床前忙要亲。
> 骂了个负心，回转身。
> 虽是我话儿嗔，一半儿推辞，一半儿肯。

> 多情多绪小冤家，迤逗得人来憔悴煞。
> 说来的话，先瞒过咱，
> 怎知道一半儿真，一半儿假。

——《一半儿·题情》

之类，绝非东篱之一味牢骚的同流。

汉卿的六十余种剧本，存于今者，凡十四种：《玉镜台》《谢天香》《金线池》《窦娥冤》《鲁斋郎》《救风尘》《蝴蝶梦》等八种，见于臧晋叔的《元曲选》中；《西蜀梦》《拜月亭》《单刀会》《调风月》等四种，见于《古今杂剧三十种》中；又《绯衣梦》一种，见于顾曲斋刊《杂剧选》中。《续西厢》一本，则附于通行本的王实甫《西厢记》之后。又有残剧二种，《哭香囊》与《春衫记》，见于我辑的《元明杂剧辑逸》

中。元人之善于写多方面的题材，与多方面的人物与情绪者，自当以汉卿为第一。将汉卿今存的十四种剧本归起类来，则可分为：（一）恋爱的喜剧，如《玉镜台》《谢天香》《拜月亭》《救风尘》《金线池》《调风月》；（二）公案剧本，如《窦娥冤》《鲁斋郎》《蝴蝶梦》《绯衣梦》；（三）英雄传奇，如《西蜀梦》，《单刀会》；（四）其他，如《望江亭》。最可怪的，是除了两部英雄传奇及《玉镜台》《鲁斋郎》之外，汉卿所创造的剧中主人翁，竟都是女子。连《蝴蝶梦》《绯衣梦》那样的公案剧曲，也以女子为主角，可见他是如何喜欢，且如何的善于描写女性的人物。在汉卿所创造的女主角中，什么样的人物都有。肯自己牺牲的慈母《蝴蝶梦》；出智计以救友的侠妓《救风尘》；从容不迫，敢作敢为，脱丈夫于危险的智妻《望江亭》；贞烈不屈，含冤莫伸的少女《窦娥冤》；美丽活泼，娇憨任性的婢女《调风月》；因助人而反害人，徒唤着无可奈何的小姐《绯衣梦》；还有历尽了悲欢哀乐的《拜月亭》；任人布置而不自知的《谢天香》等等。总之，无一样的人物，他是不曾写到的，且写得无不隽妙。写女主角而好的，除了《西厢》《还魂》等之外，就要算是汉卿的诸剧了。而汉卿能写诸般不同的人物，却又是他们所不能的。尽管其题材是很通俗的，很平凡的，未必能动人的，像公案杂剧一类的东西，实在是最难写得好的，而汉卿却都会使他们生出活气来，如今读之，仍觉得是活泼泼的，当时在剧场上，当然是更为惊心动魄的了。例如《蝴蝶梦》，叙王母不忍见非己出的前妻之二子抵罪而死，只得将她自己亲生的第三子王三去抵罪。这多少是带着理智的道德的强制的。及到了她知道王大、王二被释，独王三已被偿命而死时，她的真实情绪却再也掩抑不住了。她勉强的唤着王大、王二道："大哥，二哥，家去来！休烦恼者！"同时却禁不住的说道：

〔快活三〕眼见的你两个得生天，单则你小兄弟丧黄泉！

以后，觑着王三的尸身，悲啼的叫道："教我扭回身，忍不住泪连连。"然而她听着王大、王二在哭时，她又下了决心的强自说道："罢！罢！罢！但留的你两个呵，唓他便死也我甘心情愿！"只是一支短短的曲子

第十三讲 元杂剧

却将一位慈母的心理,写得那末曲折,那末入情入理,真可算是一位极高妙的描写贤母心理作手。《调风月》写一位少女,眼见她的情人,快要与别一位阶级高于她的少女订婚,她的主人,一位夫人,却偏要叫她到小姐跟前去说亲。她真要妒忌得发疯。她巴不得这婚事不成。不料小姐却一口答应了下去。诸事都违反她的心愿的顺利的过去。到了结婚的日子,她还要为小姐上装。这一切都使她思前念后,十分的难过。一面诅咒着,一面却不能不奉命惟谨。这是如何尴尬的一个境地呵!汉卿却将这个满心满意怨望着、诅咒着的婢女,写得真切活泼之至。

〔拙鲁连〕终身无簸箕星,指云中雁做羹,时下且口口声声,战战兢兢,袅袅停停,坐坐行行。有一日孤孤另另,冷冷清清,咽咽哽哽,觑着你个拖汉精!(尾)大刚来主人有福牙推胜,不似这调风月媒人背斤。说得他美甘甘枕头儿上双成,闷得我薄设设被窝儿里冷。

我们看惯了红娘式的婢女,却从不曾在任何剧本上,见过像这位燕燕那般的一位具着真实的血肉与灵魂的少女。这是汉卿最高的创造!《闺怨佳人拜月亭》,叙王瑞兰与蒋世隆在乱离中相会而结为夫妻。在他病中,复为她父母所迫,不得已而相离别。后来,瑞兰虽然生活很安适,却一心忘不了世隆。闲行散闷,却愈增闷。"不似这朝昏昼夜,春夏秋冬,这供愁的景物好依时月,浮着个钱来大绿嵬嵬荷叶,叶叶似花子般团栾,陂塘似镜面般莹洁。呵,几时交我腹内无烦恼,心上无萦惹!似这般青铜对面装,翠钿侵鬓贴。"《呆骨朵》及至她的义妹瑞莲打趣着她时,她却强自分说道:"休着个滥名儿将咱来应惹,应待不你个小鬼头春心儿动也!"她又强自分说,无女婿的快活,有女婿的受苦。"女婿行但占惹,六亲每早是说;又道是,丈夫行亲热,耶娘行特地心别。而今要衣呵,满箱箧,要食呵,尽馎飥,到晚来便绣衾铺设。我这心儿里牵挂处无些。直睡到冷清清宝鼎沉烟灭,明皎皎纱窗月影斜,有甚唇舌!"《滚绣球》她虽嘴硬,待得她妹子歇息去时,她却又在中庭焚香拜月,祈求着,教她"两口儿早得团圆"。不料瑞莲却躲在花底,将她的话都听见了，上来撞破了她。她不得已，只好"一星星的都索从头儿说"。这样的深刻曲折的铺叙，乃是汉卿的长技。有人说，施君美的《拜月亭传奇》，其佳处乃全脱胎于汉卿此剧。此语当然未免过当。但君美之受有此剧深切的影响，却是无可怀疑的。如《拜月亭传奇》最隽美的《拜月》一折，便是大半沿袭着汉卿的所述的。

但汉卿不仅长于写妇人及其心理，也还长于写雄猛的英雄；不仅长于写风光绮腻的恋爱小喜剧，也还长于写电掣山崩，气势浩莽的英雄遭际。他所写的英雄，实不在专写英雄们的高文秀、康进之辈所写的之下。《关大王单刀会》一剧，其中的第三折、第四折，即俗名为《训子》《刀会》者，至今仍还在剧场上演奏着，虽然演者、听者，都已不知其为汉卿之作。当关大王持着单刀，乘着江舶，而远入东吴的危地时，他的壮志雄心，大无畏的精神，至今还使我们始而栗然，终而奋然的。"〔新水令〕大江东去，浪千叠，趁西风，驾着那小舟一叶。才离了九重龙凤阙，早来探千丈虎狼穴。大丈夫心烈，大丈夫心烈！觑着那单刀会，赛村社！〔驻马听〕依旧的水涌山叠，依旧的水涌山叠。好一个年少的周郎，凭在何处也！不觉的灰飞烟灭。可怜黄盖暗伤嗟。破曹樯橹，恰又早一时绝！只这鏖兵江水犹然热，好教俺心惨切。这是二十年流不尽英雄血。"这比着读苏轼有名的"大江东去"的《念奴娇》还雄壮得多。轼词只是虚写，只是吊古，只是浩叹。而这剧却是伟大的英雄，在对景叙说着自己的雄心，却又不免为浩莽无涯的江天及往事所感动；于壮烈中，带着惨切。《关张双赴西蜀梦》，写张飞的阴魂，来赴旧日的宫廷，而与他的大哥打话时，欲前又却，欲去又留的自己惊觉着自己乃是与前不同的阴灵的情景，真要令人叫绝。张飞一进了宫门，便大为凄伤。"〔倘秀才〕往常真户尉见咱，当胸叉手，今日见纸判官，趋前退后。元来这做鬼的比阳人不自由！立在丹墀内，不由我泪双流，不见一班儿故友！"进了宫，处处回忆起来，都是可伤感的。及见了刘备，备欣然欢容迎接，而他却只是躲避着，欲前不前。"官里向龙床上高声问候，臣向灯影内恓惶顿首。"这般的情境，连读者也要为之凄然。当时的剧场上，恐怕是更要挑起了幽泣的。总之，汉卿的才情，实是无施不可的，他是一位极忠恳的艺术家，时时刻刻的，都极忠恳的在描写着他的剧中人物。在他剧中，看不见一毫他自己的影子。他只是忠实的为作剧而作剧。论到描写的艺术，他实可以当得起说是第一等。我们很觉得奇怪，元剧作者，大都各有所长。善于写恋情者，往往不善于写英雄；善于作公案剧者，往往不善于写恋爱剧。像实甫写《西厢》那末好，写《丽春堂》时，却大为失败，便是一例。汉卿一人，兼众长而有之，而恰在于众人的首先，仿佛是戏剧史上有意的要产生出那末伟大的一位剧作者，来领导着后来作者似的。汉卿所不善写者，惟仙佛与"隐居乐道"的二科耳。他从不曾写过那一类的东西。

六

王实甫名德信，也是大都人。王国维据《四丞相高会丽春堂》一剧的末句："早先声把烟尘扫荡，从今后四方八荒，万邦齐仰贺当今皇上。"断定他和关汉卿一样，也是由金入元的。此说很可信。金代遗留下来的剧作家，略可考的，只有关汉卿和他二三人而已。其余也许还有，然已绝对的不可考知的了。涵虚子称："王实甫之词，如花间美人，铺叙委婉，深得骚人之趣，极有佳句，若玉环之出浴华清，绿珠之采莲洛浦。"但这只是空泛的赞语，尚不足以尽实甫。实甫之作，涵虚子所著录者，凡十三种。《录鬼簿》所著录的，则有十四种，多《娇红记》一种。但若将《西厢记》实作四本，而《破窑记》《贩茶舡》《丽春园》非《丽春堂》《进梅谏》《于公高门》又各有二本，则说起来，是有二十二本。今传于世者，全剧仅《崔莺莺待月西厢记》《西厢记》传本至多，有徐文长《评本》，陈眉公《评本》，李卓吾《评本》，王思任《评本》，张深之刊本，凌濛初刊本，金圣叹《评本》等等四本，及《四丞相高会丽春堂》一本存，又《丝竹芙蓉亭》及《月夜贩茶船》二剧则并有残文存见我辑的《元明杂剧辑逸》中。《芙蓉亭》《贩茶船》皆为当时盛传之曲，即就今所残存的各一折里，也已足以见到作者叙写恋情的佳妙。《丽春堂》叙金朝丞相完颜，在赐宴时，与李圭相争。被贬放于济南。后因盗贼蜂起，复召他入朝。他在丽春堂设宴，李圭也来服罪。事迹很简单，结构与文辞，也都是很平平的。然《西厢记》的四本，却使他得了不朽的大名。他的所长，正在写像《西厢》一类的东西。所以此剧便有如："初写黄庭，恰到好处。"相传实甫著作《西厢》时，是殚了他毕生的精力的。写到"碧云天，黄花地，西风紧，北雁南飞"诸语时，思竭踣地而死。这种类乎神话的传说，当然不可信的。不过也可见一般人对于《西厢》是如何赞颂。由极端的赞颂、称许之中，而产生出像这样的传说，乃是文学史上常有的事。《西厢记》全部五本，相传实甫只作了四本，其第五本则为关汉卿所续。历来对于《西厢》的作者，本有种种辩论。或谓关作，或谓王作；或谓关作王续，或谓王作关续。然今则王作关续之说，似占了优势。《西厢记》这部杂剧，在元剧中是较为特殊的。元剧大都为一本，但也有二本的，如实甫的《破窑记》等是二本的。长至五本的，却绝少见。今所知者，仅吴昌龄?的《西游记》，有六本，足与《西厢记》的五本相匹配而已。大约《西厢》的分为五本，是不得已的。像《崔莺莺待月西厢记》一类的题材，在元剧中往往是以一本了之的，至多也不过两本。连《梧桐雨》《汉宫秋》那末冗长曲折的故事，也都是一本的。然而《西厢》为什么竟会有了五本呢？原来《西厢》的故事，从元稹的《会真记》以后，为诗，为词，为曲者，已不在少数。而董解元的《弦索西厢》，则更敷衍之为二大册。在董氏之前，或者这故事已被敷衍得那末冗长也难说。《西厢》的叙述与描写，既被铺张敷衍到像《董西厢》的那个样子，而欲返璞归源，复行缩小到四折的一本或二本，可以说是做不到的事。所以王实甫的《崔莺莺待月西厢记》，便计划着空前的一个大剧，以五本平常格律的杂剧，连接起来，来叙写这个故事。至于以何因缘，只写到第四本而未写第五本，却不是我们所能知的。据我们猜想，大约不外于死亡夺去了实甫的笔。实甫死后，同时代的最善于作剧的关汉卿，便继其未完之志，将第五本续完了。汉卿之续《西厢》，或由于自动的，或由于同时的读者与伶人的请求，这都难说。总之，《西厢》分开来，是各自独立的五本，且各自有"题目正名"，合之则为连结五本而成的一大剧本，仍有一个总括的题目正名："张君瑞巧做东床婿，法本师主持南禅地，老夫人开宴北堂春，崔莺莺待月《西厢记》。"照惯例是，取了题目正名的最后一句作为全剧的名称:《崔莺莺待月西厢记》。其第一本的剧名是:《张君瑞闹道场》。叙的是张君瑞过蒲城游于普救寺,在佛殿上遇见了寄居于寺旁的崔相国之女莺莺。她颇顾盼留情。君瑞若被电击似的受了感动,遂迁住于寺中,不复行。某夜,莺莺烧香时,张生曾隔墙故意吟了一诗给她听。她也依韵和了一首。三月十五日,崔夫人为已故相国做道场。张生借着搭了一份斋之名,复与莺莺一见。第二本的剧名是:《崔莺莺夜听琴》。叙的是,莺莺的艳名,为将军孙飞虎所闻。他率了五千人马,围了寺,要娶莺莺为妻。崔夫人说道:谁能退得贼兵的,无论僧俗,皆当将莺莺嫁他为妻。张生献了一策,一面用缓兵计,稳住了飞虎,一面遣猛和尚惠明,持书到白马将军杜确处求救。确为张生好友,闻耗星夜而来。擒了飞虎,解了围。至此,张生、莺莺、红娘乃至读者,皆以为此段姻事可谐了。不料崔夫人却设了一宴,宴请张生,命莺莺以兄妹之礼见。为的是,莺莺原已许下了她内侄郑恒为妻。张生郁郁不乐,连红娘也为之抱屈。她劝张生于夜间弹琴,以探莺莺之心。莺莺听了张生《凤求凰》之操,也大有所感。第三本的题目是:《张君瑞害相思》。叙的是,张生见了红娘,将一简递给红娘,托她送交莺莺。红娘不敢将简帖直接交给小姐,只放在妆盒中,待她自见。莺莺见了简帖,怒责红娘一番,然后写复书,命红娘交给张生。张生听了红娘所诉,大为凄惶。及拆开了复简,读到"待月西厢下,迎风户半开"之句,便将一天愁闷,都抛在一边了。夜间,他依约跳墙而过。莺莺见了他,却责以大义,迫得他羞惭的退去。自此,他便得了病。夫人命红娘去问病。莺莺递给她一张简帖,约下张生今夜相会。张生见了这,顿时连病也忘了。第四本的题目是:《草桥店梦莺莺》。叙的是,当夜,莺莺果然依约而到张生的书斋。终夕无一言。天未明,红娘便来捧之而去。张生如在梦中。自此,二人情好甚笃。但不久,便为老夫人所觉察。她拷问了红娘,红娘直诉其事。于是夫人无可奈何,便答应下来这头亲事。惟约定张生必须上京求名。得名后始可成婚。张生不得已,别了莺莺上京而去。莺莺送他到十里长亭。他们俩不忍别,而又不能不别。低徊留恋,终于不得不别。当夜,张生离了蒲东二十里,歇于草桥店,辗转不能入寐。朦胧中,见莺莺追来,寻他同行。但为军卒所迫。张生以言吓退了军卒,抱了小姐。不料抱的却是琴童。他始知刚才的乃是一梦。相传实甫的《崔莺莺待月西厢记》，写到这里为止。第五本的题目是：《张君瑞庆团圆》。叙的是，半年之后，张生一举及第。他命琴童赍信回去报告夫人、小姐。莺莺那时的如何喜悦，是易知的。她将汗衫裹肚等物，交琴童带给了张生。张生见物，益念莺莺。这时他正抱着病，且因奉旨着他在翰林院编修国史，一时不能出京。同时，崔夫人的内侄郑恒，却到了蒲东。他意欲前来就婚。及知道莺莺已许婚于张生时，便心生一计，对夫人说：张生在京，已另娶一妻，所以不归。夫人大怒，便允将莺莺嫁给了他。张生这时实授了河中府尹，荣归到崔家。自夫人以下，却因中了郑恒的谗言，对于张生，俱不理睬。及杜确将军来为张生主婚，喝住了郑恒之时，他们方才消释了一切的误会。他们遂举行着婚礼。而郑恒因无颜自存，触树身亡。张生和莺莺的一对有情人，于经历许多苦辛之后，遂成了眷属。实甫的《西厢》在元剧中，其地位是很高超的。元剧每以四折为限，多亦不过五折，即有二本，也只有八折。叙事每苦匆促，无蕴蓄徊翔的余地。描写也苦于草率，不能尽量的展施着作者的才情。布局也为了这，而少有曲折幽邃的局面。只有《西厢》，凭借了传说的题材，与原有的描叙，却能以共五剧二十折的大幅，来写那末一个恋爱的喜剧。于是作者们便有了可以充分的发展他们的才情的机会。在写张生一个少年书生的狂恋，作者已是很用心用力的了。从初见到图谋再见，从退贼到拒婚，从和诗到递简，从跳墙到被嗔责，从卧病到佳期，从别离到惊梦，从送书到受物，从郑恒作梗到团圆，他差不多时时的都在恋爱的惊风骇浪的颠簸之中。时喜时忧，时而失望，时而得意。那末曲折细腻的恋爱描写，在同时剧本中，固然没有，即后来的传奇中，也少有如此细波粼粼，绮丽而深入的描状的。于少女莺莺的心理与态度，作者似乎写得尤为着力。张生尚易写，而像莺莺那样娇涩的少年女郎，却更难写。一位娇贵的相国小姐，平常不大出闺门，不是不认识恋爱的感召，却只是沉默不言，欲前故却，欲却又前，屡欲掩抑其已被唤起的情绪，却终于不能掩饰得住。及佳期以后，老夫人揭破了她的秘密时，她方才完全放下了处女的情态，而抱着狂恋的少妇的真实面目。自此，相思、寄物等折，无一不是表现着她的热恋的情绪的。前后的莺莺，几乎是两个人。《佳期》之前,是写得那末沉默含蓄。《拷红》之后,是写得那末奔放多情。久困于礼教之下的少女的整个形象,已完全为实甫所写出了。无怪乎一般的少年男女,那末热烈的欢迎着此作。原来这便是他们自身的一幅集体的映像呢!

《西厢》的顶点,在于第三剧及第四剧,而第四剧写张生与莺莺的别离,尤极凄美之致。

〔端正好〕碧云天,黄花地,西风紧,北雁南飞。晓来谁染霜林醉,总是离人泪。

〔滚绣球〕恨相见的迟,怨归去的疾。柳丝长,玉骢难系。恨不得倩疏林,挂住斜晖。马儿慢慢行,车儿快快随,恰告了相思回避,破题儿又早别离。听得道一声去也,松了金钏;遥望见十里长亭,减了玉肌,此恨谁知!

〔叨叨令〕见安排着车儿马儿,不由人熬熬煎煎气,有甚么心情,花儿靥儿打扮的娇娇滴滴媚,准备着衾儿枕儿,则索昏昏沉沉睡。从今后衫儿袖儿都揾做重重叠叠泪!兀的不闷杀人也么哥!(同上一句)久已后,书儿信儿索与我凄凄惶惶的寄。

〔小梁州〕我见他阁泪汪汪不敢垂,恐怕人知。猛然见他把头低,长吁气,推整素罗衣。

〔四边静〕霎时间杯盘狼藉,车儿投东,马儿向西。两处徘徊,落日山横翠。知他今宵宿在那里?有梦也难寻觅。

这是一纸绝妙的抒情诗曲,非出之于一位大诗人之手不办的。那末隽美的白描情曲,乃是后来力欲模拟的人所决难能追得上的。《西厢》的盛行,这大约也是原因之一。汉卿的第五剧,本来有些强弩之末,所以不能讨好是当然的事。但他也甚为用心的写,像:

〔醋葫芦〕我这里开时和泪开,他那里修时和泪修。多管是笔尖儿未写泪先流,寄来书泪点儿兀自有。我将这新痕把旧痕湮透,这的是一重愁番做了两重愁。

〔梧叶儿〕他若是和衣卧,便是和我一处宿,但粘着他皮肉,不信不想我温柔。(红云)这裏肚要怎么?(旦儿唱)常不离了前后,守着他左右,紧紧的系在心头。(红云)这袜儿如何?(旦儿唱)拘管他胡行乱走。

之类,也都是很好的诗。

白朴亦为自金入元者。但行辈较后于关、王。朴字仁甫,后改字太素,号兰谷,真定人。父华,《金史》有传。《录鬼簿》云:朴赠嘉仪大夫;掌礼仪院太卿。朴在金亡时,年仅七岁,惟自己以为是金世臣,不欲仕于元,乃屈己降志,玩世滑稽。徙家金陵,从诸遗老,放情山水间。中统初,有欲荐之于朝者,朴力辞之。其诗文有《天籁轩集》。他的杂剧凡十六种,今存者惟《唐明皇秋夜梧桐雨》及《裴少俊墙头马上》二种而已此二种俱有《元曲选》本。尚有《东墙记》《流红叶》及《箭射双雕》三剧,皆有残文存,见于我辑的《元明杂剧辑逸》中。朴所作范围也甚广,惟以善写娇艳的恋爱剧著名。而《梧桐雨》一剧,尤为人人所知。《梧桐雨》以短短的四折,叙贵妃宠冠宫中,安禄山兴兵造反,以至明皇幸蜀,马嵬埋玉等事。而其顶点则在第四折。明皇由蜀回,做了太上皇,深宫无事,镇日的

明万历顾曲斋刊《梧桐雨》

《梧桐雨》为元代剧作家白朴的名作,是一部描写唐明皇、杨贵妃两人爱情故事的历史剧,以浓郁的抒情性、醇厚的诗味和文辞的华美著称。

思念着贵妃。到处的景物，都是添愁的资料。梦中分明见到玉环，请她到长生殿赴宴，醒来时，却见雨打着梧桐树，"一会价紧呵，似玉盘中万颗珍珠落，一会价响呵，似玳瑁筵前几簇笙歌闹，一会价清呵，似翠岩头一派寒泉瀑，一会价猛呵，似绣旗下数面征鼙操。兀的不恼杀人也么哥！兀的不恼杀人也么哥！则被他诸般儿雨声相聒噪"。以上《叨叨令》"这雨，一阵阵打梧桐叶凋，一点点滴人心碎了，枉着金井银床紧围绕，只好把泼枝叶做柴烧锯倒。"以上《倘秀才》这一夜，明皇是"雨和人紧厮熬，伴铜壶点点敲。雨更多，泪不少。雨湿寒梢，泪染龙袍，不肯相饶。共隔着一树梧桐，直滴到晚"。在许多的元曲中，《梧桐雨》确是一本很完美的悲剧。作者并不依了《长恨歌》而有叶法善到天上求贵妃一幕，也不像《长生殿传奇》那末以团圆为结束。他只是叙到贵妃的死，明皇的思念为止；而特地着重于"追思"的一幕。像这样纯粹的悲剧，元剧中是绝少见到的。连《窦娥冤》与《汉宫秋》那末天生的悲剧，却也勉强的以团圆为结束，更不必说别的了。《裴少俊墙头马上》，叙的是裴少俊与李千金的恋爱。始由马上墙头的相见，而成为夫妇，中因少俊父亲的作梗而拆散，终因少俊中举得官而复聚。这是一本平常的恋爱喜剧，写得却很出色。

七

马致远号东篱，大都人，任江浙行省务官。《太和正音谱》列致远于第一人，颂赞备至："马东篱之词，如朝阳鸣凤。其词典雅清丽，可与灵光、景福相颉颃。有振鬣长鸣，万马皆喑之意。又若神凤飞鸣于九霄，岂可与凡马共语哉。宜列群英之上。"致远作剧凡十四本，大半为文人学士不得志者写照，小半则为写山林归隐，神仙度人的作品，大抵都是与他自己的情绪思想有关系的。写其他题材的作品如《汉宫秋》等，不过二三本而已。我们如将致远的散曲，与他的剧本对读一下，便可知他的剧本，并不是无所谓而写作的。关汉卿的剧本中，看不出一毫作者的影子。致远的剧本中，却到处都有个他自己在着。尽管依照着当时剧场的习惯，结局是个大团圆，然而写着不得志时的情景，他却格外的着力。像《江州司马青衫泪》和《半夜雷轰荐福碑》皆有《元曲选》本，都是如此的写法。连写神仙度世，山林归隐的剧本，像《吕洞宾三醉岳阳楼》《太华山陈抟高卧》《马丹阳三度任风子》等等，似乎都是不得意的聊且以遗世孤高为快意的写法。我们试读致远有名的《双调夜行船》《愁思》一曲：

  百岁光阴一梦蝶，
  重回首往事堪嗟。
  今日春来，明朝花谢，
  急罚盏夜阑灯灭。

  〔乔木查〕想秦宫汉阙，都做了衰草牛羊野，不恁么渔樵没话说！纵荒坟横断碑，不辨龙蛇。

  〔庆宣和〕投至狐踪与兔穴，多少豪杰！鼎足虽坚半腰里折。魏耶？晋耶？……蛩吟罢一觉才宁贴，鸡鸣时万事无休歇。何年是彻！看密匝匝蚁排兵，乱纷纷蜂酿蜜，闹穰穰蝇争血。裴公绿野堂，陶令白莲社，爱秋来时那些：和露摘黄花，带霜分紫蟹，煮酒烧红叶，想人生有限杯，浑几个重阳节。人问我，顽童记者：便北海探吾来，道东篱醉了也。

再看《吕洞宾三醉岳阳楼》中的一支《贺新郎》曲：

  你看那龙争虎斗旧江山，我笑那曹操奸雄，我哭呵，哀哉霸王好汉！为兴亡，笑罢还悲叹，不觉的斜阳又晚。想咱这百年人，则在这捻指中间。空听得楼前茶客闹，争似江上野鸥闲。百年人光景皆虚幻。我觑你一株金线柳，犹兀自闲凭着十二玉阑干。

恰恰是个很好的对照。《太华山陈抟高卧》诸作，也都充满了这种很浅显的人人都懂得的因悲观而玩世的思想。为了致远是那样的一位作家，正足以代表当时一大部分的士大夫不得志的情思，也正足以代表古今来不少抱着这同样情思的文人学士。所以，文人学士们对于东篱的这些十分的投合他们胃口的作品，都是异常的颂赞称许。涵虚子之独以东篱为词人之首，而不大看得起关汉卿，也便是这个缘故。总之，东篱的作品，大都是投合士大夫的，而汉卿的作品，则大都是投合于一般民众的。不过像《任风子》《岳阳楼》一类的东西，在民间却也有相当的势力。在东篱的作品中，最有名者，为《破幽梦孤雁汉宫秋》一本有《元曲选》本。叙的是：汉元帝命毛延寿遍行天下，刷选宫女。延寿得一位美人王嫱，字昭君的，生得光彩射人，十分艳丽。但他家不肯出钱买嘱延寿。他遂将美人图点上些破绽。元帝因此不曾留意到她。一夜，她幽闷的在弹着琵琶，为元帝所闻，遂得相见，大为宠幸。一面他便要斩延寿之首。延寿逃入匈奴，献上昭君图形。单于指名要昭君和番，否则兴兵入塞。元帝大惊，只得送昭君出塞。昭君到了黑龙江，遂投江而死。单于惊悼。因祸起毛延寿，遂将他送回汉廷治罪。全剧的顶点则在：昭君去后，元帝思念着她的已往情意，正在烦恼不寐，却又遇着孤雁一声声的在云间鸣叫着，一发感得情绪凄楚不堪。"早是我神思不宁，又添个冤家缠定。他叫得慢一会儿，紧一声儿，和尽寒更，不争你打盘旋，这搭里同声相应。可不差讹了四时节令！"这一折的情景，是布置得异常的凄隽的。息机子《杂剧选》中又载他的《孟浩然踏雪寻梅》一本，但那是明周宪王之作，并非他所写的。

八

第二期的作家当以杨梓、宫天挺、郑光祖、乔吉甫为主要者，而郑光祖尤为著名。或合之前期的关、马、白三人而称之为"关、马、郑、白"四大家。

郑光祖字德辉，平阳襄阳人。以儒补杭州路吏。《录鬼簿》谓：

"公之所作,名香天下,声振闺阁。伶伦辈称郑老先生,皆知其为德辉也。惜乎所作贪于俳谐,未免多于斧凿,此又别论焉。"然就今所知者论之,光祖所作,实未见得具有如何的俳谐之处。他所作凡十九种,今存四种:《㑳梅香翰林风月》《醉思乡王粲登楼》《迷青琐倩女离魂》以上见《元曲选》及《周公辅成王摄政》见元刊《古今杂剧》。《周公摄政》叙管、蔡流言,周公戡乱的事。《王粲登楼》叙王粲寄居荆州,郁郁不得志,因登楼远望,

〔清〕四川绵竹年画《西厢记》

浩然长叹。酒醉之后,几欲堕楼自杀。恰在这时,朝命到了,宣他为天下兵马大元帅,兼管左丞相。《㑳梅香》与《倩女离魂》则皆为恋爱的喜剧。《㑳梅香》的情节与《西厢记》甚为相类。不过将张生易为白敏中,莺莺易为小蛮,红娘易为樊素而已,而特着重于传消递息的樊素。说起技巧与文辞来,那是离《西厢》不止一箭地而已的。《倩女离魂》一剧,题材比较的新颖。张倩女与王文举指腹为亲。文举上京应举,拜过岳母。张夫人却只命倩女与他以兄妹之礼见。她因此郁郁不乐。她们到折柳亭送文举起行。倩女归后,一病恹恹,卧床不起。她的灵魂追上了文举,一同上京。文举也不知其为出壳的灵魂。他一举状元及第,与倩女之魂同归。这时,已在三年之后。文举见了夫人,请罪不已,为的是带了她女儿同行。但夫人却不信其言,因倩女原是好端端的卧病在床。她到了家,自向内房而去。入房后,便与床上的病者合为一体,病也遂愈。于是大家始知道随文举上京,乃是离魂出壳的她。夫人遂命重排婚宴。追随同行的一段,颇似《西厢》第四本的《草桥惊梦》的一段。此剧本于唐陈玄祐的《离魂记》,情节几完全相同。光祖似也甚受第一期中诸大家的影响而不能自脱,故其剧本往往在不知不觉之间透

露出模拟的痕迹来。但其曲文的美好却确可使他成为一位大家。不过与关汉卿、王实甫相比，则未免有些不称。后人以他为四大家之一，竟抑实甫与武汉臣、康进之诸人于下，而不得预与其列，实未免有些颠倒得可怪。

元剧之可见者，已尽于以上所述。元剧的最好的地方，乃在能够连结了民间的质朴的风格与文士们的隽美的文笔。所以大多数的文辞，都是很自然，很真切，很质劲，却又是很美丽的。他们明白如话，却又不是粗鄙不通的。他们畅丽隽永，却又句句妇孺皆懂。他们如素描的画幅，水墨的山水，决不用典故，即用也用的是民间所习知，诗文上所决不用的《贩茶船》《海神庙》一类的民间典故。这正是民间作品与文士的手笔刚刚接触时代的最好产品，正是杂剧的黄金时代。但正因其刚刚离开民间未久，且仍然还要迎合着广大人民的心理与喜爱，所以在题材与结构上便往往表现出与前代诗、文、词里所不曾有过的东西。例如王粲的《登楼》，白居易的《琵琶》，原是文人们的悲歌，却都被他们写成了与《渔樵记》《冻苏秦》与《曲江池》《玉壶春》不相上下的事实了。他们知道谐合当时剧场的习惯，与人民的心理与爱好，不妨抛却了"题材"的本来面目。也许民间本来已将这些故事形成了那末样的一个样子，所以他们便也不得不随着走吧。但纯粹的悲剧，在元剧中也往往遇之，如《梧桐雨》《西蜀梦》《火烧介子推》等。这些，都是后来戏曲所少见者。总之，元剧的好处，在其曲辞的直率自然，而其题材与结构，虽多雷同，落套，却是深深的投合于当时人民的爱好的。在中国戏曲史上，元一代乃是一个伟大的时代。

参考书目

一、《元刊杂剧三十种》 黄荛圃旧藏；日本帝国大学红本印，上海覆日本版石印本。此书本非一部书，系元刊诸单本杂剧的合订本，故各剧版式颇不一律。王国维氏以为系元季的一部合刊的杂剧集，当系误会的话。此书当是黄氏合此三十种订为一函的。在此三十种中，除有十七种出于《元曲选》外，其他十三种，字句间亦与臧刻面目大殊。我们欲见元刊元剧的本来面目，舍此书外，别无从知。

二、《古今杂剧选》 息机子编，明万历戊戌（公元1598年）刊本。全书不知若干种。北京图书馆藏有残本。其中有《符金锭》等数种，是《元曲选》所无。

三、《元曲选一百种》 臧懋循编，明万历丙辰（公元1616年）雕虫馆刊本，商务印书馆影印本（坊间又有《元曲大观》三十种，也是《元曲选》残本的影刊）。此书为汇刊元剧的最大的企图。惜曲白多所删润，大失本来面目。

四、《阳春奏》 尊生馆编，明万历间刊本。全书八卷，凡选元、明杂剧三十九种。北京图书馆藏有残帙。

五、《古名家杂剧选》 陈与郊编，明万历间刊本。全书凡八集，四十种。

六、《新续古名家杂剧》 陈与郊编，明万历间刊本。全书凡五集，二十种。其中《二郎神醉射锁魔镜》一种，为他书所未见。

七、《元明杂剧》六册 江南图书馆石印本，即就其所藏的上述二书的残帙而印行者。

八、《顾曲斋所刊元人杂剧》 明万历间刊本。原书凡二十种，今存。（北京图书馆藏十九种。）中有《关汉卿绯衣梦》一种，为他书所未见。

九、《酹江集》三十种 孟称舜编，明崇祯间刊本。此书至罕见。通县王氏有藏本。但所选元剧，类皆习见者。

十、《柳枝集》三十种 孟称舜编，明崇祯间刊本。外间罕见传本，通县王氏藏。后附有钟嗣成《录鬼簿》。

十一、《孤本元明杂剧》 商务印书馆出版。

十二、《元曲》 童斐选注，商务印书馆出版。

十三、《宋元戏曲史》 王国维著，商务印书馆出版。

十四、《元明杂剧辑逸》 郑振铎编，近刊。

第十四讲　散　曲

一、散曲作家们

> 散曲的出现——散曲的来源——南曲与北曲——小令与套数——元代散曲的前后二期——前期的作家们——大诗人关汉卿——白朴——马致远——后期的作家们——张可久与乔吉甫

一

当金、元的时候，我们的诗坛，忽然现出一株奇葩来，把恹恹无生气的"诗"坛的活动，重新注入新的活力，使之照射出万丈的光芒，有若长久的阴霾之后，云端忽射下几缕黄金色的太阳光；有若经过了严冬之后，第一阵的东风，吹拂得青草微绿，柳眼将开。其清新愉快的风度，是读者之立刻便会感到的。这株奇葩，便是所谓"散曲"。但这里所谓"忽然现出"，并不是说，散曲乃像摩西《十戒》版似的，是从天上掉下来的。她的生命，在暗地里已是滋生得很久了。她便是蔓生于"词"的领域之中的；她便是偷偷地在宋、金的大曲、赚词里伸出头角来的。

她的产生的时代，已是很久了。但成为主要的"诗"体的一种的时代，则约在金、元之间。金、元的杂剧是使用着这种名为"曲"的诗体，成为她的可唱的一部分的。在更早的时候，"诸宫调"也已用到她成为其中"弹唱"的成分。宋人的唱赚，也是使用着"曲"的。所以

"散曲"的实际上的出现，实较"剧曲"为更早。惟其成为重要的诗人们的"诗体"，则恰好是和"剧曲"同时。创作"杂剧"的大诗人关汉卿也便是今所知的第一位伟大的散曲作家。

散曲可以说是承继于"词"之后的"可唱"的诗体的总称，正如"词"之为继于"乐府辞"之后的"可唱"的诗体的总称一样。其曲调的来源，方面极广，包罗极多的不同的可唱的调子，不论是旧有的或是新创的，本土的或是外来的，宫庭的或是民间的。但在其间，旧有的曲调，所占的成分并不很多，大部分是新闯入的东西。在那些新闯入的分子们里，最主要的是"里巷之曲"与"胡夷之曲"，正如"词"的产生时代的情形一样。

散曲通常分为"南""北"二类。北曲为流行于金、元及明初的东西。南曲则其起源似较北曲为更早，但其流行则较晚。差不多要在元末明初的时候，我们才见到正则的南曲作家的出现。当北曲成为金、元诗人们的主要诗体之时，南曲似还不曾攀登得上文坛的一角。所以北散曲似是出现于杂剧之先，而南散曲的出现则要在戏文的产生之后，也许那时候已经流行于民间了。但今日却没有她存在的征象可见。所以这里所讲的第一期的散曲的发展，只讲的是北散曲。

南曲和北曲，其最初的萌芽是同一的，即都是从"词"里蜕化出来。金人南侵，占领了中国的中原和北部，于是中原的可唱的词，流落于北方而和"胡夷之曲"及北方的民歌结合者，便成为北曲，而其随了南渡的文人、艺人而流传于南方，和南方的"里巷之曲"相结合者便成为南曲。

无论南曲或北曲，在其本身的结构上，皆可分为两种不同的定式，一是小令，二是套数。小令起源于词的"小令"，是单一的简短的抒情歌曲，常和五七言绝句，及词中的小令，成为中国的最好的抒情诗的一大部分。小令的曲牌，常是一个。但也有例外者，像：（一）带过曲此仅北曲中有之，例若"沽美酒带过太平令""雁儿落带过得胜令"等等。（二）集曲流行于南曲里，系取各曲中零句合而成为一个新调，例若"罗江怨"，便是摘合了《香罗带》《皂罗袍》《一江风》的三调中的好句而成的。最多者若"三十腔"，竟以三十个不同调的摘句，合而成为一新调。（三）重头，即以若干首的小令咏歌一件连续的或同类的景色或故事。例若元人常以八首小令咏"潇湘八景"，四首小令咏春、夏、秋、冬四景，或竟一百首小令咏唱《西厢》故事等等。惟每首韵各不同。

"套数"起源于宋大曲及唱赚。至诸宫调而"套数"之法大备。套数是使用两个以上之曲牌而成为一个"歌曲"的。在南曲至少必须有引子、过曲及尾声的三个不同之曲牌，始成为一套。在北曲则至少须有一正曲及一尾声_{套数间亦有无尾声者，那是例外}，无论套数使用若干首的曲牌，从首到尾，必须一韵到底。

在元末的时候，有沈和甫的，曾创作了南北合套的新调。这南北合套的出现，反在今知的纯粹的南曲散套的出现以前。我们由此可知，南曲的存在，是较今所知的时候为久远的。

二

初期的散曲作家们，几全以北曲为其活动的工具。从金末到元末，便是他们的活动的时代。这个初期的散曲时代，可分为两类不同的作家群，或两个不同的时期。前期是从金末_{约公元1234年}到元大德间_{约公元1300年}，相当于钟嗣成《录鬼簿》上所说的"前辈名公"的时代。后期便是由大德间到元末_{公元1367年}，相当于钟嗣成的时代。这两个时代的作风是不大相同的。前期还不脱草创时代的特色，散曲的写作，只是戏曲作家们的副业，或大人先生们的遣兴抒怀之作，或供给妓院里实际上的歌唱的需要。但后期便不同了。散曲的使用是无往而不宜。专业的散曲作家们也便陆续的出现了。他们以歌曲为第二生命，他们的一切活动，几都集中于散曲。他们是诗中的李、杜，是词中的温、李_{后主}、辛、姜。这一期，可以说是散曲的黄金时代。

前期的作家们，据《录鬼簿》的记载，所谓"前辈已死名公有乐府行于世者"，有董解元、刘秉忠、商政叔、杜善夫、阎仲章、张子益、王和卿、盍志学、杨西庵、胡紫山、卢疏斋、姚牧庵、徐子芳、史天泽、张弘范、荆干臣、陈草庵、张梦符、陈国宾、刘中庵、马彦良、赵子昂、阎彦举、白无咎、滕玉霄、邓玉宾、冯海粟、贯酸斋、曹光辅、张洪范、郝新庵_{左丞}、曹以斋_{尚书}、刘时中_{待制}、萨天锡_{照磨}、李溉之学士、曹子贞学士、马昂夫总管、班恕斋知州、冯雪芳府判、王继学中丞 自郝新庵以下十人,《楝亭丛书》本及他本《录鬼簿》皆别列于"方今名公"之下,但天一阁抄本则直接于前。似当从天一阁本。等四十一人。而天一阁旧藏抄本《录鬼簿》则更有张云庄、奥殷周、赵伯宁、王元鼎、刘士常、虞伯生、元遗山等七人。这些人大都是"公卿大夫居要路者"。他们大都是以其余暇来作散曲的。他们的作风,离不开宴会、妓乐、山水的歌颂,乃至浅薄的厌世和恬退的思想。只有杜善夫、王和卿等数人的作风略有不同。当时伟大的戏曲家关汉卿、白仁甫和马致远,即在散曲坛上也成了鸡群里的白鹤,驰骋于散曲的平原之中,无可与争锋者。王实甫的散曲也有数阕传于今。现在略述这时期的比较重要的若干作家。

三

董解元的首列,只是"以其创始"钟嗣成语之故。他并没有散曲流传下来。散曲的历史的开场,仍当以大诗人关汉卿为第一人。汉卿的散曲大抵散在杨朝英的《阳春白雪》和《太平乐府》里在任中敏编的《元人散曲三种》(上海中华书局)里有关汉卿散曲的辑本。他的作风,无论在小令或套数里,所表现的都是深刻细腻,浅而不俗,深而不晦的;正是雅俗所共赏的最好的作品。像《一半儿》四首的《题情》,几乎没有一首不好的,足当《子夜》《读曲》里的最隽美的珠玉。姑举其一:

> 碧纱窗外静无人,跪在床前忙要亲。骂了个负心,回转身。
> 虽是我话儿嗔,一半儿推辞,一半儿肯。

又像他的《沉醉东风》的一首:

> 咫尺的天南地北,霎时间月缺花飞,
> 手执著饯行杯,眼阁著别离泪,
> 刚道得声:保重将息,痛煞煞教人舍不得。
> 好去者!望前程万里。

第十四讲　散　曲

直是最天真最自然的情歌。又像《仙吕翠裙腰》一套《闺怨》，全篇也都极为自然可爱：〔上京马〕"他何处？共谁人携手？小阁银瓶斝歌酒。况忘了咒，不记得低低耨。"仅这一小段已是很凄婉尽情的了。他的写景曲，像《大德歌》和《白鹤子》也是最短悍的抒情歌曲：

雪粉华，舞梨花，再不见烟村四五家，密洒堪图画。
看疏林噪晚鸦，黄芦掩映清江下，斜揽著钓鱼艖。
——《大德歌》

四时春富贵，万物酒风流，澄澄水如蓝，灼灼花如绣。
——《白鹤子》

他有一套《南吕一枝花》，题作《杭州景》的，系作于元灭南宋公元1276年不久之时的，故有"大元朝新附国，亡宋家旧华夷"之语。明人选本，曾把"大元朝"改"大明朝"，于是汉卿的著作权便也为明代的无名氏所夺去了。在许多杂剧里，我们看不出汉卿的思想和生平来。但在散曲里，我们却知道他是马致远的同道，也是高唱着厌世的直捷的享乐的调子的。像"官品极，到底成何济？归学取他渊明醉"《碧玉箫》；像"南亩耕，东山卧，世态人情经历多。闲将往事思量过：贤的是他，愚的是我，争甚么！"《四块玉》这种态度和情绪，影响于后来的散曲的作家们是极大的。

白朴字仁甫，金亡时，仅七岁，为元遗山所抚养。自以为是金的世臣，不仕于元。有《天籁集》仁甫散曲有任讷辑本。（《元曲三种》又《天籁集》有康熙间杨希洛刻本，末附《摭遗》，即散曲一部。后来四印斋本及《九金人集》本《天籁集》皆删去《摭遗》不载）。他的散曲，俊逸有神，小令尤为清隽。像：

红日晚，残霞在，秋水共长天一色。
寒雁儿呀呀的天外，怎生不捎带个字儿来。
——《得胜令》

轻拈斑管书心事，细摺银笺写恨词，可怜不惯害相思。
只被你个肯字儿，拖逗我许多时。

——《得胜令·题情》

长醉后方何碍，不醒时有甚思。
糟腌两个功名字，醅渰千古兴亡事，曲埋万丈虹霓志。
不达时皆笑屈原非，但知音尽说陶潜是。

——《寄生草·劝饮》

都是能以少许胜人多许的。

马致远是这期散曲作家里为人所追慕的。他是那末不平凡的一位抒情诗人。关汉卿在杂剧里不易见出"自己"来，即在散曲里，也很少抒怀之作。致远则无论在杂剧，或在散曲上，都有他很浓厚的"自我"在着。他的散曲是那样的奔放，又是那样的飘逸；是那样的老辣，又是那样的清隽可喜。他的《天净沙·秋思》："枯藤老树昏鸦，小桥流水人家，古道西风瘦马，夕阳西下，断肠人在天涯。"相传以为绝唱。而他自己的作风也便是那末样的疏爽而略带些凄惋的味儿。恰有如倪云林的小景，疏朗朗的几笔里，是那末样的充溢了诗趣。他的《双调夜行船·秋思》："百岁光阴一梦蝶"，也传诵到今。其实他的最好的篇什，还不是发牢骚的东西，像"困煞中原一布衣，悲，故人知未知？登楼意，恨无天上梯"《金字经》；"本是个懒散人，又无甚经济才，归去来！"《四块玉》；或什么《叹世》《庆东原》《野兴》《清江引》的"不如醉还醒，醒而醉"，或"则不如寻个稳便处闲坐地"之类。他的最隽雅的东西便是以寥寥的几笔，刻画凄清的情景。那便是他的长技，像：

寒烟细，古寺清，近黄昏礼佛人静。
顺西风晚钟三四声，怎生教老僧禅定。

——《寿阳曲·烟寺晚钟》

他还长于写恋情，却又是那样刻骨镂肤的深刻，像"从别后，音信绝；

第十四讲 散　曲

薄情种害杀人也。逢一个见一个因话说，不信你耳轮儿不热"，"他心罪，咱便舍，空担着这场风月。一锅滚水冷定也，再撺红几时得热！"俱《寿阳曲》他还写些很诙谐的东西，像《借马》《般涉调·耍孩儿》，写客者买一马，千般爱惜，不幸为人所借。他叮咛再四，方才被借者牵去："懒习习牵下槽，意迟迟背后随，气忿忿懒把鞍来鞴。我沉吟了半晌语不语，不晓事颇人知不知？他又不是不精细，道不得他人弓莫挽，他人马休骑。"他是那末样的万分不愿，却又"对面难推"，只好叮叮咛咛的吩咐道："不骑啊，西棚下凉处拴。骑时节拣地皮平处骑。将青青嫩草频频的喂。歇时节肚带松松放。怕坐的困，尻包儿款款移。勤觑著鞍和辔，牢踏著宝镫，前口儿休提。"后来的弋阳调的小喜剧《借靴》，显然便是从此脱胎而出的。可惜致远这类的散曲不多，否则其成就当远在王和卿以上。

四

　　后期的作家们，以张可久及乔吉甫为双璧，时人比之为诗中的李、杜。但在乔、张外，也并不是无人。这期的散曲坛较之前期更为热闹。编《太平乐府》《阳春白雪》的杨朝英，他自己也写曲。著《中原音韵》的周德清，所作更为精莹。作《录鬼簿》的钟嗣成，也显出他的特殊的诙谐与颓放的风趣来。此外，见于《录鬼簿》和《阳春白雪》《太平乐府》《乐府群玉》《乐府新声》诸书者，更不止数十人。兼作杂剧者，于乔吉甫外，以郑德辉、睢景臣、曾瑞等为最著。其专工散曲者，则有吴西逸、秦竹村、吕止庵、宋方壶、李爱山、王爱山、曹明善、钱子云、顾君泽、徐甜斋、董君瑞、高安道诸人。

　　张可久的才情确足以领袖群伦。他的作风，和前期的马致远有些相同，却决不是有意的模拟。前期的诸作家，往往多随笔遣兴之作。到了可久起来后，方才用全副心力在散曲的制作上。他的作风是爽脆若哀家梨的，一点渣滓也不留下；是清莹若夏日的人造冰的，隽冷之气，咄咄逼人。他豪放得不到粗率的地步。他精丽得不到雕镂的地步。他潇疏得不到索寞的地步。他是悟到了"深浅浓淡雅俗"的最谐和的所在的。《太和正音谱》说他"如瑶天笙鹤。其词清而且丽，华而不艳，有不吃烟火食气"。李开先谓："小山清劲，瘦至骨立，而血肉销化俱尽，乃孙悟空炼成万转金铁躯矣。"自元、明以来，推重他的人，受他影响的人，更不知多少。所以他的散曲集，流传独盛张可久散曲集，有明李开先辑本《张小山小令》，清厉鹗翻刻李辑本，抄本《北曲联乐府》，任讷辑本《小山乐府》（《散曲丛刊》本）。《四库全书》亦收之。他字小山，庆元人。以路吏转首领官。他是一位不大得意的人，所以常常透露出些牢骚来。前期的散曲作家们，大都是"公卿大夫"们。而这期的作家们却都是同张氏一样的郁郁不得志的人物。"兴亡千古繁华梦，诗眼倦天涯：孔林乔木，吴宫蔓草，楚庙寒鸦。"《人月圆·山中书事》他是那样的貌为旷达。他的《南吕一枝花·湖上晚归》套："长天落彩霞，远水涵秋镜；花如人面红，山似佛头青。"李开先、沈德符俱以为足和马致远的"百岁光阴"相匹敌。底下的几首小令，可以作为他的作风的最好例证：

今宵争奈月明何，此地那堪秋意多。
舟移万顷冰田破，白鸥还笑我。拚余生诗酒消磨。
云母舟中饭，雪儿湖上歌，老子婆娑。
——《水仙子·西湖秋夜》

天边白雁写寒云，镜里青鸾瘦玉人，秋风昨夜愁成阵。
思君不见君，缓歌独自开樽。灯挑尽，酒半醺，如此黄昏。
——《水仙子·秋思》

门前好山云占了，尽日无人到。
松风响翠涛，槲叶烧丹灶，先生醉眠春自老。
——《清江引·山居春枕》

与谁，画眉？猜破风流谜。铜驼巷里玉骢嘶，夜半归来醉。
小意收拾，怪胆禁持。不识羞谁似你！自知，理亏，灯下和衣睡。

——《朝天子·闺情》

乔吉甫字梦符，作杂剧甚多。他和小山一样，也常住于杭州。小山有《苏堤渔唱》原集未见，《北曲联乐府》多采之，梦符也有"题西湖《梧叶儿》百篇"。可惜这《梧叶儿》是一篇也未流传下来。李开先尝为之辑《乔梦符小令》刻之《乔梦符小令》有李开先原刻本，厉鹗翻刻本。近任讷辑有《梦符散曲》（见《散曲丛刊》）。他的生活，较小山更为落魄。钟嗣成谓他"江湖间四十年，欲刊所作，竟无成事者"。他的《自述》《绿幺遍》也道："不占龙头选，不入名贤传。……笑谈便是编修院。留连，批风抹月四十年。"他的作风，颇有人称之为"奇俊"的，其实较小山是放肆得多，浓艳得多了。最好的例子，像：

红粘绿惹泥风流，雨念云思何日休？
玉憔花悴今番瘦，担著天来大一担愁，说相思难拨回头。
夜月鸡儿巷，春风燕子楼，一日三秋。
——《水仙子·忆情》

风吹丝雨噀窗纱，苔和酥泥葬落花。
卷云钩月帘初挂，玉钗香径滑，燕藏春衔向谁家？
莺老羞寻伴，蜂寒懒报衙，啼杀饥鸦。
——《水仙子·暮春即事》

像《一枝花·私情》，"老婆婆坐守行监，狠㮣丁暮四朝三，不能够偷工夫恰喜喜欢欢"一类的话，确是小山所不敢出之口的。

二、散曲的进展

从元末到明初的散曲的进展——北曲的盛况——南曲的抬头——康海与王九思——陈铎——常伦与王磐——唐寅

的北曲——杨廷和及其"名公巨卿"们——元人作南曲者之罕见——高则诚为今知南曲作家的第一人——刘东生与杨维桢——南曲家的朱有燉

一

从元末到明的正德，散曲的进展，可分为两方面来讲。第一，北曲依然的在蓬蓬勃勃的滋生着，并未显露出衰弱的气象来。第二，南曲也由无人知的民间暗隅里，抬头而出，渐渐的占领了曲坛的重要的地位。但这时期的北曲，气象虽未衰落，作家虽仍不少，而能不为前人所范围者却不多，能独创一个新的作风者，尤为罕见。几个大名家，像朱有燉、常伦、康海、王九思、唐寅、陈铎等等，其作风左右脱不掉元代曲家们的范型。北曲到了这个时候，已是相当于南宋的词的凝固为冰，雕刻成器的时代了。虽有豪杰之士，也脱不出如来佛的手掌心以外去。倒是新起的南曲，表现出另一种清新活泼的气象出来，造成了以后一百几十年的曲坛的新局面。但在明初，南曲的作家实在寥寥无几。其全盛，则在弘、正之间。

二

到了弘治、正德间，北曲的作家们忽又像泉涌风起似的出来了不少。北方以康海、王九思为中心，南方以陈铎为最著。他若常伦的豪迈，王磐的俊逸，并各有可称。

这时代的北曲，早已成了"天府之物"，民间反不大流行。作者们类皆以典雅为宗。像元人那样的纵笔所如，土语方言，无不拉入的勇气，已是不多见的了。惟真实的出于"性灵"之作，却反较明初为盛。他们不复是敷衍塞责。他们是那样的认真的推陈出新的在写着；即最凡庸的"庆寿""宴集"之作，有时也有很可观的隽什佳句可得。

康海康海、王九思均见《明史》卷二百八十六的散曲集，有《沜东乐府》《沜东乐府》有明嘉靖间刊本，《二太史乐府联璧》本，《散曲丛刊》本。王九思的散曲集，有《碧山乐府》《碧山续稿》及《碧山新稿》等《碧山乐府》有明嘉靖间刊本，《二太史乐府联璧》本，崇祯间《全集》本。他们为当时曲坛

第十四讲 散　曲

的宗匠者总在半世纪以上。九思嘉靖初犹在1468—1550？，影响尤大。对于这两位大作家，世人优劣之论，纷纭不已。王世贞以为"其秀丽雄爽，康大不如也。评者以敬夫声价，不在关汉卿、马东篱下"《艺苑卮言》。王伯良也抑康而扬王。其实二人所作，皆流于粗豪，对山更甚。碧山则较为蕴藉，故深为学士大夫所喜。对山之曲，时有故作盘空硬语者，像"轻蓑一笛晚云湾，这逍遥是罕！"《醉太平·浒西即事》，"多君况乃青云器。乐转凤凰歌，灯转芙蓉戏，剔团圆明月悬天际"《塞鸿秋·元夜》，"雾冥蒙好兴先裁，意绪难捱，诗酒空开，万里泥途，三径何哉！"《折桂令·苦雨》之类，集中几于俯拾皆是。他盛年被放，一肚子的牢骚，皆发之于乐府，故处处都盈溢着愤慨不平之气，像《读史》《寄生草》"天岂醉，地岂迷，青霄白日风雷厉。昌时盛世奸谀蔽，忠臣孝子难存立。朱云未斩佞人头，祢衡休使英雄气！"但也有写得很清隽者，像《晴望》《满庭芳》：

　　天空雾扫，云恬雨散，水涨波潮，
　　园林一带青如掉，山色周遭。
　　点玉池新荷乍小，照丹霄晴日初高。
　　两件儿休支调：鸡肥酒好，宜醉浒西郊。

称他为曲中的苏、辛，殆足当之无愧1475—1540。碧山却没有对山那样的屹立冈头的气概了。他也愤慨，他也不平，他也想奔放雄豪，然而他的笔锋却总未免有些拘谨，有些不敢迈开大步走去。像"一拳打脱凤凰笼，两脚登开虎豹丛，单身撞出麒麟洞，望东华人乱拥，紫罗襕老尽英雄"。《水仙子》未尝不想其气势的浩荡，却立刻便显出其"有意做作"的斧凿痕来。远不及对山之浑朴自然，写得不经意。他的本色语，乃是像《杂咏》《寄生草》般的圆熟的：

　　渼陂水乘个钓艇，紫阁山住个草亭，
　　山妻稚子咱欢庆，清风皓月谁争竞，青山绿水咱游咏。
　　醉时便唱太平歌，老来还是疏狂性。

集合于康、王的左右者有张炼、史沐、张伯纯、何瑭、康沣川诸人。山东李开先则在嘉靖间和九思相唱和 李开先见第六十三章。张炼也是武功人，所作有《双溪乐府》《双溪乐府》有明刊本，传抄本二卷。他是对山的外甥，作风却不似对山。像《四时行乐》《满庭芳》："虚窗易醒，秋霖初霁，纤月才明，凭谁唤起登楼兴？景物关情！滴苍苔梧桐露冷，透疏帘杨柳风轻，兀自把危阑凭。对烟霞万顷，谁知有少微星。"还只办得一个"稳"字，并未脱去"陈套"。何瑭字柏斋，有《柏斋何先生乐府》一卷。史沐、张伯纯、康沣川诸人所作，则皆见《北宫词纪》中。康沣川疑即刻《沜东乐府》的对山之弟浩。

陈铎的散曲集有《梨云寄傲》《秋碧乐府》《梨云寄傲》及《秋碧乐府》有传抄本，有金陵卢氏新刊本及《滑稽余音》等。他的散曲，最得时人称誉。王世贞独短之，以为："陈大声金陵将家子，所为散套，既多蹈袭，亦浅才情。然字句流丽，可入弦索。"像"忆吹箫玉人何处也？立尽梧桐月"《清江引》之类，诚未免流于"蹈袭"。但这乃是明人的通病，并不仅大声一人为然。大声自有其最新警，最漂亮的作品在着。他不独善状物态，更长于刻画闺情。像"更初静，月渐低，绣房中老夫人方睡。我敢连走到三四回，嘱多情犬儿休吠"《落梅风·风情》，"赤紧的做几场糊突梦，猜也难猜！花落花开，有日归来。务教他谎话儿折辨真实，弃钱儿消缴明白"《蟾宫·闺情》，"当时信口说别离，临行话儿牢记。他道一句不挪移，那曾有半句儿真实！把些神前咒，做下小儿戏"《双调夜行船》套，都是最深刻，最畅达的情词。但也有表现着很愤懑的情绪的，像"与知音坐久盘桓，怪舞狂歌尽此欢，天下事吾侪不管！"《沉醉东风·冬夜》

常伦字明卿，沁水人，正德间进士，官大理评事。他多力善射，好酒使气。用考调判陈州。又以庭詈御史，以法罢归。益纵酒自放。居恒从歌伎酒间变新声，悲壮艳丽，称其为人。尝省墓，饮大醉，衣红，腰双刀，驰马绝尘。前渡水马，顾见水中影，惊蹶。堕水，刃出于腹，溃肠死。年仅三十四 1491—1524。有《常评事写情集》《常评事写情集》附嘉靖刊本《常评事集》后。他是那样的一位疏狂的人，故他的作风也显着异常的奔放与豪迈。像《天净沙》：

第十四讲 散 曲

> 知音就是知心，何拘朝市山林，
> 去住一身谁禁，杖藜一任，相思便去相寻。

那样的潇洒，便是他的特色。就是恋情的歌咏，他也是那末样的粗率直爽，像"好坚著一寸心，相应着一片口。传示他卓文君，慢把车儿骤，请袖彼相如弄琴手"《粉蝶儿》套，又像"平生好肥马轻裘，老也疏狂，死也风流，不离金尊，常携红袖"《折桂令》。他是那末大胆的绝叫着刹那的享乐主义！

王磐字鸿渐，高邮州人。生富室，独厌绮丽之习。雅好古文辞。家于城西，有楼三楹，日与名流谈咏其间，因号西楼。他恶诸生之拘挛，弃之。纵情山水诗画间。每风月佳胜，则丝竹觞咏，彻夜忘倦。有《西楼乐府》《西楼乐府》有嘉靖间张守中刊本，《散曲丛刊》本。同时有王田者字舜耕，济南人，亦号西楼。明人如王世贞、陈所闻已常把他们二人混为一谈。但鸿渐不作南曲，以此可别于舜耕。鸿渐的散曲，殆为明人所作中之最富于诙谐的风趣者。以马致远《借马》、王元鼎较之，似也未必有他那末脱口成趣。王伯良绝口称之，以为"于北词得一人，曰高邮王西楼，俊艳工炼，字字精琢"。正德间，阉寺当权，往来河下者无虚日，每到，便吹号头，齐丁夫。西楼尝作《朝天子》《咏喇叭》嘲之："喇叭，锁哪，曲儿小，腔儿大，官船来往乱如麻，全仗你抬声价。军听了军愁，民听了民怕。"他又爱作《失鸡》《嘲转五方》《瓶杏为鼠所啮》一类的曲子，而《失鸡》的《满庭芳》，尤传诵一时：

> 平生淡薄，鸡儿不见，童子休焦。
> 家家都有闲锅灶，任意烹炮。
> 煮汤的贴他三枚火烧，穿炒的助他一把胡椒，到省了我开东道。
> 免终朝报晓，直睡到日头高。

江盈科评他所作，谓"材料取诸眼前，句调得诸口头。其视匠心学古，艰难苦涩者，真不啻唉哀家梨也"《雪涛诗话》。西楼的长处便在于此。

他若不经意以出之，却实是警健工炼的。

唐寅以南曲著称于时，但写北曲也饶有风趣。寅_{唐寅见《明史》卷二百八十六}字伯虎，一字子畏，号六如居士，吴县人。尝中解元，以疏狂，时漏言语，因此罣误，竟被除籍。益自放_{1470—1523}。所作多怨音。有私印曰"江南第一才子"；又曰"普救寺婚姻案主者"。世人以所盛传的"三笑姻缘"，殆实有其事。他作《叹四词》四阕调寄《对玉环带清江引》，见于《尧山堂外纪》_{卷九十一}："清闲两字钱难买，苦把身拘碍！人生过百年，便是超三界，此外更别无计策"；"富贵不坚牢，达人须自晓。兰蕙蓬蒿，算来都是草，鸾凤鸥枭，算来都是鸟。北邙路儿人怎逃！及早寻欢乐。痛饮千万觞，大唱三千套，无常到来犹恨少"；"算来不如闲打哄，枉自把机关弄。跳出面糊盆，打破酸齑瓮，谁是惺惺谁懵懂！"这样的情调，都是由愤懑的内心里喷吐而出的。

杨慎的父亲杨廷和_{杨廷和见《明史》卷一百九十}，字介夫，新都人，成化进士。武宗时为太子太师，华盖殿大学士。嘉靖初，以议大礼，削职归。卒年七十一_{1459—1529}。所作散曲集，有《乐府遗音》《乐府遗音》有明刊本，混杂于《升庵十五种》内，故论者每误为升庵作。其情调大类张云庄的《休居乐府》。但也很有潇爽之作，像《三月十三日竹亭雨过》《天净沙》：

风阑不放天晴，雨余还见云生。
刚喜疏花弄影，鸟声相应，偶然便有诗成。

以"名公巨卿"而写作散曲者，"北调如李空同、王浚川、林粹夫、韩苑洛、何太华、许少华，俱有乐府，而未之尽见。"_{王世贞语}《尧山堂外纪》卷八十三曾载王越之作。越字世昌，浚人。官都御史，以功封威宁伯。他所作皆"粗豪震荡如其人"。像《朝天子》："万古千秋，一场闲话，说英雄都是假！你就笑我剌麻，你休说我哈沓，我做个没用的神仙罢。"林粹夫名廷玉，号南涧，侯官人。韩邦奇字汝节，号苑洛，朝邑人。他们所作，并见《尧山堂外纪》卷九十。粹夫醉中戏作《清江引》云："胜水名山和我好，每日家相顽笑。人情下苑花，世事襄阳炮，霎时间虚飘飘都过了。"韩苑洛弟邦靖，字汝庆，为山西参政。亦能作曲。养病回，书一《山坡羊》于驿壁道："青山绿水，且让我闲游玩；明月清风，你要忙时我要闲。严陵，你会钓鱼，谁不会把竿？陈抟，你会睡时，谁不会眠？"他们的情调，大抵都是如此"故作恬淡"的。苑洛尝作邦靖行状，末云："恨无才如司马子长、关汉卿者以传其行。"以汉卿比肩子长，苑洛的醉心剧曲，可谓笃至！

三

元时有"南北合套"，但南曲则绝未见到一篇。《雍熙乐府》《盛世新声》及《词林摘艳》所载南曲，不知中有元人作否？陈所闻《南宫词纪》卷六载有《浪淘沙·道情》："绿竹间青松，翠影重重，仙家楼阁白云中。"题"元人"作，不知何据。南曲的最早的一位作家，当为高则诚。则诚，永嘉平阳人，为有名的《琵琶记》的作者。他的南曲有《商调二郎神·秋怀》"人别后，正七夕穿针在画楼，暮雨过纱窗，凉已透"一套，见于《南宫词纪》，并不怎样的重要，似还远不及《琵琶》的《赏月》诸出呢。以写作《娇红记》著名的刘东生，也写着南曲《秋怀》《双调步步娇》："簟展湘纹新凉透，睡起红绡皱，无言独倚楼。一带寒江，几树疏柳，牵惹别离愁，天回苍山瘦。"颇饶富丽的铺叙与陈述。东生的南曲，恐怕仅存有这一套了见《南宫词纪》卷三。杨维桢也写作南曲，今传《夜行船·吊古》："霸业艰危，叹吴王端为苎萝西子倾城处"一套。明人选本像《吴歈萃雅》等皆题杨升庵作，但《南九宫词》及王伯良则皆以为铁崖作。

杨、高、刘而后，南曲的大家，又得算到朱有燉。他的《诚斋乐府》里也有南曲。最有名者为《双调柳摇金》，凡四篇，设为《诫风情》《风情答》及再诫、再答："风情休话，风流莫夸，打鼓弄琵琶，意薄似风中絮，情空如眼内花，都是些虚脾烟月，担阁了好生涯。想汤瓶是纸，如何煮茶！"但"诫"虽是教训诗，"答"却充溢着肉的追求的赞颂的。

三、嘉隆后的散曲作家们

受昆山腔影响后的散曲——梁辰鱼——李开先——刘效祖——冯惟敏——王稚登与《吴骚集》——凌濛初——沈璟及诸沈氏词人——民间歌曲

一

从嘉靖到崇祯是南曲的时代。散曲到了嘉靖，已入发展、转变的饱和期，呈现着凝固的状态。南曲过分发达的结果，大部分的作家都追逐于绮靡的昆山腔之后而不能自拔。北曲的作家，几至绝无仅有。在风格与情调上，他们是那样的相同：一部《吴骚》，我们读之，很难分别得出某一篇是何人所作的。因此，在这畸形的发达的极峰，即到了万历中叶的时候，作者们便不期然而然的发生自觉的感情的枯竭。一部分的人便想从北曲里汲取些新的题材与内容来；别部分的人便又想从民间歌谣里，得到些什么惊人的景色与情调。第一部分的许多"曲海青冰"一类的"以南翻北"之篇什，当然只是无聊的而且无灵魂的玩意儿；第二部分的《挂枝儿》《黄莺儿》《罗江怨》一类的民歌之拟作与改作，比较的可以使人注意，却总之，也究竟显露出作者们自身的不景气，即情思的消歇来。所以，在这一个南曲的时代，即从嘉靖到崇祯的一百二十余年间，我们看见的是清歌妙舞的悠闲的生活，我们看见的是奇巧的追逐于种种的肉感的刺激之后；我们看见的是红灯、绿裳、宴会，登临的情景。而我们所听到的也只是满足的嬉笑；别离与失望的幽诉；因过度闲暇所生的无可奈何的叹息。至多，只是些清丽的隽妙的作品；只是些拟仿民歌而成功的篇什；只是些绮腻柔滑若锦缎的文章。却缺少了弘伟的有风骨的歌什。在弘、正之时，还有陈铎、常伦、康海的粗豪的歌声，而这时却只有吴娃低唱似的绵绵不绝的情语了。白石以至草窗、梦窗时代的宋词，有些和这时代的明曲相似。惟彼时作者们的情绪尚十分的复杂，而这时却千弦只是一声，千语只是一意，左右离不开男女的恋情。

而他们的歌声又往往是那样的凡庸与陈旧!

这南曲绝叫时代的作家们也是以南方为中心的。昆山、苏州、南京、杭州与绍兴,当时作家们是十之九集中于那些地方的。他们往往也采用北歌与楚歌,却是那末宛转曲折的将她们变为吴歌。

这短短的一百二十余年,又可分为三个不同的时期。第一个时期是梁辰鱼的时代;这是昆曲的始盛,不伏"王化"者尚大有人在。第二个时期是沈璟的时期;这是南曲格律最严肃,而诗思最消歇的时代。第三个时期,比较的最可乐观,真实的诗人们确乎出现了不少;我们找不出一个足以代表他们的更大的作者来,他们都是那样的足以独立,是那样的各有风格;勉强举出几个来,或可以说是:王骥德、冯梦龙、沈自晋和施绍莘的时代罢。

明万历金陵刊《琵琶记》

正如唐诗在唐末、五代并不堕落而反开辟了另一条大道的情形相同,明代散曲在那个"世纪末"的丧乱时代,也只有更显得灿烂,而并不走上堕落的途程。

二

梁辰鱼 梁辰鱼见《列朝诗集》丁集卷八是昆山腔的一位最重要的提倡者。如果只有魏良辅而没有伯龙的出现,昆山腔也许不会有那末远大的前途的。伯龙的《江东白苎》,正像他的《浣纱记》之对于当时剧坛的影响一样,在"清曲"坛上是具有极巨伟的权威的。《江东白苎》连续篇《江东白苎》有明刊本，暖红室刊本，武进董氏刊本，凡四卷；在这四卷中，无论是套数或小令，都已成了后人追摹的目标。他的咏物抒情是那末样的典雅与细腻，直类最精密的刻工，在雕斫他们的核舟或玉器。也因为过于刻画得细致，过于求雅求工，便不免丧失些流动的自然的风趣。像《白练序》套的《暮秋闺怨》的二曲：

〔醉太平〕罗袖琵琶半掩，是当年夜泊月冷江州。虚窗别馆，难消受暮云时候。娇羞，腰围宽褪不宜秋。访清镜，为谁憔瘦？海盟山咒，都随一江逝水东流。

〔白练序〕凝眸古渡头，云帆暮收。牵情处错认几人归舟。悠悠，事已休。总欲致音书，何处投？空追究，光阴似昔，故人非旧！

句句似都是曾经见过的；他是那样的熔铸古语来拼合起来的。其咏物之作，像《咏蛱蝶》的《梁州序》套：

〔梁州序〕郊原风暖，园林春霁，日午香薰兰蕙。翩翩绿草，寻芳竞拂罗衣。只见秋千初试，纨扇新开，惊得双飞起。为怜春色也，任风吹，飞过东家，知为谁！（合）花底约，休折对！奈悠扬春梦浑无际。关塞路，总迢递！（以下数曲略）

也并不能算是精工，只是善于衬托。处处是模糊影响的话，令人似明似昧，把握不到什么。总之，是乱堆典故和迷惘的情意而已。而在这寥寥的四卷里又多"拟作""改作"。像《杂咏效沈青门唾窗绒体》，多至十首；像《初夏题情》，为"改定陈大声原作"；《懒画眉》套又为改定沈青门作；可见其情思的不充沛。又多"代"人而写的作品；其出于自己真性情的流露者盖亦仅矣！一位创派的大师，已是如此的才短情浅，成就甚为薄弱，后继之者，自不易更有什么极伟大的表现了。

李开先 1501—1568 刻元人乔梦符、张小山小令，自称藏曲最富，有

第十四讲 散 曲

"词山曲海"之目。然所作却并不怎样重要。王世贞谓:"伯华以百阕《傍妆台》为德涵所赏。今其辞尚存,不足道也。"《傍妆台》《南曲次韵》附崇祯张宗孟编《王渼陂全集》后,原刊本未见并有王九思的次韵,皆只是一味的牢骚,像"不拘拘从人唤做老狂夫:笑将四海为杯勺,五岳作茅庐。消磨日月诗千首,啸傲烟霞酒一壶。无穷事,多病躯,得支吾处且支吾"。已成滥调,徒拾唾余,确不足重。他别有曲集,惜未见。《傍妆台》外,《南宫词纪》卷五有他的《咏月》《咏雪》的"黄莺儿"二篇,也很平庸。

刘效祖刘效祖见《列朝诗集》丁集卷二字仲修,滨州人,嘉靖庚戌进士,除卫辉推官。历户部员外郎,出为陕西副使。有《短柱效颦》《莲步新声》《混俗陶情》《空中语》等集。朱彝尊谓:"副使负经世略,坐计吏罢官。晚寄情词曲。所填小令,可入元人之室。"然所作流传甚罕。其《拜年》"尧民歌":"一个说,现成热酒饮三杯,一个说,看经吃素刚初一",写市井风俗,浅率而真切。像《沉醉东风》:

门巷外旋栽杨柳,池塘中新浴沙鸥。半湾水绕村,几朵云生岫,爱村居景致风流。啜卢仝茗一瓯,醉翁意何须在酒。

也是造语坦率不加浓饰的刘效祖《词脔》有清刊本。

冯惟敏最为王世贞所称许。他道:"近时冯通判惟敏独为杰出,其板眼,务头,撺抢紧缓,无不曲尽,而才气亦足以发之。止用本色过多,北音太繁,为白璧微颣耳。"其所谓"本色过多",却便是惟敏的高出处。他的《劝色目人变俗》《剪发嘲罗山甫》《清明南郊戏友人作》等套数,其诙谐放肆,无稍顾忌,正类钟嗣成的《丑斋自述》,盖嬉笑怒骂,无不成文章。其小令也自具一种豪爽萧疏之致,像《朝天子》的《喜客相访》:

掩柴门不开,有高贤到来,又破了山人戒。斯文一气便忘怀,笑傲烟霞外。雅意相投,诚心款待,酒瓶干还去买。你也休揣歪,俺也休小哉,终有个朋情在。

他的曲集有《击筑余音》和《海浮山堂词稿》，皆附文集后《海浮山堂词稿》有明刊本，《散曲丛刊》本。其南曲小令，虽多情语，而亦不是粉白黛绿的姿态，像《盹妓》：

〔锁南枝〕打趣的客不起席，上眼皮欺负下眼皮。强打精神扎挣不的，怀抱着琵琶打了个前拾，唱了一曲如同睡语，那里有不散的筵席。半夜三更，路儿又跷蹊，东倒西歪，顾不的行李。昏昏沉沉，来到家中，睡里梦里，陪了个相识。睡到了天明，才认的是你。

嘲笑之作，刻画至此，自不是梁辰鱼辈浮泛之作所能做到的。

三

王稚登、张琦二人在万历甲寅四十二年，公元1614年所编的《吴骚集》，未录沈宁庵所作只字片语；后三年，张琦、王辉复编《吴骚二集》，宁庵之作，入选者也仅《惜春》的《集贤宾》"枝头幽鸟"等二曲。可见当时的词人们和苏州沈氏，原是很隔膜的，其作风也不甚同。宁庵重本色，而百縠诸人则仍保守着梁辰鱼《江东白苎》所留下的传统的典雅的特质。盖道不同不相为谋也《吴骚二集》惜未见。《吴骚集》的作者们，除已见于前的诸家外，复有李复初、陆包山、王雅宜、许然明、梅禹金、王百縠、张琦及二西山人等。《吴骚二集》复有范夫人、吴载伯、钱鹤滩、凌初成、杜圻山、清河渔父、蒋琼琼、谢双、张少谷、沈宁庵、渔长、陈海樵、吴无咎、周幼海、张孺彝、景翩翩、宛瑜子、张伯瑜、揭季通等。惜余所见《吴骚二集》缺其后半，故自谢双以下，其词无从得见。凌初成在此已崭然露头角。王辉、张琦皆武林人，故所选也独详浙人。这些人大都皆未受沈璟的影响者；他的影响，要到了天启、崇祯间方始大著。

李复初未详其里居。《吴骚》录其《渔父》："恨只恨难逢易别"一阕，是很露骨的情词。陆包山名治，他所作，《吴骚》及《二集》各录一阕；像《画眉序犯二郎神》："烟暖杏花明，芳草东风燕子轻，罗袖上伤春数点啼痕"，是如何的逼肖《江东白苎》的作风。王雅宜名宠_{王宠见《列朝诗集》丙集卷十}，直隶苏州人_{1494—1533}。《吴骚》两集，录其曲独多。像《香遍满》："一春长病，香肌近来偏瘦生。帘外莺啼春又尽，薄情何处行"，《傍妆台》："无睡数流萤，乳鸦啼散玉屏空。舞衫清露凉金缕，层楼十二与谁同"，《步步娇》套："睡起娇无力，穷愁莫可当。听玎玲风韵帘钩响，清溜溜竹夹茶烟漾，碎纷纷日映晴丝荡；混搅碎离人情况；总有良工，画不出相思模样"《江儿水》，在典雅派的作家中，他的许多曲，确可算得是很鲜妍很新警的，故选家是那末的喜爱她们。

许然明也未知其里居，今见《步步娇》"帘卷西风重门掩"一套，无甚可观。梅禹金以作错彩镂金的《玉合》著；他的散曲自也不会离开典雅派的门户的。但像"傍人计，随他舌剑唇枪利，怎忍得耳畔心头生是非"，《山坡羊》套内《好姐姐》究竟和《玉合》之无句不俪、无语不典者有别。大约散曲的作用，多半供用于妓院、歌宴之间，其辞句总不能十二分的太费解的。

王稚登_{王稚登见《列朝诗集》丁集卷八}列名于《吴骚集》的编者们，而自作也登入不少。实际上此集本或系张琦所编而借重其名的罢。他所作也是典雅派的正统弟子的面目_{1535—1612}。像《醉扶归》："相思欲见浑难见，果然是别时容易见时难"，《步步娇》套："自别，逢时遇节，冷淡了风花雪月，奈愁肠万结"，《月云高》："别情无限，新愁怎消遣！没奈何分恩爱，忍教人轻拆散"等等，都是实际上的歌宴上的应用曲子罢。张琦，武林人；所作仅见《八不就》一套："海棠开，燕子初来。都只为一点春心，番成做两下两下愁怀"，并没有什么新鲜的情调。二酉山人不知其名_{或作冯二酉}，其曲像《斗宝蟾》："两字鸳鸯惹心头，梦里多少牵缠"，《普天乐》："对西风愁清夜，灯儿影半壁明灭"，也都是典雅派的作风。

凌初成_{名濛初，吴兴人}，编《南音三籁》，将南词分为三等而品第之，又崇尚本色，弃去浮辞，都是显然的受有沈璟的《南词韵选》的影响的。其《夜窗对话》的《新水令》南北合套，曲写情怀，颇非浮泛之作。张琦谓："余于白下，始识初成，见其眉宇恬快，自负情多。复出著辑种种，颇有谑浪人寰，吞吐一世之概。"《二集》像"你为我把巧机关脱着身，你为我把亲骨肉拚的离"云云，确有他所崇尚的《挂枝儿》《山坡羊》等民曲的风趣。

四

沈璟开创了另一派的作风：他反对陈腐，他要抛却貌为绮丽而中实无所有的陈调；他推崇本色，要以真诚的面目与读者相见，而不想用浓妆巧扮的人工来掩饰凡庸。然而他是失败的。典雅派的势力实在太大了。连他自己也不期然而然的卷入他们的狂涛之中。凌初成也在狂叫着"本色"，然而他也同样的失败了。原因是：剧曲的本色，尚易为世人所了解，所以沈氏于此还得到若干的成功；而于散曲求本色，则实在太难了。能达到民歌中的《挂枝儿》《银纽丝》的程度，已是不易；沈璟的能力实在够不上追摹民歌而《挂枝儿》《银纽丝》却正是典雅派之欲以万钧之力排斥之于曲坛之外的东西。沈氏既没有赵南星、冯梦龙那末大胆，他便只好停止在中途了。"画虎不成反类犬"，他的散曲便成了十分浅凡的东西。然而沈氏多才，宁庵辟地于此，一大串的沈氏词人们便都也随之而定居于此，其成就尽有高过宁庵若干倍以上者。

宁庵的散曲集，有《情痴寱语》，《词隐新词》，及《曲海青冰》。《青冰》全是翻北为南之作，吃力不讨好，和李日华翻《西厢》同样的失败。其自作之曲，情词最多，亦间有很蒨秀者，像《偎情》《四时花》套："当初戏语说别离，道伊口是心非。谁料浓欢犹未几，恁下得霎时抛弃！千央万浼，但只愿休忘前誓。我虽瘦矣，再拚得为伊憔悴。"《集贤宾》

宁庵的仲弟瓒，字子勺，号定庵，从弟珂，字祥止，号巢逸，也皆能作曲。子勺的曲子，见于《太霞新奏》者不少。他亦喜翻北词，足见其情思的枯涩。巢逸词仅见《南词新谱》，倒颇有些本色的倾向。

宁庵诸从子，天才皆远出他之上，所成就也更高。像自晋、自徵、自继，都是很高明的词人。自继字君善，别号碍影生；自徵字君庸；自晋字伯明，一字长康，号西来，别号鞠通生。自晋、自徵，于剧曲造诣甚深。香月居主人云："词隐先生为词家开山祖。伯明其犹子。其诸弟则平、君善、君庸，俱以词擅场，信王、谢家无子弟也。"而伯明尤为

第十四讲　散　曲

白眉。他编《南词新谱》，保存了不少明末的文献。他的散曲，有《赌墅余音》《黍离续奏》《越溪吟》《不殊堂近稿》等。今见传者仅《黍离续奏》《不殊堂近稿》及《越溪新咏》三集 《黍离续奏》等有沈氏铅印本。《续奏》为甲申以后作，《新咏》为丁亥以后作，皆他晚年之作也。而他的作风也以晚年所作为最苍老凄凉，豪劲有力；若庖丁之解牛，迎刃而解，不求工而自工。在曲子里，像这样的感乱伤离的情调，最为罕有。像《再乱出城暮奔石里问渡》：

〔渔家傲〕昨日个斗雪梅花遍野芳。恰才的酒泛瑶樽，歌翻艳腔，夜月暗香幽栖径。蓦逢尘扬，疾忙走身脱危城，又惊喧烽起战场，怎知他燕雀嬉游叹处堂！〔别银灯〕回头看，凤鹤尽影响。泥踏步，任把脚踪儿安放，急打点带着一家忙趋向。急窜逃，再免一番儿摧丧。昏黄，花月尽惨，草莽处潜迹，只索在路旁。（下略）

而甲申三月作的《字字啼春色》套 见《新谱》尤为悲愤之极：

〔啭调泣榴红〕雄都万年金与汤，更何难未雨苞桑。奈养军千日都抛向，说甚输攻墨守无伤。……〔双梧秋夜雨〕酬恩事已荒，报国身何往！死矣襄城，血溅还争葬。（下略）

充分的表现当时士大夫身丁家难的态度。君庸、君善的所作，皆见《南词新谱》及《太霞新奏》。他们的作风，都是以隽语来保存了"本色"的；所作虽不多，而都是上乘的篇什，像君善的《自题祝发小像》："慢延俄，有口浑如锁。猛端相，曾经认哥。两头蛇，撮空因果，三脚驴，撒谜禅，那穷窑几阵风吹堕。缠腿帐派谁担荷，看掂播，依然晕涡。休待要瞒人，打破沙锅。"《太师引》那样泼辣辣的以真正的口语自抒所怀，是同时所罕见的。则平未知其名，词多见《太霞新奏》。

第三代的沈氏子弟，会作曲的也不少。如自晋子永隆 字治佐，君善子永启 字方思，号旋轮，词隐孙绣裳 字长文，一字素先，词隐侄孙永馨 字建芳，别号篆水，又从孙宪字禄天，号西豹，自晋侄永瑞字云裹，又同辈永令字一指，一字文人。第四代的自晋侄孙辛楸号龙媒，世楸字旗美，号初授，也都善于作曲皆见《南词新谱》。又有沈昌号圣勷，沈非病有《流楚集》，当也都是他们的一派；而其本邑同宗沈君谟号苏门，作传奇《丹晶坠》等，散曲集名《青楼怨》及沈雄号偶僧，作《古今词话》也都是作曲的能手。

不仅子弟为然，即词隐季女静专字曼君，著《适适草》，巢逸孙女蕙端字幽芳，适顾来屏，也都是很不坏的女流曲家。而蕙端婿顾来屏，作《耕烟集》，隽什也不少。来屏还作传奇几种。他本为卜大荒甥，故于曲学也颇有渊源。

但可怪的是，沈家诸子弟，对于词隐的调律，个个人都不敢违背；然对于他的崇尚"本色"的作风，却没有一个能够彻底服从的。典雅派的力量压迫得他们不得不向着更雄伟的一个呼声："守词隐先生之矩矱，而运以清远道人之才情"走去。故词隐的影响只是曲律一方面，其作风的跟从者却很少，特别在散曲上。

吴江人善作曲而见收于《新谱》者有高鸿字云公，号玄斋，尤本钦号伯谐，著《琼花馆传奇》，顾伯起字元喜，大典侄孙，吴亨字士还，梅正妍号暎蟾等。松江近于苏州，受其影响是当然的；故当时松江曲家也甚多。见收于《南词新谱》者有张次璧名积润，宋子建名存标，别号蒹葭秋士，宋尚木名徵璧，别号歌浦村农，宋辕文名徵舆，别号佩月主人，陈大樽即子龙，字卧子等。大樽散曲最罕见，《新谱》所载《咏柳》套的《琥珀猫儿坠》一曲：

奈成轻薄，又逐晓云回，尽日空濛吹絮未？一江摇曳化萍飞。相疑：尚是春深，暗惊秋意。

也还是不坏的典雅派之作品。

卜大荒之作，见于《太霞新奏》者不少。大荒和吕天成二人殆是最信从词隐之说的。香月居主人云："大荒奉词隐先生衣钵甚谨，往往绌词就律，故琢句每多生涩之病。"为了翻北为南的风气开于词隐，故大荒也多此类公开的剽窃之作，较他所创作的更不足道。

第十四讲　散　曲

五

　　民间歌曲，在明代生产了不少；也像今日的小唱本似的，坊肆间常常有单本出售。这些唱本，今日所见，最古者为成化间金台鲁氏所刊的《四季五更驻云飞》《题西厢记咏十二月赛驻云飞》《太平时赛赛驻云飞》及《新编寡妇烈女诗曲》《四季五更驻云飞》等四种有成化刊本（北京图书馆藏）等，几全以小令为主体。《盛世新声》《雍熙乐府》诸书，无名氏所作令套，其中也多来自民间的东西。惟自中叶以后，民曲流行更多，而搜集之者却反少见。不知埋没了多少绝妙好辞！惟坊肆中所刊戏曲选本，间也附有流行歌曲若干首，当都是当时市井里传唱最盛的。词人们也有拟仿此类歌曲的作风者。在这些坊刊剧选里，所选载的民间歌曲，种类并不怎么多；大都是聚集同调的曲子若干首以成一"选"的，正和《驻云飞》的单刊本情形相同。这可见民间的唱调，虽带地方性与时代性，却最趋向于单一化。民间唱熟了那些调子，便老是爱唱他们，并不乐有新曲。在其中，有所谓《劈破玉歌》的，有所谓《罗江怨》的，还有所谓《耍孩儿歌》《急催玉》《闹五更》《哭皇天》等等，在万历左右都最为风行。沈德符说："嘉、隆间乃兴《闹五更》《寄生草》《罗江怨》《哭皇天》……之属，不过写淫媟情态，略具抑扬而已。"此外更流行着《黄莺儿》《挂枝儿》等等的小曲。这些小曲调，为了未曾招得文人雅士们的青睐，至多只是被民众们随口而出的歌唱着，或为妓女们采用来娱俗客，故尚能保持着她们的新妍与活气，反要比较梁伯龙、沈伯英、张伯起、王百榖他们的令套，更为美好自然。凌濛初说："今之时行曲，求一语如唱本《山坡羊》《刮地风》《打枣竿》《吴歌》等中一妙句，所必无也。"是当时的人已把"民曲"估计得比文人曲更高的了。

　　今所见的《劈破玉歌》《时尚古人劈破玉歌》见于明万历版《玉谷调簧》。又《劈破玉歌》，见万历版《词林一枝》，以咏唱诸传奇的故事为大宗，大略颇像明初流行的咏《西厢记》故事的百首《小桃红》。始举一例：

>　　《荆钗记》王十朋一去求科举，占鳌头，中状元，写寄书回。孙汝权换写书中意，继母贪财宝，姑娘强作媒。逼得我

明刊《屠赤水批评荆钗记》插图

投江,逼得我投江。乖,绣鞋儿留与你。

——《玉谷调簧》

但也有很好的情歌值得我们的赞许的,像下面见于《词林一枝》的一首:

为冤家泪珠儿落了千千万,穿一串寄与我的心肝。穿他恰是纷纷乱。哭也由他哭,穿时穿不成。泪眼儿枯干,泪眼儿枯干。乖!你心下还不忖!(又一句)

——《哭》

《罗江怨》《楚歌罗江怨》见于明万历版的《词林一枝》被加上"楚歌"的一个形容词,大约是始创于楚地的罢。其中大抵皆为情歌,皆为女儿们诉说相思的调子,当是很流行于妓院里的:

第十四讲　散　曲

纱窗外，月儿圆，洗手焚香祷告天。对天发下红誓愿，红誓愿：一不为自己身单，二不为少吃无穿，三来不为家不办；为只为好人心肝，阻隔在万水千山，千山万水，难得难得见！望苍天早赐顺风，把冤家吹到跟前，那时方显神明神明现。

《急催玉》《时尚急催玉》见于明万历版的《词林一枝》今所知的，也都是圆莹得像雨后新荷叶上的水点似的情歌；差不多没有一首不是鲜鲜妍妍的，像在新荷的绿叶的绝细茸毛上打着滚的：

青山在，绿水在，冤家不在；风常来，雨常来，情书不来；灾不害，病不害，相思常害。春去愁不去，花开闷未开！倚定着门儿，手托着腮儿，我想我的人儿。泪珠儿汪汪滴，满了东洋海，满了东洋海！

吴歌在南方最流行；最早的见于选本的，也许便是《浮白山人杂著》所辑的那一集罢。《浣纱记》《玉簪记》中都有吴歌。后来，《万锦清音》也照抄上去。那些歌，几乎没有一首不是最真挚的情词。在《浮白杂著》里也载有《嘲妓》的《黄莺儿》数十首。

参考书目

一、《太平乐府》十卷　元杨朝英编，有元刊本，明初写本（西谛藏），《四部丛刊》本，武进陶氏印本。

二、《阳春白雪》十卷　元杨朝英编，有元刊本，南陵徐氏印本，《散曲丛刊》本。

三、残元本《阳春白雪》　元杨朝英编，有元刊本，南京国学图书馆藏。

四、《乐府新声》　元无名氏编，有元刊本，铁琴铜剑楼藏；有传抄本。

五、《乐府群玉》　元无名氏编，有天一阁旧抄本，《散曲丛刊》本。

六、《盛世新声》　明无名氏编，有正德间刊本，北京图书馆藏；有万历间翻刻本，故宫博物院藏。

七、《词林摘艳》　明张禄编，有嘉靖间刊本，徽藩翻刻本，均藏长洲吴氏；

有万历间翻刻本，故宫博物院藏。

八、《雍熙乐府》 明郭勋编，有嘉靖间刊本，西谛藏，北京图书馆藏。又海西广氏辑的一部，仅十三卷（郭本为二十卷），有明刊本，北京图书馆藏；《四库全书》所收者即为十三卷本。

九、《北宫词纪》 明陈所闻编，有明刊本，西谛藏有初印无缺页本。

十、《彩笔情辞》 明张栩编，有万历间刊本，北京图书馆藏，又西谛藏。此书后被坊贾改为《青楼韵语广集》，题方悟编，任中敏藏。

十一、《南北词广韵选》 明无名氏编，有抄本，北京图书馆藏。

十二、《录鬼簿》 元钟嗣成编，有《楝亭十二种》本，暖红室刻本，《曲苑》本，《王忠悫公遗书》本，天一阁旧藏蓝格抄本，后附贾仲名《续录鬼簿》。

十三、《太和正音谱》 明朱权编，有洪武间刊本，《涵芬楼秘笈》本，《啸余谱》本，改名《北雅》的明刊本。清初的《钦定曲谱》，北曲谱一部分，即全收此书。

十四、《北词广正谱》 清李玉编，有原刊本。

十五、《中原音韵》 元周德清编，有明刊本数种，《重订曲苑》本。

十六、《新编南九宫词》 明三径草堂编，有隆、万间原刊本，长乐郑氏影印本。

十七、《北宫词纪》六卷、《南宫词纪》六卷 明陈所闻编，有万历间原刊本。

十八、《吴骚集》四卷 明王稚登选，有万历间刊本（清华图书馆藏）。

十九、《南词韵选》十九卷 明沈璟选，有万历间刊本（长洲吴氏藏）。

二十、《乐府群珠》四卷 明无名氏编，有传抄本（北京图书馆藏）。

二十一、《北曲拾遗》 明无名氏编，天一阁抄本（海宁赵氏藏）。

二十二、《吴歈萃雅》 明周之标编，万历间刊本（西谛藏）。

二十三、《吴骚合编》四卷 明张楚叔编，崇祯间刊本（西谛藏）。明人南北曲选本极多，始举较著者若干种。

二十四、《续录鬼簿》 明贾仲明著，有天一阁抄本（鄞县孙氏藏）。

二十五、《曲品》 明吕天成编，有暖红室刊本，《重订曲苑》本。

二十六、《艺苑卮言》 明王世贞著，有明刊本（见于《历代诗话》中者非全本）。其论曲之语，《续欣赏编》曾别录出，名之为《曲藻》。

二十七、《顾曲杂言》 明沈德符，有《学海类编》本，《重订曲苑》本；盖亦系从沈氏《万历野获编》中录出别行者。

二十八、《尧山堂外纪》一百卷 明蒋仲舒编，有万历间刊本。

二十九、《散曲丛刊》 任讷编，中华书局出版。

三十、《吴骚二集》四卷 明张琦、王辉编，有明万历刊本。

三十一、《南音三籁》四卷　明凌濛初编，有明刊本。又袁氏增补本，多清初补板。

三十二、《词林逸响》四卷　明许宇编，有明刊本。

三十三、《太霞新奏》十四卷　明香月居主人编，有明刊本，石印本。

三十四、《怡春锦》六卷　明冲和居士编，有明末刊本。又《缠头百练二集》，即此书续编。

三十五、《南词新谱》十九卷　明沈自晋编，有清初刊本。

三十六、《情籁》四卷　明骑蝶轩秘选，有明刊本。

三十七、《曲律》　明王骥德编，有明刊本，《重订曲苑》本。

三十八、《金陵琐事》　明周晖著，有万历间刊本，同治间刊本。

三十九、《浮白山人杂著》　不知共有若干种。有明刊本；今所见者，不出十种。浮白山人疑即冯梦龙。

四十、《读曲丛刊》　董康编，有刊本。

第十五讲　昆　腔

昆腔起来以前的南戏——昆腔的起来——昆腔的创作者魏良辅——梁辰鱼与其《浣纱记》——郑若庸与张凤翼——李开先、王世贞等——屠隆与汪廷讷——梅鼎祚——郑之珍的《目连救母戏文》

一

昆腔的起来，是南戏革新的一个大机运。在昆腔未产生之前，南戏只是像野生的蔓草似的，无规律的发展着。正德以前的南戏作家们，以无名氏为多，盖大都出于乡镇文士们的创作，教坊优伶的传习，词多鄙近，曲皆浅显明白如说话，妇孺皆听得懂。徐渭《南词叙录》谓："永嘉杂剧兴，则又即村坊小曲而为之，本无宫调，亦罕节奏，徒取其畸农布女顺口可歌而已。谚所谓随心令者即其技欤？"故南戏，明人往往谓之乱弹。盖以其没有一定的音律。又各囿于地域，同一戏文，而各地的歌唱的腔调不同。当时，有余姚、海盐等腔。明陆容《菽园杂记》十卷云："嘉兴之海盐，绍兴之余姚，宁波之慈溪，台州之黄岩，温州之永嘉，皆有习为倡优者，名曰戏文子弟。"《南词叙录》云："今唱家称弋阳腔，则出于江西，两京、湖南、闽、广用之；称余姚腔者出于会稽，常、润、池、太、扬、徐用之；称海盐腔者嘉、湖、温、台用之。惟昆山腔止行于吴中。"汤显祖《宜黄县戏神清源师庙记》《玉茗堂文集》卷七云："南则昆山之次为海盐，吴、浙音也，其体局静好，以拍为之节；江以西，弋阳；其节以鼓，其调喧。至嘉靖而弋阳之调绝，变为乐

第十五讲 昆 腔

平，为徽、青阳。"这可见在昆腔起来的时候，南戏的歌唱法是极为凌乱的。弋阳流行最广，却以鼓为节，调又喧闹。海盐腔却是以"拍"为节的。他们的乐器也是不能统一。到了昆山魏良辅起来，一手创作了昆腔之后，方才渐渐的征服了一切，统一了南戏的乐器与歌唱法，增大了南戏的音乐的效力。原来南戏的歌唱，是以箫管为主的，和北剧之以弦索为主器，恰相对抗。但良辅则集合于一堂，一切皆拉来为他自己所用。笛、管、笙、琵之合奏，实为良辅的勇敢的尝试。沈德符云："今吴下皆以三弦合南曲，而箫管叶之。"《顾曲杂言》正指昆山腔而言。这繁音合奏的优雅的腔调，其能打倒单调而喧闹的弋阳诸腔，那是当然的事。

徐渭像

徐渭（1521—1593）是明代杰出的书画家、文学家，其所著的《南词叙录》是我国第一部关于南戏的理论专著，在戏剧史上具有重要意义。

所以自嘉靖以后，不久便传遍了天下。在徐渭写他的《南词叙录》的时候嘉靖三十八年，即公元1559年，昆山腔还只行于吴中。到了万历的时候，则昆山腔随了南戏势力的大盛，甚至侵入北方。其流行之速与广，都是空前的纪录。但在嘉靖间，尚有不了解的人，对于昆腔加以非难。徐渭在《南词叙录》里，却极力的称扬昆腔的好处，极力为之辩护：

> 今昆山以笛管笙琵，接节而唱南曲者，字虽不应，颇相谐和，殊为可听。亦吴俗敏妙之事。或者非之，以为妄作。请问《点绛唇》《新水令》是何圣人著作？

> 昆山腔止行于吴中。流丽悠远出乎三腔之上，听之最足荡人，妓女尤妙。此如宋之嘌唱，即旧声而加以泛艳者也。隋、唐正雅乐，诏取吴人充弟子习之。则知吴之善讴，其来久矣。

徐氏可谓昆腔的第一个鼓吹者、知音者、赏识者。自有昆腔，于是南戏始不复囿于地方剧。自有昆腔，于是南戏始不复终于乱弹而成为一种规则严肃，乐调雅正的歌剧。昆腔在海盐、弋阳、余姚诸腔中，实最后出。然在很短的时期内便压倒了她们。同时，北剧也因之而大受排挤而至于消亡。沈德符《顾曲杂言》云："自吴人重南曲，皆祖昆山魏良辅，而北词几废。"沈氏之时，离良辅创昆腔之时不过五六十年，而昆腔的势力，已是如此之盛大！

关于这位伟大的音乐家，一手创作了昆山腔的魏良辅，其时代却颇难确定。向来每以他为嘉、隆间人。陈其年诗亦有"嘉隆之间张野塘，名属中原第一部。是时玉峰魏良辅，红颜娇好持门户"的话。但他的时代似更应提前。徐渭时，昆山腔已有势力。祝允明_{嘉靖五年卒}的《猥谈》云："数十年来南戏盛行，更为无端。……妄名余姚腔、海盐腔、弋阳腔、昆山腔之类，变易喉舌，趁逐抑扬，杜撰百端，真是胡说。"是昆山腔之兴，至迟当在正德1506—1521间。陆容为成化、弘治间人，所作《菽园杂记》，历举海盐、永嘉诸腔，却无昆腔的名目。可见昆腔的出现，最早也当在成化以后即公元1487年之后。我们如以昆山腔为出现于正德时代，当不会有多大的错误的。其盛行当在嘉靖中叶以后。良辅于嘉靖间或尚在人间。良辅的生平也不甚可知。余怀的《寄畅园闻歌记》见《虞初新志》卷四云："南曲盖始于昆山魏良辅云。良辅初习北音，绌于北人王友山。退而镂心南曲，足迹不下楼十年。当是时南曲率平直无意致。良辅转喉押调，度为新声，疾徐高下清浊之数，一依本宫，取字齿唇间，跌换巧掇；恒以深邈助其凄泪。吴中老曲师如袁髯、尤驼者，皆瞠乎自以为不及也。……而同时娄东人张小泉，海虞人周梦山，竞相附和。惟梁溪人潘荆南独精其技，至今云仍不绝于梁溪矣。合曲必用箫管，而吴人则有张梅谷，善吹洞箫，以箫从曲，毗陵人则有谢

第十五讲　昆　腔

林泉工撅管,以管从曲,皆与良辅游。而梁溪人陈梦萱、顾渭滨、吕起渭辈,并以箫管擅名。"胡应麟《笔丛》也说道:

> 魏良辅别号尚泉,居太仓南关,能谐声律。若张小泉、季敬坡、戴梅川之类,争师事之。梁伯龙起而效之,考证元剧,自翻新调,作《江东白苎》《浣纱》诸曲。又与郑思笠精研音理。唐小虞、郑梅泉五七辈杂转之,金石铿然。谱传藩邸戚畹,金紫熠爚之家,取声必宗伯龙氏,谓之昆腔。张进士新,匆善也。乃取良辅校本,出青于蓝,偕赵瞻云、雷敷民与其叔小泉翁,踏月邮亭,往来倡和,号南马头曲。其实禀律于梁,而自以其意稍为韵节。昆腔之用,不能易也。

一部昆腔史,已略尽于此。而梁辰鱼便是第一个戏剧家,利用这个新腔以写作他的剧本的。

二

梁辰鱼 梁辰鱼见《皇明词林人物考》卷十一,《列朝诗集》丁集中,《明诗综》卷五十字伯龙,昆山人。他的《浣纱记》《浣纱记》有《六十种曲》本,富春堂刊本,文林阁刊本,怡云阁汤海若《批评》本,李卓吾《批评》本虽不是一部极伟大的名著,却是一部最流行的为人模楷的剧本;特别在音曲一方面。《静志居诗话》云:"梁大伯龙填《浣纱记》。王元美诗所云'吕闾白面冶游儿,争唱梁郎雪艳词'是也。又有陆九畴、郑思笠、包郎郎、戴梅川辈,更唱迭和,清词艳曲,流播人间,今已百年。传奇家别本,弋阳子弟可以改调歌之,惟《浣纱》不能,固是词家老手。"《笔丛》亦云:"谱传藩邸戚畹,金紫熠爚之家,取声必宗伯龙氏,谓之昆腔。"《芳畲诗话》云:"梁辰鱼字伯龙,以例贡为太学生。虬须虎颧,好轻侠,善度曲。世所谓昆山腔,自良辅始,而伯龙独得其传。著《浣纱记传奇》,梨园子弟多歌之。同里王伯稠赠诗云:'彩

《浣纱记》书影

《浣纱记》是根据中国明代传奇作品《吴越春秋》而改编的昆曲剧目。作者梁辰鱼，字伯龙，号少白，江苏昆山人。他借春秋时期吴、越两个诸侯国争霸的故事来表达对封建国家兴盛和衰亡历史规律的深沉思考。

毫吐艳曲，粲若春花开。斗酒清夜歌，白头拥吴姬。家无担石储，出多少年随。'"《蜗亭杂订》云："梁伯龙风流自容，修髯美姿容，身长八尺，为一时词家所宗。艳歌清引，传播戚里间。白金文绮，异香名马，奇技淫巧之赠，络绎于道。歌儿舞女，不见伯龙，自以为不祥也。其教人度曲，设大案西向坐，序列左右，递传叠和。所作《浣纱记》至传海外。然止此不复续笔。《浣纱》初出，梁游青浦时，屠隆为令，以上客礼之。即命优人演其新剧为寿。每遇佳句，辄浮大白。梁亦豪饮自快。演至《出猎》，有所谓摆开摆开者，屠厉声曰：'此恶句，当受罚。'盖已预备污水，以酒海灌三大盂。梁气索，强尽之。吐委顿。次日不别竟去。"屠氏此举，未免过于恶作剧。《浣纱》虽非上品，然较之屠氏所作的《昙花》诸记，则固在乎其上。在屠氏眼中看来，或仍嫌《浣纱》未尽典雅呢。

《浣纱记》叙吴、越兴亡的故事，而以范蠡、西施为中心人物。惟串插他事过多，头绪纷烦，叙述时有不能一气贯串之处，描写也过嫌匆促。其擅胜处只是排场热闹，曲调铿锵而已。像范蠡、西施那末重要的人物，也未能将其个性活泼的表现出来。惟写伍子胥与伯嚭则颇为尽力，盖那样的人物本来是比较容易写得好的。《浣纱》亦名《吴越春秋》据《艺苑卮言》，王世贞评其"满而妥，间流冗长"。吕天成亦谓："罗织富丽，局面甚大。第恨不能谨严。中有可减处，当一删耳。"实则其病乃在太简率，并不在太"冗长"。她仅于叙述吴、越兴亡的大事中，插入西施、范蠡的一件悲欢离合的事件，大不似一般传奇的以生旦的遭遇为主体的样子。

三

与伯龙同时的重要戏剧作家，有郑若庸和张凤翼二人。凤翼到万历末尤存；而若庸则时代较早。这二人恰好代表了两个不同的时代。若庸的时代，是嘉靖间诸藩王尚为文士的东道主的时代。凤翼却不曾做过诸侯的上客；他只是一位卖文为活的文人。这两个时代便是明代中叶和明万历以后的大不相同的所在。自藩王不复成为文士们的东道主，诸藩的编刻书籍的风气消歇了以后，江、浙的书肆主人们便代之而兴。文士们所依靠者乃为求诗求文的群众，以及刻书牟利的书贾们，而不复是高贵清华的诸侯王了。所以明末书坊所编刻的许多通俗的书籍，便应运而兴，文士们也几半为生活而著作着，一时且呈现着竞争市场的气象。吴兴凌、闵二家的争印朱墨刊本；安徽、浙江乃至苏州、金陵之纷纷刊布小说、戏曲，都可以说是因此之故。至于福建，本是书贾刊书牟利之乡，那更不用说了。张凤翼乃是其中的许多卖文为活的文士之一。而郑若庸也许便是最后一位曳裾侯门的学者了。

郑若庸 郑若庸见《列朝诗集》丁集中，《明诗综》卷四十九，《明诗纪事》己签卷二十的《玉玦记》，承接于邵璨《香囊记》之后，而开创了曲中骈俪的一派。《曲品》谓："《玉玦》典雅工丽，可咏可歌，开后人骈绮之派。每折一调，每调一韵，尤为先获我心。"若庸字中伯，号虚舟，昆山人。诗有《蛣蜣集》八卷，《北游漫稿》二卷。传奇有《玉玦记》《玉玦记》有《六十种曲》本，富春堂刊本、《大节记》二种。赵康王闻其名，走币聘入邺。客王父子间。王父子亲逢迎，接席与交宾主之礼。于是海内游士争担簦而之赵。中伯乃为著书，采掇古文奇字累千卷，名曰《类隽》。康王死，去赵居清源，年八十余始卒。其诗与谢榛齐名。《静志居诗话》谓："中伯曳裾王门，好擅乐府。尝填《玉玦》词以讪院妓。一时白门杨柳，少年无系马者。"《曲品》亦谓："尝闻《玉玦》出而曲中无宿客。"《玉玦记》在当时，其势力当是极大的。《玉玦记》凡三十六出，叙王商与其妻秦氏庆娘的悲欢离合事，而其中心描写，则为妓女的无情，老鸨的狠毒，帮闲的恶辣。戏文中叙多情的妓女最多，如桂英，如杜十娘，如梁红玉，如李亚仙等等，叙薄情的也有，惟都没有《玉玦》那末的着意着力。《玉玦》写李大姐还不十分尽心，写鸨母李翠翠却最出色。此剧结构甚为严紧，可以说是无一事无照应，无一人无下落。王商庙中录囚，方见秦氏，封赠之旨即下，在情节上实嫌骨突难解，但作者却早已觉到了这一层。他便借商口问道："辛大人，下官才见寒荆，圣上如何就有宠命？"又便借朝使辛弃疾口中答曰："下官在军中已知大人与贤夫人之事。前日陛见，具表奏闻。意欲待旨下才来奉报。谁想大人已先会合了！"如此，在结构上既显得严紧，在情文上也便毫无阙漏矛盾了。

所谓《玉玦》之"板"，可于下文见之。其病在堆砌过当。

〔排歌〕（生）好鸟调歌，残花雨香，秋千丽日门墙。可怜飞燕倚新妆，半卷朱帘春恨长。（合）花源畔，玉洞傍，免教仙犬吠刘郎。琼楼启，翠幰张，不知何处是他乡。（占）老身回敬姐夫一杯。大姐唱个曲儿。（丑）大姐通书博古，就说几个古人，比喻王相公。（小旦）如此，污耳了。

〔北寄生草〕（小旦）河阳县栽花客。（丑）是好一个潘安。（小旦）锦宫城题柱郎。（丑）好个相如。（小旦）山公立

第十五讲　昆　腔

志多豪放，张良举足分刘项，苏秦唾手为卿相。这相逢不似楚襄王，怕思归学了陶元亮。（生）起动，起动！小生与大姐同饮一杯。

若庸尚有《大节记》一种，今未见。《曲品》谓："《大节》工雅不减《玉玦》。孝子事，业有古曲；仁人事，今有《五福》；义士事，今有《埋剑》矣。"则《大节》似系合孝子、仁人、义士三事而为一帙者。《曲录》又著录若庸《五福记》一本；误。《曲品》云："《五福》，韩忠献公事，扬厉甚盛。还妾事已见郑虚舟《大节记》中。"可知郑氏所叙的关于韩琦还妾事，已包括于他所著的《大节记》中，决不会再写一部《五福记》的。

　　张凤翼　张凤翼见《列朝诗集》丁集，《明诗综》卷四十五字伯起，号灵虚，江苏长洲人，与弟献翼、燕翼，并有才名，号"三张"。嘉靖四十三年举人。会试，不第。晚年以鬻书自给。沈瓒《近事丛残》云："张孝廉伯起，文学品格，独迈时流，而以诗文字翰交结贵人为耻。乃榜其门曰：'本宅纸笔缺乏。凡有以扇求楷书满面者银一钱，行书八句者三分；特撰寿诗寿文，每轴各若干。'人争求之。自庚辰至今，三十年不改。"他还受了总兵李应祥的厚礼而为之作《平播记》。《曲品》云："伯起衰年倦笔，粗具事情，太觉单薄，似受债师金钱，聊塞白云耳。"是他连戏曲也是肯出卖的。他于《平播记》外，所作戏曲更有《红拂记》《祝发记》《窃符记》《灌园记》《虎符记》《扊扅记》六种，合称"阳春六集"。今惟《窃符记》未见全本，《扊扅》《平播记》已佚，余四种幸皆得读。

　　《红拂记》《红拂记》有玩虎轩刊本，富春堂刊本，李卓吾《评》本，陈眉公《评》本，凌氏朱墨刊本，《六十种曲》本为凤翼少年时作。尤侗谓系他"新婚一月中之所为"。流行最广。叙李靖、红拂妓事，全本杜光庭《虬髯客传》而略加增饰。他名虬髯客为张仲坚。最后言仲坚浮海为扶余国王后，并助唐征高丽。其中并杂以乐昌公主分镜事。徐复祚谓："惜其增出徐德言合镜一段，遂有两家门，头脑太多。"《灌园记》《灌园记》有富春堂刊本，《六十种曲》本本于《史记·田敬仲世家》，叙乐毅伐齐，杀齐王。齐世子法章，改名王立，逃亡于民间，为太史敫的灌园仆。敫女君后见而爱之，赠以寒衣。后二人的秘密暴露，法章殊受窘。恰好田单复齐，迎立法章为王。他遂纳君后为妃，并以君后侍女朝英，嫁给田单为夫人。冯梦龙尝改之为《新灌园》，其序道："父死人手，身为人奴，汲汲以得一妇人为事，非有心肝者所为。伯起先生云：我率我儿试玉峰，舟中无聊，率尔弄笔，遂不暇致详。诚然，诚然！"

《虎符记》《虎符记》有富春堂刊本叙明初花云抗战于太平事。云为朱元璋守太平。陈友谅攻之。城陷，云被囚，不屈。被送于武昌，双眼因之而盲。妻郜氏投江，遇其弟救之。妾孙氏保孤而逃到金陵。中经若干困苦，方始出险。及其子成人，乃为父报仇，攻下武昌，合家团圆，而云目疾亦愈。云不屈而死，是事实，但传奇每重团圆，所以成了这样的结局。这剧是凤翼所写者中最激昂慷慨的一本，写花云殊虎虎有生气，颇像《双忠记》。

《祝发记》《祝发记》有富春堂刊本本于《南史·徐摛传》《陈书·徐摛传》，叙摛子孝克孝亲事。这剧是伯起在万历十四年，因母八旬寿诞而作的。孝克当侯景乱时，家无余粮。为救母饥，乃鬻妻以易米。母知之，大怒。恰孝克遇达摩大师，遂从之祝发，改名法整。后王僧辩起兵讨侯景，达摩乘苇渡江，见僧辩，以法整为托。而僧辩见到法整，却原是他的旧友孝克。遂劝他还俗为官。而其妻臧氏也守贞不二，终于团圆。其中《达摩渡江》及孝克祝发的几段，至今传唱犹盛。

凤翼所作，其作风和若庸是很相同的，每好以典雅的文句，堆砌于曲文中，像《祝发记》第十七折：

〔二郎神〕（旦唱）时乖蹇，少不得取义舍生难苟免。信熊掌和鱼怎得兼！便有龙肝凤髓，也只合啮雪餐毡。这麟脯驼峰堆满案，总则是卧薪尝胆。转忆我旧斋盐，怎教人努力加餐。

只说到吃一顿饭，却用上了那末多的典故进去！到了梅禹金的《玉合记》便无句不对，无语无典的了。

第十五讲 昆 腔

四

较辰鱼较前，和若庸同辈者有山东李开先，也以能剧曲活动于文坛上。开先和王九思为友，尝相唱和。他 李开先见《明史》卷二百八十七，《皇明词林人物考》卷八 字伯华，号中麓，章丘人。家富藏书，尤富于词曲，有"词山曲海"之称。所作散曲颇多。传奇有《宝剑记》《登坛记》二种。王世贞《艺苑卮言》谓："伯华所为南剧《宝剑》《登坛记》，亦是改其乡先辈之作。二记余见之，尚在《拜月》《荆钗》之下耳。"《曲录》所载别有《断发记》而无《登坛记》。盖误以《曲品》所载无名氏的《断发记》为李氏之作。《宝剑记》最有名。万历间，曾有陈与郊等几个人将它改作过。《登坛记》今未之见，或系叙韩信灭楚事。《宝剑记》《宝剑记》有明嘉靖间李氏原刊本（吴兴周氏藏）所叙者，为林冲被迫上梁山及终于受招安的经过。其事实完全本之于《水浒传》。惟以锦儿代死，林冲夫妇终于团圆的结局，易去冲妻张氏殉难的不幸的悲剧耳。《水浒传》叙林冲事，颇虎虎有生气，特别是野猪林及《风雪山神庙》的几段。此记于野猪林则匆匆叙过，于《风雪山神庙》一段，则竟不提及；于林冲得了管草厂的差缺后，即直接陆谦的焚烧草厂。此等处似皆不及《水浒传》。惟《夜奔》一出，写林冲逃难上梁山时的心理，较有精彩。今剧场上常演者亦仅此一折耳。

〔驻马听〕良夜迢迢，良夜迢迢，投宿休将门户敲。遥瞻残月，暗度重关，我急走荒郊。身轻不惮路迢遥，心忙又恐人惊觉。唬得俺魄散魂消，红尘中误了俺五陵年少。

〔雁儿落带得胜令〕望家乡去路遥，想母妻将谁靠！俺这里吉凶未可知，他那里生死应难料。呀，唬得俺汗津津身上似汤浇，急煎煎心内似火烧。幼妻室今何在？老萱堂空丧了。勋劳，父母的恩难报，悲号，叹英雄气怎消！英雄的气怎消！

〔沽美酒带太平令〕怀揣着雪刃刀，怀揣着雪刃刀。行一步哭号咷，急走羊肠去路遥。怎能勾明星下照？昏惨惨云迷雾罩，疏喇喇风吹叶落。听山林声声虎啸，绕溪涧哀哀猿叫。俺呵，唬得我魂飘胆消，心惊路遥。呀！百忙里走不出山前古道。

〔收江南〕呀，又只见乌鸦阵阵起松梢，听数声残角断渔樵。忙投村店伴寂寥。想亲帏梦杳，想亲帏梦杳，空随风雨度良宵。

剧中更插入花和尚做新娘，黑旋风乔坐衙二段，也与本传毫无关系。如将此作放在写类似的题材的《水浒记》《义侠记》及《翠屏山》之列，似颇有逊色。盖伯华北人，其写南剧，自不会当行出色。

又有《鸣凤记》，盛传于万历间，相传为王世贞作。世贞见《明史》卷一百八十，《明史稿》卷一百六十七，《列朝诗集》丁集上，《词林人物考》卷七，《明诗综》卷四十六字元美，号凤洲，又号弇州山人，太仓人。嘉靖进士。以父忬因事为严嵩所杀，弃官归。嵩败后，隆庆初乃伏阙讼父冤。后累官刑部尚书。始与李攀龙狎主文盟。为后七子之中心。攀龙死，世贞独霸文坛者近二十年。所作有《弇州山人四部稿》，及《鸣凤记》《鸣凤记》有《六十种曲》本，李卓吾《评》本传奇等。或以为《鸣凤记》系他门客所作，疑不能明。此记也多排偶之句，描景写情，往往未能宛曲或深刻。所述似以杨继盛为中心，又似以邹应龙为中心。头绪纷烦，各可成篇。分则成为独立的几段，合则仅可勉强成为一剧耳。实则其中心乃为某事，并非某人。像这种的政治剧，在当时殊少见。传奇写惯了的是儿女英雄，悲欢离合，至于用来写国家大事，政治消息，则《鸣凤》实为嚆矢。以后《桃花扇》《芝龛记》《虎口余生》等等似皆像继之而起者。《鸣凤记》的概略，可于第一出《家门》大意中见之：

〔满庭芳〕元宰夏言，督臣曾铣，遭谗竟至典刑。严嵩专政，误国更欺君。父子盗权济恶，招朋党浊乱朝廷。杨继盛剖心谏诤，夫妇丧幽冥。忠良多贬斥，其间节义并著芳名。

第十五讲 昆 腔

邹应龙抗疏感悟君心，林润复巡江右，同戮力激浊扬清。诛元恶，芟夷党羽，四海庆升平。

所谓《鸣凤记》，大约便是取义于"朝阳丹凤一齐鸣"的吧。其中如《严嵩庆寿》第四出、《灯前修本》第十四出、《夫妇死节》第十六出等，评者皆公认为全剧中最好的地方。但《庆寿》的一出较之《绿野仙踪》<small>小说</small>所写的同一的题材，其深入与逼真似犹远为不及。《修本》的一出似甚用力，但也未能十分的写出杨继盛的雄烈的情怀来。其最大的缺点，则为所写的前后八谏臣，其面目都无甚悬殊，其行踪也大相类似，颇给我们以雷同之感。

陆采的出现，约与梁辰鱼为同时。他的作剧时代，在嘉靖中。他所作凡四剧，《易鞋记》《怀香记》《南西厢》及《明珠记》<small>《易鞋记》有文林阁刊本；《怀香记》《明珠记》等有《六十种曲》本；《南西厢》有《西厢六幻》本，《西厢十则》本</small>。《易鞋记》叙述程钜夫与其妻离合事。钜夫被掳为奴，其主以一宦家女妻之。女屡劝钜夫逃去。他疑其伪，诉之主人。主人笞其妻，后更卖之。钜夫乃知妻之真意。遂逃去，终为巨卿。事见陶宗仪《辍耕录》。采写此，也殊动人。《怀香记》叙述贾谧女偷香私赠给韩寿事。《明珠记》叙述王仙客、刘无双的离合事。《南西厢记》则为不满意于李日华的"斗胆翻词"而重写者。《明珠记》在其间最为有名，系他少年时所作。钱谦益云："年十九，作《王仙客无双传奇》，子余<small>采</small>兄粲助成之。"因此，颇有谓《明珠》乃陆粲所作而托名于采者。但采自己尝说道："曾咏《明珠》掌上轻，又将文思写莺莺。"是《明珠》之非粲作可知。《明珠》颇圆莹可爱，故得盛传。但《南西厢》则殊令人对之有"江郎才尽"之感。他虽然看不起日华的剽窃，而他的成就也很有限。他尝很自负的说道："试看吴机新织锦，别生花样天然；从今南北并流传，引他娇女荡，惹得老夫颠。"其实，并不值得如何的赞赏，而说白尤为鄙野不堪，大有佛头着粪之讥。<small>采陆采见《列朝诗集》丁集卷三字天池，自号清痴叟，长洲人。</small>

同时有卢柟<small>卢柟见《列朝诗集》丁集卷五，《明诗综》卷四十七</small>者，字次楩，一字子木，大名浚县人。好使酒骂座，被捕入狱几死。曾作《想当然》传奇《想当然》有谭元春《评》本，石印本，叙刘一春遇合双美事。但《剧说》引《书影》，则以为实邗江王汉恭作，托柟名。《醒世恒言》卷二十九《卢太学诗酒傲公侯》，即写柟冤狱事。

屠隆 屠隆见《明史》卷二百八十八，《列朝诗集》丁集卷六，《明诗综》卷四十七 代表了一个思想荒唐凌乱的时代；那便是隆、万间的几十年。这时代升平稍久，人习苟安，社会上经济力比较的富裕。言大而夸的文人学士们尽有投靠到一般社会，以卖文为活的可能。于是许多的"布衣学士""山中宰相"乃至退职投闲的小官僚们，都可以用他们的"文名"做幌子，过着很优裕的生活。王百谷、陈眉公、张伯起都是这一流人。而屠隆也便在其间雄据着一席。因为生活的萧逸自由，便渐渐的沦落到种种享乐与空想的追求。方士式的三教合一与长生不老的思想，因而形成了当时的一个特色。也真有荒唐的方士们应运而生，肆其欺诈。隆便是被诈的一人，也便是足以代表这些荒唐的文士们的一人。隆字长卿，又字纬真，号赤水，官至礼部主事。俞显卿上疏讦之。遂罢归。归益自放。纵情诗酒，好宾客，卖文为活。诗文率不经意，一挥数纸。所作传奇有《彩毫》《昙花》《修文》三记 《彩毫记》有《六十种曲》本；《昙花记》有《六十种曲》本，万历间天绘阁刊本，臧评朱墨本；《修文记》有万历刊本，上海影印本。《彩毫记》叙李白事，选事不精，文复板滞，似更下于《浣纱》。《昙花记》叙述木清泰好道，弃家外游，遇僧、道二人点化之。历试诸苦，并游地府、天堂。其夫人亦慕道修行。清泰归，乃转试她。后阖门飞升。这是一本荒唐的已入魔道之作。或谓木清泰即指其好友西宁侯宋世恩；也许便是迎合世恩之意而作的。《修文记》叙述蒙曜一家修道成仙事。《曲海总目提要》及《小说考证》皆以为系叙李长吉事，大误，盖缘未见原书。曜即是隆自己。其妻，其二子，其夭逝之女与子媳，并皆捉入戏中。即其仇俞显卿，其友孙荣祖 即愚弄隆学仙者 亦并皆写入。可说是一部幻想的戏曲体的自叙传。其女湘灵死后，修文天上，全家皆赖以超拔。其仇俞显卿，则被囚地狱，乃赖蒙曜的忠恕而亦得超脱鬼趣。在思想的荒唐空幻和想像的奔驰自如上，隆的《修文》《昙花》都可以说是空前的。惟曲白则多食古不化之语，并不能显出什么生动灵活的气韵来。

伟大的宗教剧《目连救母行孝戏文》《目连救母行孝戏文》有高石山房

第十五讲　昆　腔

原刊本，富春堂刊本，同治间翻刻本，上海马启新书局石印本也出现于此时，却较《修文》《昙花》更为重要，更为弘伟。《修文》《昙花》有些自欺欺人，近于儿戏，《目连救母》却出之以宗教的热忱，充满了恳挚的殉教的高贵的精神。此戏文似当是实际上的宗教之应用剧。至今安徽等地，尚于中元节前后，演唱目连剧七日或十日，以祓除不祥或驱除恶鬼。此戏文的编者为郑之珍，新安人，自号高石山房主人。全戏凡一百折，乃是空前的浩瀚的东西。其中插入的几个短故事，像《尼姑下山》即后来《思凡》之所本，和《劝姐开荤》，同为最强烈的人间性的号呼，肉对于灵的反抗。自五十七折以后，写目连挑经担和母骨到西天去求佛，大类《西游记》的故事。也有白猿保护着他，也有火焰山，也有寒冰池，也有烂沙河，也有脱去凡胎的一幕，多少总受有"西游"故事的影响。而青提夫人的游十殿，也许是要当作实际上的劝惩之资的，故写得格外的详细，惨怖。

汪廷讷的《长生》《同升》二记，也和屠隆的《修文》《昙花》同样的荒唐可笑。《长生记》叙述某人因虔敬吕仙而得子成道事；《同升记》写三教讲道度人事；其中主人翁也皆为汪氏他自己。廷讷汪廷讷见《明诗综》卷六十四字昌朝，一字无如，自号坐隐先生，无无居士，休宁人，官盐运使。有《环翠堂集》。他在南京，有很幽倩的园林，常集诸名士，宴饮于园中。详见《南宫词纪》所作《环翠堂乐府》，据说凡十八种，但今所知所见者，只有十五种。《同升》《长生》外，为《狮吼》《天书》《三祝》《种玉》《义烈》《彩舟》《投桃》《二阁》《七国》《威凤》《飞鱼》《青梅》《高士》《狮吼》《种玉》二记，有《六十种曲》本；其余皆有环翠堂原刻本诸记。其中有写得很好的，像《狮吼记》，叙述陈季常妻柳氏的奇妒事，便是绝好的一部喜剧。清人所作《醒世姻缘传》小说，中有一部分故事，便系剽窃《狮吼》的。《三祝记》之写范仲淹微时事；《种玉记》之写霍中孺事；《义烈记》之写汉末党祸事以张俭为主人翁；《天书记》之写孙、庞斗智事，都很不坏。惟《三祝》的情境，间亦窃之于古戏即《吕蒙正破窑记》。在浓妆淡抹、斗艳竞芳的风尚之中，廷讷诸作，还算是很灵隽自然的。周晖《续金陵琐事》云："陈所闻工乐府，《濠上斋乐府》外，尚有八种传奇：《狮吼》《长生》《青梅》《威风》《同升》《飞鱼》《彩舟》《种玉》。今书坊汪廷讷皆刻为己作。余怜陈之苦心，特为拈出。"此话如可靠，则廷讷的传奇，大都皆非己作了。所闻字莃卿，金陵人，曾编刻《南北宫词纪》。说廷讷以资买稿，攘为己有，或不能免。如以《长生》《同升》诸作，也并作为他人之作，未免过甚其辞；特别《长生记》，似不会是倩他人代作的。因为，那里面是充满了廷讷自己的荒唐的思想。

梅鼎祚 梅鼎祚见《列朝诗集》丁集卷十五，《明诗综》卷六十二结束了骈俪派的作风。骈俪派到了他的《玉合记》《玉合记》有富春堂刊本，世德堂刊本，李卓吾《评》本，《六十种曲》本，也便是登峰造极，无可再进展一步的了。鼎祚字禹金，宣城人。弃举子业，肆力于诗文。尝编纂《青泥莲花记》《才鬼记》等，甚见其搜辑的渊博。《玉合》外，并有《长命缕》《长命缕》有《玉夏斋传奇十种》本，叙单符郎、邢春娘事。《玉合》叙述韩翃、章台柳事，几至无句不对，无语不典。遂与《玉玦》之"板"，同传为口实。《曲品》云："词调组诗而成，从《玉玦》派来，大有色泽；伯龙极赏之。恨不守音韵耳。"从《玉合》以后，骈俪派便趋于绝路。汤显祖、沈璟出现于万历间，遂把这陈腐笨拙的作风，如狂飙之扫落叶似的，一扫而空。

参考书目

一、《曲品》 明吕天成编，有暖红室刊本，《重订曲苑》本。

二、《曲律》 明王伯良撰，有明刊本，《读曲丛刊》本，《曲苑》本。

三、《曲录》 王国维编，有《晨风阁丛书》本，《重订曲苑》本，《王氏遗书》本。

四、《曲海总目提要》 大东书局铅印本。

五、《六十种曲》 明阅世道人编，有汲古阁刊本。

六、富春堂、文林阁、继志斋所刊传奇不少。

七、《金陵琐事》 明周晖编，有原刊本，同治间刊本。

八、《南宫词纪》 明陈所闻编，有万历刊本。

第十六讲　南杂剧

"南杂剧"的出现——与北剧的不同——杨慎的《太和记》——李开先、汪道昆、梁辰鱼、沈璟等——徐渭的《四声猿》——梅鼎祚、陈与郊、王衡、叶宪祖——王骥德、汪廷讷、车任远、徐复祚、王澹、黄方胤、茅维等

一

用北曲组成的杂剧，在元代到达了她的全盛期的顶峰。在明的初叶，周宪王尚以横绝一代的雄才，写作数十种。弘弘治、正正德以还，作者虽不少，而合律者却稀。驯至嘉靖以后，入于近代期中，则"北剧"已几乎成为剧场上的"广陵散"了。演者几乎不知北剧为何物，民间的演唱者也舍北曲而之南曲与小调。作者虽写北剧，也未必为剧场而写。到了万历之间 1573—1619，则北剧益为凌替。王骥德在他的《曲律》中说道："宋之词，宋之曲也；而其法元人不传。以至金、元人之北词也，而其法今复不能悉传。是何以故哉？国家经一番变迁，则兵燹流离，性命之不保，遑习此太平娱乐事哉！"《曲律》卷三沈德符在他的《顾曲杂言》中，说得更为详尽："嘉、隆间 1522—1572，度曲知音者有松江何元朗，蓄家僮习唱，一时优人俱避舍。以所唱俱北词，尚得金、元遗风。予幼时犹见老乐工二三人，其歌童也，俱善弦索。今绝响矣！何又教女鬟数人，俱善北曲，为南教坊顿仁所赏。顿曾随武宗入京，尽传北方遗音，独步东南。暮年流落，无复知其技者，正如李龟年江南晚景。其论曲，谓南曲箫管，谓之唱调，不入弦索，不可入谱。近

日沈吏部所订《南九宫谱》盛行，而《北九宫谱》反无人阅，亦无人知矣！"他又说道："自吴人重南曲，皆祖昆山魏良辅，而北词几废。今惟金陵尚存此调。然北派亦不同，有金陵，有汴梁，有云中，而吴中以北曲擅场者，仅见张野塘一人。故寿州产也。亦与金陵小有异同处。顷甲辰年马四娘以生平不识金阊为恨。因挈其家女郎十五六人，来吴中唱《北西厢》全本。其中有巧孙者，故马氏粗婢，貌甚丑而声遏云，于北曲关捩窍妙处，备得真传，为一时独步，他姬曾不得其十一也。四娘还曲中，即病亡。诸妓星散。巧孙亦去为市妪，不理歌谱矣。今南教坊有傅寿者，字灵修，工北曲。其亲生父家传，誓不教一人。寿亦豪爽，谈笑倾坐。若寿复嫁去，北曲真同《广陵散》矣！"且这时代杂剧作者虽不少，然也与唱北曲者一样，多不甚明了北剧的结构，往往以南剧的规则施之于杂剧。其能坚守元人北剧的格律者甚少。杂剧的面目竟为之大变。在元代及明初，"杂剧"及"北剧"的两个名辞，乃是一而二，二而一者。此时则杂剧已不复是"北剧"了。其中有好几剧是纯然用南曲写成了的，例如王骥德的《离魂》《救友》《双鬟》《招魂》，便是全用南曲写成的。"自尔作祖，一变剧体"吕天成语。更有逞意的施用着南北合套的，例如叶宪祖的《团花凤》。即应用了北曲来写剧的作者，也每多不遵守北剧的成规定律。北剧每剧定为四折或五折，此时的剧本则每每少至一折，多至七八折，这个现象在中世期的最后，王九思他们的剧本中已是如此。例如王氏的《中山狼》，便只是一折。在那时北剧便已现出崩坏之迹了。又，北剧的四折中，总是首尾叙述一件故事的；或者总合了四五剧以叙述一件故事的也有，如王实甫的《西厢记》，吴昌龄的《西游记》。却从不曾有在"四折"之中，分叙四个故事，而仍合为一个总名，有如这个时代的徐渭的《四声猿》那个样子的。即对于楔子的使用，也和元人完全不同。如汪道昆的《大雅堂杂剧》，其篇前所用的"楔子"，乃是全剧的提纲，其作用与南剧中所惯用的"副末开场"无异，却绝对不是元剧的所谓"楔子"。纯然应用了南调作杂剧者，当始于王骥德。王氏自己说："余昔谱《男后》剧，曲用北调而白不纯用北体，为南人设也。已为《离魂》，并用南调。郁蓝生谓自尔作祖，当一变剧体。即遂有相继以南词作剧者。后为穆考功作《救友》。又于燕中作《双鬟》及《招魂》二剧，悉用南体。知北剧之不复行于今日也。"《曲律》卷四"为南人设"及"知北剧之不复行于今日"二语，切实的中了北剧之所以凌替及其体例规则之所以崩坏变异的主因。但杂剧虽用了南调，虽变更了体例与规则，以适应于时代，却仍无救于实际的灭亡。她已经是再也维持不住在剧场上的优越的地位的了。这时的剧场，盖已为新兴的昆剧所独占。北剧虽舍北而就南，实际上已成了与长篇大套的传奇相对待的短剧，或杂剧，而不复是与南戏相对待的北剧。北剧终于是过去的东西了。

又在歌唱上，也起了一个大变动。北剧原是四折全由一个主角歌唱的。到了这时，则受到了南戏的猛烈的影响，也放弃了这个严格的规律。在全剧中，无论什么角色都可以歌唱着。又，在题材一方面，有了一个不很细微的变动。他们拣着文人学士们所喜爱的——即他们自己所喜欢的——题材来写，人物们也大都不出于文士阶级之外，悲欢离合也只是文人们的悲欢离合，如《远山戏》《洛水悲》《郁轮袍》《武陵春》《兰亭会》《赤壁游》《同甲会》之类。绝少写什么包拯、李逵、尉迟恭、郑元和等等的民众所熟知的人物。更有一点，特别的可注意。此时是北剧既成为文士们的产物与读物，作者们便特别的注重于抒写文士阶级的情怀，每欲借着剧中人物一吐作者自己的愤懑不平的心意。《渔阳弄》《郁轮袍》《簪花髻》《霸亭秋》《脱囊颖》《一文钱》等等都是如此。杂剧至此，遂不仅仅是剧场上娱乐群众的作品而且是抒写真实的自己心情的著作了。

二

在这时期，第一个要讲的作家是杨慎见《明史》卷一百九十二，《明史稿》卷二百六十七，《皇明词林人物考》卷六。慎字用修，号升庵，新都人。官翰林院修撰。谪戍云南，三十余年未得召还。卒死于流放之中1488—1559。他才情郁茂，著述极富。其诗文皆能自名一家，无所依傍。所作杂剧有《宴清都洞天元记》一本及《太和记》六本《曲录》（卷三）尚著录

《兰亭会》一本，即《盛明杂剧》中所录的一剧，原为《太和记》中的一部分。故今不复著录。其散曲也殊佳。王世贞在《艺苑卮言》中评之道："杨状元慎，才情盖世。所著有《洞天元记》，《陶情乐府》，《续陶情乐府》，流脍人口，而不为当家所许。盖杨本蜀人，故多川调，不甚谐南北本腔也。"《洞天元记》今未见传本。系叙"形山道人收昆仑六贼事，所以阐明老氏之旨"《剧说》上。《太和记》今亦不可得见。《太和记》凡六本，每本四折，每折抒写一段故事；全记实共有二十四篇短剧，据说是按着一年二十四个节令而分排着的。然钱曾《也是园书目》著录此书，只有四卷，不知何故。吕天成的《新传奇品》，亦著录《泰和记》一种，他说："每出一事，似剧体，按岁月，选佳事。裁制新异，词调充雅，可谓满意。"则其书正与升庵《太和记》相同。然其作者则为许潮。沈泰的《盛明杂剧二集》，著录许潮的杂剧最多，凡八种，大约皆为《泰和记》中的短剧。然他于《武陵春》一剧虽标许氏之名，而首页上端则特著之道："弇州诮升庵多川调，不甚谐南北本腔。说者谓此论似出于妒。今特遴数剧以商之知音者。"而于其下的《兰亭会》《曲海目》之以《兰亭会》为升庵作，当系依据于《盛明杂剧》。《曲录》之于《太和记》外，更著录《兰亭会》，则系传录《曲海目》而误者一剧其作者之名下则直题升庵。似沈氏当时，尚未别白清楚《泰和记》一书，究竟是杨著或许著。焦循《剧说》："余尝憾元人曲，不及东方曼倩事，或有之而不传也。明杨升庵有割肉遗细君一折。"卷三又同书："近伶人所演陈仲子一折，向疑出《东郭记》，乃检之实无是也。今得杨升庵所撰《太和记》，是折乃出其中。甚矣博物之难也！"卷四以此说证之《也是园书目》，则升庵实有《太和记》一书可知。胡文焕《群音类选》，载《泰和记》十出，其中正有"东方朔割肉遗细君"。而《王羲之》《刘苏州》诸出，则又同《盛明杂剧》。是《杂剧》本所载《泰和记》又实为升庵作可知。或者，《太和记》原有两本，一为许潮作，一为升庵作，其体裁又俱相同，故后人往往混之而为一。连《盛明杂剧》的编者也分别不清，故有目题许作，而评语又称杨作之矛盾发生。

李开先所著杂剧，今存《园林午梦》《园林午梦》有《西厢六幻》本，又有暖红室刊《西厢十则》本，盖为《一笑散》中的一种。开先初与王慎

第十六讲　南杂剧

中、唐顺之等号称嘉靖八才子。然不甚争时名，独孜孜于当世所不为的词曲之业。他所藏的曲，在当时为最富，有"词山曲海"之称。但论者对于他的作品往往以"词意浮浅"讥之。盖因其一面虽不肯失文士的面目，一面却欲力求与民众相合拍，因此颇露着矛盾之态。这是读中麓作品者所都可看得出的。钱谦益的《列朝诗集》说："伯华弱冠登朝，奉使银夏，访康德涵、王敬夫于武功、鄠、杜之间。赋诗度曲，引满称寿。二公恨相见晚也。罢归，置田产，蓄声妓，征歌度曲，为新声小令，挡弹放歌，自谓马东篱、张小山无以过也。为文一篇辄万言，诗一韵辄百首，不循格律，诙谐调笑，信手放笔。所著词多于文。文多于诗。又改定元人传奇乐府数百卷。搜集市井艳词、诗禅、对类之属，多流俗琐碎，士大夫所不道者。尝谓古来才士，不得乘时枋用。非以乐事系其心，往往发狂病死。今借此以坐销岁月，暗老豪杰耳。""借此坐销岁月"数语，意愿可悲，却可见他对于文艺并非以真诚从事，所以常多草率随意之作。

　　汪道昆见《明史》卷二百八十七，《明史稿》卷二百六十八，《皇明词林人物考》卷九在实际上是这时代中第一个着意于写作杂剧的人。道昆字伯玉，号南溟，歙县人。除义乌知县。历襄阳知府，福建副使，按察使。擢右佥都御史，巡抚福建，改郧阳，进右副都御史，巡抚湖广。召拜兵部侍郎。有《太函集》一百二十卷，又有《大雅堂杂剧》《大雅堂杂剧》有明刊本，《盛明杂剧初集》本，《古名家杂剧》本四种。道昆与王世贞等同时，世目之为"后五子"。虽不得预与"后七子"之列，然文名甚著。七子相继凋谢后，世贞与道昆之名乃益著。论者往往以汪、王并称。然王既不甚满人意，汪则更为后人所讥消。沈德符说："汪文刻意摹古，仅有合处。至碑版记事之文，时援古语，以证今事，往往扞格不畅。其病大抵与历下同。弇州晚年甚不服之。尝云：余心服江陵之功，而口不敢言，以世所曹恶也。予心诽太函之文，而口不敢言，以世所曹好也。无奈此二屈事何！是亦定论。"《野获编》钱谦益也说："伯玉名成之后，肆意纵笔，沓拖潦倒，而循声者犹目之曰大家。于诗本无所解，沿袭七子末流，妄为大言欺世。"《列朝诗集》他的杂剧也不甚得好评。沈德符说："北杂剧已为金、元大手擅胜场。今人不复能措手。曾见汪太函四作，为《宋玉高唐梦》《唐明皇七夕长生殿》《范少伯游五湖》《陈思王遇洛神》，都非当行。"《顾曲杂言》以北剧的格律律之，这几剧当然不是"当行"之作。然辞语亦颇尖新可喜。在故事上，在文辞上，在在都可见其为文人之剧而非民众的脚本，是案上的读本，而非场上的戏剧。说白是整饬雅洁的，曲文更是深奥富丽，多用典实。离"本色"日益远，而离文人的抒情剧则日益近了。

今所见伯玉的《大雅堂四种》是：《楚襄王阳台入梦》《陶朱公五湖泛舟》《张京兆戏作远山》《陈思王悲生洛水》，与沈德符所说的四种，中有一种不同。当是沈氏记错。这四剧都只是寥寥的"一折"。故事的趣味少，而抒情的成分却很重。在格律上，这些杂剧也完全打破了北剧的严规。最可注意的是：（一）有"引子"，以"末"来开场；（二）全剧都只有一折，并不像元人北剧之至少必须四折；（三）唱曲文的，并不限定主角一人，什么人都可以唱几句。南戏的成规，在这时已完全引进到杂剧中来了。

梁辰鱼杂剧有《红线女》及《红绡》。伯龙以《浣纱记》得盛名。《红线女》《红线女》有《盛明杂剧初集》本叙的是唐人袁郊《甘泽谣》中所记的一个故事。当藩镇相争，天下大乱之际，人心虽怨怒，却无法奈那一班好乱的武人悍将何，于是便造作许多侠士的故事，诛奸吓强，聊以快意。红线的故事，便是许多侠士故事中的一篇。梁氏此剧，严守北剧规则，全剧皆以旦角主唱。此种故事，本来只能成为短篇，铺张成为四折，颇觉索然无味。同时胡汝嘉见《皇明词林人物考补遗》，《列朝诗集》丁集上亦有《红线记》一剧，然不传。汝嘉字懋礼，号秋宇，金陵人，嘉靖己丑进士。在翰林，以言事忤政府，出为藩参。顾起元说："先生文雅风流，不操常律。所著小说书数种；多奇艳闻，亦有闺阁之靡，人所不忍言，如《兰芽》等传者。今皆秘不传。所著《女侠韦十一娘传》记程德瑜云云，托以诟当事者也。其《红线杂剧》，大胜梁辰鱼。"《客座赘语》惜今未得见汝嘉的红线，不知其"大胜梁辰鱼"者果何所在。梁氏的《红绡杂剧》，今未见。其所叙的故事，则与梅鼎祚的《昆仑奴杂剧》相同，皆本于唐人的传奇。

沈璟的《属玉堂十七种传奇》中，有两种是以杂剧之体出之的：

即《十孝记》与《博笑记》。《新传奇品》说："《十孝》,有关风化,每事以三出,似剧体。此自先生创之。末段徐庶返汉,曹操被擒,大快人意。"《群音类选》所载《十孝记》,每事皆选一出,惟少说白耳。《新传奇品》又说:"《博笑》,体与《十孝》类,杂取《耳谈》中事谱之,辄令人绝倒。先生游戏至此,神化极矣。"今有天启刻本上海有石印本。沈自晋说:"《十孝记》系先词隐作,如杂剧体十段。"像《十孝》这种体裁,以略相类似的故事数篇或数十篇合为一帙,而题以一个总名者,在前一个时期及这个时期都有;而以这个时期为最盛。其作俑似当始于前期沈采的《四节记》。《四节》系以叙写四时景节的四剧,合而为一者。其每一剧实即一个杂剧。其后,小帙者如汪道昆的《大雅堂杂剧》四种,徐渭的《四声猿》四种,车任远的《四梦记》四种皆是;大帙者如杨慎的《太和记》二十四种,许潮的《太和记》若干种,叶宪祖的《四艳记》四种,顾大典的《风教编》四种皆是。璟的《十孝》《博笑》,盖即他们的同类。《十孝》每事三出,十事当有三十出。《群音类选》所载,尚非其全部。《十孝》者,盖指黄香、郭巨、缇萦、闵子、王祥、韩伯俞、薛包、张孝、张礼、徐庶等十人孝亲的故事而言。

顾大典的《风教编》为《四节记》体的杂剧合集。今不传。《列朝诗集》:"副使家有谐赏园、清音阁,亭池佳胜。妙解音律,自按红牙度曲。今松陵多蓄声伎,其遗风也。"吕天成谓:"道行俊度独超,逸才早贵,菁华缀元、白之艳,潇洒挟苏、黄之风。曲房姬侍如云,清阁宫商和雪。"又云:"《风教编》一记分四段,仿《四节》,趣味不长。然取其范世。"但未知所谱究为何事。

三

给最大影响于明、清的杂剧坛者,则为徐渭见《明史》卷二百八十八,《明史稿》卷二百六十八,《皇明词林人物考》卷十二。渭字文清,一字文长,号青藤道士,天池山人,别署田水月。山阴人。有集三十卷。又有杂剧四种,总名为《四声猿》《四声猿》有全集附刻本,李卓辰刊本,《盛明杂剧》

本,暖红室本。胡宗宪督师浙江时,招致他入幕府,管书记。时胡氏威势严重,文武将吏莫敢仰视。文长却以一书生傲之。戴敝乌巾,衣白布浣衣,非时直闯门入,长揖就座,奋袖纵谈。幕中有急需,召之不至,夜深开戟门以待。侦者还报,徐秀才方泥饮大醉,叫呶不可致。宗宪闻之,顾称善。文长知兵好奇计。宗宪饵王、徐诸虏,用间钩致,皆与文长密议。宗宪被杀,文长惧亦被祸,乃佯狂而去。后以杀其继室,坐罪论死,系狱。张元忭力救,方得出。年七十二卒 1521—1593。袁宏道谓:"文长放浪曲糵,恣情山水,走齐、鲁、燕、赵之地,穷览朔漠。其所见山奔海立,河起云行,风鸣树偃,幽谷大都,人物鱼鸟,一切可惊可愕之状,一一皆达之于诗。其胸中又有一段不可磨灭之气,英雄失路,托足无门之悲,故其为诗如嗔如笑,如水鸣峡,如种出土,如寡妇之夜哭,羁人之寒起。当其放意,平畴千里,偶尔幽峭,鬼语秋坟。喜作书,笔意奔放如其诗,诚八法之散圣,字林之侠客也。间以其余旁及花草竹石,皆超逸有致。"《瓶花斋集》王骥德则对于他的剧本,称扬尽至。"至吾师徐天池先生所为《四声猿》,而高华爽俊,秾丽奇伟,无所不有,称词人极则,追躅元人。"《曲律》卷四又说:"徐天池先生《四声猿》,故是天地间一种奇绝文字。《木兰》之北,与《黄崇嘏》之南,尤奇中之奇。先生居与余仅隔一垣。作时,每了一剧,辄呼过斋头,朗歌一过,津津意得。余拈所警绝以复,则举大白以釂,赏为知音。中《月明度柳翠》一剧,系先生早年之笔。《木兰》《祢衡》得之新创。而《女状元》则命余更觅一事,以足四声之数。余举杨用修所称《黄崇嘏春桃记》为对。先生遂以春桃名嘏。今好事者以《女状元》并余旧所谱《陈子高传》称为《男皇后》,并刻以传,亦一的对。特余不敢与先生匹耳。先生好谈词曲,每右本色。于《西厢》《琵琶》皆有口授心解。独不喜《玉玦》,目为板汉。先生逝矣!邈成千古。以方古人,盖真曲子中缚不住者。则苏长公其流哉!"同上又说:"山阴徐天池先生瑰玮浓郁,超迈绝尘。《木兰》《崇嘏》二剧,刳肠呕心,可泣神鬼,惜不多作。"同上沈德符则持论与王氏正相反。他说:"徐文长渭《四声猿》盛行。然以词家三尺律之,犹河、汉也。"《顾曲杂言》文长之作,较为奔放则有之,然亦多陈套,王氏所谓"可泣鬼神",自未免阿其所好。沈

第十六讲 南杂剧

氏所谓"词家三尺律之"一语，却也有几分过分。假定必以元人的严格的剧本规则来律文长之作，他当然只好受"犹河、汉也"四个字的酷评了。这是四个绝不相干的"短剧"的合集。《渔阳弄》写祢衡击鼓骂曹操的事，却不从正面来写，只是很滑稽的将已在阴司定罪的曹氏与不久便要上天的祢衡，更加上一个在第五殿阎罗天子殿下的判官察幽，在阴间重复"演述那旧日骂座的光景"。《翠乡梦》故事见张邦畿《侍儿小名录》及田汝成《西湖志》。《西湖志余》称，杭州上元杂剧，有钟馗捉鬼，月明度妓，刘海戏蟾之属。是"月明度妓"之故事不仅流传甚广，抑且由来已久。大约最早的时候，僧人为妓所诱的事，只是民间流行的一幕滑稽剧；后来乃变成严肃的剧本，附上悔悟坐化之事；再后来，则有再世投胎，为友所度的事。而月明的一度，也颇具有滑稽的意味，当仍是民间滑稽剧的遗物。第二出最后一段的《收江南》一曲，许多批评者都认她为绝世的妙文。但实像民间跳舞剧的两个演者的对唱。《湖壖杂记》谓"今俗传月明和尚驮柳翠。灯月之夜，跳舞宣淫，大为不雅"。这"度柳翠""驮柳翠"或者便是对唱的吧。

《雌木兰》本于古《木兰诗》，但古诗并无木兰擒贼的事，只淡淡的写了几句"将军百战死，壮士十年归。归来见天子，天子坐明堂。策勋十二转，赏赐百千强"而已。诗里也不言木兰的姓，剧中则作为姓花氏，名弧。诗中无木兰的结果，只是说"出门看火伴，火伴皆惊惶。同行十二年，不知木兰是女郎"。剧中则多了一段嫁给王郎的事。但剧中也间将诗句概括了来用。

《女状元》凡五出，叙黄崇嘏事。文长以黄为状元，实误。按《十国春秋》，崇嘏好男装，以失火系狱。邛州刺史周庠，爱其丰采，欲妻以女。崇嘏乃献诗云："幕府若容为坦腹，愿天速变作男儿。"庠惊召问，乃黄使君之女。幼失父母，与老妪同居。庠命摄司户参军。已而乞罢归，不知所终。文长剧中所叙，则与此略异。全剧充满了喜剧的气氛，特别是第五出。作者的态度颇不严肃，更不稳重，大有以戏为戏之心肠，颇失去了艺术者对于艺术的真诚。

《歌代啸》《歌代啸》有明刊本，国学图书馆石印本一剧相传亦为文长所作。袁石公为序而刻之。虽卷头题着"山阴徐文长撰"，而石公的序，已先作疑词："《歌代啸》不知谁作，大率描景十七，摘词十三，而呼照曲折，字无虚设，又一一本地风光，似欲直问王、关之鼎。说者谓出自文长。"剧前有《凡例》七则，皆为作者的口气。《凡例》之末，则署着"虎林冲和居士识"，或者便是冲和居士所作的罢？《凡例》上说："此曲以描写谐谑为主，一切鄙谈猥事，俱可入调，故无取乎雅言。"真的，此剧嬉笑怒骂，所用者无非市井常谈，而其骨架便建立在：

> 没处泄愤的，是冬瓜走去，拿瓠子出气，
> 有心嫁祸的，是丈母牙疼，灸女婿脚根，
> 眼迷曲直的，是张秃帽子，教李秃去戴，
> 胸横人我的，是州官放火，禁百姓点灯。

的四句当作"正名"的俗语之上。作者将每一个俗语都拍合了一个故事，又将这四个故事，以张、李二和尚为中心而一气联贯之。结构颇为有趣，但未免时有斧凿痕。勉强的凑拍，终于是不大自然的。又剧中所用的俗语，间有很生硬的，又多文气，极显然的可以见出她是出于一位好掉笔头的文人学士之手。虽然作者力欲从俗，却终于是力不从心不知不觉的又时时掉起文来。不过本色语究竟还多。如与《四声猿》不必说是《红线》《昆仑奴》了一比较，则此剧真要算是本色得多了。

梅鼎祚的《昆仑奴杂剧》《昆仑奴》有方诸馆刊徐文长校正本，《盛明杂剧初集》本本于裴铏的传奇。曲白也骈偶到底。徐渭尝为之润改一过，亦未能点铁成金。

陈与郊有《昭君出塞》《文姬入塞》及《袁氏义犬》三剧。这三剧颇足见作者的纵横的才情。

《昭君出塞》《昭君出塞》有《盛明杂剧初集》本为后人盛传汉代的故事之一。诗歌、小说及杂记诸书不说，即就戏曲而论，今存的已有了三部。一是马致远的《汉宫秋》，二是明人的传奇《和戎记》，三即与郊这部《昭君出塞》。马致远之作，以汉帝为中心人物，所以其描写完全注重在汉帝而不注重在昭君；特别是着重在昭君去后，汉帝回宫时所感到的种种凄楚的回忆。《和戎记》虽长篇大幅，却是民间流行的昭君

传说。与郊此剧却与她们不很相同。第一是完全依据于最初的本子，——《西京杂记》——只是说，毛延寿索贿不遂，将昭君图像，点破了脸，因此，汉帝按图指派，便将昭君遣嫁于匈奴单于。到了拜辞时，汉皇才骇异的发见昭君原来是那末美丽。然他不欲失信于单于，终于将昭君遣嫁了去。

与郊的《文姬入塞》《文姬入塞》有《盛明杂剧初集》本，其运用题材之法也与《昭君出塞》一剧相同。文姬的故事，极为动人，然描写的人却不多。与郊似乎是有意的将她取来，作为"出塞"的一个对照。剧情完全根据于蔡琰的《悲愤诗》及《胡笳十八拍》，一点也不加以附会。《悲愤诗》原写琰的为北人所掳

〔宋〕陈居中《文姬归汉图》

蔡文姬的故事中既有民族大统一的含义，又带有浓郁的人情、人性内蕴，这一切在"归汉"时表现得最为充分，也因此成为历代诗人、画家都十分钟爱的题材之一。

及她别子而归的事。像这样的事，在敌虏侵入中原之时，往往是有的。文姬却代表了那许多悲楚无告的女子们。玉阳在此剧中写文姬既悲且喜的心理是很为深刻的。她梦想着要回中原。这个梦境是要实现了。然而她心中却又多了一个说不出的苦楚。原来她在北已生了二子。生生的撇下了二子，而独自南去，真是做母亲的万不能忍受的事。然而她又有什么方法留连着呢？来使在催发，孩子们在哭着。要捉住这时的凄楚来写，真是颇为不易的。玉阳在这里，很着意，很用力，所以不惟不至于失败，且还甚为出色。

《袁氏义犬》《义犬记》有《盛明杂剧初集》本本《南史》袁粲本传。粲在宋末为尚书令，加侍中，与萧道成、褚渊、刘彦节等同辅政。道

成篡位，粲不欲事二姓，密有所图。为道成所觉，遣人斩之。粲有小儿数岁，乳母将投粲门生狄灵庆。灵庆曰："我闻出郎君者有厚赏。今袁氏已灭，汝匿之尚谁为乎？"遂抱以首。乳母号泣呼天曰："公昔于汝有恩，故冒难归汝。奈何欲杀郎君，以求少利！若天地鬼神有知，我见汝灭门！"此儿死后，灵庆常见儿骑大甓狗戏如平时。经年余，一狗忽走入其家，遇灵庆于庭，噬杀之。此狗即袁郎所常骑者。《宋书》粲本传，事亦略同。与郊此剧，其事与史全同，但略加烘染而已。与郊三作，在曲白两方面，都未能摆脱了时人的影响，往往过于求整，失了本色。

王衡见《明史》卷二百十八，《明诗综》卷五十九的几部杂剧——《郁轮袍》《真傀儡》与《葫芦先生》，颇有些感慨，不仅仅是说故事而已。王衡字辰玉，太仓人。大学士锡爵之子，官翰林院编修 1564—1607。《郁轮袍》《郁轮袍》有《盛明杂剧初集》本叙王维事。沈泰评之道："辰玉满腔愤懑，借摩诘作题目，故能言一己所欲言，畅世人所未畅。阅此，则登科录正不必作千佛名经，焚香顶礼矣。韩持国覆部已久，何必以彼易此！"此剧全用北曲写，却长至七折，究竟也守不了北剧的严规。

《真傀儡》《真傀儡》有《盛明杂剧初集》本一剧，《盛明杂剧》作"绿野堂无名氏编"，实亦辰玉所作。剧叙宋杜衍退职闲居时，与田夫野老相周旋，自忘其为元宰身份。"做戏的半真半假，看戏的谁假谁真。"或以为系辰玉写其父锡爵罢相家居时事，或以为系写申时行事。官场像戏场，作者的主意当在于此耳。辰玉的《长安街》及《和合记》二剧，未见。《没奈何》《葫芦先生》一剧，也未有传本。但陈与郊的《义犬》剧中，插有《没奈何》一剧的全文，当即为辰玉所作的罢。与郊为辰玉父锡爵的门生，与辰玉甚交好，在插写《没奈何》的开始，他明明白白的说道："新的是近日大中书令王献之老爷，编《葫芦先生》。"正以王献之影射王辰玉。

叶宪祖所作杂剧有《易水寒》等九种。《易水寒》《易水寒》有《盛明杂剧二集》本叙荆轲刺秦王事。此故事在《史记·刺客列传》中已是一节很有戏剧力的文字，编之为剧，当然更动人。但也颇多附会。其第四折叙轲刺秦王。秦王逃。然终于为轲所捉住，强他一一归返诸侯侵地。

他皆依允。正在这时,仙人王子晋来度轲,因他们原是仙班故友。子晋吹着笙,轲随之而去。这却是完全蛇足的故事。全部绝好的悲剧,至此遂被毁坏净尽了!我们真要为作者惋惜。宪祖喜作佛家语,在《易水寒》中,他力革这个积习,然而终于还请了个仙人王子晋出来。在《北邙说法》《北邙说法》有《盛明杂剧初集》本中,他便充分的表现出来佛家的思想。《北邙说法》的正目是:"天神礼枯骨,饿鬼鞭死尸。若知真面目,恩怨不须提。"《团花凤》《团花凤》等五剧皆有《盛明杂剧》本《夭桃纨扇》《碧莲绣符》《丹桂钿合》和《素梅玉蟾》都是普通的恋爱剧。《夭桃纨扇》以下四种,便是所谓《四艳记》《四艳记》有崇祯间刻本(长洲吴氏藏)。《新传奇品》评之道:"选胜地,按节令,赏名花,取珍物,而分扮丽人,可谓极排场之致矣。词调优逸,姿态横生,密约幽情,宛然如见,却令老颠没法耳。"推许似稍过度。《金翠寒衣记》有《元明杂剧二十七种》本《寒衣记》有《元明杂剧》本及《奢摩他室曲丛》本。这是叶氏最守北剧规则的一作。事本《剪灯新话·翠翠传》。《灌将军使酒骂座记》《骂座记》有《元明杂剧》本及《奢摩他室曲丛》本,也有《元明杂剧二十七种》本,写窦婴及灌夫都虎虎有生气。魏其、灌夫之死,原是一件很动人的悲剧。将这件材料捉入剧本中的,恐将以槲园居士为第一人,叶氏也颇用心用力的写。惟最后一折,添出"活捉田蚡"的一段事,未免有些蛇足。如此收场,一般观众,果然是满意了,然而悲剧的严肃的意味,与最高的效力却完全被摧毁了。

四

　　王骥德作《男王后》《男王后》有《盛明杂剧初集》本《离魂》《救友》《双鬟》《招魂》等杂剧。传者仅有《男王后》一剧耳。据作者自己说,有好事者曾以此剧与徐渭的《女状元》合刻为一册。其故事,也正是徐渭的"辞凰得凤"的《女状元》的一个反面。彼为女扮男装,而此则男扮女装。彼为"辞凰得凤",而此则为后得妻。事实颇为荒诞,且无多大意义,惟作者串插尚佳耳。骥德的《离魂》诸剧皆用南曲。他颇自豪，以为杂剧而用南曲乃系"自尔作古，一变剧体"。惟《男王后》则为他早年之作，故仍颇守北剧的成规。汪廷讷所著的杂剧有《广陵月》一种。此剧叙唐韦青与张才人遇合事，凡七出，亦杂剧中的篇幅较长者。事本《乐府杂录》。

车任远字梩斋，号蓬然子，上虞人，著《四梦记》。盖以绝不相干的四段故事合而为一本者。这四梦是《高唐》《南柯》《邯郸》及《蕉鹿》。今"四梦"原本未见，惟《蕉鹿梦》存耳_{《蕉鹿梦》有《盛明杂剧二集》本}。此剧的故事是敷演《列子》中的郑人得鹿失鹿的寓言的。但叙述过于质实，反失空灵幻妙的趣味；教示过于认真，又有笨人说梦之感觉，远不如《列子》原文之隽逸可喜。

徐复祚著《一文钱》_{《一文钱》有《盛明杂剧初集》本，山水邻刊《四大痴》本}杂剧。《一文钱》的故事，出于佛经。虽亦为了悟的宗教剧，却颇有诙谐的趣味，形容悭吝的富人卢至员外，极其淋漓尽致。

王澹字澹翁，自号澹居士，会稽人，著《樱桃园》一剧_{《樱桃园》一作《樱桃梦》，有《盛明杂剧二集》本}。又有《双合》《金碗》《紫袍》《兰佩》诸传奇，今并不传。这是一篇无多大趣味的鬼魂报恩的故事。但作者将这平淡的故事，却能点染生姿，颇饶隽语。

陈汝元字太乙，会稽人，著《红莲债》一剧。《红莲债》大似徐渭的《翠乡梦》，惟更为复杂些，其主人翁乃为世俗所熟知的苏东坡与佛印。

又有林章见_{《明诗综》卷五十二}字初文，福清人，万历间曾在戚继光幕下。后因事下狱死。章有奇才，颇有建立功名意。而处境艰苦，欲试无从，终至被奸人所陷。他所著有《青虬记》，今惜不传。余翘字聿云，池州人。著《量江记》传奇及《赐环记》与《锁骨菩萨》杂剧。《量江记》今有墨憨斋改本。冯梦龙序《量江记》道："所为乐府，尚有《赐环记》《锁骨菩萨》杂剧。余恨未悉睹。"则此二剧，在冯氏之时已在若存若没之数的了。今更不可得见。黄方胤_{或作方印，方儒皆非。应据周晖《金陵琐事》作方胤}，号醒狂，金陵人，著《陌花轩杂剧》。焦循《剧说》云："《陌花轩杂剧》，凡十折，曰《倚门》，四折；《再醮》，一折；《淫僧》，一折；《偷期》，一折；《督妓》，一折；《娈童》，一折；《惧内》,一折;皆举市井敝俗,描摹出之。"此七剧今有"杂剧编"本,颇邻于鄙亵。孙源文字南公,号笨庵,无锡人。著《饿方朔》一剧,今不传。焦循《剧说》云:"《饿方朔》四出,以西王母为主宰,以司马迁、卜式、李陵、李夫人等串入。悲歌慷慨之气,寓于俳谐戏幻之中,最为本色。"陆世廉字起顽,号生公,又号晚庵,长洲人。宏光时官光禄卿。入清,隐居不出。著《西台记》,叙谢皋羽恸哭之事,盖系有感而发者。惜今亦不传。

茅维见《明史》卷三百八十七,《列朝诗集》丁集下字孝若,归安人,坤子。自号僧昙,著《苏园翁》《秦庭筑》《金门戟》《双合欢》《闹门神》等五剧《苏园翁》等五剧,皆有《杂剧新编》本。焦循《剧说》说,《闹门神》"谓除夕夜,新门神到任,旧门神不让相争也。曲中《紫花儿序》云:'谁将俺画张纸装的五彩冷面皮,意气雄赳竖剑眉。阔口鬈髭,手擎着加冠进爵,刀斧彭排。奇哉!刚买就,遍街人惊骇,尽道俺庞儿古怪。满腹精神,倜傥胸怀。'《金蕉叶》云:'俺且眼偷瞧桃符好乖,那戴头盔将军忒呆,只你几年上都剥落了颜色,甚滋味全无退悔。'《小桃红》云:'少不得将笤帚儿刷去尘埃,把旧门神摔碎扯纸条儿满地踹,化成灰。非俺莫面情挈带,只你风光过来,威权颠龂,到今日回避也应该。'"又《金门戟》一剧演的是:"辟戟谏董偃事,皆本正史。"北京图书馆所藏残本《杂剧新编》,存维四剧。

参考书目

一、《曲品》 明吕天成编,有暖红室刊本,《重订曲苑》本。

二、《曲律》 明王伯良编,有明刻本,《读曲丛刊》本,《重订曲苑》本。

三、《曲录》 王国维编,有《晨风阁丛书》本,《重订曲苑》本,《王氏遗书》本。

四、《曲海总目提要》 有大东书局石印本。

五、《盛明杂剧初二集》 明沈泰编,有明刻本,董氏翻刻本。

六、《杂剧新编》 清邹式金编,有清初刻本。

七、《元明杂剧二十七种》 有国学图书馆石印本。

八、《古今名剧柳枝集》《酹江集》 明孟称舜编,有崇祯刊本。

九、《群音类选》 明胡文焕编,有明刻本。

SD